बाएँ करवट की सोच

बाएँ करवट की सोच

कमल मोरारका संसद में

संपादकः
लीना मथायस्

प्रस्तावनाः
प्रीतीश नंदी

रूपा

प्रकाशित
रूपा पब्लिकेशंस इंडिया प्राइवेट लिमिटेड 2015
7/16, अंसारी रोड, दरियागंज
नई दिल्ली 110002

सेल्स सेन्टर:
इलाहाबाद बेंगलुरू चेन्नई
हैदराबाद जयपुर काठमाण्डू
कोलकाता मुम्बई

ISBN: 978-81-291-3859-0

प्रथम संस्करण

10 9 8 7 6 5 4 3 2 1

संसद अलग–अलग और विरोधाभासी स्वार्थों के साथ आये दूतों का सम्मलेन नहीं है। इसके हितों की रक्षा की वकालत करना सभी की जिम्मेदारी है। वरन संसद एक राष्ट्र की वो विचारशील संस्था है जहाँ एकमात्र हित महत्वपूर्ण होता है, और वो है राष्ट्रहित, जो किसी भी स्थानीय हित, विवाद से बढ़ कर होता है। इस संस्था में स्थानीय विवादों से ऊपर उठ कर जनहित के कारणों से सर्वजनहिताय के आदर्श का पालन किया जाता है।

–एडमंड बर्क, ब्रिस्टल के मतदाताओं को दिया भाषण
3 नवम्बर 1774

विषय-वस्तु

प्रस्तावना

कमल मोरारका के संसद से निकलने के चार साल बाद मैं सांसद बना, लेकिन बीच के इन सालों में भी उनकी ख्याति जस की तस बनी रही थी।

हालाँकि, जानता तो मैं कमल को तब से हूँ, जब वो चंद्रशेखर के साथ थे। मैं बमुश्किल कुछ तीसेक साल का था और द टाइम्स ऑफ इंडिया में पब्लिशिंग डायरेक्टर के तौर पर हेड करने के अलावा द इलस्ट्रेटेड वीकली ऑफ इंडिया का संपादक भी था। वो दूसरी दुनिया से थे। एक ऐसे दौर में जब बिजनेस से जुड़े कई बड़े नामों का ये मानना था कि इस देश की तमाम आर्थिक समस्याओं का निदान खुली बाजार प्रणाली है (उनमें से कई आज भी ऐसा ही मानते हैं), कमल मोरारका वो कट्टर समाजवादी थे जिन्होंने अपने सफल व्यावसायिक जीवन को तिलांजलि दे कर, भारत में एक समान और न्याय आधारित समाज के निर्माण का नारा बुलंद किया था। और ऐसे में अपने व्यावसायिक हितों के खातिर लॉबीइंग करने के बजाय उन्होंने चंद्रशेखर का साथ देना बेहतर समझा था। एक जमाने में कांग्रेस के कद्दावर युवा नेता रह चुके चंद्रशेखर ने आपातकाल में इंदिरा गांधी द्वारा जेल भेजे जाने के कारण कांग्रेस छोड़ दी थी और आचार्य नरेन्द्र देव के आदर्शों पर चलते हुए अपनी राजनीतिक जमीन तलाश की थी।

कांग्रेस छोड़ने के बाद गुमनाम हो चुके नेताओं से कहीं अलग थे चंद्रशेखर! उनकी ख्याति लगातार बढ़ती रही और धीरे–धीरे उनका नाम विपक्ष के सबसे आदरणीय नेता के रूप में लिया जाने लगा। यहाँ तक कि मेरे जैसा कठोर पत्रकार, जिसने किसी राजनेता के बारे में प्रशंसा के शब्द शायद ही कहे हों, भी उनकी साफगोई और 'नो नॉनसेंस' शैली का मुरीद हो गया।

एक ऐसे राजनैतिक माहौल में जहाँ उबाऊ और दोमुंहे राजनेताओं का बोलबाला था, चंद्रशेखर के व्यक्तित्व की चट्टान जैसी दृढ़ता मुझे आकर्षित करती थी। कुछ अकल्पनीय और असंभव से राजनीतिक घटनाक्रमों के बाद, महज 64 सांसदों के साथ चंद्रशेखर जब भारत के आठवें प्रधानमंत्री बने तो उन्होंने कमल को प्रधानमंत्री कार्यालय में राज्य मंत्री का पद दिया। कमल ने इस पद का निर्वहन न सिर्फ अद्भुत चातुर्य के साथ किया बल्कि भ्रष्टाचार के साए से भी इसे बचाए रखा। निश्चित तौर पर वो अपने 'मेंटर' से प्रभावित

थे जिन्होंने खुद को इस देश के भाग्यविधाता के रूप में स्थापित किया था। लिहाजा उन्होंने अपने कार्यकाल के शुरुआती महीनों में प्रधानमंत्री कार्यालय की खोई हुई गरिमा को फिर से स्थापित करने की दिशा में कई कदम उठाये। आप अंदाजा लगा सकते हैं कि ताजा–ताजा हुए बोफोर्स घोटाले के बाद, जब रूस को चावल से लेकर बढ़े दामों पर होवित्जर की बिक्री का कारोबार पीएमओ के भीतर, संदिग्ध तरीके से हो रहा था, ऐसे में ये कार्य कितना कठिन रहा होगा।

आज के वर्तमान परिप्रेक्ष्य में जब चारों तरफ भ्रष्टाचार सड़कों पर प्याज की बढ़ी कीमतों की तरह आम हो चला है, उन दिनों जिस तरह से कमल ने अपने कार्य को अंजाम दिया वो वाकई काबिल–ऐ–तारीफ था। राज्य सभा में दिए गए उनके भाषणों की भी काफी सराहना की गई। आमतौर पर वित्त और अर्थशास्त्र पर गंभीर भाषणों के लिए जाने वाले कमल, कई अन्य विषयों पर भी बेबाकी से अपनी बात रखते थे जिसके कारण उन्हें अपने विरोधियों का भी सम्मान प्राप्त था। इसका कारण था–उनकी बेबाकी और विषय पर उनकी गंभीर पकड़। और यही कारण है कि अगर आज भी आप इकोनोमिक और पोलिटिकल वीकली की लीना माथिअस द्वारा संपादित उनके भाषणों के इस संकलन को पढ़ेंगे तो आप उनकी सोच और गाम्भीर्य की दाद दिए बिना नहीं रहे पायेंगे। कई मुद्दों पर उठाये गए उनके सवाल, जैसे कि कश्मीर, आज भी प्रासंगिक हैं। 'चीजें जितनी बदलती हैं, वो उतनी ही पहले जैसे होती चली जाती हैं।' कम से कम भारत की समस्याओं के बारे में तो ये कथन बिलकुल सटीक साबित होता है।

और यही वो कारण है जिसके लिए इस किताब का पढ़ा जाना जरूरी है।

ये कोई रॉकेट साइंस नहीं है। नहीं, भारत की समस्याओं के निदान के लिए किसी रॉकेट साइंस की जरूरत भी नहीं है। जरूरत है तो बस उन चीजों को समझने की जिसके बलबूते यह देश चलता है, और सबसे जरूरी, जरूरत है इस देश की 120 करोड़ आबादी की जरूरतों को समझने की। और ये जरूरतें, लुटियंस दिल्ली के आरामदायक बंगलों में बैठे राजनेताओं की समझ से बिलकुल अलग हैं। कमल इस खाई को पाटने का काम करते हैं, स्पष्ट शब्दों में गंभीर बात कहते हैं जिसमें द्विअर्थी बातें बिलकुल भी नहीं हैं। आजादी के शुरुआती दिनों में

नेहरु द्वारा स्थापित उन महान संस्थाओं और संस्थानों में, जिसे उनके उत्तराधिकारियों ने छिन्न–भिन्न करने की असफल लेकिन पुरजोर कोशिश की, कमल मोरारका अपना विश्वास जताते हैं।

जनतांत्रिक संस्थाओं और मूल्यों में विश्वास और लोकहित के प्रति निष्ठा–यही वो साम्यवादी नेहरूवियन विचारधारा है, जिसे कमल बाएँ करवट की सोच कहते हैं–एक ऐसी राजनीतिक स्थिति जिससे वर्तमान भारतीय राजनीति लगातार दूर होती जा रही है। यह पुस्तक इसी के बारे में है, एक सपने के बारे में। आजादी के पचास साल तक जिस सपने ने भारतीय राजनीति को प्रेरित किया, एक सपना जो आज से बीस साल पहले तभी कुम्हला गया जब नरसिम्हा राव ने प्रधानमंत्री (और उनके सांचो पांजा थे मनमोहन सिंह!) का पदभार संभालते ही आधे मन से आर्थिक सुधार शुरू किये थे।

हालाँकि उसके बाद भी कई सरकारें आयीं, गयीं। लेकिन कमल मोरारका के द्वारा उठाये गए मुद्दे इस बात की ओर इशारा करते हैं कि जनता के हित जैसे सैद्धांतिक मुद्दों से मुंह मोड़ कर कोई भी सरकार आर्थिक समस्याओं का लम्बे समय के लिए निदान नहीं कर सकती है। भारत ने गांधी का रास्ता कब का छोड़ दिया था, और अब हम नेहरू के सपने से भी कोसों दूर जा चुके हैं।

सबसे दिलचस्प बात यह है कि ये सब कुछ उसी पार्टी के कार्यकाल में हुआ जिसे एक दिन नेहरू ने अपने हाथों से सींचा था और आज जिसका नेतृत्व उनके वंशज कर रहे हैं।

सवाल उठता है कि क्या इस देश की बदहाल स्थिति के लिए कांग्रेस जिम्मेवार है? क्या जैसा कि आज के रिफॉर्मर्स का मानना है, नेहरू के द्वारा देश के विकास के लिए चुना हुआ रास्ता गलत था? क्या भारतीय राजनीति फिर कभी वापस बाएँ करवट की सोच की तरफ झुक पाएगी? या फिर क्या समाजवाद हमेशा–हमेशा के लिए एक घृणित शब्द बनकर रह जाएगा, जिसे एक दिन शायद इतिहास भी नकार देगा? इन भाषणों को पढ़िए। शायद आपको जवाब मिल जाए।

प्रीतीश नंदी

परिचय

किताबों से लकदक, कमल मोरारका का मुंबई का भव्य दफ्तर ज्ञान की अद्‌भुत दुनिया है जहाँ देश के समकालीन मुद्दों पर उनकी व्यंग्यात्मक टिप्पणियों से लेकर एक राज्य सभा सांसद और चंद्रशेखर सरकार में प्रधानमंत्री कार्यालय में राज्य मंत्री के उनके कार्यकाल तक के राजनैतिक जीवन की सारी छोटी–बड़ी कहानियों का जखीरा है। उनकी बातचीत में एक स्थिर–सी सौम्यता है, जो कभी भी दिशाहीन होती–सी नहीं प्रतीत होती। फिर चाहे वो समाजवादी जनता पार्टी (राष्ट्रीय) का अध्यक्ष पद हो या फिर गैनन डंकरले ग्रुप के चेयरमैन के तौर पर सिविल, मैकेनिकल और जनरल इंजीनियरिंग का काम हो, फिर चाहे वो मुंबई के सांध्य अखबार आफ्टरनून एंड कुरियर के बोर्ड ऑफ डायरेक्टर्स के चेयरमैन का पद हो या फिर हिंदी और उर्दू अखबार 'चौथी दुनिया' के मालिक का – कमल मोरारका की दुनिया बहुत विस्तृत है। और सबसे दिलचस्प होता है उन्हें किसी मुद्दे की नब्ज पकड़, उस पर अपने मस्तमौला अंदाज में चुटकियाँ लेते हुए बोलते हुए देखना।

राज्य सभा में अपने कार्यकाल (3 अप्रैल 1988–2 अप्रैल 1994) और 1990–91 में केंद्रीय मंत्री के तौर पर उन्होंने रेंट कण्ट्रोल बिल, कश्मीर, दिल्ली विश्वविद्यालय से लेकर टैक्स सुधार और पब्लिक सेक्टर जैसे मुद्दों पर अपनी बात रखी है। साथ ही साथ वो पब्लिक अंडरटेकिंग, डायरेक्ट टैक्स, न्यूजप्रिंट और पब्लिक अकाउंट पर बनी विभिन्न संसदीय समितियों का भी हिस्सा थे।

अब उनके अभिभाषणों से गुजरना, भारतीय राजनीति और समाज में व्याप्त गंभीर और जटिल समस्याओं की सरल, बारीक और सारगर्भित व्याख्या को समझने जैसा है। लेकिन एक चीज है जो इन सब में समान रूप से परिलक्षित होती है और वो है एक आम नागरिक की समस्याएं जिनसे वो सत्ता के विभिन्न पायदानों पर टकराता फिरता है–फिर चाहे वो नौकरशाही हो या राजनेता। उनके विचार सिर्फ कोरे आंकड़ों से भरे नहीं हैं बल्कि उनमें एक आम भारतीय के जीवन में मूलभूत बदलाव लाने का भी माद्दा है।

अब जब आप इन अभिभाषणों को पढ़ेंगे तो आपको भारतीय इतिहास के उस अहम् हिस्से के बारे में पता चलेगा जब इस देश की अर्थव्यवस्था में भयंकर परिवर्तन हो रहा था तथा समाज और राजनीति में भी एक के बाद

एक कई आमूल–चूल बदलाव हो रहे थे। मोरारका को संसद में पक्ष और प्रतिपक्ष दोनों ही तरफ बैठकर अपनी बात कहने का सौभाग्य प्राप्त था–विपक्ष और ट्रेजरी बेंच दोनों ही तरफ से। बोफोर्स जांच, ₹600 करोड़ के स्टॉक एक्सचेंज घोटाले, 6 दिसम्बर वाले बाबरी मस्जिद काण्ड और उसके बाद के दंगों पर उनके द्वारा दी गई टिप्पणियों और भाषणों में जनता के प्रति गहरी सहानुभूति और तर्क तथा मानवता के प्रति गहरा विश्वास स्पष्ट झलकता है। आयकर, अप्रोप्रियेशन विधेयक और पब्लिक सेक्टर से जुड़े विमर्शों में उनकी सहभागिता भारतीय बिजनेस की दुनिया के बारे में उनकी जमीनी जानकारी को दर्शाते हैं।

इसमें कोई शक नहीं है कि संसद में किए जाने वाले विमर्शों और वाद–विवाद से जनता का मोहभंग होना कई वर्षों पहले शुरू हो चुका है और बाद के वर्षों में ये लगातार होता चला आया है। हाल के वर्षों के घटनाक्रम को देखने से ये साफ स्पष्ट होता है कि भारतीय समाज और सत्ता के शिखर पर बैठे हुक्मरानों से उसकी उम्मीदों में नाटकीय परिवर्तन आ चुका है। संसद के जनता, न्यायपालिका, मीडिया अथवा कार्यकारिणी के साथ संबंधों में भी बदलाव आ रहा है।

मोरारका के विचार से एक अच्छे सांसद की परिभाषा एक जिम्मेदार विपक्ष और जवाबदेह सरकार होती है। दुर्भाग्य से यह सरकार जवाबदेह नहीं है और इसलिए विपक्ष को इससे मोर्चा लेने के लिए अन्य युक्तियाँ इजाद करनी पड़ रही हैं। समस्या ट्रेजरी बेंच के साथ भी है जो मुख्य समस्याओं को अनदेखा करने की कोशिश करते हुए विमर्श में बाधा बन जाते हैं। विपक्ष के सदस्यों में भी विमर्श को पुनः पटरी पर लाने की दक्षता नहीं है।

मोरारका की नजर में नेहरू भारत के अब तक के सबसे अच्छे प्रधानमन्त्री हैं। वो भारत के आठवें प्रधानमन्त्री चंद्रशेखर से भी बहुत प्रभावित हैं जिनसे उनकी मुलाकात इक्कीस वर्ष की उम्र में हुई थी। चंद्रशेखर की मृत्यु के बाद उनके सम्मान में माहिर पत्रकार वीर संघवी ने लिखा था–'मैं उनके लगन, गर्मजोशी और इस बात को बेहद याद रखूँगा कि उनके होते हुए बीजेपी और कांग्रेस के बीच से होकर एक रास्ता जाता था। अब वो रास्ता गायब हो चुका है।' 4 मई 2010 को उपराष्ट्रपति हामिद अंसारी ने मोरारका द्वारा प्रदान की गई हुई चंद्रशेखर की आदमकद मूर्ति का अनावरण संसद के सेंट्रल हॉल में किया। मोरारका के मुंबई दफ्तर

में आर.डी. पारीख द्वारा चित्रित, यही पोर्ट्रेट टंगा मिलता है।

मोरारका का जीवन (उनका जन्म 18 जून 1946 को बम्बई में हुआ था) एक ऐसे परिवार में शुरू हुआ जिसके सदस्य व्यवसाय और सक्रिय राजनीति से जुड़े हुए थे। उनके यहाँ स्वातंत्र्योत्तर भारत की दशा और दिशा निर्धारित करने वाली हस्तियों का आना–जाना लगा रहता था। इनके चुम्बकीय प्रभाव से इतर मोरारका ने आचार्य नरेन्द्र देव, डॉ. राम मनोहर लोहिया और श्री जयप्रकाश नारायण द्वारा लिखी पुस्तकों का अध्ययन किया जिसके कारण आप पर समाजवाद और उसके आदर्शों का गहरा प्रभाव पड़ा। सबसे महत्वपूर्ण तो ये कि इन्ही पुस्तकों के कारण मोरारका एक सफल व्यवसायी और समाजवाद के प्रति कटिबद्ध राजनीतिज्ञ के अनोखे सम्मिलित व्यक्तित्व के रूप में उभर सके।

पिता महावीरप्रसाद आर. मोरारका और माँ बेलाबाई एम. मोरारका ने उन्हें 'सादा जीवन उच्च विचार' के महान आदर्श से परिचित कराया। मोरारका बचपन का एक वाकया याद करते हैं जब वो नौ वर्ष के थे और जो उन्हें ताउम्र प्रभावित करता रहा। कैथेड्रल स्कूल, मुंबई (उन्होंने यहाँ अपनी प्रारंभिक शिक्षा ग्रहण की और आगे की पढ़ाई के लिए जॉन कैनन स्कूल गए) के हर छात्र को विद्यालय के स्थापना दिवस पर चर्च जाना अनिवार्य था। जिन छात्रों की चर्च जाने में दिलचस्पी नहीं होती थी उन्हें अपने अभिभावकों का हस्ताक्षर दिखाना होता था। उनके पिता ने उन्हें चर्च जाने को कहा था। मोरारका को बताया गया कि मंदिर मस्जिद गुरुद्वारे, चर्च–सब एक ही हैं। 1966 में मुंबई के सेंट जेवियर कॉलेज से विज्ञान में इंटर करने के बाद बीस वर्ष की उम्र में इन्होने भारती से विवाह किया। दोनों की दो पुत्रियाँ हैं।

हालांकि ऐसा नहीं कि मोरारका का जीवन सिर्फ और सिर्फ राजनीति और व्यवसाय तक ही सिमटा हुआ है। उन्हें वाइल्डलाइफ फोटोग्राफी का भी जबरदस्त शौक है, वो एक घनघोर पढ़ाकू हैं और साथ ही साथ वाइल्डलाइफ रिसर्च और संरक्षण से जुड़े कई गैर सरकारी संगठनों की अध्यक्षता भी करते हैं। जल संरक्षण (राजस्थान के शेखावाटी इलाके में), हॉर्टिकल्चर, आर्गेनिक कृषि और भारत के पारंपरिक कला को और लोकप्रिय बनाने में मोरारका की खास दिलचस्पी है। आप केंद्र में नीति निर्धारण के लिए गठित थिंक टैंक के भी अहम् सदस्यों में से एक हैं।

एक सांसद के तौर परः

सक्रिय राजनीति में एक जिम्मेदार और कद्दावर सांसद के तौर पर मोरारका के सफर की शुरुआत जनता दल (सेक्युलर) की तरफ से 3 अप्रैल 1988 को राज्य सभा संसद बनने के साथ हुई। तब से लेकर 2 अप्रैल 1994 तक वो राज्य सभा के सांसद बने रहे।

इन छह वर्षों के कार्यकाल में उन्होंने सदन में करीब 1,094 प्रश्न पूछे। कृषि, वाणिज्य, रेलवे, उर्जा और उद्योग और खान जैसे मुद्दों से लेकर योजना, ग्रामीण और शहरी विकास, श्रम, शिक्षा और विदेश नीतियों जैसे मुद्दों पर उन्होंने महत्वपूर्ण प्रश्न उठाये।

पूछे गए प्रश्नों का विषयवार ब्यौराः

विषय	प्रश्नों की	संख्या प्रतिशत
वित्त	154	14.07%
खनन और उद्योग	87	7.95%
वाणिज्य	70	6.39%
कृषि	50	4.57%
रेलवे	49	4.47%
पेट्रोलियम और नेचुरल गैस	48	4.38%
कपड़ा	46	4.20%
उर्जा और बिजली	45	4.11%
योजना	43	3.93%
पर्यावरण और वन	40	3.65%
उड्डयन	39	3.56%
संचार	37	3.38%
गृह	37	3.38%
सतही यातातात	33	3.01%
सुरक्षा	31	2.83%
खाद्य	27	2.46%

शहरी विकास	26	2.37%
विदेश नीतियाँ	22	2.01%
विज्ञान और प्रौद्योगिकी	20	1.82%
स्वास्थ्य और परिवार कल्याण	19	1.75%
सूचना और प्रौद्योगिकी	19	1.75%
इस्पात	19	1.75%
ग्रामीण विकास	16	1.46%
श्रम	16	1.46%
रसायन और उर्वरक	15	1.37%
जल संसाधन	15	1.37%
कर्मचारी	12	1.09%
शिक्षा	11	1.0%
नागरिक आपूर्ति	10	0.91%
विधि, न्याय और कंपनी अफेयर	10	0.91%
मानव संसाधन विकास	9	0.82%
पर्यटन	6	0.54%
जनकल्याण	5	0.45%
इलेक्ट्रॉनिक्स	4	0.36%
संस्कृति	3	0.27%
युवा मामले और खेल	1	0.09%
कुल	1,094	

एक मंत्री के तौर पर:

10 नवम्बर 1990 से लेकर 21 जून 1991 तक के अपने प्रधानमंत्रित्व में श्री चन्द्रशेखर ने श्री मोरारका को अपने मंत्रिमंडल में प्रधानमंत्री कार्यालय के राज्य मंत्री के तौर पर नियुक्त किया था। मोरारका इस पद पर 21 नवम्बर 1990 से लेकर 20 जून 1991 तक बने रहे। इस काल में वो अपने कार्य और प्रधानमन्त्री द्वारा सौंपी गयी जिम्मेदारियों के प्रति समर्पित

रहे तथा पीएमओ से जुड़े सारे प्रश्नों का सीधा जवाब दिया। उन्होंने ये सुनिश्चित किया कि प्रधानमन्त्री कार्यालय से जुड़े सभी काम, बिना विभिन्न मंत्रालयों के दखल के, निर्बाध रूप से संचालित होते रहें। जरुरत पड़ने पर अथवा अन्य मंत्रालयों के अनुरोध पर, उन्होंने संसद के दोनों सदनों में वाद–विवाद में हिस्सा लिया। एक मंत्री के तौर पर मोरारका द्वारा उत्तरित प्रश्नों का विषयवार ब्यौरा नीचे दिया गया है:

विषय	प्रश्नों की संख्या	प्रतिशत
उद्योग	111	46.05%
विदेश मामले	48	19.91%
पर्सनेल	39	16.18%
योजना	15	6.22%
आणविक उर्जा	13	5.39%
विज्ञान और प्रौद्योगिकी	13	5.39%
सागर विकास	1	0.41%
बिजली	1	0.41%
कुल	241	

एक 'आसान' विकल्प को चुनना

1991 के वित्तीय असंतुलन से निपटने के लिए सरकार ने क्या किया था? उसने आसान विकल्प को चुना था—ऐसा मोरारका ने वित्त विधेयक संख्या 2 पर 18 सितम्बर 1991 को हो रही चर्चा में कहा था। आज के वर्तमान जनमानस की भावना को समेटे अपने कथनों से उन्होंने तत्कालीन वित्त मंत्री (डॉ मनमोहन सिंह) को इस बात की तरफ इशारा किया था कि गैर जरूरी सरकारी खर्चों को रोकने की कोई कोशिश नहीं की गयी है। चाहे वो वीआइपी सुरक्षा हो या फिर ठप्प हो चुके प्रोजेक्ट्स—इन सब मामलों में यह बात सही साबित होती है। उनका कहना है कि सरकार का सारा ध्यान पब्लिक सेक्टर के शेयर और कॉर्पोरेट टैक्स पर है। किसी को भी, यहाँ तक की सुरक्षा मद में हो रहे खर्चों तक को, जान—पड़ताल से बचाया नहीं जाना चाहिए।

मुझे इस बात की खुशी है कि आज जब मैं यहाँ वित्त विधेयक पर अपनी बात कहने जा रहा हूँ तो यहाँ वित्त मंत्री भी उपस्थित हैं। प्रारंभ में ही मैं यह स्पष्ट कर दूं कि इस देश की सबसे बड़ी समस्या भुगतान का संतुलन (बैलेंस ऑफ पेमेंट) है। और सरकार के द्वारा घोषित अधिकांश नीतियों का कथित उद्देश्य इसी समस्या को सुलझाना है।

मेरा मानना है कि इस समस्या का दीर्घकालिक हल सिर्फ व्यापार में अनुकूल संतुलन स्थापित करने से ही मिल सकता है। पिछले दस वर्षों में व्यापार में हानि होते आई है जिसकी वजह से भुगतान के संतुलन की हालत बुरी है। महोदय, हमारे पास रिजर्व बैंक ऑफ इंडिया द्वारा जारी किए गए आंकड़े मौजूद हैं। और अब तो हमारे पास आर्गेनाइजेशन फॉर इकोनोमिक कारपोरेशन एंड डेवलपमेंट (OECD) जैसी अन्तरराष्ट्रीय

संस्था द्वारा जारी किए गए आंकड़े भी उपलब्ध हैं जिसने विभिन्न देशों में ऋण से जुड़े विषयों पर अध्ययन किया है। मोटे तौर पर देखा जाए तो यह स्पष्ट हो जाता है कि सन 1987 से भारतीय ऋण के बेलगाम होने की शुरुआत हो चुकी थी। आंकड़े बिलकुल साफ हैं।

1986 में भारत सरकार का कुल लघुकालिक ऋण 2.9 बिलियन डॉलर था। 1987 में यह बढ़कर 4.9 बिलियन डॉलर हो गया था। इस एक साल में हमारा लघुकालिक ऋण 2 बिलियन डॉलर बढ़ चुका था। हमें इस बात को समझना होगा कि हमें 1985 से लेकर 1989 के बीच हुई घटनाओं को उलटना होगा। इस समयावधि में हुई दो चीजों को बदलना बेहद जरूरी है। पहला ये कि हमने ये लघुकालिक ऋण दीर्घकालिक कार्यों के लिए लिया है। ऐसा किसने किया अथवा क्यों किया–अब इस बात को पूछने या फिर उस व्यक्ति पर लांछन लगाने से कुछ हासिल नहीं होगा। अब यह, इस देश का ऋण है।

वित्त मंत्री को ओएनजीसी, स्टील अथॉरिटी ऑफ इंडिया अथवा इंडियन आयल का निजीकरण करने के बदले अत्यधिक बोझ कम करने पर ध्यान देना चाहिए। इन कंपनियों का निजीकरण बेहद आसान है क्यूंकि ये कम्पनियां पहले से पैसा कमा रही हैं और ऐसे में कोई भी इन्हें संचालित करने के लिए खड़ा हो सकता है।

इस ऋण को दीर्घकालिक अवधि के लिए सुनियोजित करने का सबसे अच्छा उपाय क्या है? एक बार पुनः वह शॉर्ट टर्म ही है। इंटरनेशनल मोनेटरी फण्ड से मिला ऋण दीर्घकालिक होगा लेकिन उसे चुकता करने के लिए हमें अपना खुद का सरप्लस पैदा करना होगा। अगर हम आयात–निर्यात के बारे में बात करें तो एक्सिमस्क्रिप एक स्वागतयोग्य कदम है। इसे पांच वर्ष पहले भी किया जा सकता था। पांच वर्ष पहले अगर हमारे आयत और निर्यात के बीच में सुदृढ़ सेतु होता तो हमें ऐसी स्थिति का सामना ही नहीं करना पड़ रहा होता। मैं माननीय वित्त मंत्री जी से ये आग्रह करना चाहूँगा कि वो अपने प्रभाव का उपयोग कर इस बात को सुनिश्चित करें कि तेल के अलावा सभी निर्यात–आयात बैलेंस में उनके द्वारा निर्धारित न्यूनतम सरप्लस प्राप्त हो। और यह एक्सिमस्क्रिप रेशियो को मोनिटर कर बड़ी आसानी से हो सकता है।

हमारा अपना तेलः

पिछले चार–पांच वर्षों में हमारे घरेलू तेल खनन में कोई खास बढ़ोतरी नहीं हुई है, और ये तेल निर्यात से जुड़े प्रश्नों का सबसे दुर्भाग्यपूर्ण पक्ष है। बिना आईएमएफ और वर्ल्ड बैंक के दबाव में आये हुए, हमें अमेरिका की तेल कंपनियों को अपने यहाँ तेल खोजने और अपनी इंडस्ट्री लगाने बुला लेना चाहिए। उन्हें बस हमें यह सुनिश्चित करना होगा कि अगले पांच–छह वर्षों में हमारे पास खुद का अतिरिक्त 10 मिलियन तेल होगा।

मेरी दूसरी बात वित्तीय असंतुलन से जुड़ी हुई है। वित्त मंत्री, फरवरी में श्री यशवंत सिन्हा द्वारा घोषित, 6.5 प्रतिशत सकल घरेलू उत्पाद की दर के आंकड़े को बरकरार रख पाने के प्रयत्न में हैं और ऐसे में, अगर वो उर्वरक सब्सिडी देने के कारण इसमें सफल नहीं हो पाते हैं तो मेरी सहानुभूति उनके साथ है। लेकिन दुर्भाग्य से, हम फिर से एक आसान विकल्प को चुन रहे हैं। सरकारी खर्चों में कटौती करने के लिए किसी तरह के भी कदम उठाये नहीं गए हैं। अपने वित्तीय घाटे की 6.5 प्रतिशत की दर को बरकरार रखने के लिए हम सिर्फ और सिर्फ पब्लिक सेक्टर के शेयर बेचने से लेकर कॉर्पोरेट टैक्सेशन जैसे अन्य उपायों के बारे में बात कर रहे हैं जो कि स्वागतयोग्य है, लेकिन हम सरकारी खर्चों में कटौती की बात ही नहीं कर रहे हैं। सरकारी खर्चे पूरी तरह से पैसे की बर्बादी है और अब यह बर्बादी बहुत बड़े पैमाने पर हो रही है–ये बात आज भारत का हर आम आदमी जानता है।

गैर जरूरी सुरक्षा और सरकारी खर्चों में हो कटौतीः

उदाहरण के तौर पर, पुलिस को ही ले लें–वीआईपी सुरक्षा। कई मंत्रालयों द्वारा गैर जरूरी योजनायें चलायी जा रही हैं। पर मुझे पता है कि माननीय वित्त मंत्री को कटौती करने में परेशानी होगी क्यूंकि हर मंत्री को उनके इस फैसले पर आपत्ति होगी। 'हम ये कटौती इसलिए नहीं कर सकते क्यूंकि ये जरूरी है', हर मंत्री यही कहेंगे, और उनके पास आपके हर सवाल के लिए जवाब तैयार होगा। और यहीं सरकार को कड़े कदम उठाने होंगे। एक गरीब देश को अपनी हदों में जीना आना चाहिए।

मैं अब सुरक्षा सम्बंधित व्यय के मुद्दे पर आता हूँ। सुरक्षा एक ऐसा

मुद्दा है जिस पर व्यय में कटौती करने के मुद्दे पर चर्चा से हम बच कर निकलने की कोशिश करते हैं। जब कांग्रेस पार्टी विपक्ष में थी, तो उनके अनुसार, सुरक्षा खर्चों में कटौती करने की बात करने वाले लोग देश की सुरक्षा के लिए खतरा थे। ऐसा नहीं है। रक्षा मंत्रालय के भीतर भी कई गैर जरूरी खर्चे किये जाते रहे हैं। एक बार पुनः मैं एक संवेदनशील मुद्दे पर बात कर रहा हूँ। हथियारों की खरीद में कोई राजनीति नहीं होनी चाहिए। श्री अर्जुन सिंह की अध्यक्षता में प्रधानमन्त्री वी.पी. सिंह द्वारा एक समिति गठित की गयी थी। मुझे ज्ञात नहीं कि उसकी रिपोर्ट का क्या हुआ, लेकिन मुझे इस बात पर पूरा भरोसा है कि श्री अर्जुन सिंह ने उस विषय में अपनी उपयोगी सलाह दी होगी। अगर सुरक्षा मद के खर्चों में किसी प्रकार की भी कटौती की जा सकती है, तो उसके लिए हमें हर संभव प्रयास करना होगा।

पब्लिक सेक्टर का अच्छा प्रबंध कैसे हो:

यह तीसरी चीज आय में बढ़ोतरी और वित्तीय संतुलन को सुधारने के लिए महत्वपूर्ण है। हर कोई इस बात से सहमत होगा कि पब्लिक सेक्टर में हम अच्छा प्रदर्शन नहीं कर पा रहे हैं। हालांकि तेल, पेट्रोकेमिकल और इलेक्ट्रॉनिक्स जैसे चुनिन्दा सेक्टर अच्छा प्रदर्शन कर रहे हैं। इंडियन ड्रग्स एंड फार्मास्युटिकल्स लिमिटेड (IDPL) भी गैर सरकारी कंपनियों के मुकाबले अच्छा प्रदर्शन कर रहा है। किसी संयंत्र के मालिकाना अधिकार ही उसके क्रियान्वयन की दशा निर्धारित करने का एकमात्र कारक हों, ऐसा जरूरी नहीं है। यह बाजार और उस संयंत्र के प्रबंधन पर भी निर्भर करता है।

1970 में जब इंदिरा गाँधी 'गरीबी हटाओ' के नारे के साथ सत्ता में आयीं तो हमारी सोच में दो बदलाव आये। पहला ये कि पब्लिक सेक्टर को उपभोक्ता उद्योग में जाना होगा। इसलिए सरकार ने इस क्षेत्र में अपने कदम रखे। इंडिया टूरिज्म डेवलपमेंट कारपोरेशन (ITDC) के होटलों का विस्तार हुआ। ब्रेड और सॉफ्ट ड्रिंक बनाने वाली मॉडर्न बेकरी का विस्तार हुआ। फिर स्टेट ट्रेडिंग कारपोरेशन (STC), मिनरल्स एंड मेटल्स ट्रेडिंग कारपोरेशन (MMTC) के साथ सरकार ने व्यापार के क्षेत्र में अपने कदम रखे। फिर सरकार ने गैर–सरकारी क्षेत्रों के सभी बीमार पड़े संयंत्रों को खरीदना शुरू किया। टेक्सटाइल के क्षेत्र में आप 120

खराब पड़े संयंत्रों को खरीद चुके हैं, कलकत्ता में भी कई इंजीनियरिंग संयंत्रों की खरीद की गयी है।

अगर हम इस बात को मान चुके हैं कि इतने बिखरे हुए पब्लिक सेक्टर को चलाना संभव नहीं है तो मेरा निवेदन है कि वित्त मंत्री को ओएनजीसी, स्टील अथॉरिटी ऑफ इंडिया अथवा इंडियन आयल का निजीकरण करने के बदले अत्यधिक बोझ कम करने पर ध्यान देना चाहिए। इन कंपनियों का निजीकरण बेहद आसान है क्यूंकि ये कम्पनियां पहले से पैसा कमा रही हैं और ऐसे में कोई भी इन्हें संचालित करने के लिए खड़ा हो सकता है। बंद पड़े कपड़ा मिलों की नीलामी होनी चाहिए। लेकिन फिर अगले ही दिन से उसे चलाने की सारी जिम्मेदारी उसके गैर सरकारी मालिक की होनी चाहिए। व्यापार के क्षेत्र में हम अच्छे पायदान पर हैं। व्यापार इस देश का सबसे मजबूत पक्ष है। आप राह चलते हुए मोची को भी देख लें तो पायेंगे कि उसने अपना काम आसान बनाने के लिए कुछ यन्त्र ईजाद किए हुए हैं। इस देश में टेक्नोलॉजी की कमी नहीं है, ये जरूरी नहीं कि वो 'हाई–टेक' ही हो लेकिन लोग अपनी टेक्नोलॉजी खुद ही ईजाद कर लेते हैं। इसलिए अगर इन मिलों को हस्तांतरित कर दिया जाए, कोई और इन्हें जरूरी सफलता के साथ चला पायेगा। शायद वो उपलब्ध श्रम को रोजगार न दे सके। और यहाँ मैं अगले मुद्दे पर अपनी बात रखूँगा।

क्या है 'एग्जिट पॉलिसी' के मायनेः

आपके द्वारा औद्योगिक नीति की घोषणा के बाद, इस देश के प्राइवेट सेक्टर में 'एग्जिट पॉलिसी' के चर्चे हैं। क्या हैं एग्जिट पॉलिसी के मायने? अगर हम 500,000 श्रमिकों को रोजगार से हटा लेते हैं तो इस देश में ऐसा सामाजिक–आर्थिक असंतोष व्याप्त होगा जिसे सरकार हरगिज बर्दाश्त नहीं करेगी। मैं आपसे निवेदन करता हूँ कि आप ऐसा न करें! कृपा करके संगठित श्रम के क्षेत्र में कोई भी ऐसी सामाजिक–आर्थिक असंतोष की स्थिति पैदा न होने दें क्यूंकि आप इसका सामना नहीं कर पायेंगे। एग्जिट मैकेनिज्म के लिए बोर्ड ऑफ इंडस्ट्रियल एंड फाइनेंसियल रिकंस्ट्रक्शन (BIFR) जैसी संस्था अच्छा काम कर रही है। परियोजना के निरीक्षण के बाद अगर उन्हें लगता है कि श्रम में कटौती किए जाने की आवश्यकता

है तो वो लेबर यूनियन को विचार–विमर्श के लिए बुलाते हैं और जहाँ तक मेरी जानकारी है, कमोबेश सभी लेबर यूनियन रैशनलाइजेशन प्रोग्राम में सहयोग कर रहे हैं। इसलिए एग्जिट पॉलिसी पहले से विद्यमान है।

शायद उद्योगों के मालिकों को एक ऐसी ब्लैंकेट पॉलिसी चाहिए जिससे वो जब चाहे अपना संयंत्र बंद कर सकें और श्रमिकों को काम से निकाल सकें। भारत जैसे 'वेलफेयर स्टेट' में ऐसा होने का कोई प्रश्न ही नहीं है। हमें इस तथाकथित एग्जिट पॉलिसी को अनुमति देने पर सोचना भी नहीं चाहिए। इस पर प्रबंध लगा देना चाहिए। सरकार को इस प्रकार के शब्दों का प्रयोग करने से भी बचना चाहिए। आप लाखों लोगों से उनका रोजगार छीनने के बारे में सोच ही नहीं सकते हैं। लेकिन अगर हम पब्लिक सेक्टर के अतिरिक्त बोझ से मुक्त हो जाएँ और जरूरत के हिसाब से उपभोक्ता उद्योग से बाहर निकलना शुरू करें तो मैं पूरी तरह से आश्वस्त हूँ कि पब्लिक सेक्टर के द्वारा कोर सेक्टर अच्छे से संचालित किया जा सकेगा। हमारे पब्लिक सेक्टर में भी अच्छे प्रबंधक मौजूद हैं। जरूरी स्वायत्तता और नियंत्रण दिए जाने पर, जहाँ प्राइवेट सेक्टर की तर्ज पर ही सरकार के पास मालिकाना अधिकार होंगे, वो अच्छा परिणाम दे सकते हैं।

बड़ी निजी कंपनियां अपने संचालन के लिए कुशल प्रबंधक ही नियुक्त करती हैं। उनके परिवार के लोग उसका संचालन नहीं करते हैं। वो प्रबंधक नियुक्त करते हैं, उन्हें उचित अधिकार, जिम्मेदारी और मेहनताना देते हैं, जिसके फलस्वरूप उन्हें सही नतीजे प्राप्त होते हैं। सरकार को भी ऐसा ही करना चाहिए। मुझे सरकारी कंपनियों का संचालन सही तरीके से न हो पाने का कोई कारण नजर नहीं आता बशर्ते सही कार्य संस्कृति का विकास किया जाए।

मैं डॉ. विक्रम साराभाई के प्रति अपनी श्रद्धांजलि अर्पित करना चाहूँगा। दुर्भाग्य से अब वो हमारे बीच नहीं हैं। बीस साल पहले उनका निधन हो गया। उन्होंने पब्लिक सेक्टर संयंत्रों के प्रबंधन और नियंत्रण पर अध्ययन किया था। उन्होंने यह दिखाया कि सरकार द्वारा नियंत्रण अपने हाथ में रखते हुए भी पब्लिक सेक्टर के प्रबंधन को स्वायत्तता प्रदान की जा सकती है। नियंत्रण और प्रबंधन अपने आप में दो अलग चीजें हैं। लेकिन दुर्भाग्य से हमारे देश में प्रबंधन का जिम्मा भी सरकार ने ले रखा है। यह रोज–रोज की गतिविधियों में दखलंदाजी करते हुए उद्योगों के मैनेजर

का काम भी कर रहा है। व्यापार, व्यापार होता है, और उसे वैसे ही संचालित किया जाना चाहिए। जैसा कि निजी क्षेत्र में होता है, मुनाफा मालिकों यानि कि सरकार को ही मिलना चाहिए।

प्रकल्पित कराधान की तरफः

मेरा आखिरी बिंदु कर और बैंकिंग से जुड़ा हुआ है। मुझे वित्त मंत्री द्वारा प्रस्तावित कर सम्बन्धी सुझावों पर कुछ और नहीं कहना है। दरअसल, मेरा मानना है कि यह कराधान तात्कालिक ही होगा। वित्त मंत्री के द्वारा एक समिति का गठन किया गया है जिसके स्वरूप को देख कर मुझे विश्वास होता है कि यह समिति कर सम्बन्धी विषयों में सुधार लाने के लिए ही गठित की गयी है। मुझे पता नहीं है कि यह समिति क्या करेगी। यहाँ मैं अपने कुछ सुझाव देना चाहूँगा। उदाहरण के तौर पर अगर आप व्यय कर को वातानुकूलित रेस्तरां में लगाने अथवा नहीं लगाने के तर्क से अलग कर के देखें। इसकी आलोचना श्री जगेश देसाई ने भी की है। मेरे विचार से इतने स्तरों पर कर लगाने से आप कर संग्रहण को प्रशासित कर ही नहीं सकते हैं।

हमारी पूरी व्यवस्था भ्रष्टाचार का शिकार हो चुकी है। ऐसा कहने के लिए मैं आपसे क्षमा चाहूँगा। मैं किसी व्यक्ति–विशेष के प्रति कोई निर्णय नहीं दे रहा हूँ। लेकिन सच्चाई यह है कि कर संग्रहण की मौजूदा व्यवस्था में, बहुस्तरीय कराधान की व्यवस्था को बदले बिना, ऐसा किया जाना मुश्किल है। साथ ही साथ आपको अपने कर आधार में विस्तार भी करने की जरूरत है। और इसके लिए सबसे कारगार उपाय प्रकल्पित कराधान ही है।

हमारे देश में छोटे–छोटे रेस्तरां, लॉन्ड्री, ढाबे और यहाँ तक कि पानवाले भी टैक्स में छूट के स्तर से ज्यादा कमाई करते हैं। मेरे मित्र छूट की सीमा में बढ़ोतरी करने के लिए जोर दे रहे हैं, जो कि सरकार नहीं करने वाली है। 18,000 से ऊपर की आय पर इस कर को कौन देगा? वेतन भोगी वर्ग के अलावा, मुझे मेरे शब्दों के लिए क्षमा करेंगे, स्वरोजगार से जुदा कोई भी व्यक्ति ईमानदारी से अपना कर अदा नहीं कर रहा है। इसलिए, सारा का सारा बोझ आखिरकार नौकरी पेशा लोगों के कन्धों पर आ जाता है। मुद्रास्फीति का सीधा प्रभाव नौकरी पेशा लोगों

पर ही पड़ता है। स्वरोजगार से जुड़े हुए लोग अपनी जिंदगी इसी तरह से चलाते हैं जिससे उन्हें टैक्स नहीं देना पड़े।

इस समस्या का सही निदान यही होगा कि आप स्वरोजगार से जुड़े लोगों पर प्रकल्पित कराधान लगायें। स्वरोजगार से जुड़े हर व्यक्ति को कर अदा करना चाहिए। एक वर्ष के लिए यह ₹500 हो सकता है। यह एक फ्लैट रेट भी हो सकता है। टिम्बर, शराब जैसे कुछ क्षेत्रों में पिछले वित्त मंत्रियों ने ऐसा किया है। स्वरोजगार से जुड़े लोगों की आय को नजरंदाज कर उनसे एक निश्चित कर वसूल करना चाहिए क्यूँकि हम उनकी आय का निर्धारण कर ही नहीं सकते हैं।

बैंक में सक्षम लोगों की बहालीः

बैंकिंग के क्षेत्र में मैं वित्त मंत्री को बधाई देना चाहूँगा। उनके द्वारा उठाये गए कुछ कदम निश्चय ही एक ईमानदार आम आदमी के भीतर आत्म–विश्वास पैदा करेंगे। अगर किसी बैंक के चेयरमैन का प्रदर्शन ठीक नहीं है तो उसे पदच्युत कर देना चाहिए। उसका कार्य विस्तार नहीं करना चाहिए और किसी भी बड़े बैंक में उसे काम करने नहीं देना चाहिए। हमारी व्यवस्था में कई तरह के दबाव होते हैं। हम इन दबावों से भली–भांति परिचित है। मैं सोचता हूं कि वित्त मंत्री को कड़े कदम उठाने चाहिए। कृपया बैंकिंग व्यवस्था को बदलें।

स्टेट बैंक ऑफ इंडिया इस देश का सबसे गरिमामय बैंकिंग संस्थान है। हैरान करने वाली बात यह है कि आखिरी दो–तीन सरकारों ने इसके अध्यक्ष के पद पर संस्था से बाहर के व्यक्ति को ला बिठाया है। साथ ही साथ, स्टेट बैंक ऑफ इंडिया के अधिकारियों को दूसरे बैंकों का अध्यक्ष बनाया गया है। यह बेहद त्रासदीपूर्ण है। यह कई तरह के दबावों के कारण होता है जिनका जिक्र करना मैं यहाँ उचित नहीं समझता हूँ।

जहाँ तक मुझे याद है, माननीय वित्त मंत्री, मंत्री–पद संभालने से पहले कई वर्षों तक खुद एक नौकरशाह के रूप में कार्य कर चुके हैं। उन्हें योग्य व्यक्तियों का चुनाव करना भली–भांति आता है। भ्रष्टाचार का समूल विनाश संभव नहीं है? तो फिर श्री नरसिम्हन की अध्यक्षता में गठित समिति किस लिए बनायी गयी है? मुझे नहीं पता कि उन्हें किस प्रकार के दिशा–निर्देश दिए गए हैं। भारत में पुनर्गठन कभी भी आसान

प्रक्रम नहीं रहा है। स्टेट बैंक ऑफ इंडिया की सात सहायक कंपनियों के सम्बन्ध में मैंने कई बार उनके एक या दो बैंकों में विलय की बात की है। लेकिन ऐसा करना संभव नहीं है। मुझे नहीं मालूम कि सारे राष्ट्रीयकृत बैंक तीन या चार बैंकों में अपना विलय करने देना चाहेंगे या नहीं। और सबसे पहले तो मुझे यह भी नहीं पता कि इस मसले पर गठित समिति क्या सुझाव देगी। लेकिन हमें इस बात की कोशिश करनी चाहिए कि योग्य व्यक्ति सही पद पर आसीन हों। यह आसानी से किया जा सकता है। इसके लिए आपको किसी भी समिति अथवा सलाह की आवश्यकता नहीं है। यह काम स्वयं वित्त मंत्री भी कर सकते हैं।

मैं अपनी बात दो सुझावों के साथ समाप्त करना चाहूँगा। पहला सुझाव वेल्थ टैक्स से जुड़ा हुआ है। इस मुद्दे पर बहुत तरह की चर्चाएँ की जा चुकी हैं। प्रोफेसर निकोलस कल्डोर ने भारत आ कर, हमारी कर प्रणाली पर एक विस्तृत रिपोर्ट दी है। वेल्थ टैक्स राजस्व की प्राप्ति के लिए नहीं होता है। इसका उद्देश्य उस व्यक्ति को पकड़ना है जिसने लम्बी अवधि से टैक्स की चोरी की है। उनके अनुसार, अगर आपको वेल्थ टैक्स के लिए अपनी संपत्ति और देनदारियों का वार्षिक ब्यौरा देना पड़ रहा है तो आयकर अधिकारी इस बात को देख सकते हैं कि आपने उस संपत्ति में कोई खास वृद्धि नहीं की है जिस पर आपने कर नहीं दिया है।

आय पैदा करने में असक्षम है कर संपत्तिः

जैसा कि घाटा झेलती अर्थव्यवस्थाओं में होता है, आयकर राजस्व प्राप्ति का महत्वपूर्ण स्रोत होता है। पिछले कुछ वर्षों से हमारे यहाँ भी कुछ ऐसा ही हो रहा है। जब यह राजस्व का स्रोत बन जाता है, तो यह कर से बचने का भी माध्यम बन जाता है। संपत्ति से जुड़े कर में अब कुछ कटौती की गयी है। एक विकासशील देश में ऐसे कदम उठाये जाने चाहिए, ऐसा मेरा मानना है। जो संपत्ति आय पैदा कर पाने में असक्षम हो उसे आयकर के दायरे से बाहर रखना चाहिए। जो लोग अपने पास गहने, जेवरात, सोने अथवा नकद रखते हैं, उन पर आयकर लगाना चाहिए क्यूंकि इन चीजों का देश की आर्थिक गतिविधियों के साथ कोई लेना–देना नहीं है। पर जो लोग व्यापार में निवेश कर रहे हैं अथवा इन्हें बैंक में डाल रहे हैं, उन्हें इससे आमदनी हो रही है और इस पर

आयकर लिया जाता है। इसलिए, हमें उनसे पुनः आयकर नहीं लेना चाहिए। हमें उन्हें संपत्ति कर से मुक्त कर देना चाहिए।

लेकिन आय से जुड़े सभी निवेशों पर से संपत्ति कर हटा देना चाहिए। ऐसा करना, करदाताओं के लिए एक अच्छा सन्देश होगा। इससे हम उनके धन का सही तरीके से निवेश और उत्पादन जैसे कार्यों में उपयोग कर सकेंगे। हमारा मुख्य उद्देश्य भी यही है। सर्विस सेक्टर से जुड़े क्षेत्र में रोजगार के आयामों में कोई खास वृद्धि नहीं हुई है लेकिन फिर भी हमारे सकल घरेलू उत्पाद में बहुत बड़ा परिवर्तन आया है। ऐसी प्रगति छलावा है जिससे हमें कतई गुमराह नहीं होना चाहिए।

असमान कर प्रणाली को उखाड़ फेंकें

'कर अदा कौन कर रहा है?' 11 मई 1992 को वित्त विधेयक, वर्ष 1992 पर बोलते हुए, मोरारका सीधा सवाल करते हैं। 'हमने धनाढ्य वर्ग से आयकर वसूलना शुरू तो किया था लेकिन अब हम एक बिलकुल अलग वर्ग से ही कर वसूली कर रहे हैं'। सिर्फ वही वर्ग कर अदा कर रहा है जो इसके घेरे से बच कर निकल नहीं सकता और वो वर्ग है–नौकरीपेशा वर्ग। सबसे ज्यादा खर्च करने वाला वर्ग आयकर के घेरे से बाहर दिखाई पड़ता है। साथ ही साथ कर वसूली आय के आकार पर निर्भर करती है, न कि उसके खर्च करने के तरीके पर। इसलिए इस असमान कर प्रणाली को उखाड़ फेंकें और कर की वसूली का आधार आय के प्रकार को बनायें, न कि सिर्फ पूर्व आधारित खांचों को।' ऐसा श्री मोरारका सुझाव देते हैं।

वित्त मंत्री श्री मनमोहन सिंह द्वारा संचालित उदारीकरण और उससे जुड़ी अन्य नीतियों से हम सहमत या असहमत हो सकते हैं। मेरे विचार से, इस वक्त बजट प्रस्तुत होने के बाद पिछले दो–ढाई महीनों का मंथन करना उचित रहेगा। सबसे पहले मैं योजना आयोग के उपाध्यक्ष के शब्दों को उद्धृत करना चाहूँगा। उन्होंने कल ही कहा है कि राजकोषीय समायोजन का कार्य उम्मीद के मुताबिक सही तरीके से नहीं हो पा रहा है। उनके विचार में यह हमारी अर्थव्यवस्था का सबसे दुखद पहलू है।

अपनी बात आगे बढ़ाते हुए, उन्होंने बहुत सही कहा कि आठवीं योजना नीति का सारा दारोमदार निम्न चीजों पर है: मूल्य स्तरों में पर्याप्त स्थिरता, आयात दर का 13.6 प्रतिशत के आंकड़े को छूना, निर्यात दर का 8.4 प्रतिशत तक ही सिमटना, 21.6 प्रतिशत के सेविंग्स के आंकड़े को पाना और अधिव्यय को 1.1 प्रतिशत तक लाना। उन्होंने कहा कि इन आंकड़ों

को पाना बेहद जरूरी है क्यूंकि इसके बिना, जैसा कि श्री प्रणब मुखर्जी ने भी कहा है, 'यह योजना गहरे संकट में फंस सकती है'।

जहाँ तक मेरी समझ है ये आंकड़े, खासकर निर्यात सम्बन्धी आंकड़े बेहद महत्वाकांक्षी हैं। वित्त मंत्री ध्यान देंगे। अवमूल्यन और 60:40 अनुपात के कारण हुई अच्छी विनिमय दर के बावजूद, सरकार के द्वारा उठाये गए कदमों के बाद भी, हमारी विनिमय दर उस आंकड़े को नहीं छू सकी है जहाँ वित्त मंत्री इसे देखना चाहते हैं। आखिरकार बैलेंस ऑफ पेमेंट भी व्यापार के संतुलन का ही परिचायक है। आज अगर हमारा बैलेंस ऑफ पेमेंट सही है तो 800 मिलियन डॉलर को छोड़ कर इसका सारा ऋण है। जहाँ तक मेरी जानकारी है, 800 मिलियन डॉलर की यह राशि गैर–प्रत्यावर्तनीय है। इसका बाकी बचा हिस्सा भी किसी न किसी तरीके से हमारे ऋण में ही जुड़ता है। मैंने पहले भी कहा था कि बेहतर बैलेंस ऑफ पेमेंट की स्थिति में एक दौर ऐसा आया था जब सरकार इस मुद्दे पर आरामदेह स्थिति में थी। सरकार को इस बात पर पुनर्विचार करने की जरूरत है कि क्या हमें आईएमएफ से एक और ऋण लेने की जरूरत है क्यूंकि इससे जुड़ी अन्य समानताओं को लागू करने में और भी समस्याएँ हो सकती हैं।

अगर मेरे पास ₹10 लाख अथवा ₹5 लाख की राशि है और मैं घर बैठे ही इस पर ₹50,000 का बैंक ब्याज पा रहा हूँ और दूसरी तरफ दिन में दस घंटे पसीना बहाने वाला मजदूर एक साल में ₹50,000 कमाता है–तो क्या हम दोनों के कर समान होने चाहिए?

मुझे लगता है कि अब ऐसा समय आ गया है जब वित्तमंत्री अपने पूर्व की ख्याति पर विश्राम कर सकते हैं। देश को बैलेंस ऑफ पेमेंट से जुड़ी कष्टप्रद स्थिति से बाहर निकलने के बाद अब आने वाले महीनों और वर्षों में लागू की जाने वाली रणनीति के बारे में उन्हें सोचना चाहिए। यही मेरा उनसे पहला अनुरोध है।

बैलेंस ऑफ पेमेंट के अलावा दूसरा मुद्दा मनी सप्लाई से जुड़ा हुआ है। जहाँ तक मेरी समझ है मनी सप्लाई की वर्तमान दर 19.5 प्रतिशत है। मुझे मालूम नहीं कि यह आंकड़ा सही है या नहीं लेकिन स्पष्ट है कि अर्थव्यवस्था में जरूरत से ज्यादा तरलता है। इसके कई कारणों में

से एक है हमारे मौद्रिक घाटे का जरूरत से ज्यादा होना जिसकी अपेक्षा वित्त मंत्री ने भी की थी। इसका मतलब है कि हम पुनः शुरुआत कर सकते हैं और राजस्व व्यय को नियंत्रित किया जा सकता है। मुझे इस बात की हैरानी है कि नॉन–इंटरेस्ट राजस्व घाटा भी ₹400 करोड़ का है। मैं समझ सकता हूँ कि यह ब्याज वित्त मंत्री को विरासत में मिला हुआ है। ब्याज की इस रकम को एक रात में कम करना मुमकिन नहीं है लेकिन इसके लिए आपको व्यय पर नियंत्रण करना होगा और यह एक अप्रिय कदम है। अपने सहकर्मियों के बीच वित्त मंत्री को आलोचना झेलनी होगी लेकिन इसका कोई शॉर्ट कट नहीं है।

दूसरे मंत्रालयों के साथ कठोर रुखः

इस वर्ष उन्हें राजस्व व्यय को बजट में उल्लिखित स्तर पर बनाये रखना होगा। और इसके लिए उन्हें कठोर होना पड़ेगा। दूसरी तरफ, जैसा कि हमने देखा है, राजकोषीय घाटे की 6.5 प्रतिशत की दर को पाने के उनके तमाम प्रयासों के बाद भी उन्हें पूंजीगत व्यय में कटौती करनी पड़ी थी। राजस्व व्यय में भी उनकी उम्मीद से कहीं ज्यादा वृद्धि हुई है। ऐसे में मेरा आग्रह उनसे यह होगा कि अब जब हम मई के महीने में प्रवेश कर चुके हैं–उन्हें अभी से ही, बिना विलम्ब किए हुए अन्य मंत्रालयों के साथ कठोर रुख रखते हुए व्यय में निर्मम कटौती करनी होगी।

दूसरा महत्वाकांक्षी आंकड़ा जिसे हम पाने की कोशिश में हैं वो है डिससेविंग्स को 1.1 प्रतिशत के आंकड़े तक नियंत्रित करना। सरल भाषा में कहा जाए तो हमें पब्लिक सेक्टर के घाटे को कम करना होगा। यह एक ऐसा विषय है जिस पर हम कई बार चर्चा कर चुके हैं। मुझे नहीं लगता कि वर्तमान नीतियों द्वारा अद्यतन पब्लिक अंडरटेकिंग के कर्मचारियों को काम से निकालना कहीं से भी व्यावहारिक नहीं है। हालाँकि कृष्णमूर्ति समिति इस मामले में विचार कर रही है लेकिन पब्लिक सेक्टर के घाटे को नियंत्रित करने के लिए, बड़े पैमाने पर सामाजिक–आर्थिक विस्थापन के बिना डिससेविंग्स को नियंत्रित करने के लिए हमें कोई न कोई उपाय निकालना होगा क्यूंकि मुझे डर है कि हम कई मुसीबतों का सामना कर रहे हैं। हमें बेरोजगार हो कर सड़कों पर प्रदर्शन कर रहे कर्मचारियों को काम पर नहीं रखना चाहिए था क्यूंकि आगे चल कर यह एक ऐसी

समस्या बन जायेगी जिसे हल करना वित्त मंत्री के बूते से बाहर होगा।

मैं वित्त मंत्री का ध्यान आयकर से जुड़े विषयों पर आकृष्ट कराना चाहूँगा। भारत में आयकर की शुरुआत सन 1930 में हुई थी और तब यह धनाढ्य वर्ग से ही वसूला जाता था। तब इसी धनाढ्य वर्ग के पास पैसा हुआ करता था और राज्य उनके धन में अपनी हिस्सेदारी चाहता था। आखिरी चालीस–पचास वर्षों में जो हुआ वो निस्संदेह हमारी आँखें खोलने वाला है। अब इस देश में आयकर सिर्फ धनाढ्य वर्ग से नहीं वसूला जाता है। यह निचले स्तरों पर भी विद्यमान है क्यूंकि अभी इंडेक्सेशन की शुरुआत नहीं हुई है। इस वर्ष भी छूट के स्तरों के मुद्दे पर काफी शोरशराबा हुआ है। मैं समझ सकता हूँ कि वित्त मंत्री के पास उनकी अपनी समस्याएं हैं।

लेकिन पिछले पचास वर्षों में जो हुआ उस पर भी हमें ध्यान देने की जरूरत है। अगर हम सन् 1938–39 और 1992 के बीच रूपये के भाव की तुलना करें तो हम पायेंगे कि कॉस्ट ऑफ लिविंग सूचकांक 100 से बढ़कर 5,263 तक पहुँच गया है–जो कि बावन गुना वृद्धि है। अगर आयकर का इंडेक्सेशन स्लैब में बिना किसी बदलाव के, बिना किसी वृद्धि अथवा कटौती के किया जाता, तो आज ₹10 से ₹12 लाख कमा रहे लोगों पर 20 प्रतिशत स्लैब लागू होता। इसलिए वित्त मंत्री द्वारा आयकर दरों में नियंत्रण के बावजूद, ये पचास वर्ष पहले के आंकड़े से बहुत ज्यादा है।

सिर्फ तनख्वाह पाने वाले अदा करते हैं कर:

इस बीच क्या हुआ है? सरकार ने स्लैब्स और छूट की सीमाओं को तालिकाबद्ध नहीं किया है। लेकिन कर अदा करने वालों ने अपने लिए इसे जरूर तालिकाबद्ध किया है। धनाढ्य वर्ग ने अपने लिए तालिका बनायी हैं जिसके आधार पर वो ये निर्धारित करते हैं कि उन्हें कितना कर अदा करना है और कितना नहीं। इसलिए इनकम टैक्स रिटर्न में वो अपनी आय दिखाते ही नही हैं। इसका परिणाम क्या होता है? इसका परिणाम यह होता है कि असली राजस्व की प्राप्ति ऊपरी वर्ग से नहीं बल्कि नीचे से हो रही है। सबसे बड़ी विडम्बना यह है कि अब ट्रेड यूनियन भी छूट की सीमाओं में वृद्धि की मांग कर रहे हैं। बीस वर्ष पहले फिक्की और अन्य संगठन इन सीमाओं में वृद्धि की मुखालफत कर

रहे थे। आज इस संवर्ग को छूट की सीमा से कोई मतलब नहीं है।

बहुत दुःख के साथ मुझे यह कहना पड़ रहा है कि दुर्भाग्य से इस देश में सबसे ज्यादा खर्च करने वाला वर्ग कर नहीं अदा कर रहा है। वो सभी इस देश की आयकर व्यवस्था के बाहर हैं।

तो कौन है जो कर अदा कर रहा है? मौजूदा समय में आयकर सिर्फ मध्यम वर्ग के लिए लागू होता है, और वो भी खास कर नौकरीपेशा वर्ग के लिए। जनसँख्या का सिर्फ वही हिस्सा कर अदा कर रहा है जो इससे बच नहीं सकता क्यूंकि उनके आय के स्रोत पर ही कर का हिस्सा काट उसे सरकार को सौंप दिया जाता है। मेरी समझ से यह एक गैर वाजिब चीज है। मैं सरकार की मजबूरी भी समझ सकता हूँ क्यूंकि आज राजस्व का एक बड़ा हिस्सा इसी नौकरीपेशा वर्ग से आता है।

मैं जो सुझाव देने जा रहा हूँ वह बहुतों को क्रांतिकारी भी लग सकता है। मुझे लगता है कि जब हमने पिछले एक वर्ष इतने सारे बड़े कदम उठाये हैं तो डायरेक्ट टैक्स के मामले में लोगों के कुछ चुनिन्दा वर्गों के लिए कर माफ करना उचित कदम रहेगा। उदाहरण के लिए शारीरिक श्रम करने वाले मजदूरों को आयकर से मुक्त कर देना चाहिए। आय का प्रकार महत्वपूर्ण है, न कि स्लैब्स का होना। अगर मेरे पास ₹10 लाख अथवा ₹5 लाख की राशि है और मैं घर बैठे ही इस पर ₹50,000 का बैंक ब्याज पा रहा हूँ और दूसरी तरफ दिन में दस घंटे पसीना बहाने वाला मजदूर एक साल में ₹50,000 कमाता है–तो क्या हम दोनों के कर समान होने चाहिए?

मेरे विचार से हमें गंभीर विचार करते हुए कुछ खास वर्ग के लोगों को आयकर के बोझ से मुक्त कर देना चाहिए। आपके पास राजस्व कलेक्टरों की एक बड़ी फौज है। हमें उन्हें जरूरत से अधिक पैसा कमा रहे लोगों का पीछा करने के लिए नियुक्त करना चाहिए।

आप मुझे चाहे जिस भी स्लैब में रखें, मुझे कोई आपत्ति नहीं लेकिन मेरा निवेदन है कि शारीरिक श्रमिकों को आयकर से मुक्त कर देना चाहिए फिर चाहे उनकी कमाई कुछ भी हो क्यूंकि यह उनकी गाढ़ी मेहनत की कमाई होती है। यह एक जटिल आयकर प्रणाली जरूर हो सकती है लेकिन निश्चित तौर पर यह सबके लिए बराबर होगी। वर्तमान समय में

समानता विलुप्त हो चुकी है। आज मुझे इस बात का आश्चर्य है कि प्री–बजट मेमोरेंडम में ट्रेड यूनियन वाले छूट की सीमाओं में वृद्धि की मांग कर रहे हैं। मेरी समझ से यह एक ऐसा विषय है जिससे उन्हें कोई मतलब नहीं होना चाहिए था।

बीस वर्ष पहले, मेरे ड्राइवर को कर अदा नहीं करना होता था। फैक्ट्री में काम करने वाला मजदूर कर के बंधन से मुक्त था। आज वो सब आयकर भर रहे हैं। लेकिन जो लोग पैसे खर्च कर रहे हैं वो आयकर अदा करते हुए नहीं दिख रहे हैं। इसलिए मेरी समझ से वर्तमान आयकर प्रणाली बहुत ही असमान है और इसमें पूर्णतः क्रांतिकारी परिवर्तनों की आवश्यकता है।

वर्तमान कर प्रणाली को उखाड़ फेंकोः

मैंने चेल्लिया समिति की अंतरिम रिपोर्ट का अध्ययन किया है। उनके कुछ सुझाव बहुत ही अच्छे हैं। इससे आयकर प्रणाली और आसान होगी। लेकिन इसकी सबसे बड़ी समस्या यह है कि ये सारे बदलाव वर्तमान कर प्रणाली के असंतुलन को दूर करने के लिए किए जा रहे हैं। मेरे विचार से इस वर्तमान प्रणाली को उखाड़ फेंकना चाहिए। हमने धनाढ्य वर्ग से आयकर वसूलना शुरू तो किया था, लेकिन अब हम बिलकुल अलग वर्ग से इसे वसूल रहे हैं। शायद यह राजा चेल्लिया के पॉइंट ऑफ रेफरेंस में है ही नहीं।

चेल्लिया समिति की रिपोर्ट में दो सिफारिशें की गयी हैं। पहला प्रकल्पित कर के बारे में है जिसे इस वर्ष वित्त मंत्री ने आंशिक तौर पर दुकानदारों और अन्य वर्गों पर लगाया है। दूसरा इस्टीमेटेड इनकम स्कीम (EIS) के बारे में है जिसके बारे में चेल्लिया समिति द्वारा दिए गए सुझावों को वित्त मंत्री ने अभी तक लागू नहीं किया है। मेरा सुझाव है कि इस देश में इस स्कीम को सिर्फ उच्च वर्ग के लोगों के लिए ही लागू करना चाहिए, जो पैसा खर्च तो करते हैं लेकिन कर अदा नहीं करते। राजस्व अधिकारियों को उन्हें इस्टीमेटेड इनकम के खांचे में रखना चाहिए। 'अगर आप एक खास राशि खर्च कर रहे हैं तो हमारे अनुमान से आपकी आय निम्न है, और अगर ऐसा नहीं है तो आप अपनी आय के बारे में स्थिति स्पष्ट करें–यही उनकी सोच होनी चाहिए।

दुर्भाग्य से अगर हमने ऐसी कोई नीति नहीं बनायी तो हर वर्ष हमारे देश में 28,000, 30,000, 22,000, 80L, 80CCA पर ही विमर्श होते रह जाएगा। मेरी समझ से ये सारा विमर्श पूरी तरह से गैरवाजिब है। आपके द्वारा जारी किए गए प्रावधानों के बारे में, खास कर 80L के बारे में मेरा मानना है कि वित्त मंत्री के द्वारा इसे टुकड़ों में लागू करने के बावजूद, देश की अर्थव्यवस्था की तमाम समस्याओं के लिए उसका सकारात्मक पक्ष रहा है। विकासशील देशों के बीच भारत का हाउसहोल्ड सेविंग रेट अभी भी अधिक है और इसका कारण हमारी भारतीय परंपरा है। हम भारतीय बचत करना चाहते हैं। इसलिए सेविंग्स का कोई भी संयंत्र हटाया नहीं जाना चाहिए। मुझे मालूम है कि इन सेविंग्स संयंत्र का दुरुपयोग भी हो सकता है। यह खतरा हमेशा मौजूद रहता है। लेकिन सेविंग्स में वृद्धि करने के आपके प्रावधानों को नहीं हटाना चाहिए।

आयकर सिर्फ पार्टनर्स और शेयर्स में उनकी हिस्सेदारी के आधार पर वसूला जाएगा। इससे हमारी सभी नकली चिंताएं दूर हो जायेंगी। हमें तब और ईमानदार और अधिक कर की प्राप्ति होगी।

फिर चाहे वो 80L हो या 80CCA, हमें दोनों को 88 में मिला देना चाहिए। लेकिन राजा चेल्लिया समिति की रिपोर्ट और वित्त मंत्री के द्वारा लिए गए फैसलों से लगता है कि करदाताओं को कम से कम कर देने की खुली छूट दे रखी हो। ऐसा लगता है कि हम उन्हें ये सन्देश दे रहे हैं कि आप कम से कम कर अदा करें और हमें आपके द्वारा बचायी गयी राशि से कोई लेना देना नहीं है। इससे अच्छा ये होता अगर हम उन्हें ये कहते कि 'अगर आप अपनी आय का किसी सेविंग संयंत्र में निवेश कर रहे हैं तो आपको कम आयकर भरना होगा और अगर आप ऐसा नहीं कर रहे तो आपसे अधिक आयकर वसूला जाएगा।' मेरी समझ से बचत करने की आदत को प्रोत्साहित करने की जरूरत है। पिछले कई सालों में हमने देखा है कि बचत संयंत्रों ने अच्छा काम किया है। एक के बाद एक, वित्त मंत्रियों ने इसमें कई फेरबदल किए हैं। मेरे विचार से डायरेक्ट टैक्स बोर्ड इसमें जरूरी बदलाव कर इसे और सरलीकृत कर सकता है ताकि हमें हर वर्ष इन खण्डों में बदलाव नहीं करना पड़े।

सभी फर्मों को करमुक्त किया जाएः

सरकार द्वारा बनाया गया अगला प्रावधान फर्म्स पर लगने वाले टैक्स से सम्बंधित है। मेरे विचार से यह सही दिशा में उठाया गया कदम है। वर्ष 1989 में सदन में एक बिल लाया गया था जो कि एक अच्छा बिल था। लेकिन उसको लेकर व्यापारियों और औद्योगिक क्षेत्र में काफी हल्ला–हंगामा हुआ था। उनके विचार से यह किसी नवजात शिशु की हत्या के जैसा कदम था। उस बिल के प्रावधानों में संशोधन करने के बजाय आपने उसे सिरे से नकार दिया। मैं उस वक्त संसद में मौजूद था जब पूरे बिल को निरस्त किया गया था। यह बिलकुल गैरवाजिब कदम था। राजा चेल्लिया समिति ने फर्म्स, उनके पार्टनर्स और आय को छुपाने से रोकने के लिए कई महत्वपूर्ण कदम उठाये हैं। इसका एक हिस्सा क्रियान्वित किया जा चुका है। फर्म्स के सम्बन्ध में मैं आश्वस्त हूँ कि इसका आधार सुनिश्चित कर लिया गया होगा। किसी भी व्यक्ति को एक से अधिक फर्म्स के नाम पर आयकर में छूट नहीं देनी चाहिए। इसलिए अगर हम कर सुनिश्चित करने का आधार व्यक्ति को बनायेंगे तो, वास्तव में, हमें एक कदम आगे बढ़ कर इस बात की घोषणा करनी चाहिए कि आयकर सिर्फ व्यक्तिगत स्तर पर वसूले जायेंगे। जैसा कि चेल्लिया समिति ने सुझाव दिया है, रजिस्टर्ड फर्म्स का धंधा समाप्त होना चाहिए। सभी फर्म्स को आयकर के दायरे से मुक्त कर देना चाहिए।

प्रोडक्टिव तथा नॉन-प्रोडक्टिव टैक्सः

प्रकल्पित कराधान के सम्बन्ध में मेरा कहना है कि आपने अच्छी शुरुआत की है। मेरे विचार से इसे ट्रक ऑपरेटर, लॉन्ड्री वालों और छोटे बेकरियों तक बढ़ा देना चाहिए जहाँ लाखों लोग कार्यरत हैं और जिनकी आय ₹28,000 से अधिक होने के बावजूद वो टैक्स ब्रैकेट से बाहर हैं। ऐसा इसलिए है कि वो अपने खाते उस तरीके से नहीं प्रबंधित कर पा रहे हैं जिस तरह से आयकर अधिकारी उन्हें करते हुए देखना चाहते हैं। आप उनसे कभी आयकर नहीं वसूल पायेंगे। इसका सबसे अच्छा उपाय प्रकल्पित कराधान है, जिसे निवेश, इकाई और उसकी स्थिति के आधार पर वसूला जा सकता है।

निर्धारक अधिकारी के लिए इस बात को जानना कतई मुश्किल नहीं होगा कि चांदनी चौक अथवा कनाट प्लेस में अपनी दूकान रखने वाला व्यक्ति एक खास धनराशि कमाता होगा। जो लोग आज आयकर से बच कर भाग रहे हैं हम उनसे भी बहुत सारा राजस्व प्राप्त कर सकते हैं। दूसरा प्रकार वेल्थ टैक्स का है, जो कि बहुत ही प्रोग्रेसिव है। आपने अभी प्रोडक्टिव और नॉन–प्रोडक्टिव टैक्स के बीच अंतर स्पष्ट किया। यह बहुत अच्छी बात है। कृपया इसे आगे लेकर जाएँ। वैसा धन जो आय का स्रोत हो तथा धन जिससे किसी भी तरह की आय न हो, उन दोनों को अलग तरीके से देखना चाहिए–ये सुझाव मैं पिछले दो–तीन वर्षों से दे रहा हूँ। कुछ लोग अपने धन को सोने–जेवरात अथवा नकद के तौर पर रखना चाहते हैं। उन्हें इसके एक हिस्से का भुगतान सरकारी खाते में करना चाहिए। अगर वह धन हमारी अर्थव्यवस्था का हिस्सा होता, तो उस व्यक्ति को भी इसका लाभ मिलता। इसलिए यह सोच–पद्धति बहुत ही सटीक है। इसे इसके तार्किक अंत तक ले जाना चाहिए। हमें इसकी ड्राफ्टिंग में बहुत ही बारीकी से ध्यान देना होगा जिससे कि हम किसी भी कानूनी समस्या में न फंसें।

दूसरे प्रकार के कर के बारे में बात करते हुए मैं सबसे पहले गिफ्ट टैक्स और एस्टेट ड्यूटी के बारे में बात करना चाहूँगा जिसे कि अब हटा दिया जा चुका है। मेरे विचार से गिफ्ट टैक्स एक्ट को भी हटा दिया जाना चाहिए। हमें इनकम टैक्स एक्ट में एक आसान से प्रावधान को रखने की आवश्यकता है। विभिन्न प्रकार के आय के स्रोतों के अलावा इसमें किसी प्रकार की भी बढ़ोतरी का एक भाग सरकारी कोष में जाना चाहिए। अगर किसी पिता ने अपनी वसीयत में अपनी सारी जायदाद अपने पुत्र के नाम कर दी है और पुत्र को बिना कुछ किये हुए ही उस धन की प्राप्ति होती है तो उस धन का कुछ हिस्सा सरकारी खाते में कर स्वरूप जाना चाहिए। इसी प्रकार अगर किसी व्यक्ति का कोई सम्बन्धी अमेरिका में रहता है और वो उसे कोई उपहार भेजता है तो इससे ये स्पष्ट होता है कि वो व्यक्ति आभिजात्य वर्ग से ताल्लुक रखता है और इसीलिए उसे इसका एक हिस्सा कर के रूप में अदा करना चाहिए। यह हिस्सा कुल राशि का 20 से लेकर 25 प्रतिशत हो सकता है। इस सम्बन्ध में अंतिम निर्णय वित्त मंत्री का होगा। लेकिन कृपा करके इसके नियमों को आसान बनायें।

तत्कालीन वित्त मंत्री श्री मधु दंडवते ने आदताओं पर गिफ्ट टैक्स लगाने सम्बन्धी विधेयक प्रस्तुत किया था। लेकिन सरकार में बदलाव के कारण वह विधेयक निरस्त हो गया। वह एक जटिल विधेयक भी था। मेरे विचार से हमें आयकर कानून में एक और खंड जोड़ कर इस बात को साफ कर देना चाहिए, कि आय के अन्य स्रोतों के अलावा, उसमें किसी भी प्रकार की वृद्धि पर कर अदा करना होगा। बेशक वह 20 प्रतिशत हो, मुझे इसमें कोई आपत्ति नहीं है। लेकिन हमें यह सुनिश्चित करना होगा कि धनी हो रहा कोई भी व्यक्ति सरकारी कोष में अपनी आय का हिस्सा जमा करा रहा है।

क्या यह वर्ल्ड बैंक और आईएमएफ की विचारधारा हैः

एक्साइज और कस्टम ड्यूटी के मामले में मेरी राय सरकार से भिन्न है। मुझे एक्साइज ड्यूटी बढ़ाकर कस्टम ड्यूटी घटाने का तर्क समझ में नहीं आता है। क्या यह वर्ल्ड बैंक और आईएमएफ की विचारधारा है? क्या उन्हें ऐसा लगता है कि कस्टम ड्यूटी के घटा दिए जाने से, औद्योगिक क्षेत्र में प्रतिस्पर्धा बढ़ जायेगी? मुझे लगता है कि ये सब कुछ अभी दूर की कौड़ी है। भारत अभी लौह अयस्क, चाय, कपास और जूट के अलावा कुछ भी निर्यात नहीं करता है। सरकारी की कई कोशिशों के बाद भी हमारे निर्यात दर में कोई वृद्धि नहीं हुई है। आज हमारे देश में लोग निर्यात के लिए टीवी सेट्स और अन्य अत्याधुनिक सामान बना रहे हैं। लेकिन वो सब बनने से पहले ही अप्रचलित हो जाते हैं।

स्पष्ट है कि निर्यात के लिए अभी हमें अपनी पारंपरिक वस्तुओं पर ही निर्भर रहना होगा। आपने कस्टम ड्यूटी को घटा दिया है। आप इसे भी आजमा कर देख सकते हैं। हमारी समझ से आयात में संकुचन ही हमारी समस्याओं का एकमात्र समाधान है। आयात को मंजूरी दिए जाने पर एक विमर्श हुआ था। तत्कालीन वित्त मंत्री श्री यशवंत सिन्हा ने आयात में संकुचन किया था। वाणिज्य मंत्री श्री चिदंबरम प्रेस से यह कहते हैं कि पिछले वर्ष हमारा बैलेंस ऑफ ट्रेड सबसे अच्छी स्थिति में था। इसका कारण था कि श्री सिन्हा ने आयात में संकुचन को मंजूरी दे दी थी।

विमर्श का दूसरा विषय है—आयात में संकुचन के कारण औद्योगिक उत्पादन में गिरावट आना। इसे स्थापित करने के लिए हमारे पास कोई

ठोस आंकड़े नहीं हैं। या तो सरकार इस विषय पर ठोस आंकड़ों के साथ हमारे सामने आये या फिर वो यह नहीं कहे कि निर्यात में संकुचन की वजह से उद्योग ठीक तरीके से अपना काम नहीं कर पा रहे हैं। मैंने कुछ उद्योगपति मित्रों और जानकारों से इस विषय पर चर्चा की है। किसी ने भी मुझे आयात में संकुचन और घटते औद्योगिक उत्पादन के बीच किसी सम्बन्ध से अवगत नहीं कराया है। वो मुझे कुछ मैक्रो–इकोनोमिक आंकड़े उपलब्ध करा रहे थे जिससे कि मैं बिलकुल भी संतुष्ट नहीं था। उनसे मेरा सीधा प्रश्न था–'कि क्या आपके उद्योग को आयात संकुचन की वजह से किसी भी प्रकार की कोई समस्या का सामना करना पड़ा है?' उनका सीधा जवाब था–नहीं। मेरे सामने एक भी ऐसा व्यक्ति नहीं आया जिसने उत्पादन में कमी की वजह आयात में संकुचन अथवा लेटर ऑफ क्रेडिट मार्जिन के 200 प्रतिशत होने को बताया हो। उसके आयात खर्च में भले ही वृद्धि हो सकती है। लेकिन मेरे दृष्टिकोण से औद्योगिक अथवा निर्यात उत्पादन में कोई कमी नहीं आई है। क्यूंकि, निर्यात के बदले आयात करने की मंजूरी अब भी बरकरार है।

महीने की तीस तारीख पर नजर रखें:

लेकिन क्या हमें अपने उद्योगों को चलाने के लिए निर्यात करना चाहिए? मैं इस बात के लिए आश्वस्त नहीं हूँ। हमें लगता है कि निर्यात को संकुचित किये जाने के फैसले पर हमें पुनर्विचार करना चाहिए। यह उदारीकृत व्यापार नीति अपनी जगह सही है लेकिन वित्त मंत्री को निर्यात नियंत्रित करने के लिए महीने की तीस तारीख पर अपनी नजर बनाये रखनी चाहिए। भारत जैसे देश में निर्यात पर नियंत्रण जरूरी है। सिर्फ इसलिए कि लोग मंहगे इलेक्ट्रॉनिक गैजेट का आयात कर रहे हैं हमें आयात को खुली छूट नहीं देनी चाहिए। इससे हमारे विदेशी विनिमय की बर्बादी होगी।

कस्टम्स और एक्साइज के विषय पर वित्तीय सलाह समिति की एक उप–समिति का गठन श्री राजीव गाँधी के वित्त–मंत्रित्व काल में ही की गई है। इस समिति का मंतव्य था कि हमें एड वलोरेम की दर में कोई बदलाव नहीं करना चाहिए क्यूंकि इससे भगोड़ों और भ्रष्टाचारियों को प्रश्रय मिलेगा। समिति इस नतीजे पर भी पहुंची कि दाम बढ़ने पर इन

एड वलोरेम रेट्स के कारण राजस्व में भी वृद्धि हुई है और सरकार को अधिक धन की प्राप्ति हुई है। समिति की रिपोर्ट में तय दरों और टैरिफ वैल्यू को नियत समय अंतराल पर बदलते रहने की सिफारिश की गई थी जिसे श्री गाँधी के द्वारा मान लिया गया है।

सिगरेट से जुड़े विषय पर सीबीएफसी के पूर्व अध्यक्ष ने छह अथवा तीन महीने के अंतराल पर टैरिफ वैल्यू में बदलाव की सिफारिश की थी जिसके कारण राजस्व में कोई हानि नहीं होती। लेकिन इस बजट में आपने कई वस्तुओं के सन्दर्भ में गंभीर परिवर्तन किए हैं जिनमें सौभाग्य से सिगरेट नहीं है। ये बदलाव एड वलोरेम से लेकर नियत दरों में किये गए हैं। सैद्धांतिक तौर पर यह एक प्रगतिशील कदम जरूर हो सकता है लेकिन भारतीय स्थितियों में यह एक प्रतिगामी कदम है। इसके बाद हमें फिर उन लोगों से जूझना होगा जो कर अदा नहीं करेंगे। हमें कानूनी समस्याओं का सामना करना पड़ेगा। इसके कारण हमें कई समस्याओं का सामना करना पड़ सकता है। एक्साइज और कस्टम्स के बारे में मेरी राय इतनी ही है।

अंत में, मैंने आयकर के आंकड़ों का अध्ययन किया है। बीस साल पहले, गैर कृषि कुल घरेलू उत्पाद का 25 प्रतिशत हिस्सा व्यक्ति के इनकम टैक्स रिटर्न्स में परिलक्षित होता था। बाद में, यह घट कर 15 प्रतिशत हो गया। आज व्यक्तिगत आदाताओं के द्वारा सिर्फ 7 से 8 प्रतिशत हिस्सा ही वापस किया जा रहा है। इससे यह स्पष्ट होता है कि हम कितना अधिक काला धन जमा कर रहे हैं। वर्ष 1988–89 में तीस लाख निजी करदाताओं में से सिर्फ एक लाख करदाताओं ने अपनी वार्षिक आय ₹1 लाख से अधिक दिखाई थी। इस देश में सिर्फ एक लाख लोगों के पास ₹1 लाख की वार्षिक आय हो, ऐसा संभव ही नहीं है।

उपभोक्ता बाजार में आई धूम के साथ जब मारूति कार, मंहगे इलेक्ट्रॉनिक गजेट धड़ल्ले से बिक रहे हों तब क्या यह संभव है कि इस देश में ऐसे सिर्फ एक लाख लोग हैं जिनकी वार्षिक आय ₹1 लाख से अधिक हो? यह स्पष्ट तौर पर कर चोरी का प्रमाण है और इस व्यवस्था में बदलाव आना चाहिए।

राष्ट्रीय सकल उत्पाद का भी 2.7 प्रतिशत हिस्सा निजी कर का होता था। आज यह 1.7 प्रतिशत है। ये सभी आंकड़े वित्त मंत्री को भली भांति ज्ञात हैं। अगर डायरेक्ट टैक्स कोड लागू होने वाला है, जैसा कि

श्री रामेश्वर ठाकुर अक्सर अनुरोध करते थे, तो मेरा वित्त मंत्री से एक ही अनुरोध रहेगा–कि हमें इसे इस तरीके से लागू करना होगा जिससे कर की खुली चोरी पर लगाम लगे और हम अधिक से अधिक राजस्व बिना किसी समस्या के जमा कर सकें। निश्चित तौर पर हमें अपने हाथों से मेहनत करने वाले लोगों को किसी प्रकार की समस्या में नहीं डालना चाहिए।

संविधान अल्पसंख्यकों की रक्षा करने के लिए है

4,000 वर्षों से भी अधिक समय से पल्लवित होते रहने वाले हिंदुत्व को विकसित होने के लिए दूसरे सम्प्रदायों के प्रति घृणा पैदा करने की कोई जरूरत नहीं है। 6 दिसम्बर 1992 के बाद, सरल लेकिन उद्दात्त तरीके से अपनी बात रखते हुए मोरारका हिंदुत्व की आत्मा पर प्रकाश डालते हैं। उनके अनुसार भारतीय जनता पार्टी का सत्ता के लिए मोह समझा जा सकता है लेकिन इसको पाने के लिए अख्तियार किया गया उनका तरीका समझ से बाहर है। वो कहते हैं कि असली मुद्दा धर्मनिरपेक्षता बनाम साम्प्रदायिकता का नहीं है–मुद्दा विधि व्यवस्था बनाम गुंडागिरी का है। सभ्य भारत बनाम बर्बर भारत–यही वो मुख्य विषय है जिसका सामना हम आज कर रहे हैं। मोरारका कहते हैं, 'चूँकि हमारे देश की 85 प्रतिशत आबादी हिन्दू है और हिन्दू संस्कृति में धार्मिक सहिष्णुता की बात की जाती है, इसी कारण हम अपने देश में वर्तमान राजव्यवस्था को कायम रखने में सफल रहे हैं। तो समस्या कहाँ है? फिर क्यूँ आज हम इस हीनभावना से जूझ रहे हैं? क्यूँ हम इसमें बदलाव करना चाहते हैं? 11 मार्च 1993 को राष्ट्रपति के अभिभाषण के सम्मान में धन्यवाद ज्ञापित करते हुए उन्होंने कहा। बीस साल बाद, आज भी उनके द्वारा किये गए प्रश्न अनुत्तरित हैं।

6 दिसम्बर के बाद हुए घटनाक्रमों के बाद, राजव्यवस्था में हो रहा परिवर्तन, प्रत्यक्ष या परोक्ष रूप से, हमारे राष्ट्रीय विमर्श का मुख्य विषय बन गया है। इस सदन में इस विषय पर पहले भी चर्चा हो चुकी है लेकिन मुझे बड़े दुःख के साथ कहना पड़ रहा है कि पिछले तीन महीनों

में इस विषय पर जो रुख हमने अख्तियार किया है, उसका हमारे देश के भविष्य पर गंभीर प्रभाव पड़ सकता है। ऐसा मैं पूरी गंभीरता के साथ कह रहा हूँ।

मैं बम्बई (मुंबई) में रहता हूँ। अगर मैं सदन को याद दिलाऊं, तो जनवरी में वहां जो हुआ है, उसे जान कर कई लोगों को सदमा लग सकता है। अखबारों में उसके बारे में काफी कुछ लिखा गया है। मैं उन घटनाओं की बारीकियों में नहीं जाऊँगा। लेकिन इतना जरूर है कि आजादी के मुहाने पर जन्म लिए हुए मुझ जैसे व्यक्ति को ये जरूर महसूस हो रहा है कि हमने कई चीजों को 'फॉर ग्रांटेड' ले लिया है। हम सभी स्वतंत्र भारत में पले–बढ़े हैं। जनतंत्र एक जीवनशैली का नाम है, जिसे हमने बचपन से स्वीकार किया है। मुझ जैसे व्यक्ति के लिए आज, मुख्य मुद्दा धर्मनिरपेक्षता अथवा साम्प्रदायिकता का नहीं है, बल्कि विधि व्यवस्था और अराजकता का है। मुद्दा सिर्फ इतना है कि हमें कैसा भारत चाहिए–सभ्य अथवा बर्बर?

आज का मुद्दा साम्प्रदायिकता है ही नहीं। मेरी नजर में बीजेपी सिर्फ एक सांप्रदायिक पार्टी ही नहीं है। यह एक संविधान–विरोधी पार्टी भी है। बीजेपी स्वतंत्रता प्राप्ति के बाद निर्मित हर ढाँचे, हर व्यवस्था को तोड़ने के प्रयास में है।

ज्ञान प्राप्त करना कठिन है, अज्ञानी रह जाना आसानः

किसी भी राजनीतिक व्यवस्था में विभिन्न पार्टियों का विभिन्न मत होता है। बीजेपी कांग्रेस पर साम्प्रदायिकता और हम पर अल्पसंख्यक विरोधी होने का आरोप लगाती है। हम भी उन पर इसी तरह के आरोप लगा रहे हैं। लेकिन 6 दिसम्बर के बाद सब कुछ बदल गया है। आज का मुद्दा साम्प्रदायिकता है ही नहीं। मेरी नजर में बीजेपी सिर्फ एक सांप्रदायिक पार्टी ही नहीं है। यह एक संविधान–विरोधी पार्टी भी है। बीजेपी स्वतंत्रता प्राप्ति के बाद निर्मित हर ढाँचे, हर व्यवस्था को तोड़ने के प्रयास में है। मुझे लगता है कि संसद के दोनों सदनों में, और आम जनमानस के बीच में इस विषय पर विमर्श की शुरुआत होनी चाहिए।

6 दिसम्बर के बाद सरकार द्वारा उठाये गए कदमों से मैं सहमत नहीं हूँ। इसके पहले हमने संसद में कोई कार्यवाही नहीं होने दी थी और इसके बाद संसद में जरूरत से ज्यादा शोर–शराबा ही हुआ–ये दोनों ही स्थितियां जनतंत्र के लिए घातक हैं। तीन राज्यों में सरकार को हटा दिए जाने के फैसलों में मुझे कोई भी तर्क नजर नहीं आता है। किसी भी जनतांत्रिक व्यवस्था में, जब तक कोई इमरजेंसी जैसी स्थिति न पनपे, संगठनों पर पाबन्दी लगाना बिलकुल अव्यावहारिक है–हमने शुरू से इसका विरोध किया है। लेकिन मुद्दा यह भी नहीं है। हमें मालूम है कि लोक सभा में नेता प्रतिपक्ष को कैबिनेट मंत्री का दर्जा मिला हुआ है। उनकी गिरफ्तारी पर कई तरह की आपत्तियां व्यक्त की गयी थीं। खुद हमने सोचा कि संसद सत्र के दौरान उन्हें इसमें सम्मिलित होने की अनुमति मिलनी चाहिए थी। लेकिन उस बीच में क्या हुआ?

7 दिसम्बर को सारा माहौल बदला हुआ था–सहमे हुए लोग, जेलों से छूट कर बाहर निकले हुए नेता, सारी हवा बदली हुई थी। लोगों ने आक्रामक रुख अख्तियार कर लिया था। ज्ञान की प्राप्ति बहुत मुश्किल प्रक्रम है। अँधेरे में अज्ञानी बने हुए रहना बहुत ही आसान! मैं उन लोगों में से हूँ जो इस बात को मानते हैं कि हमारे स्वतंत्रता संघर्ष ने हमें कई ऐसे नेता दिए जिन पर विश्व के किसी भी हिस्से में किसी को भी गर्व हो सकता है। मेरे विचार से 1950 में आत्मार्पित किया गया हमारा संविधान विश्व में कहीं भी लिखे गए दस्तावेजों में से सबसे प्रबुद्ध और अविवाद्य है।

एक अद्‌भुत साहसिक कारनामाः

पिछले पैंतालीस वर्षों में हमें कई समस्याओं का सामना करना पड़ा है। हमने अपने संविधान में संशोधन भी किए हैं। हम इसे और बेहतर बनाने का प्रयास भी कर रहे हैं। लेकिन यहाँ मैं ये कहना चाहूँगा कि भारत विश्व इतिहास के सबसे साहसिक कारनामे को अंजाम दे रहा है और वो ये कि हम जनसँख्या की दृष्टि से विश्व में दूसरे देश की सामाजिक–आर्थिक स्थिति में जनतांत्रिक तरीके से परिवर्तन लाने की कोशिश कर रहे हैं। विश्व के किसी भी हिस्से में कोई भी ऐसे प्रयोग करने का दावा नहीं कर सकता है। सिर्फ चीन ही दूसरा ऐसा मुल्क है जहाँ इस तरह के प्रयास किये जा रहे हैं लेकिन उनका तरीका भी जनतांत्रिक नहीं है।

मुझे इस बात से कोई आपत्ति नहीं है कि एक राजनीतिक दल के तौर पर बीजेपी सत्ता में आना चाहती है। लेकिन अभी जो वो कर रहे हैं, वो देश को अन्धकार में धकेल रहा है और इसकी प्रगति में बाधक है। वो हमें यह बताने की कोशिश कर रहे हैं कि कुछ हिन्दुस्तानी दूसरे हिन्दुस्तानियों के मुकाबले निम्न स्तर के हैं।

ईरान से लेकर दक्षिण एशिया के सभी विकासशील देशों में जनतंत्र समाप्त हो चुका है। भारत ही एकमात्र ऐसा देश है जहाँ जनतंत्र अब भी बरकरार है।

हमारे देश में हर पांच वर्ष पर, दुर्भाग्य से पिछले दिनों में हर दो तीन वर्ष पर, लोक सभा के लिए स्वतंत्र और निष्पक्ष चुनाव आयोजित किये जाते रहे हैं। मुझे इस बात से कोई आपत्ति नहीं है कि एक राजनीतिक दल के तौर पर बीजेपी सत्ता में आना चाहती है। लेकिन अभी जो वो कर रहे हैं, वो देश को अन्धकार में धकेल रहा है और इसकी प्रगति में बाधक है। वो हमें यह बताने की कोशिश कर रहे हैं कि कुछ हिन्दुस्तानी दूसरे हिन्दुस्तानियों के मुकाबले निम्न स्तर के हैं।

तुष्टिकरण का मिथकः

मैं एक हिन्दू हूँ और मुझे इस बात पर गर्व है। लेकिन 6 दिसम्बर के बाद–मैं जब भी किसी दूसरे धर्म के व्यक्ति से मिलता हूँ, खास कर अपने मुस्लिम मित्रों से, तो मुझे अपना सर झुकाना पड़ता है। मुझे उनके सामने यह मानना पड़ता है कि मेरे धर्म के लोगों ने गलती की है। वे किन मुद्दों को आये दिन उछाल रहे हैं? जिसे वो अल्पसंख्यक तुष्टिकरण कहते हैं, वो दरअसल कोई मुद्दा है ही नहीं। उनके अनुसार–इस देश के अल्पसंख्यकों के साथ अभी तक बहुत अच्छा सुलूक किया गया है: यह संविधान सिर्फ बहुसंख्यकों के लिए है। वो बहुत बड़ी गलतफहमी के शिकार हैं। एक आलेख के तौर पर संविधान का एकमात्र उद्देश्य अल्पसंख्यकों की सुरक्षा करना है। संसद का चुनाव बहुमत के द्वारा होता है। हमें संविधान की जरूरत क्यूँ है? देखा जाए तो हमें संविधान की जरूरत ही नहीं है–हम आम नियमों के आधार पर भी अपना देश चला सकते हैं। लेकिन संविधान के होने का एक और एकमात्र कारण है कि

यह उनकी सुरक्षा करता है जो बहुसंख्यक नहीं हैं।

बहुसंख्यकों के हितों पर आधारित उनकी सोच को हम अगर मानते हैं तो हमें सिर्फ धार्मिक बहुमत की बात न करके, आर्थिक बहुमत की भी बात करनी चाहिए।

संसद, एकमत से, किसी भी कानून को पारित कर सकता है। इससे असंतुष्ट नागरिक सुप्रीम कोर्ट जा सकता है और सिर्फ सुप्रीम कोर्ट ही इस कानून को निरस्त कर सकता है। बहुमत फिर भी किसी कानून को पारित कर सकता है और उसके बाद भी इसे निरस्त किया जा सकता है। ऐसी प्रबुद्ध है हमारी राजव्यवस्था। हमारे संविधान निर्माताओं ने ऐसा प्रावधान रखा है कि जब भी किसी अल्संख्यक के हितों को बहुसंख्यकों द्वारा दरकिनार किया जाएगा, उस स्थिति में न्यायालय उसकी रक्षा करेगा। 'चूँकि वह एक विवादित इमारत थी और कोर्ट उस पर फैसला देने में देरी कर रहा था, इसलिए हमने वहां जा कर मामले को अपने हाथ में ले लिया'–अगर उनकी ये थीसिस सही है तो फिर इस आधार पर किसी भी विवादित जायदाद के निपटारे के लिए दो सौ लोगों की भीड़ वहां घुस कर कह सकती है कि चूँकि कोर्ट इस विवाद के निपटारे में देरी कर रहा है, इसलिए हम इस पर कब्जा कर रहे हैं। और फिर अगर कोई इसमें दखलंदाजी करे तो उनका तर्क होगा–कि 'अगर हम कुछ गलत कर रहे हैं तो वोटिंग करा लीजिए'।

---

6 दिसम्बर 1992 के बाद मुद्दा यह है कि क्या हम 1947 में शुरू की गई सामाजिक आर्थिक प्रक्रिया को इस तरीके से चलाएंगे या फिर हम इसमें मूलभूत बदलाव करेंगे जिसके कारण जनतांत्रिक प्रक्रिया समाप्त हो जाए?

जायदाद से जुड़े विवादों को आप वोटिंग द्वारा नहीं सुलझा सकते हैं। चुनाव सरकारों को चुनने के लिए होते हैं। एक बार सरकार चुनने के बाद चुनावी प्रक्रिया तभी शुरू होती है जब सरकार अपना कार्यकाल पूरा कर ले अथवा सदन में अपना बहुमत खो दे। हर मुद्दे पर निर्णय का जिम्मा हम जनता पर नहीं छोड़ सकते हैं। यह एक बेहद खतरनाक सोच है। अगर बहुमत ही निर्णय का आधार है तो फिर ये आधार सिर्फ धार्मिक

ही क्यूँ? क्यूँ नहीं ये आधार आर्थिक हो सकता है? क्यूँ नहीं दिल्ली की झुग्गी झोपड़ियों में रहने वाले लोगों को दूसरों के घर में घुस कर उस पर अपना हक जमाने की अनुमति दे दी जाती है? क्यूँ नहीं झुग्गी झोपड़ी वालों को ये कहने की अनुमति है कि इस बात पर वोटिंग हो कि 'क्या ये हाउसिंग कॉलोनियां हमारी हैं या नहीं?'

एक कृत्रिम उथल-पुथल और बाहुबलियों का दबदबाः

क्या हम एक सभ्य समाज में रह रहे हैं? आजकल का सबसे महत्वपूर्ण मुद्दा यही है। मसला साम्प्रदायिकता अथवा धर्मान्धता का नहीं है, हमारे समक्ष मुंह बाए खड़ा हुआ मसला 6 दिसम्बर से पहले का है। 6 दिसम्बर 1992 के बाद मुद्दा यह है कि क्या हम 1947 में शुरू की गई सामाजिक आर्थिक प्रक्रिया को इस तरीके से चलाएंगे या फिर हम इसमें मूलभूत बदलाव करेंगे जिसके कारण जनतांत्रिक प्रक्रिया समाप्त हो जाए?

वे बेहद वरिष्ठ राजनेता हैं। व्यक्तिगत तौर पर न सिर्फ मैं उनकी क्षमता बल्कि उनकी ईमानदारी के लिए भी उनका बहुत आदर करता हूँ। लेकिन कुछ तो गलत है। और गलत क्या है? सीधी–सी बात यह है कि उन्हें सत्ता की बू आ रही है। चारों तरफ धार्मिक अफरातफरी का माहौल है। यह ठीक वैसा ही है जैसे हम कश्मीर में जनमत कराने की बात करें। मैं उनके समक्ष ये प्रस्ताव रखता हूँ कि क्या वो कश्मीर में जनमत कराने के पक्ष में हैं? अगर नहीं तो क्यूँ नहीं? अगर जनता की मर्जी से ही हर मुद्दे का निर्णय होना है तो फिर क्यूँ नहीं हम कश्मीर में जनमत की इजाजत दे सकते हैं? लेकिन वो ऐसा नहीं कर सकते क्यूंकि उन्हें भी मालूम है कि कश्मीर में कोई भी जनमत स्वतंत्र और निष्पक्ष तरीके से कराया ही नहीं जा सकता। वहां का पूरा माहौल धार्मिक दृष्टिकोण से गर्म है। इसलिए यह मुद्दा ही गौण हो जाएगा।

चूँकि हमारे देश की 85 प्रतिशत आबादी हिन्दू है और हिन्दू संस्कृति में धार्मिक सहिष्णुता की बात की जाती है, इसी कारण हम अपने देश में वर्तमान राजव्यवस्था को कायम रखने में सफल रहे हैं। तो समस्या कहाँ है? फिर क्यूँ आज हम इस हीनभावना से जूझ रहे हैं? क्यूँ हम इसमें बदलाव करना चाहते हैं?

उन्होंने एक कृत्रिम उथल पुथल को जन्म दे रखा है और वे बहुसंख्यकों के बाहुबल के दम पर अल्पसंख्यकों की आवाज दबाना चाहते हैं। और इसके लिए वो चुनाव की मांग कर रहे हैं। मैं उस दल से सम्बद्ध हूँ जिसने इस सरकार की आर्थिक नीतियों का विरोध किया है। ये वही लोग हैं जिन्होंने इस सरकार को अपना समर्थन दिया है। जब हमने कहा कि पैंतालीस वर्षों से चली आ रही हमारी राजनीतिक प्रकृति को अधिसूचनाओं द्वारा नहीं बदलना चाहिए तो उन्होंने हमारी नहीं सुनी। जब हमने कहा कि जवाहरलाल नेहरू और इंदिरा गांधी के द्वारा स्थापित किये गए आर्थिक ढाँचे को अधिसूचनाओं द्वारा बदला न जाए तो उन्होंने हमारी नहीं सुनी। क्यूँ? क्यूंकि विपक्ष और कांग्रेस के कुल 400 सांसद लोक सभा में हैं। श्री आडवाणी ने कहा था–'देश को इससे अच्छा प्रधानमन्त्री नहीं मिल सकता है'? उन्होंने सरकार की आर्थिक नीतियों का समर्थन किया था। जब वो सरकार का समर्थन कर रहे थे तो वो विपक्ष के समर्थन तले दमक रहे थे।

भारतीय संस्कृति का सरलीकरणः

चार हजार वर्षों से पनप रहे दर्शन और संस्कृति को मिटा पाना हम लघुमानवों के बस की बात नहीं हैं जो इस प्रक्रिया का एक बेहद छोटा हिस्सा मात्र हैं। दरअसल हम सब भारतीय संस्कृति और इतिहास के सरलीकरण के प्रयास में हैं जिससे हम में से बहुत कम लोग ही इत्तेफाक रखते होंगे। यह संभव ही नहीं है। उनके द्वारा कही गयी कुछ बातों में दम जरूर है लेकिन उन बातों के आधार पर किसी परिणाम पर पहुंचना गलत है। जैसे कि वो कहते हैं कि भारत धर्मनिरपेक्ष इसलिए है क्यूंकि यहाँ की बहुसंख्यक जनता हिन्दू है। वो बिलकुल सही हैं। चूँकि हमारे देश की 85 प्रतिशत आबादी हिन्दू है और हिन्दू संस्कृति में धार्मिक सहिष्णुता की बात की जाती है, इसी कारण हम अपने देश में वर्तमान राजव्यवस्था को कायम रखने में सफल रहे हैं। तो समस्या कहाँ है? फिर क्यूँ आज हम इस हीनभावना से जूझ रहे हैं? क्यूँ हम इसमें बदलाव करना चाहते हैं? अगर हमारे देश की पचासी प्रतिशत जनता जो की गरीब, अशिक्षित और भूखी है, सम्मान के साथ रहना चाहती है और दूसरों को भी सम्मान के साथ जीने देना चाहती है तो इसमें क्या गलत

है? मेरी समझ से तो यह एक बेहद सम्मानजनक बात है।

लेकिन उनका कहना ये है कि हम 85 प्रतिशत लोगों के कारण ही वो 15 प्रतिशत लोग यहाँ रह पा रहे हैं। यह सही नहीं है। भारत कभी भी एक हिन्दू राष्ट्र नहीं था। भारत सिर्फ भारत था? अगर फिर भी वो इस राष्ट्र के लिए कोई शब्द का प्रयोग करना चाहते हैं तो उन्हें सनातन धर्म का प्रयोग करना चाहिए। सनातन धर्म का अर्थ होता है वो जो युगयुगांतर तक चलता रहे, वो जो निर्बाध हो, वो जो सभी युगों में सत्य हो। हिन्दू दर्शन ही एकमात्र ऐसा दर्शन है जहाँ कोई एक गुरु, कोई एक ग्रन्थ, कोई एक सर्वेसर्वा नहीं होता है। मैं एक हिन्दू हूँ और मुझे कोई भी हिन्दू धर्म से बाहर नहीं निकाल सकता है। मुझे शंकराचार्य हिंदुत्व से वंचित नहीं कर सकते। कोई भी मुझे मेरे धर्म से बाहर नहीं निकाल सकता। अशोक सिंघल तो बिलकुल भी नहीं।

मुझे ये बात समझ नहीं आती है। हमारे पास वेद हैं, उपनिषद हैं, भगवद गीता है, रामायण है, महाभारत है। हमारी हिन्दू संस्कृति में ज्ञान का भण्डार है। लेकिन आज मैं ये पाता हूँ कि कोई व्यक्ति विशेष अपना संगठन बना कर, उसे सोसाइटीज एक्ट के तहत रजिस्टर करा कर, हमें यह जताना चाहता है कि वो हिंदुत्व का सबसे बड़ा ठेकेदार है। यह कतई मंजूर नहीं किया जा सकता है। हालाँकि वो मेरी बात से ताल्लुकात नहीं भी रख सकते हैं।

अगर उनका एकमात्र लक्ष्य चुनाव जीतना है, तो चार राज्यों में वो अपनी सरकार बना चुके हैं। चुनावी प्रक्रिया में किसी की जीत होती है और किसी की हार, लेकिन वो कभी भी किसी हिन्दू के भीतर की आत्मा को बदलने में सफल नहीं हो पायेंगे। औरंगजेब ने भी यहाँ शासन किया था। इतिहास गवाह है। औरंगजेब को भी हिन्दुओं के पूजा पाठ के ढंग और हिन्दू धर्म से नफरत थी। उसके बावजूद वह हिन्दुओं का धर्म परिवर्तन कराने में असक्षम रहा था। जो औरंगजेब से नहीं हुआ, मैं आश्वस्त हूँ कि वह राष्ट्रीय स्वयंसेवक संघ और विश्व हिन्दू परिषद् वालों से कतई नहीं हो पाएगा। वो भारत के हिन्दुओं की सोच में परिवर्तन लाने की कोशिश कर रहे हैं और भारत में पाकिस्तान का हिन्दू स्वरूप खड़ा करने की कोशिश कर रहे हैं। उन्हें ये नहीं मालूम कि वो गलत जगह प्रयास कर रहे हैं।

किस बात की लड़ाई:

जो कुछ भी वो करना चाहते हैं, वे उसी को नकारते रहते हैं। श्री आडवाणी प्रेस कांफ्रेंस में कहते हैं कि भारत कभी हिन्दू राष्ट्र बन ही नहीं सकता है। वो ये कहने की कोशिश कर रहे हैं कि भारत सदा से एक हिन्दू राष्ट्र था। फिर वो कहते हैं कि भारत के मुसलमानों को खुद को मुहम्मदी हिन्दू कहना चाहिए। मुझे ये बात समझ नहीं आती है। अगर उनका दिल इतना बड़ा है कि वो मुसलमानों को अपनी सभ्यता का हिस्सा मानते हैं, फिर किस बात की लड़ाई है? आरएसएस का कहना है कि वे भारत के हिन्दुओं को एकजुट करना चाहते हैं। अगर वो सचमुच इस 85 प्रतिशत आबादी को एकजुट करने में सफल हो गए, तो फिर पूरी 100 प्रतिशत आबादी एकजुट हो जायेगी। अगर आप अपने देशवासियों को किसी बाहरी आक्रमणकारी से लोहा लेने के लिए एकजुट करना चाहते हैं तो मैं ये समझ सकता हूँ लेकिन जैसे ही आप कहते हैं कि हम हिन्दुओं को एकजुट करना चाहते हैं, तो इसका मतलब होता है कि आप उन्हें गैर–हिन्दुओं के विरोध में एकजुट करना चाहते हैं। वो बार–बार भले ही इस बात पर जोर दे सकते हैं कि वो मुसलमानों के विरुद्ध नहीं हैं लेकिन उनका हर कदम इसी ओर बढ़ता हुआ दिखाई दे रहा है।

औरंगजेब को भी हिन्दुओं के पूजा पाठ के ढंग और हिन्दू धर्म से नफरत थी। उसके बावजूद वह हिन्दुओं का धर्म परिवर्तन कराने में असक्षम रहा था। जो औरंगजेब से नहीं हुआ, मैं आश्वस्त हूँ कि वह राष्ट्रीय स्वयंसेवक संघ और विश्व हिन्दू परिषद् वालों से कतई नहीं हो पाएगा।

मुझे इस बात का दुःख है कि आज यहाँ सुषमा स्वराज नहीं हैं। दो दिन पहले उन्होंने काफी अच्छा भाषण दिया था। लेकिन देखिये कि उनके वक्तव्य से कैसे उनकी मानसिकता प्रकट होती है। उन्होंने कहा–'हमें अपनी धरोहरों पर गर्व है। हमें अपनी संस्कृति पर गर्व है। जहाँ एक राजा अपने पिता को बंदी बना लेता है। हमारी संस्कृति ऐसी नहीं है जहाँ राजा को सत्ता प्राप्त करने के लिए अपने भाइयों का खून करना पड़े।' यहाँ उनका इशारा औरंगजेब की तरफ था। लेकिन उनके दिमाग में सम्राट अशोक का ख्याल नहीं आया। वो हमारी संस्कृति के अंग थे या नहीं?

आज हम जनता को सही तरीके से शिक्षित नहीं कर पा रहे हैं। हम उन्हें शिक्षा से दूर ले जा रहे हैं। पिछले 4,000 वर्षों से वो भी एक रूप में ढल गए हैं। वे लोग जो संसद में वक्तव्य नहीं देते और जिनमें वाक्पटुता का अभाव है वो भी जानते हैं कि हिंदुत्व का सार तत्त्व 'जियो और जीने दो' के आदर्श पर आधारित है? यह बदल नहीं सकता। 6 दिसम्बर के बाद आये बड़े बदलाव को मैं समझ नहीं पाता हूँ। श्री नरसिम्हा राव इस देश के अब तक के सबसे बेहतरीन प्रधानमंत्रियों में से हैं। और 7 दिसम्बर के बाद ये लोग कहते हैं कि उनकी सरकार को जाना चाहिए और फिर से चुनाव का आयोजन किया जाना चाहिए। उनके पास ऐसा महसूस करने का आधार है कि उन्होंने अचानक से हिन्दुओं की हीनभावना को सुलगा दिया है और ऐसा करने से वे ज्यादा से ज्यादा हिन्दू वोट प्राप्त कर पायेंगे।

मुसलमानों के साथ चर्चा हो:

यह बिलकुल सही नहीं है। हम इस देश को दीर्घकालिक आघात पहुंचा रहे हैं। आने वाली पीढ़ियां हमें इस बात के लिए कभी भी माफ नहीं करेंगी। मुझे उनके सत्ता में आने से कोई समस्या नहीं है। उनमें से कई लोग सत्ता चलाने में पूर्ण रूप से सक्षम हैं। अगर जनता उन्हें चुनती है तो हमें उन्हें राज्यों और केंद्र में सरकार चलाने देना चाहिए। पर हम उन्हें इस देश की धरोहर को क्षति पहुंचाने नहीं दे सकते हैं। मेरा उनसे करबद्ध आग्रह होगा कि एक पार्टी के तौर पर बीजेपी को अपनी विचारधारा और सोच में बदलाव लाना चाहिए और 6 दिसम्बर के बाद की क्षति को कम करने का प्रयास करना चाहिए। अगर वो समस्या का हल निकलना चाहते हैं तो गेंद उनके पाले में है। उन्हें मुसलमानों के साथ चर्चा कर उनके जख्मों पर मरहम लगाना चाहिए। अगर वो सही मायने में देशभक्त हैं, तो ये उनकी देशभक्ति की परीक्षा है। वो यह नहीं कह सकते हैं कि इस देश के मुस्लिमों को अपनी देशभक्ति का प्रमाण देना होगा। ये मैं बड़े दु:ख के साथ कह रहा हूँ। श्री सतीश प्रधान यहाँ नहीं उपस्थित हैं। बम्बई में शिव सेना प्रमुख द्वारा जारी किए गए बयान असभ्य थे। उन्होंने टाइम मैगजीन को दिए अपने साक्षात्कार में कहा कि 'मुसलमानों को इस देश से लात मार कर भगा देना चाहिए।' इसके

अगले दिन उन्होंने स्पष्टीकरण देते हुए कहा कि उन्होंने ऐसा कुछ नहीं कहा था। उन्होंने सिर्फ पाकिस्तानियों, बांग्लादेशियों और इन्हें मदद करने वाले लोगों के बारे में कहा था। इसके आगे जोड़ते हुए उन्होंने कहा कि जो भी देशभक्त हैं वो यहाँ रुक सकते हैं। अब ये मुझे मालूम नहीं कि इस देश में देशभक्ति का प्रमाणपत्र कौन देगा?

हम एक सभ्य देश के निवासी हैं। अगर कोई व्यक्ति राष्ट्र के विरुद्ध कोई कार्य करता है तो उससे निपटने के लिए हमारे पास कई तरह के कानून हैं। ऐसे व्यक्तियों को नामजद कर, उनके खिलाफ रपट लिखा, उन्हें कोर्ट में पेश किया जाना चाहिए, फिर चाहे वह हिन्दू हो या मुस्लिम। सिर्फ इस बात के आधार पर कि कोई व्यक्ति किसी क्रिकेट मैच के दौरान किसी पाकिस्तानी खिलाड़ी के लिए तालियाँ बजा रहा है, अगर हम किसी मुस्लिम के देशप्रेम पर संदेह करते हैं तो यह सही नहीं होगा। चूँकि मैं एक हिन्दू हूँ, इसलिए अगर मैं इमरान खान की तारीफ करूँ तो इससे मेरी देशभक्ति पर कोई आंच नहीं आएगी लेकिन अगर एक मुस्लिम इमरान खान के लिए तालियाँ बजा दे, तो उस पर कई निगाहें उठ जायेंगी। क्या इससे क्षुद्र भी कुछ हो सकता है? यह बचकाने से भी घटिया है।

यह ईश-निंदा है:

वो आगे कहते हैं कि सड़कों पर नमाज अदा किये जाने के कारण लाउडस्पीकर का शोर होता है और सड़कों पर चलने में मुश्किल होती है। इसके प्रतिरोध में बम्बई में महा–आरती का आयोजन किया गया। इस्लाम में शुक्रवार के दिन सामूहिक वंदन की प्रथा है। ईसाइयों में रविवार के दिन ऐसी प्रथा है। हिन्दू धर्म में ऐसी कोई प्रथा नहीं है। वे कभी भी किसी गणेश मंदिर के बाहर भीड़ की शक्ल में पाए जा सकते हैं। आरती तीन घंटे तक चले इसलिए वो सभी देवी–देवताओं की आरती गाते हैं। ऐसा कर के वो हमारे धर्म के बारे में क्या बताना चाह रहे हैं? इससे और कुछ नहीं विधि–व्यवस्था में समस्या ही होगी। वो एक आम हिन्दू के मन में यही बात घर कराना चाहते हैं कि अभी तक इस देश में मुसलमानों के साथ जरूरत से अच्छा सुलूक हुआ है। अपने हक के लिए हिन्दुओं को उनके साथ आना ही पड़ेगा। इन लोगों का आतंक स्पष्ट रूप से दिखता है।

चूँकि मैं एक हिन्दू हूँ, इसलिए अगर मैं इमरान खान की तारीफ करूँ तो इससे मेरी देशभक्ति पर कोई आंच नहीं आएगी लेकिन अगर एक मुस्लिम इमरान खान के लिए तालियाँ बजा दे, तो उस पर कई निगाहें उठ जायेंगी। क्या इससे क्षुद्र भी कुछ हो सकता है?

6 दिसम्बर के बाद मैं देख रहा हूँ कि एक आम हिन्दू कुछ भी बोलने में असक्षम है। वह ये नहीं कह पा रहा है कि वो जो भी कर रहे हैं वो गलत है। मेरी समझ से हिन्दू धर्म, हिन्दू दर्शन सहनशीलता पर आधारित है। मैं अपनी बात उन लोगों की सोच पर प्रकाश डालते हुए खत्म करना चाहूँगा जो कुछ इस तरह की है–'हम हिंदुत्व में विश्वास करते हैं। और हिन्दू धर्म का मूल तत्त्व कैथोलिक सम्प्रदाय से मिलता जुलता है। हम बेहद सहिष्णु हैं। अगर तुम हमारी बात नहीं मानोगे, तो हम तुम्हें पीटेंगे।'

कश्मीर को अलग तरीके से संभालना होगा

'वार्ता के बिना किसी भी राजनैतिक समस्या का समाधान संभव नहीं है। वार्ता किसी भी राजनैतिक हल का सबसे मुख्य अंग है।' 27 जनवरी 1991 को जम्मू और कश्मीर में राष्ट्रपति शासन लागू करने के लिए जारी किये गये कानूनी प्रस्ताव पर चर्चा करते हुए मोरारका ने संसद में ये घोषणा की थी। वो इस बात की तरफ इशारा करते हैं कि अगर सरकार लोगों से कठोर बर्ताव करेगी, लोगों के पास काम नहीं होगा तो वो निश्चय ही हथियार उठा लेंगे। इसका जवाब उनसे सरकार परिवर्तन के अधिकार को वापस लेना नहीं है।

कश्मीर का मुद्दा सदन में चर्चा के लिए बार–बार उछलता रहा है और पिछले दो–तीन सालों में, दुर्भाग्य से, कश्मीर के सन्दर्भ में हम सिर्फ और सिर्फ राष्ट्रपति शासन को और आगे बढ़ाने की चर्चा कर रहे हैं? उसके पहले वहां, गवर्नर का शासन था। सभी दलों के नेता इस बात को कहते हैं कि कश्मीर समस्या का हल निकाला जाना चाहिए, कि पाकिस्तान कश्मीर में नापाक कारनामों को अंजाम दे रहा है, कि कश्मीर में राजनीतिक प्रक्रियाएं फिर से शुरू की जानी चाहिए।

लेकिन इस क्रम में हमने कुछ बेहद महत्वपूर्ण और मूलभूत बिन्दुओं को हमेशा अनदेखा किया है। और मुझे इस बात का डर है कि जब तक हम मूल समस्या का समाधान नहीं ढूंढ लेते हैं, कश्मीर मुद्दे पर हम बहुत आगे नहीं बढ़ पायेंगे। तब तक के लिए हमें वहां राष्ट्रपति शासन को बनाये रखना होगा जो कि, जैसा कि सभी मानते होंगे, इस समस्या का लोकतान्त्रिक हल नहीं है। कश्मीर का एक लम्बा इतिहास रहा है। दुर्भाग्य से, बीजेपी के मेरे बंधू यहाँ उपस्थित नहीं हैं। कल श्री कृष्ण

लाल शर्मा जी ने कहा था कि उनके अनुसार समस्या यह है कि कश्मीर को अलग तरीके से शासित किया गया है और उनकी समझ से इसके साथ किसी भी अन्य राज्य के जैसा ही सुलूक किया जाना चाहिए। सत्य का इससे हास्यास्पद स्वरूप और कुछ नहीं हो सकता है।

कश्मीर ऐतिहासिक तौर पर अलग है:

ऐतिहासिक तौर पर ही कश्मीर अलग है और इसे अलग तरीके से ही संभालना होगा। कश्मीर का भारत में विलय कानूनी और संवैधानिक तरीके से पूर्ण है लेकिन समस्या वहां की जनता के साथ है और अगर हमें इस समस्या का कोई भी हल निकलना है तो हमें कश्मीर विलय के समय वहां की जनता से कई गए वादों और घोषणाओं को पूरा करना ही पड़ेगा।

लोगों को इस बात को जान कर आश्चर्य हो सकता है कि कश्मीर एक मात्र ऐसी जगह है जहाँ कभी भी कोई सांप्रदायिक दंगे नहीं हुए हैं, बंटवारे के समय भी नहीं।

आर्टिकल 370 का मुद्दा बार–बार उछलता रहता है। यह स्पष्ट है कि कश्मीर का भारत में विलय आर्टिकल 370 में समाहित कुछ शर्तों के आधार पर ही हुआ है। मुझे यह बात नहीं समझ में आती कि इस आर्टिकल को रद्द कर देने से किस प्रकार कश्मीर का विलय हो पाएगा।

अगर कश्मीरी मानसिकता में बदलाव लाना है और हमें उन्हें शेष भारत के साथ एकजुट रहने के लिए प्रोत्साहित करना है तो ये हमारा कर्तव्य है कि हम उनके साथ किए गए हर वायदे को न केवल पूरा करें बल्कि अपने आचरण से भी यह सिद्ध करें कि भारत एक धर्मनिरपेक्ष देश है।

कश्मीर इकलौता ऐसा मुस्लिम बहुल राज्य था जिसने आजादी के समय पाकिस्तान में न जाकर, भारत के साथ विलय का फैसला किया था। ऐसा इसलिए कि हमने 'टू नेशन थ्योरी' को नकार दिया था, क्यूंकि हमने कहा था कि 'भारत के पास उसका धर्म–निरपेक्ष संविधान होगा और हर भारतीय इज्जत के साथ इस मुल्क में रहेगा।'

चालीस वर्षों बात अगर हम अपनी बात से मुकरते हैं और मुड़ कर उनसे कहते हैं कि 'नहीं, वो सब कुछ गलत था और हमारे यहाँ एक

धर्म का दूसरे धर्म पर बोलबाला होगा, देश के अन्य भागों की तरह ही वहां भी दंगे–फसाद होते रहेंगे–तो कश्मीर की आबादी को हम कौन–सा, कैसा सन्देश भेज रहे हैं?'

क्या यही भारत का सार तत्त्व है, क्या आजादी के वक्त की सरकार की मूलभूत विचारधारा गुम हो चुकी है?

ऐसा करने से हमें अपने कश्मीरी भाइयों का पूर्ण सहयोग नहीं प्राप्त होगा। ये मूलभूत तथ्य हैं। अगली सर्वदलीय बैठक में हमें अपने मित्रों से इस सम्बन्ध में बात करनी चाहिए। हमें उन सब को इस मुद्दे पर लामबंद करना होगा। अगर हमने अपने देश के एक हिस्से की समूची जनसँख्या से कुछ वायदे किये हैं जिसके आधार पर उन्होंने हमारे साथ विलय किया है, तो हमें उनके दिमाग में थोड़ी–सी भी शंका नहीं पनपने देनी चाहिए कि हम अपने वायदों से जरा–सी भी छेड़–छाड़ कर रहे हैं।

रोजगार और खुशहालीः

आज की तारीख में कश्मीर एक जटिल समस्या है। अगर हम वहां पर शांतिपूर्ण और व्यवस्थित तरीके से सामाजिक–आर्थिक परिवर्तन लाना चाहते हैं तो इसके लिए हमें कुछ बुनियादी शर्तों को मानना होगा। पहली शर्त है कि क्या हम लोगों को रोजगार और खुशहाल जीवन मुहैया करा पा रहे हैं? भारत जैसे विशाल देश में किसी भी तरह के बदलाव को दिखने में थोड़ा वक्त लगता है। हमारी जनसँख्या अधिक है और संसाधन कम।

अगर किसी जगह पर सेना अधिक दिनों तक तैनात रहे, तो लोगों को शिकायतें होंगी ही।

जब लोगों को लगता है कि उनका शासक असंवेदनशील हो गया है, जब लोगों को लगता है कि भ्रष्टाचार अपने चरम पर है, जब उनके सीमित संसाधनों को बर्बाद किया जा रहा है, जब हर दिन वो अपने अधिकारों का हनन होते देखें, तो वो ये महसूस करते हैं कि उन्हें इस सरकार को बदलने का अधिकार है। पंजाब और कश्मीर की मूल समस्या ही यही है कि वहां के लोगों से सरकार बदलने का यह अधिकार भी छीना जा रहा है। और जब आप ऐसा करते हैं, जब आप लोगों से उनका

लोकतान्त्रिक अधिकार छीन लेते हैं, जब सरकार गैरजिम्मेदाराना तरीके से शासन करती है और जनता सत्ता परिवर्तन करने में असक्षम हो–तभी वो अपने हाथों में हथियार उठा लेते हैं। यह विश्व के किसी भी हिस्से की मूलभूत सच्चाई है। अब इस मुद्दे पर हम कौन–सा तर्क देते हैं? हम कहते हैं कि चूँकि वहां की जनता ने हथियार उठा लिया है, चूँकि वहां की जनता आतंकवाद का समर्थन कर रही है और वहां की स्थिति सामान्य नहीं है, इसलिए हम उन्हें मतदान का अधिकार नहीं दे सकते हैं।

जब तक हम उन्हें उनकी मर्जी की सरकार चुनने नहीं देंगे, तब तक उनका गुस्सा ठंडा नहीं होगा–फिर चाहे वो कश्मीर हो या पंजाब या असाम या फिर कोई और प्रान्त! संविधान निर्माताओं को इस बात का पता था कि ऐसी स्थिति उत्पन्न हो सकती है जहाँ किसी राज्य को कुछ समय के लिए केंद्र द्वारा शासित किया जाना पड़ सकता है।

जनता तक नहीं पहुंच रही है सब्सिडीः

लेकिन संविधान निर्माताओं ने इस बात की कल्पना नहीं की थी कि संविधान में संशोधन के प्रावधान के दम पर हम केंद्र शासन को लगातार लागू रखेंगे। इस हद तक कि पंजाब और कश्मीर के लोग ये सोचना शुरू कर देंगे कि ये प्रान्त दरअसल दिल्ली की ही कॉलोनी हैं। आपने वहां सेना तैनात कर रखी है। अगर किसी जगह पर सेना अधिक दिनों तक तैनात रहे तो लोगों को शिकायतें होंगी ही। एक छोटी–सी घटना भी बवंडर का रूप ले सकती है। इस तरह का माहौल वहां बना ही रहेगा क्यूंकि आपने वहां सेंसरशिप लगाई हुई है। वहां पत्रकार नहीं जा सकते हैं और किसी भी तरह की कोई राजनीतिक गतिविधि नहीं हो सकती है। चारों तरफ संशय का माहौल बना रहेगा।

अगर कश्मीर की हमारी जनता केंद्र सरकार से रुष्ट है तो इसमें हमारी गलती है। निश्चित तौर पर पाकिस्तान वहां अपने नापाक इरादों को अंजाम दे रहा है लेकिन जब तक हम कश्मीरी जनता को इस बात का भरोसा नहीं दिलाएंगे कि हम उनके साथ किये गए वायदों को सही तरीके से निभाएँगे, तब तक हम इस दिशा में कोई भी प्रगति नहीं कर पायेंगे।

इस मामले में दूसरा तर्क जो दिया जाता है वो ये है कि कश्मीर के साथ पहले से ही बहुत सौहार्दपूर्ण व्यवहार किया जाता रहा है। वहां

कई तरह की सब्सिडी दी जाती रही है। उसे वहां की जनसँख्या के हिसाब से बहुत ज्यादा वित्तीय सहायता दी जाती रही है। लेकिन इसके बावजूद वहां के लोगों के जीवन स्तर में कोई खास परिवर्तन नहीं आया है। सब्सिडी देना एक सही कदम है। लेकिन कई वर्षों से कश्मीर का प्रशासन अप्रभावी तरीके से संचालित होता रहा है। लोग इससे असंतुष्ट हैं।

कश्मीर में बेरोजगारी और गरीबी की समस्या भारत के किसी भी प्रान्त से अधिक है। हमारे मित्र ये तर्क देते हैं कि चूँकि कश्मीर के साथ विशेष व्यवहार किया जाता रहा है, अब वक्त आ गया है कि इस विशेष बंदोबस्त को समाप्त कर दिया जाए, कि कश्मीर का भारत में विलय तब ही पूर्ण माना जाएगा जब हम धारा 370 को वहां से हटा दें। यह तर्क बिलकुल ही बेतुका है।

सांप्रदायिक राजनीति की पहली शुरुआतः

मैं कश्मीर के इतिहास में नहीं जाना चाहता हूँ। 1947 से लेकर 1987 तक हमने वहां कई गलतियां की हैं। लेकिन वहां के वर्तमान हालात को 1984 में की गई गलतियों के मद्देनजर समझा जा सकता है। तब वहां एक लोकप्रिय सरकार को उखाड़ फेंका गया था। दलबदल के बाद वहां एक नया मुख्यमंत्री नियुक्त किया गया था उनके माथे पर कश्मीर में पहली सांप्रदायिक राजनीति की शुरुआत करने का कलंक है। लोगों को इस बात को जान कर आश्चर्य हो सकता है कि कश्मीर एक मात्र ऐसी जगह है जहाँ कभी भी कोई सांप्रदायिक दंगे नहीं हुए हैं, बंटवारे के समय भी नहीं। साम्प्रदायिकता की शुरुआत जम्मू और कश्मीर में हुई थी। वहां की राजनीति में यह जहर एक प्यादे के तौर पर नियुक्त किये गए तत्कालीन मुख्यमंत्री ने 1984 में घोला था। इसके बाद 1987 में चुनाव हुए थे। मुस्लिम फ्रंट नाम की पार्टी को कुल वोटों में से 35 प्रतिशत वोट मिले थे। उन्हें कुल पांच सीटें हासिल हुई थीं। मैं कश्मीर कभी गया नहीं हूँ और मुझे नहीं मालूम कि वहां किस प्रकार से चुनाव आयोजित हुए थे लेकिन वहां के लोगों का मानना है कि उसमें बड़े पैमाने पर धांधली हुई थी। अगर चुनावों में धांधली होगी, तो जनता में निश्चय ही असंतोष व्याप्त होगा। हमने पाकिस्तान में ऐसा होते हुए देखा है। अपने देश में असम में पहले ऐसा हो चुका है। कश्मीर में ही

नवम्बर 1989 के लोक सभा चुनावों में हमने महज 2 प्रतिशत मतदान होते हुए देखा है। इसका स्पष्ट मतलब है कि चुनावों का बहिष्कार पूरी तरह से सफल रहा है।

हमारे मित्र ये तर्क देते हैं कि चूँकि कश्मीर के साथ विशेष व्यवहार किया जाता रहा है, अब वक्त आ गया है कि इस विशेष बंदोबस्त को समाप्त कर दिया जाएय कि कश्मीर का भारत में विलय तब ही पूर्ण माना जाएगा जब हम धारा 370 को वहां से हटा दें। यह तर्क बिलकुल ही बेतुका है।

मेरा मुस्लिम यूनाइटेड फ्रंट के सदस्यों से कोई परिचय नहीं है लेकिन अगर उनके पास घाटी के 35 प्रतिशत लोगों का वोट है तो स्पष्ट है कि वो उनकी बात रखने के लिए एक प्रासंगिक ताकत हैं। फिर क्या हुआ है? वहां की स्थानीय सरकार के द्वारा लगातार लगाइ जा रही पाबंदियों के कारण ऐसी सभी ताकतें जमींदोज हो चुकी हैं। अब हम वहां वार्ता करने के लिए लोगों को ढून्ढ रहे हैं। अभी हमने कांग्रेस (आई) के नेता श्री कपिल वर्मा को कहते हुए सुना कि घाटी में अगर आप एक समूह से वार्ता करेंगे, तो दूसरा समूह आपसे किनारा कर लेगा। ये सभी समस्याएं तभी उपजती हैं जब जनतंत्र का गला घोंटा जाता है, जब हम कृत्रिम व्यवस्थाओं को जन्म देते हैं।

एक पाप का होनाः

अब हम एक बड़ी समस्या का सामना कर रहे हैं। अगर आपने सही तरीके से वहां चुनाव आयोजित करवाए होते, तो अभी कश्मीर में एक वैध सरकार होती जो वहां के मुद्दों को स्थानीय स्तर पर ही निपटा देती। अभी भी कश्मीर समस्या का एकमात्र समाधान जनता को उसके जनतांत्रिक अधिकारों को लौटाना ही है। उसके बिना कुछ भी संभव नहीं है। आखिरी बिंदु जिस पर मैं अपनी बात रखूँगा वो ये है कि सरकार इस मुद्दे पर क्या कदम उठा रही है? ये कहा जा सकता है कि इस मुद्दे का लम्बा इतिहास रहा है। और कई सरकारें इस दौरान बदली जा चुकी हैं।

हमें ये भी देखना चाहिए कि सरकार ने कैसा पाप किया है। इसने ब्रिटिश लेबर पार्टी के नेता श्री गेराल्ड कौफ्मैन को आमंत्रित किया। वह भारत आते हैं। वे ब्रिटेन के शैडो विदेश सचिव हैं। आदतन इस मामले में हमारी वर्षों की दासता आड़े आ जाती है। उनका स्वागत किया जाता है और वह घाटी भ्रमण पर जाते हैं। सबसे पहले, हमें इस परंपरा पर प्रतिबन्ध लगाना चाहिए था क्यूंकि भारतीय नेता भी वहां जाने में सक्षम नहीं हैं। आपने क्यूँ ब्रिटेन के शैडो विदेश सचिव को घाटी की यात्रा करने दी? उन्होंने वहां जा कर कौन–सा वक्तव्य दिया? उन्होंने कहा कि 'जम्मू और कश्मीर की समस्या का एकमात्र निदान जनमत संग्रह से ही हो सकता है। एक तरफ हमारे मित्र हैं जो घाटी से धारा 370 को हटवाने पर आमदा हैं और दूसरी तरफ सरकार ऐसे लोगों को प्रश्रय देती है जो ये कहते हैं कि विलय का रास्ता अब भी खुला हुआ है। मुझे ये सब बात समझ नहीं आती है। मुझे नहीं मालूम कि प्रधानमन्त्री को इस बाबत कोई जानकारी थी भी या नहीं। मुझे नहीं मालूम विदेश मंत्री इसके बारे में जानते थे या नहीं। निश्चित तौर पर, रूस सम्बन्धी घटनाक्रमों पर सरकार द्वारा जारी किए गए वक्तव्य के बाद मुझे तो ऐसा बिलकुल भी नहीं लगता कि हमारे देश में कोई सरकार काम भी कर रही है।

अब मैं अपने आखिरी बिंदु पर आता हूँ। अल्प समय के लिए जब हम सत्ता में थे, तो हमने पंजाब के अलगावादी कट्टरपंथी संगठनों के साथ वार्ता की शुरुआत की थी। हमने कश्मीर में भी उनसे संपर्क करने की कोशिश की थी, पर ये बहुत मुश्किल था। वार्ता के बिना इस समस्या का कोई भी व्यावहारिक समाधान निकल कर आना मुश्किल है। किसी भी राजनीतिक हल के लिए सबसे प्रमुख चीज वार्ता का होना ही है।

ऐतिहासिक गलतियों के लिए, आज सूली पर टांगना

पब्लिक सेक्टर की हालत गली के सबसे पिटने वाले बच्चे के जैसी हो गयी है। पब्लिक सेक्टर में विनिवेश के मसले पर 5 मई 1992 को बोलते हुए मोरारका ने सरकार द्वारा इस क्षेत्र के साथ व्यवहार की स्पष्ट शब्दों में आलोचना करते हुए इस सेक्टर के लिए बनी कई नीतियों की खामियों, उसके अव्यावहारिक आकलन और उसकी स्थिति में बेहतरी के लिए उठाये जाने वाले कदमों की ओर इशारा किया। उन्होंने कहा था–'पंद्रह साल पहले इस देश की समस्याओं के हल के लिए राष्ट्रीयकरण राम–बाण के जैसा था, आज स्थिति ठीक उल्टी है। आज वो राम–बाण निजीकरण है। और उनके अनुसार, इन दोनों में से कोई भी राम–बाण देश की समस्याओं को हल नहीं कर सकता'। पब्लिक सेक्टर की इक्विटी को प्रीमियम रेट्स में बेच दिए जाने और इसे राजस्व मद से खर्च करने पर उन्होंने कहा था–'कि सरकार देश के खर्चे को चलाने के लिए, घर के आभूषण बेच रही है'

जब से श्री पी वी नरसिम्हा राव की सरकार आई है, वो बड़े ही संगठित तरीके से इस मंत्रालय को अप्रभावी बनाने के प्रयास में हैं। बिलकुल सही कदम है। अब जब इस सेक्टर की 80 प्रतिशत नौकरियाँ जाने वाली हैं, तो ऐसे भी उस मंत्रालय के पास करने को कुछ भी नहीं होगा। आर्थिक नीतियों पर हमने बहुत बातचीत कर ली है। मुझे उस नीति के मुख्य बिन्दुओं से गंभीर मतभेद है। मैं उन्ही की नीतियों के पैमाने पर उनकी पड़ताल करना चाहूँगा।

यह है हमारी मानसिकताः

खादी और ग्रामोद्योग समिति को भंग कर के एक नए विभाग का गठन किया गया था जिसका नाम था–लघु, एग्रो और ग्रामीण उद्योग विभाग। इसका गठन तब किया गया था जब नेशनल फ्रंट की सरकार सत्ता में थी और अजीत सिंह उद्योग मंत्री थे। लेकिन आज हमें क्या मिला? आज यह औद्योगिक विकास मंत्रालय का हिस्सा है। इस विभाग की स्वायत्तता तो छोड़िये, आज यह विभाग अपनी अलग रिपोर्ट जारी करने की स्थिति में नहीं है।

उन्हें बताएं कि उनका मुख्य कार्य रोजगार पैदा करना है। अगर वे ऐसा नहीं कर सकते तो उन्हें खुद बेरोजगार बन के देखना चाहिए। उद्योग भवन में बिना काम के बैठे हुए हुक्मरानों की टोली हमें नहीं चाहिए। मेरा अनुरोध है कि उन्हें भारत के गाँवों में भेजा जाए।

ये कोई छोटी–मोटी गलती नहीं है जिसकी ओर मैं इशारा कर रहा हूँ। यह हमारी मानसिकता है जहाँ शुरू से ही लघु, ग्रामीण और एग्रो उद्योग से जुड़े मुद्दों को पिछली पंक्ति में रखा जाता रहा है। इन मुद्दों को कभी भी प्राथमिकता नहीं दी गयी है। जबकि आंकड़े यह स्पष्ट बताते हैं कि न्यूनतम निवेश में अधिकतम रोजगार करने का बेस्ट रेशियो (इन्वेस्टमेंट एम्प्लॉयमेंट) खादी और ग्रामोद्योग के क्षेत्र में ही है। औद्योगिक क्षेत्र में किसी तरह के भी नीतिगत बदलाव लाने से पहले सरकार को खादी और ग्रामोद्योग समिति को रोजगार उत्पन्न करने हेतु नोडल पॉइंट की तरह उपयोग करना चाहिए था। आपकी नीतियों से औद्योगिक रोजगार का तानाबाना बिगड़ जाएगा। मुझे कहने में कोई गुरेज नहीं कि आपकी औद्योगिक नीतियाँ रोजगार विरोधी हैं।

कृपया ऐसा न करें। हमारे पास एक वैकल्पिक रोजगार रणनीति तैयार होनी चाहिए। लेकिन आपके मंत्रायल में क्या हो रहा है? कृपया अपने हुक्मरानों को गाँव जा कर वस्तुस्थिति समझने का आदेश दें। उन्हें बताएं कि उनका मुख्य कार्य रोजगार पैदा करना है। अगर वे ऐसा नहीं कर सकते तो उन्हें खुद बेरोजगार बन के देखना चाहिए। उद्योग भवन में बिना काम के बैठे हुए हुक्मरानों की टोली हमें नहीं चाहिए। मेरा अनुरोध

है कि उन्हें भारत के गाँवों में भेजा जाए। इस विभाग में बदलाव और पुनर्निर्माण की पहली पहल यही होनी चाहिए।

आज का फैशन-नेहरू विरोध

सार्वजनिक क्षेत्र में सैकड़ों कंपनियां हैं जो अर्थव्यवस्था के विभिन्न क्षेत्रों में अलग–अलग संयंत्रों के रूप में कार्यरत हैं। उन सभी के कार्यों को एक साथ जोड़ के देखना मूर्खतापूर्ण होगा। यही बात निजी क्षेत्र में भी लागू होती है। मुझे इस बात का दुःख है कि सार्वजनिक क्षेत्र के बारे में हमारी वर्तमान राय, इसके द्वारा पूर्व में की गई गलतियों के आधार पर इसे सूली पर टांग देने वाली है। पहले तो, हमने भारत में, विशेष रूप से सार्वजनिक क्षेत्र की स्थापना की। यह श्री जवाहरलाल नेहरू के द्वारा किया गया था जिन्होंने सार्वजनिक उपक्रमों को 'आधुनिक भारत के मंदिर' की संज्ञा दी थी। आज नेहरू विरोध फैशन में है? आखिरी वक्ता, जो कांग्रेस के हैं, उन्होंने मुक्त कंठ से नेहरू की भर्त्सना की है। आज हम नेहरू और उनके सिद्धांतों को त्यागना चाहते हैं। महात्मा गाँधी, जवाहरलाल नेहरू और सरदार पटेल इतिहास के पन्नों का हिस्सा बन चुके हैं। उनकी आलोचना करना हमारे दौर के छुटभैय्ये नेताओं के बस की बात नहीं है।

आइये जरा बुनियादी तथ्यों पर गौर फरमाया जाए। हमारे पास एक सार्वजनिक क्षेत्र है। हमने उसमें बड़े पैमाने पर निवेश लिया है। जमीनी सचाई यही है। अब इसके आगे हम क्या करना चाहते हैं?

ये सच है कि हमारे समक्ष कई समस्याएँ हैं। सबसे पहली समस्या तो ये है कि सार्वजनिक क्षेत्र के ये उपक्रम मुनाफा कमाने में असफल रहे हैं। वित्त मंत्री की ये बात बिलकुल जायज है कि निजी क्षेत्रों द्वारा प्राप्त करों के अलावा हमें सार्वजनिक क्षेत्रों से भी धन प्राप्त करने की आवश्यकता है। पब्लिक सेक्टर किसी भी तरह से उद्योग मंत्रालय के अन्दर नहीं आता है। यह पेट्रोलियम, उर्वरक, कोयला और ऊर्जा के क्षेत्रों में समान रूप से फैला हुआ है, और इसके अंतर्गत कई मंत्रालय आते हैं।

वे कौन–सी सार्वजनिक क्षेत्र की इकाइयां हैं जो कि अच्छा काम नहीं कर रही हैं? ऐसा क्यूँ है कि वो सही प्रदर्शन नहीं कर पा रही हैं? क्या उनमें सुधार किया जा सकता है? पंद्रह साल पहले इस देश की

समस्याओं के हल के लिए राष्ट्रीयकरण राम–बाण के जैसा था, आज स्थिति ठीक उल्टी है। आज वो राम–बाण निजीकरण है। और मेरी मानें तो इन दोनों में से कोई भी राम–बाण देश की समस्याओं को हल नहीं कर सकता। हर क्षेत्र की अपनी कुछ खास समस्याएं होती हैं जिनका समाधान उन्हीं के आधार पर किया जा सकता है।

प्रबंधन, तकनीक, उत्पादन क्षमता और मार्केटिंगः

आज जरूरी है प्रबंधन। आज आवश्यकता है तकनीक की, आज जरूरत है उत्पादन क्षमता बढ़ाने की। आज सबसे महत्वपूर्ण है मार्केटिंग। ये वो मुद्दे हैं जो आज की तारिख में प्रासंगिक हैं, न कि किसके पास कितना शेयर है, कौन कितना फायदा पा रहा है। जैसा कि एक वक्ता ने अभी कहा भी है कि निजी क्षेत्र में भी अपनी कंपनी का मालिक भी कंपनी के सिर्फ 4, 5 या 7 प्रतिशत शेयर अपने पास रखता है।

सार्वजनिक क्षेत्र में भी अच्छे, बुरे दोनों ही किस्म के प्रबंधक होते हैं। इस क्षेत्र का सबसे बड़ा दुर्भाग्य यह है कि हम इसका सरकारीकरण करना चाहते हैं। संसद में की गई हमारी शिकायतों में से सभी उतनी गंभीर नहीं हैं। मैनेजिंग डायरेक्टर या तो अपनी शक्ति का दुरुपयोग करता है या फिर किसी तरह के गलत कार्य में संलिप्त पाया जाता है? आपके संयुक्त निदेशक भी बोर्ड ऑफ डायरेक्टर्स में बैठते हैं। उन्हें मालूम होगा कि वहां क्या होता है। अगर प्रबंध निदेशक ने कोई गलती की है, तो हमें उसे तत्काल प्रभाव से निलंबित कर देना चाहिए और उसकी जगह किसी नए व्यक्ति को पदस्थापित कर देना चाहिए। इस देश में ऐसे प्रबंध निदेशकों की कोई कमी नहीं है जो सार्वजनिक क्षेत्र में अपनी सेवा देना चाहते हैं।

संसद ही मालिक हैः

लेकिन सरकार की अपनी एक विशेष व्यवस्था है। पहले तो हम किसी व्यक्ति को नियुक्त नहीं करते हैं और उसकी जगह हम फाइलों को उलटते–पुलटते रहते हैं। एक बार किसी व्यक्ति को पदस्थापित करने के बाद, हम उसे हटाते नहीं हैं। मैं आईएएस और कैडर पोस्ट्स के बारे में

बात नहीं कर रहा हूँ। एक ऐसा प्रबंध निदेशक, जो आपको मनमुताबिक परिणाम नहीं दे पा रहा है, उसे हटाने में ही भलाई है। यही एकमात्र नीति है जिसका पालन हमें करना चाहिए।

आप ही सर्वेसर्वा हैं। संसद ही मालिक है। और ऐसे में किसी भी संयंत्र की सरकार और संसद के प्रति जिम्मेदारी बनती ही है? ये ठीक है कि प्रबंधक को उसकी सीमाओं में रह कर कार्य करना होता है। लेकिन ऐसी बंदिशें निजी क्षेत्र में भी रहती हैं। टाटा आयरन एंड स्टील कंपनी लिमिटेड (टिस्को) टाटा की कंपनी सिर्फ नाम के लिए ही है। इनका भी प्रबंधन वे लोग करते हैं जिसे इस काम के लिए तनख्वाह दी जाती है। इन कंपनियों की सारी नीतियाँ बोर्ड ऑफ डायरेक्टर्स बनाते हैं। अगर आप सही तरीके से काम नहीं कर पा रहे हैं तो वो आपको पद से हटा कर, आपकी जगह किसी और व्यक्ति को ले आयेंगे।

भारत में सरकार के पास ही मालिकाना हक है। इस देश का राष्ट्रपति सर्वेसर्वा होता है। मुझे ये सरकार की दोतरफा सोच समझ नहीं आती। इस मामले में हम असमंजस की स्थिति में क्यूँ हैं, मैं नहीं समझ पा रहा। हम असमंजस में इसलिए हैं क्यूँकि हमें सही समय पर सही निर्णय लेने में डर लगता है।

हम सारा दोष श्रमिकों को देने लगते हैं:

टालमटोल करते रहने की हमारी पुरानी आदत है। अब ऐसी स्थिति आ गयी है जब देश की वित्तीय हालत बहुत खराब हो चुकी है? ऐसे में जब सार्वजनिक क्षेत्र के संयंत्र अच्छा काम नहीं करते तो फिर हम इसका सारा दोष श्रमिकों को देने लगते हैं? क्या इस देश के सार्वजनिक और निजी क्षेत्रों में अलग अलग तरीके के श्रमिक कार्य करते हैं? क्या ट्रेड यूनियन के नेता अलग होते हैं? निजी क्षेत्रों में भी ट्रेड यूनियन का प्रावधान होता है। और वो इससे बड़ी ही सफलतापूर्वक निपट रहे हैं। वहां पर सामूहिक तरीके से बेहतर निर्णय लिए जा रहे हैं।

मूल मुद्दा यह है कि निजी क्षेत्र के प्रबंधक ट्रेड यूनियन का सामना करने से डरते हैं क्यूंकि वे खुद ही गलत कार्यों में संलिप्त हैं।

मुझे इस बात की प्रसन्नता है कि सेंट्रल डेली अलाउंस (CDA) को 1 जनवरी 1987 से लागू कर दिया गया है। यह श्रमिकों के लिए एक

अच्छा कदम है। लेकिन हम उन्हें किसका पैसा दे रहे हैं? और ये पैसा पूरे बोर्ड में समान रूप से सभी को क्यूँ मिल रहा है? एक उन्नत संयंत्र के श्रमिकों को अपने लिए अधिक मेहनताने की मांग करनी ही चाहिए। उन्हें अपने संयंत्र के लाभ का एक हिस्सा मिलना चाहिए। लेकिन एक बीमार संयंत्र में क्या होगा? वहां के श्रमिक अपने प्रबंधक का घेराव करेंगे। आज आपका कोई भी प्रबंधक मुश्किल जिंदगी नहीं जी रहा है। वे जो घाटे में हैं, आज वो भी फायदे के सौदे में हैं। वैसे प्रबंधक भी लेबर यूनियन के दबाव में आ–जा रहे हैं और उन्हें उनकी मांगों को मानना पड़ रहा है। लेकिन इन सब का भुगतान कौन कर रहा है?

श्रमिकों से बात करने से ही होगा उत्पादक क्षमता में सुधारः

जिस दिन आपके राज्य संयंत्रों के प्रबंधकों को ये बात समझ में आएगी कि श्रमिकों की मदद लिए बिना किसी भी औद्योगिक संयंत्र को चलाना असंभव है, उस दिन से ये संयंत्र अच्छा प्रदर्शन करने लगेंगे। दुर्भाग्य से पिछले चालीस वर्षों से इन संयंत्रों के प्रबंधक अपने शीशमहलों में बैठे हुए हैं और ऐसे में सिर्फ सेमिनारों के दम पर हम उत्पादन में वृद्धि करने की बात सोच ही नहीं सकते हैं। उत्पादन में वृद्धि सिर्फ और सिर्फ तभी होगी जब हम श्रमिकों के साथ बैठ कर बात करेंगे।

आप किसी भी अप्रभावी चीज को सामाजिक हितों की आड़ में बहुत दिनों तक नहीं छुपा सकते हैं। उन्होंने 2,500 करोड़ रूपये की इक्विटी बेचने के बाद उस राशि का प्रयोग राजस्व व्यय में किया है। यह ठीक वैसा ही है जैसे सरकार देश का खर्चा चलाने के लिए हमारे घरों के आभूषण को बेच रही हो!

दुर्भाग्य से अभी हमारे देश में नेहरू और सार्वजनिक क्षेत्र की भर्त्सना करने का फैशन चल पड़ा है। और अब हम श्रमिकों की भी आलोचना कर रहे हैं। यह काम नहीं आने वाला। हम असली समस्या से दूर भाग रहे हैं। इस समस्या के लिए श्रमिकों को जिम्मेदार ठहराना कहीं से भी उचित नहीं है। प्रबंधन के लिए 'एग्जिट पालिसी' का होना आवश्यक है, न कि श्रमिकों के लिए। श्रमिकों को भागने की जरूरत इसलिए भी नहीं

है क्यूंकि वो उस संयंत्र में काम करने के लिए आये थे, इसलिए क्यूंकि वो बेरोजगार थे। उनकी अधिक संख्या और तकनीक की वजह से आये परिवर्तनों की वजह से अगर सरकार को इन श्रमिकों की संख्या में कटौती करनी पड़ती है तो इस बात को ट्रेड यूनियन वालों को समझना ही होगा।

बीआईएफआर की सभी श्रमिकों और प्रबंधकों के साथ संयुक्त बैठक हो रही है और मैं मंत्री जी को इस बात के लिए आश्वस्त करना चाहूँगा कि बीआएएफआर को ट्रेड यूनियन वालों की तरफ से हर संभव सहयोग दिया जा रहा है। उन्हें समस्या वित्तीय संगठनों से है, उनकी समस्या राज्य सरकारों की वजह से है, कई बार ये समस्या प्रमोटर्स की वजह से है जो और अधिक पैसे लगाने में आनाकानी करते हैं। लेकिन किन्हीं श्रमिकों और उनके ट्रेड यूनियन के द्वारा किसी भी मुद्दे पर उनका विरोध नहीं किया गया है।

बेल्ट की गिरफ्त से बाहर है तोंदः

हम ऐसे भ्रष्ट प्रबंधनों को बर्दाश्त नहीं कर सकते जिसमें घूस और अन्य गलत गतिविधियाँ खुल कर होती हों। दुखद है कि इसके बाद इन प्रबंधनों से निपटने के लिए हम श्रमिकों पर आश्रित हो जाते हैं। इस स्थिति में कोई भी श्रमिक आपकी बात नहीं सुनेगा। यह बात सिर्फ पब्लिक सेक्टर पर लागू नहीं होती बल्कि प्राइवेट सेक्टर पर भी उतनी ही लागू होती है, अगर वहां स्थिति इसी तरह की है तो! अगर कोई कंपनी अच्छा प्रदर्शन कर रही है, तो उसके मुनाफे में सबों का हिस्सा होना चाहिए। अगर वह अच्छा प्रदर्शन नहीं कर रही, तो सबों को इसका सामना करने के लिए अपनी कमर कस लेनी चाहिए। लेकिन कटु सत्य तो ये है कि जो लोग आपसे अपनी कमर कसने को कहेंगे, खुद उनकी ही तोंद उनके बेल्ट की गिरफ्त से बाहर है।

सार्वजनिक क्षेत्र में विनिवेश की दिशा में कौन–से कदम उठाये गए हैं? पिछले वर्ष ढाई हजार करोड़ की इक्विटी बेची गई थी। अगर पब्लिक सेक्टर अच्छा प्रदर्शन नहीं कर रहा था तो इतने अधिक मूल्य पर किस तरीके से इक्विटी का विक्रय हुआ था? हमने लाभ कमा रहे उन सभी संयंत्रों की इक्विटी को बेच दिया जिसे म्युच्युअल फंड्स अथवा बैंक वाले खरीदना चाह रहे थे। इस विक्रय मूल्य का निर्धारण किसने किया?

म्युच्युअल फंड्स के आधार पर इस मूल्य का निर्धारण क्यूँ हुआ? अगर आप बाजार आधारित अर्थव्यवस्था में भरोसा करते हैं तो हमें पहले अपने शेयर्स को स्टॉक एक्सचेंज द्वारा कोट कराना चाहिए।

देश का खर्च चलाने के लिए घरों के आभूषणों का बेचनाः

आप किसी भी अप्रभावी चीज को सामाजिक हितों की आड़ में बहुत दिनों तक नहीं छुपा सकते हैं। उन्होंने ₹2,500 करोड़ की इक्विटी बेचने के बाद उस राशि का प्रयोग राजस्व व्यय में किया है। यह ठीक वैसा ही है जैसे सरकार देश का खर्चा चलाने के लिए हमारे घरों के आभूषण को बेच रही हो! अपना कार्यकाल पूरा करते–करते यह सरकार पूरे सार्वजनिक क्षेत्र को बेच कर उससे प्राप्त धन को राजस्व व्यय में लगा देगी और हमारे आने वाली नस्लों के लिए कुछ भी बचा नहीं रहेगा। मैं एक स्वस्थ सार्वजनिक क्षेत्र की पुरजोर वकालत करता हूँ। मैं इसके कुछ हिस्सों में विनिवेश के पक्ष में भी हूँ। लेकिन उससे प्राप्त धन का उपयोग हमें कुछ असेट्स बनाने, अर्थव्यवस्था में सुधार और विदेशी ऋण को चुकता करने के लिए करना चाहिए।

वर्ल्ड बैंक और आईएमएफ ने धमकी दी है कि अगर सार्वजनिक क्षेत्र के अड़तालीस संयंत्रों को बंद नहीं किया तो वे हमारे ऋण की दूसरी किश्त का भुगतान नहीं करेंगे। लेकिन हमें उन्हें ये बात स्पष्ट कर देनी चाहिए कि इस देश में इतने बड़े पैमाने पर लोगों को उनके काम से निकालना संभव ही नहीं है। हम ऐसा करने की अनुमति हरगिज नहीं दे सकते हैं।

साहस, बेशर्मी और वीरताः

मैं पहले ही इस सरकार को चेतावनी देना चाहता हूँ कि अगर वर्ल्ड बैंक और आईएमएफ के अपने आकाओं को खुश करने के लिए वो इस देश के सामाजिक–आर्थिक ढाँचे के साथ खिलवाड़ करने की कोशिश करेगी, तो हम ऐसा नहीं होने देंगे। पूरा भारत सड़कों पर आ जाएगा। उस स्थिति में सभी राजनीतिक दलों का सबसे पहला उद्देश्य इस देश की अर्थव्यवस्था और स्वतंत्रता संघर्ष के उद्देश्यों को बिकने से बचाना होगा।

आप जो कुछ करना चाहते हैं, उसे करने से पहले ट्रेड यूनियन को अपने विश्वास में ले लें और उसे धीरे–धीरे अंजाम दें। बेबाक होना एक चीज है, बेशर्मी दूसरी और तीसरी चीज है वीरता। सरकार को बेशर्मी और वीरता दिखाने की कोई जरूरत नहीं है।

वित्तीय कानूनों के सभी सिद्धांतों के विरोध में

अप्रैल 2012 में मीडिया की एक रिपोर्ट आई थी जिसमें कहा गया था कि पिछले बीस सालों में हुए विनिवेश से कुल ₹113,031 करोड़ की प्राप्ति हुई है। उथलपुथल से भरे स्टॉक बाजार में सरकार द्वारा अपनाई गयी अराजक और बिना किसी योजना के तैयार की गई विनिवेश की रणनीति को राजकीय राजस्व संग्रहण में सबसे बड़ी समस्या माना गया था। 16 मार्च 1992 को एक विशेष अभिभाषण देते हुए मोरारका ने कहा था–'सरकार से मेरा अनुरोध है कि वो एक स्पष्ट कार्यप्रणाली का विकास करे जिससे उसे शेयरों का उचित मूल्य प्राप्त हो सके।'

शार्ट डिवीजन डिस्कशन में भाग लेते हुए 28 जुलाई 1992 और पुनः 30 नवम्बर 1992 को उन्होंने कहा था कि सार्वजनिक क्षेत्रों के शेयरों की बिक्री सरकार द्वारा पूर्ण समीक्षा के बाद ही होनी चाहिए।

पिछले वर्ष के बजट में सार्वजनिक क्षेत्र के कुछ चुने हुए उपक्रमों के शेयरों में बीस प्रतिशत तक विनिवेश करने का प्रावधान था और सरकार ने यह गणना की थी कि ऐसा करने से उसे राजस्व के रूप में ₹2,500 करोड़ की प्राप्ति होगी। वास्तव में हुआ ये है कि इन शेयरों के बेचने से सरकार को इससे कहीं ज्यादा धन प्राप्त हुआ है। सरकार को करीब ₹3,000 करोड़ की प्राप्ति हुई है। जिन कंपनियों का चुनाव हुआ था, फिर चाहे वो इंडियन आयल कारपोरेशन हों या फिर स्टील अथॉरिटी ऑफ इंडिया लिमिटेड अथवा ओएनजीसी या फिर महानगर टेलीफोन निगम लिमिटेड, वो सभी वैसी कंपनियां हैं जो लगातार अच्छा प्रदर्शन कर रही हैं। ये

वो कंपनियां हैं जिनकी इक्विटी को सरकार सरकार ने तत्काल प्रभाव से सबसे पहले म्युच्युअल फंड्स और बाद में जनता के बीच बेचने का फैसला किया है। कुछ बिंदु हैं जिनकी ओर मैं सरकार का ध्यान आकृष्ट कराना चाहूँगा। हालांकि सरकारी इक्विटी के एक हिस्से का विनिवेश करने में कुछ भी गलत नहीं है लेकिन अब ये बात शुरू हो गई है कि हालिया अनुभव के बाद 49 प्रतिशत तक विनिवेश हो सकता है।

चूँकि सरकार इस वृहत पैमाने पर विनिवेश करने की सोच रही है, इसलिए उसे कुछ बिन्दुओं को दिमाग में रखना होगा। जब आप सार्वजनिक क्षेत्र में अपने शेयर बेचते हैं तो आपको एक बार ही राजस्व की प्राप्ति होती है क्यूंकि एक बार शेयर बेचने के बाद वो हमेशा–हमेशा के लिए बिक जाते हैं। इसलिए सरकार के दृष्टिकोण से यह जरूरी है कि वो इस बात को सुनिश्चित करे कि उसे इन शेयरों के सबसे अधिक दाम मिल रहे हैं। मुझे नहीं मालूम कि सरकार के नुमाइंदों ने हमें इन शेयरों के विक्रय मूल्य की गणन प्रक्रिया के बारे में कोई जानकारी दी है या नहीं। चलिए हम मान लेते हैं कि आज ये शेयर म्युच्युअल फंड्स को बेचे जा रहे हैं। लेकिन कल को यही शेयर जनता के पास जायेंगे।

क्यूं है ये चुप्पी?:

कोई भी प्राइवेट सेक्टर कंपनी जब पब्लिक हो जाती है, तो वो एक खास प्रीमियम फिक्स करती है जिसका निर्धारण कंट्रोलर ऑफ कैपिटल इश्यूज अथवा वित्त मंत्रालय करता है। सार्वजनिक निकायों में ऐसी व्यवस्था होनी चाहिए जिससे संसद ये जान सके कि सरकार ने उनके शेयरों पर क्या मूल्य निर्धारित किया है। दरअसल, इस मामले में सबसे फायदेमंद और सही प्रक्रिया है इन शेयरों के लिए निविदा अथवा जनता के बीच इनका बेचा जाना जिससे सरकार को भी इनके सबसे उपयुक्त दाम मिलेंगे। इस मामले में किसी भी प्रकार की गुप्तता बरतने का कोई औचित्य नहीं है। सरकार को सभी अंडरटेकिंग्स, विक्रय किये जाने वाले शेयर, उनकी संख्या, खरीदारों और विक्रय प्रक्रिया के बारे में एक श्वेत पत्र निकाल अपना रुख स्पष्ट करना चाहिए। वित्त मंत्री के बजट अभिभाषण से मुझे यह ज्ञात हुआ है कि वे अगले वर्ष इस सम्बन्ध में कुछ दिशानिर्देश और प्रक्रिया की शुरुआत करने वाले हैं।

यह बेहद जानी–मानी बात है कि जब कोई निजी व्यवसायी अपने कैपिटल एसेट को बेचता है तो उसमें जिस प्रक्रिया का प्रयोग होता है वह या तो दूसरे कैपिटल एसेट को खरीदने के लिए होती है अथवा कर चुकता करने के लिए। दुर्भाग्य से, हमारी सरकार कठिन वित्तीय हालातों का सामना कर रही है और पिछले वर्ष इस तरह से प्राप्त सारे धन का प्रयोग राजकोषीय खर्चों में किया गया था। यह बेहद खतरनाक है।

एक स्पष्ट प्रक्रिया रखेंः

सरकार से मेरी गुजारिश होगी कि उन्हें इस मामले पर एक स्पष्ट प्रक्रिया के साथ काम करना होगा जिससे सरकार को इन शेयरों का उचित मूल्य मिल सके और अगर इसे वो जनता के बीच मुद्दा बनाना चाहते हैं तो इसे सही तरीके से वितरित किये जा सके। मेरा दूसरा बिंदु इकठ्ठा किये गए धन के उपयोग से जुड़ा हुआ है। यह बेहद जानी–मानी बात है कि जब कोई निजी व्यवसायी अपने कैपिटल एसेट को बेचता है तो उसमें जिस प्रक्रिया का प्रयोग होता है वह या तो दूसरे कैपिटल एसेट को खरीदने के लिए होती है अथवा कर चुकता करने के लिए। दुर्भाग्य से, हमारी सरकार कठिन वित्तीय हालातों का सामना कर रही है और पिछले वर्ष इस तरह से प्राप्त सारे धन का प्रयोग राजकोषीय खर्चों में किया गया था। यह बेहद खतरनाक है।

यह एक कठोर सोच भले ही हो लेकिन अगर आप अपनी पीएसयू के आला दर्जे के शेयरों को बेच रहे हैं और उससे प्राप्त धन से अपने चालू वित्तीय वर्ष के व्यय को पूरा कर रहे हैं तो निश्चित रूप से यह घटिया वित्तीय प्रबंधन का नमूना है। इस वर्ष मैं वित्त मंत्री से अनुरोध करूँगा कि सार्वजनिक क्षेत्रों के शेयर को बेचने के बाद प्राप्त हुई धनराशि का इस्तेमाल नए असेट्स खरीदने अथवा ऋण चुकता करने में किया जाए। इससे सरकार की जिम्मेदारियां भी कम होंगी। कैपिटल अकाउंट में असेट्स की वृद्धि अथवा ऋण चुकता करना ही इस समय सबसे सही वित्तीय फैसला रहेगा। मुझे विश्वास है कि वित्त मंत्री मेरे अनुरोध पर ध्यान देंगे।

सार्वजनिक क्षेत्र उपक्रमः *(राज्य सभा के निचले संवर्ग में 28 जुलाई 1992 को चर्चा करते हुए)*

देश के लिए बेहद दुखद है कि जब से यह सरकार सत्ता में आई है तब से सार्वजनिक क्षेत्र के बारे में चर्चा हो रही है। मैं, ऑन रिकॉर्ड यह कहना चाहूँगा कि हम सब इस मुद्दे पर भ्रम की स्थिति में हैं। पिछले एक वर्ष से इस देश में ऐसी हवा बनी हुई है जिसके चलते हमें लग रहा है कि पिछले चालीस वर्षों से हम गलत नीतियों को अपना रहे थे जिनमें अब सुधार की जरूरत है। इस बात के भी संकेत दिए जा रहे हैं कि समाजवाद अब समाप्ति की ओर अग्रसर है।

भारत में सार्वजनिक क्षेत्र के होने के पीछे नेहरू की दूरदर्शिता है। जब स्टील प्लांट्स स्थापित किये गए, जब आधुनिक ढांचों की स्थापना की गई, तब किसी भी आर्थिक गतिविधि के अलावा इस देश में जो सबसे बड़ा संसाधन तैयार हुआ था वह था–प्रबंधन कौशल, मध्यम वर्गीय प्रबंधन कौशल।

हमारी भ्रामक सोच पद्धति, जिसमें तथ्यों को छुपाया जाता है, के अनुसार, सार्वजनिक क्षेत्र, जनकल्याण से जुड़े सारे ढांचे तथा नेहरू के द्वारा लायी गई सभी नीतियाँ अब अप्रासंगिक हो चुकी हैं। विश्व आगे बढ़ चुका है और हमें अब बाजार आधारित अर्थव्यवस्था से खुद को जोड़ लेना चाहिए, हमें वैश्विक अर्थव्यवस्था और पश्चिम के साथ कदमताल करना चाहिए। हमें पिछले चालीस वर्षों को भूल कर सिर्फ 1980 के बाद के दस वर्षों पर ध्यान देना चाहिए। सदन की जानकारी के लिए मैं बताना चाहूँगा कि सार्वजनिक क्षेत्र में कुल ₹113,000 करोड़ का निवेश किया गया है। 1980 में जब श्रीमती इंदिरा गांधी सत्ता में वापस आयीं तो ये निवेश सिर्फ ₹18,000 करोड़ का था। छठी पंचवर्षीय योजना (1980–85) के दौरान ये राशि ₹18,000 करोड़ से बढ़कर ₹42,000 करोड़ की हो गई थी। जब श्री राजीव गाँधी सत्तारूढ़ हुए तो अपनी आधुनिक सोच और बुद्धिमता का प्रयोग कर उन्होंने सार्वजनिक क्षेत्र में निवेश ₹42,000 करोड़ से बढ़ाकर 99,000 करोड़ कर दिया था। राजीव गाँधी के बाद वी.पी. सिंह की अगुआई में नेशनल फ्रंट की सरकार बनी। समूचा औद्योगिक क्षेत्र

चंद परिवारों तक ही सीमित था जो अपने व्यवसाय चलाते थे। पेशेवर प्रबंधन जैसी किसी भी चीज का नामोनिशान तक नहीं था। भारत में सार्वजनिक क्षेत्र के होने के पीछे नेहरू की दूरदर्शिता है। जब स्टील प्लांट्स स्थापित किये गए, जब आधुनिक ढांचों की स्थापना की गई, तब किसी भी आर्थिक गतिविधि के अलावा इस देश में जो सबसे बड़ा संसाधन तैयार हुआ था वह था–प्रबंधन कौशल, मध्यम वर्गीय प्रबंधन कौशल। उस दौर में कई टेक्नोक्रैट्स, प्रबंधकों, एकाउंटेंट्स और अन्य युवाओं ने कई उद्योगों और बड़े संयंत्रों में कामकाज सँभालने और उन्हें नियंत्रित करना शुरू कर दिया था।

आज हम जरूरत से अधिक कर्मचारियों के होने का रोना रोये बैठे हैं। वास्तव में, अगर पब्लिक सेक्टर की कोई गलती है तो वो ये है कि वह रोजगार के पर्याप्त अवसर उत्पन्न करने में असफल रहा है।

उदाहरण के तौर पर फूड कारपोरेशन ऑफ इंडिया को ही लें। हालांकि हाल के वर्षों में मुझे इसके संचालन से जुड़ी कई शिकायतें सुनने को मिली हैं लेकिन वह एक दूसरा मुद्दा है। पर आप मुझे राष्ट्रीय स्तर पर खाद्य संग्रहण और वितरण जैसा जटिल कार्य करने वाली एक निजी कंपनी का नाम बता दें। यह कार्य सिर्फ पब्लिक सेक्टर के दम पर हुआ है। उदाहरण के तौर हम इंडियन पेट्रोकेमिकल्स कारपोरेशन लिमिटेड को लें। यह एक ऐसा पेट्रोकेमिकल संयंत्र है जिस पर किसी को भी गर्व हो सकता है। आज इस देश की निजी कम्पनियां भी इसका अनुसरण कर रही हैं। बड़े औद्योगिक घराने जो आज पेट्रोकेमिकल उद्योग में अपनी जगह बनाना चाह रहे हैं वो भी एक–दूसरे के साथ आईपीसीएल का पीछा करने में लगे हुए हैं।

पब्लिक सेक्टर का ढांचा किस प्रकार का है? जिस समय इस क्षेत्र में ₹18,000 करोड़ का निवेश था, उस समय यहाँ कुल 19.39 लाख नौकरियाँ थीं। जब ये निवेश ₹18,000 करोड़ से बढ़ कर ₹113,000 करोड़ हो चुका है तब ये नौकरियाँ भी 19.39 लाख से बढ़कर 22 लाख हो गयीं। अनुपात क्या है? आज हम जरूरत से अधिक कर्मचारियों के होने का रोना रोये बैठे हैं। वास्तव में, अगर पब्लिक सेक्टर की कोई गलती है तो वो ये है कि वह रोजगार के पर्याप्त अवसर पैदा करने में असफल रहा है।

अभी सिर्फ पच्चीस संयंत्र हैं जो कुल मुनाफे का 86 प्रतिशत कमाते हैं। इसलिए हमें इन्ही पच्चीस संयंत्रों पर ध्यान देना होगा। इन पच्चीस कंपनियों को सुचारु ढंग से चलाना कोई बड़ी बात नहीं है। इसी तरह से कुल बीस ऐसे संयंत्र हैं जो 80 प्रतिशत हानि के लिए जिम्मेदार हैं। अब हमें करना ये है कि एक संसदीय समिति–फिर चाहे वो सार्वजनिक उपक्रम समिति हो या इस मामले के लिए बनी हुई कोई विशेष समिति का निर्माण कर घाटे में डूबे इन संयंत्रों का एक एक कर अध्ययन करें और उसके बाद इस फैसले पर पहुँचे कि इनके साथ करना क्या है। दूसरा बिंदु जिस पर आजकल बहुत अधिक चर्चा हो रही है वो है इन संयंत्रों को बंद किया जाना। मेरे मित्र श्री नारायण स्वामी ने कहा कि सार्वजनिक उद्यम विभाग द्वारा 58 संयंत्रों को बंद कर दिए जाने से करीब 3.5 लाख लोगों का जीवन प्रभावित होगा।

एक तरफ तो सरकार कहती है कि वो अभी आर्थिक संकट में है और संसाधनों का अभाव है। और दूसरी तरफ हमें अपने एसेट्स को बेहद कम दामों पर बेचने की जल्दी मची हुई है। यह वित्तीय कानून के सभी सिद्धांतों के विरुद्ध है।

हमारे समक्ष एक समस्या है और उसका निदान बिलकुल आसान है। अगर हमने संयंत्रों के आधार पर, सरप्लस कार्य बल को निर्धारित कर लिया है तो हमें दो–तीन साल तक किन्ही भी रिक्तियों को भरने की जरूरत नहीं है। धीरे–धीरे वो अपने आप इस व्यवस्था में ढल जायेंगे। लोगों से उनका काम छीन कर उनके बीच डर पैदा करने की कोई जरूरत नहीं है। एक कल्याणकारी राज्य में ऐसा करना बिलकुल भी जायज नहीं है। सरकार को अपने आगे की कार्यशैली पर एक श्वेतपत्र जारी करते हुए संसद को एक मौका देना चाहिए। विनिवेश के बारे में मेरी राय है कि इसका निजीकरण से कोई लेना–देना नहीं है। अगर किसी सरकारी दफ्तर के टूटे फर्नीचर भी बेचे जाते हैं तो उसके लिए निविदाएँ आमंत्रित की जाती हैं। अगर निविदाएँ आमंत्रित नहीं की जाती हैं तो महालेखाकार उसके लिए नियमावली जारी करता है। कोई आश्चर्य की बात नहीं कि आज के बैंक घोटालों में हम पब्लिक सेक्टर के शेयर की भी संलग्नता पाते हैं। ये होना ही था क्यूंकि लोगों को मालूम है कि सरकारी शेयरों

को बिना सबसे ऊँची बोली लगाये खरीदा जा सकता है। अगर आप उन्हें कौड़ियों के भाव में बेचेंगे तो कई पैसेवाले आकर इसे खरीद लेंगे।

अगर आप मुनाफे के लिहाज से पहली 25 कंपनियों की 20 प्रतिशत इक्विटी को इन प्राइवेट कंपनियों पर लगने वाले सामान्य प्राइस अर्निंग रेशियो पर बेचेंगे तो 20 प्रतिशत विनिवेश पर सरकार को ₹18,000 करोड़ का लाभ होगा। मैं अपनी बात के अंत में वित्त मंत्री को बस इतना प्रेषित करना चाहूँगा कि कृपया इस मामले को अपने हाथ में लें और ये सुनिश्चित करें कि संयंत्रों में काम करने वाले मजदूरों को उनकी तनख्वाह समय पर मिल जाए। आपकी सरकार घाटे में चल रही है। इन मजदूरों की तनख्वाह में से कुछ करोड़ रूपये बचा कर आप कुछ भी हासिल नहीं कर पायेंगे। हमें यह देखना होगा कि इन मजदूरों के साथ अच्छा बर्ताव किया जा रहा है और सार्वजनिक क्षेत्र को सही तरीके से चलाया जा रहा है, न कि ऐसे बेतरतीब और दिशाहीन तरीके से।

(राज्य सभा परिचर्चा, 30 नवम्बर 1992, 154)

पिछले वर्ष के बजट में सरकार ने पब्लिक सेक्टर के शेयरों में ₹3500 करोड़ तक, 20 प्रतिशत विनिवेश करने का निर्णय लिया था। इस साल भी अपेक्षित राजस्व इतना ही था। उन्होंने इस वर्ष भी दो–तीन संयंत्रों को बेच कर करीब ₹600 करोड़ अर्जित किये हैं। दिसम्बर में भी वो करीब 3,000 करोड़ मूल्य के शेयर बेचने वाले हैं। मैं इस ओर सरकार का ध्यान इसलिए आकृष्ट करा रहा हूँ क्यूंकि पहले तीन हिस्सों को काफी कम लागत पर बेच दिया गया है। मैं दो–तीन उदाहरणों से अपनी बात स्पष्ट करना चाहूँगा। पहले राउंड में स्टील अथॉरिटी ऑफ इंडिया के शेयर का औसत मूल्य ₹13.24 था। दूसरे राउंड में इसे बढ़ा कर ₹40.40 कर दिया गया, जो कि उनके तरीके से भी तीन गुना वृद्धि थी। लेकिन स्टॉक एक्सचेंज में इसका उद्धृत मूल्य ₹200 है।

कोई कारण नहीं है कि सरकार अपने खुद के एसेट्स को बाजार मूल्य से कम दाम में बेचे। एक तरफ तो सरकार कहती है कि वो अभी आर्थिक संकट में है और संसाधनों का अभाव है। और दूसरी तरफ हमें अपने एसेट्स को बेहद कम दामों पर बेचने की जल्दी मची हुई है। यह वित्तीय कानून के सभी सिद्धांतों के विरुद्ध है। अगर सरकारी कार्यालयों

के सेकंड–हैण्ड फर्नीचर भी बिना निविदा जारी किये बेचे जाते हैं तो चारों तरफ हंगामा मच जाता है और दंडात्मक कार्यवाही की जाती है। यहाँ करोड़ों रुपयों के शेयर सिर्फ एक तथाकथित समिति बना कर बेच दिए जा रहे हैं जिसके अध्यक्ष श्री वी. कृष्णामूर्ति हैं। अब एक दूसरी समिति का भी गठन हुआ है। इन शेयरों के मूल्य और बिक्री के बारे में अब सरकारी अधिकारी निर्णय कर रहे हैं और कोई भी इस बारे में पूछ नहीं रहा है।

मेरी मांग है कि पब्लिक–सेक्टर के शेयरों की भविष्य में बिक्री का जिम्मा संसद की निगरानी में होना चाहिए जो या तो एक विशेष रूप से गठित संसदीय समिति के द्वारा हो अथवा संयुक्त संसदीय समिति के द्वारा। मुझे इन दोनों से कोई आपत्ति नहीं है। लेकिन सरकार को अपने एसेट्स की बिक्री का पूरा फायदा जरूर मिलना चाहिए।

घोटाले से बड़ा महाघोटाला:

सार्वजनिक उपक्रम संस्थान ने पिछले वर्ष के सार्वजनिक क्षेत्र विनिवेश के बारे में एक अध्ययन किया था और उनके आकलन से इस विनिवेश से करीब ₹3,000 करोड़ की राशि प्राप्त हुई थी। इस विनिवेश से कुल प्राप्त राशि ₹6,536 करोड़ होनी चाहिए थी और सरकार को बाजार में मिल रहे मूल्य के आधे से भी कम राशि प्राप्त हुई है। लोग पैसा देने के लिए तैयार हैं। मेरा अनुरोध होगा कि सरकार बाजार में अपने शेयर बेचना शुरू कर दे। हमें करीब 10,000 से 20,000 निवेशकों को इससे लाभ कमाने देना चाहिए। इससे सरकार को भी अधिक धनराशि प्राप्त होगी और फिर इस पर कोई भी सिर्फ गिने–चुने व्यक्तियों को फायदा पहुंचाने का आरोप नहीं लगा सकेगा।

वित्त मंत्री प्रेस से ये लगातार कहते आये हैं कि सार्वजनिक मुद्दों पर फैसला लेने में समय लगता है। मैं समझ सकता हूँ कि पिछले वर्ष वो इतनी जल्दबाजी में क्यूँ थे। लेकिन उनके हाथ में इस पूरे वर्ष का समय था। अभी और मार्च के बीच वो बड़े ही आसानी से किसी भी सार्वजनिक मुद्दे को सुलझा सकते थे।

निजी व्यवसायी इसे तीन महीने में कर देते हैं। ऐसा कोई कारण नहीं है कि आप ऐसा क्यूँ नहीं कर सकते हैं। ऐसा क्यूँ है कि सरकार

की कीमत पर म्युच्युअल फंड्स पैसे कमा रहे हैं? श्री वी.पी सिंह ने एक संयुक्त संसदीय समिति द्वारा इसकी जांच की मांग की है। मैं फिलहाल उस स्तर की बात नहीं कर रहा हूँ। लेकिन मेरा मानना है कि अगर सार्वजनिक क्षेत्रों में विनिवेश के तरीके में बदलाव नहीं किया गया और अगर सरकार ने इस मामले में सही प्रक्रिया नहीं अपनाई, तो यह घोटाले से भी महाघोटाला बन कर उभर सकता है। हम शेयर बेच रहे हैं और उनके बाजार मूल्य और आपके विक्रय मूल्य के बीच बहुत बड़ा अंतर है।

छोटे शेयर धारकों और जमाकर्ताओं की सुरक्षा हो

27 अप्रैल 1988 को कम्पनी बिल, 1987 में संशोधन के लिए उसे सेलेक्ट अथवा जॉइंट समिति के पास भेजने के लिए हो रही चर्चा में भाग लेते हुए मोरारका ने कहा था–'एक खांटी नौकरशाह बिल कागजी कामों को बढ़ाने के सिवा और कुछ नहीं करता।' अपने वृहत स्तर पर इस कानून को छोटे शेयर निवेशकों को और अधिक परेशान नहीं करना चाहिए, मध्यम श्रेणी के व्यवसायों को प्रोत्साहित करना चाहिए और बड़े संयंत्रों को अनुशासित करना चाहिए। 'लेकिन ये विधेयक मेरी नजर का अब तक का सबसे ढीला–ढाला विधेयक है', मोरारका ने इसकी खामियों पर प्रकाश डालते हुए कहा था।

संशोधित बिल आधे–अधूरे मन से बनाया हुआ लगता है। दरअसल इसके कई बिंदु निवेशकों को भ्रमित भी कर सकते हैं। इस कानून का मुख्य उद्देश्य जमाकर्ताओं, देनदारों और शेयरधारकों को किसी भी कंपनी के शेयरधारकों की तुलना में ज्यादा सुरक्षा देना था। लेकिन इस संशोधन विधेयक में हम पाते हैं कि फिक्स्ड डिपॉजिट्स के मद में कंपनी लॉ बोर्ड को कुछ विशेषाधिकार प्रदान कर जमाकर्ताओं की सुरक्षा का प्रावधान रखा गया है। साथ ही निवेशकों से उनका सबसे बड़ा अधिकार छीन लिया गया है जिसके तहत वो कंपनियों से उनकी कार्यप्रणाली पर सालाना रिपोर्ट मांग सकते थे। कम्पनी एक्ट में एक नयी व्यवस्था लागू की गई है जो कि कम्पनी एक्ट 1956 अथवा इसमें बाद के वर्षों में किये गए संशोधनों में मौजूद नहीं थी। अब शेयरधारकों को कंपनियों के लाभ–हानि और वार्षिक रिपोर्ट का छोटा ब्यौरा ही भेजा जाएगा। जो विस्तृत रिपोर्ट

उन्हें आज प्राप्त होती है, अब उसके लिए उन्हें पैसे देने होंगे। अगर माननीय वित्त मंत्री पिछले कुछ वर्षों में शेयरहोल्डर संगठनों के प्रतिनिधित्व पर नजर डालेंगे तो उन्हें पता चलेगा कि इन शेयरधारकों को मौजूदा जानकारियाँ देना ही काफी नहीं होगा। दरअसल, शेयरधारक संगठन कई वर्षों से इस सम्बन्ध में सटीक जानकारी दिए जाने की मांग कर रहे हैं।

छोटे जमाकर्ता और शेयरधारक हमेशा के लिए किसी सरकारी नौकरशाह अथवा किसी विभाग की मनमर्जियों के गुलाम बन कर रह जायेंगे।

हम पाते हैं कि छोटे शेयरधारकों और जमाकर्ताओं के हक की रक्षा के नाम पर लाया गया ये विधेयक उनके मौजूदा अधिकारों का भी हनन कर रहा है। यह एक बेहद गंभीर मुद्दा है। 600 खण्डों और देश भर में फैले कंपनी लॉ से जुड़े अधिकारियों की फौज के बावजूद, यह विधेयक जो कॉर्पोरेट सेक्टर में कार्यरत कंपनियों के प्रशासन से जुड़ा सबसे महत्वपूर्ण विधेयक है, किसी भी हाल में प्रभावी हो ही नहीं सकता। इसके कारण छोटे जमाकर्ता और शेयरधारक हमेशा के लिए किसी सरकारी नौकरशाह अथवा किसी विभाग की मनमर्जियों के गुलाम बन कर रह जायेंगे।

चोरी के इतने अधिक केसों के पीछे क्या कारण है?

उदाहरण के लिए, कंपनी लॉ बोर्ड को प्राप्त सभी शक्तियों के बावजूद, इस संशोधन विधेयक के अनुसार कुछ शक्तियां उच्च न्यायालय से कंपनी लॉ बोर्ड को दे दी जायेंगी। इससे कोई भी परिवर्तन नहीं होने वाला है। कार्य करने का अंतिम अधिकार सरकार के हाथों में है। कंपनी लॉ बोर्ड अपने सारे फैसले सरकारी प्रक्रिया के तहत ही लेगा। अगर कंपनी लॉ बोर्ड जरा भी प्रभावशाली है तो फिर हमें चोरी के इतने मामले देखने को क्यूँ मिले हैं? निवेशकों को बड़े पैमाने पर चूना लगाया गया है। संचयिता और पीयरलेस जैसी कंपनियों से जुड़े मामले मेरे दिमाग में आते हैं। इन मामलों में लाखों लोगों को नुकसान उठाना पड़ा था। मुझे नहीं लगता कि ये विधेयक, अपने वर्तमान स्वरूप में निवेशकों की असल समस्या का निदान करने में सफल हो पाएगा। इसलिए इस विधेयक के सम्बन्ध में

मेरा संशोधन प्रस्ताव है कि इसे हमें चयन समिति को दे देना चाहिए।

मुझे नेहरू का कार्यकाल याद आ रहा है जब सभी जटिल विधेयकों को सरकार द्वारा प्रस्ताव पास कर चयन समिति के पास भेज दिया जाता था।

वार्षिक रिपोर्ट में काट छांट के अलावा मैं इस विधेयक के कुछ और बिन्दुओं पर बात करना चाहूँगा जो कि आम आदमी के लिए काफी गंभीर विषय हैं। इस विधेयक के कुछ हिस्से भ्रामक हैं। जैसे कि छोटे और मझोले स्तर की कंपनियों के सम्बन्ध में सरकार की नीति है कि वो कॉर्पोरेट सेक्टर में भी लघु उद्योगों, नए और छोटे व्यवसायियों को प्रोत्साहित करेगी।

जब तक कानून को और कठोर नहीं बनाया जाता है, प्रशासन लचर तरीके से ही काम करेगा। अपने वर्तमान स्वरूप में यह कानून एक लाख कंपनियों पर लागू होता है। ₹1 लाख, ₹5 लाख, ₹10 लाख रूपये के शेयर वाली छोटी कंपनियों के काम को देखना संभव नहीं है। देश को उन कंपनियों से ज्यादा फायदा है जिनमें बड़े पैमाने पर जनता का पैसा लगा हुआ है, जिनमें करीब ₹5 करोड़ से लेकर ₹10 करोड़ तक निवेश किया गया है।

छोटी कंपनियों में हो कम से कम तामझामः

इस कानून में ऐसे संशोधन किये जाने चाहिए जिससे छोटी कंपनियों में कम से कम प्रशासनिक तामझाम हो। ऐसा होने से कंपनी लॉ प्रशासन को उन पर अपना अधिक समय जाया नहीं करना पड़ेगा। और तभी बड़ी कंपनियों से जुड़े कानून का सख्ती से पालन हो सकेगा जिसके फलस्वरूप हम शेयरधारकों, देनदारों और जमाकर्ताओं के हक की रक्षा कर पायेंगे।

संशोधित विधेयक में सरकार का कहना है कि ₹25 लाख से अधिक शेयर कैपिटल वाली कंपनियों में प्रबंध निदेशक अथवा एक स्थायी निदेशक का होना आवश्यक है। यह बिलकुल बेतुकी बात है। ऐसा प्रावधान ₹5 करोड़ से अधिक शेयर कैपिटल वाली कंपनियों के लिए होना जायज है जहाँ इन पदों पर आसीन व्यक्तियों को कंपनी उचित तनख्वाह और अन्य फायदे दे सकती है। छोटे और मझोले स्तर की कंपनियों पर हमें इस तरह के प्रशासनिक तामझाम का बोझ नहीं डालना चाहिए। इससे हम इस विधेयक के उद्देश्य को कभी भी प्राप्त नहीं कर पायेंगे।

आर्थिक दंड एक डर के रूप में कार्य करना चाहिए। बड़ी कंपनियों को कानून तोड़ने से रोकने के लिए हम कहाँ तक सक्षम हैं?

इस विधेयक में यह भी उद्धृत है कि फिक्स्ड डिपाजिट स्वीकार करने वाली प्राइवेट लिमिटेड कंपनियों को भी पब्लिक कंपनियों की श्रेणी में रखा जाएगा। अब मुझे ये स्पष्ट हो रहा है कि इस सम्बन्ध में एक संशोधन आया है जिसके बाद यह नियम उन कंपनियों पर लागू नहीं होगा जिसमें जमा राशि रिश्तेदारों के द्वारा जमा की जाती है। मैं कहना चाहूँगा कि कई छोटे स्तर की कंपनियां भी अपने मित्रों और रिश्तेदारों की मदद से जमाराशि उगाह सकती हैं। फिर उन्हें भी पब्लिक कंपनियों की श्रेणी में रखने की क्या तुक है? बड़े पैमाने पर देखा जाए तो उन कंपनियों को जनता का पैसा नहीं मिल रहा है। अगर उन्हें कर्ज मिल रहा है तो वो वाणिज्यिक बैंक्स के द्वारा उनकी सिक्योरिटी जमा कराने के बदले मिल रहा है। इन सारी कंपनियों को एक ही श्रेणी में लाकर हम इन कंपनियों पर ये कानून नहीं लगा रहे हैं बल्कि बड़ी कंपनियों के लिए इस कानून को अप्रभावी बनाने का काम कर रहे हैं। और ये हो भी रहा है। उदाहरण के लिए बम्बई और कलकत्ता में कई ऐसी कंपनियां हैं जिनकी पड़ताल इसलिए होनी चाहिए कि वो कम्पनी कानून का पालन कर रही हैं या नहीं।

हमारी अदम्य इच्छा के बाद भी, कर्मचारियों की सीमित संख्या के कारण ऐसा हर वर्ष नहीं किया जा सकता है। कंपनी लॉ विभाग में कर्मचारियों की संख्या बढ़ाकर हम शायद ये काम कर सकते हैं। लेकिन कोई भी प्रशासन या कानून तब तक प्रभावी नहीं होगा जब तक हम इस मसले का बारीक अध्ययन कर यह सुनिश्चित नहीं करते कि जनता के पैसे पर काम कर रही कंपनियों पर ही गहरी नजर रखी जाए। और इसलिए मेरा मानना है कि चोरी के लिए आर्थिक दंड लगाने का प्रावधान लाभदायक नहीं होगा। आर्थिक दंड को एक डर के रूप में कार्य करना चाहिए। बड़ी कंपनियों को कानून तोड़ने से रोकने के लिए हम कहाँ तक सक्षम हैं?

एक और संशोधन बेहद हैरतंगेज है जिसके कारण जब तक सरकार किसी प्रबंध निदेशक की नियुक्ति पर अपनी मुहर न लगा दे, जितने दिन वो अपने कार्यालय छोड़ने से इनकार करेगा, उसे हर दिन ₹500 का आर्थिक दंड भरना पड़ेगा। मैं इस तर्क को नहीं समझ पा रहा हूँ।

कानून तो ये होना चाहिए था कि चूँकि सरकार ने उस प्रबंध निदेशक की नियुक्ति को मंजूरी नहीं दी है इसलिए नियुक्ति नामंजूर होते ही प्रबंध निदेशक को कार्यालय छोड़ देना चाहिए। लेकिन कुछ ₹100 के दंड के बाद कार्यालय में उसकी उपस्थिति बनाये रख कर सरकार ने बेहद हैरतंगेज फैसला लिया है।

जमाराशि ऋण नहीं होतीः

जब वर्तमान सरकार सत्ता में आई तो उसने कॉर्पोरेट सेक्टर के लिए कई उदार नीतियों की घोषणा की थी। उदार से मेरा आशय ये नहीं है कि वो कोई भी कानून तोड़ सकते हैं। उदार का मतलब है कि सरकार अपनी औद्योगिक नीति स्पष्ट करेगी और इसी नीतिगत ढाँचे के दरम्यान सरकार कॉर्पोरेट सेक्टर को काम करने की थोड़ी–सी ढील देगी। लेकिन यहाँ खंड 370 और 372 में मैं इंटर कॉर्पोरेट डिपॉजिट्स के सन्दर्भ में एक पूरी तरह नयी परिभाषा से रू–ब–रू हो रहा हूँ।

ऋण के सन्दर्भ में जमाराशि का प्रयोग करना कॉर्पोरेट सेक्टर के लिए भ्रामक होता है और कई परेशानियाँ खड़ी कर सकता है। किसी भी स्थिति में हम जमाराशि को ऋण नहीं कह सकते हैं। हम बैंकों में अपनी राशि जमा करते हैं। उसे ऋण नहीं कहा जा सकता है। हम ऋण का भुगतान इंटर–कॉर्पोरेट डिपॉजिट्स के मद से नहीं कर रहे हैं। इसे ऋण के साथ जोड़ कर देखना अति होगा और इसका नुकसान सिर्फ और सिर्फ छोटे तथा माध्यम श्रेणी के व्यवसायियों को होगा। बड़ी कंपनियों को दूसरी कंपनियों और सरकार की तरफ से पर्याप्त ऋण मिलता है।

समाजवाद और विकेंद्रीकरण पर हमारी बड़ी–बड़ी बातों के बावजूद बड़ी कंपनियों को सरकारी संसाधनों का अधिकतम लाभ होता है और अक्सर इन प्रावधानों की मार छोटे और मध्यम श्रेणी के लोगों को खानी पड़ती है। नियमतः इस प्रावधान का उद्देश्य आम आदमी की सुरक्षा है, लेकिन आमतौर पर इस विधेयक की गलतियों का खामियाजा छोटे और मझोले व्यवसायियों को ही भुगतना पड़ता है।

मोनोपोली एंड रेस्ट्रिक्टिव ट्रेड प्रैक्टिसेज एक्ट (MRTP) और फॉरेन एक्सचेंज रेगुलेशन एक्ट (FERA) से जुड़ी कंपनियों पर इस कानून का कोई भी प्रभाव नहीं पड़ेगा। मेरा ये सुझाव बिलकुल भी नहीं है कि

इन MRTP और FERA कंपनियों पर किसी भी तरह की अव्यावहारिक बंदिशें लगा दी जाएँ।

इस सम्बन्ध में जवाहरलाल नेहरू के समय से मौजूद इंडस्ट्रियल पालिसी रिज़ोल्यूशन एक महत्वपूर्ण दस्तावेज है। मेरा मानना है कि उन उद्देश्यों की पूर्ति के लिए हमें सिर्फ MRTP और FERA कंपनियों पर नियंत्रण करना चाहिए। छोटी और मझोली कंपनियों को नियंत्रण के दायरे से बाहर रखना चाहिए। तभी इस देश में कंपनी लॉ प्रशासन प्रभावी तरीके से काम कर पायेगा। अन्यथा हम हर वर्ष की तरह इस कानून में एक के बाद एक संशोधनों का पुलिंदा ही जोड़ते रह जायेंगे। हमारे पास दो तरह की कंपनियों के समूह हैं–एक जो कानून तोड़ कर चोरी करना चाहती हैं और दूसरी जो विधिसम्मत तरीके से कार्य करना चाहती हैं। हमें इस दूसरे समूह को, जो कि इस देश के कानून को शब्दशः मानता है, प्रोत्साहित करना चाहिए।

आज कानून में इस स्तर तक बदलाव की जरूरत है कि अगर किसी कंपनी के प्रबंधक के रिश्तेदार उसी कंपनी में कार्यरत हैं तो कंपनी को उनसे जुड़ी सारी जानकारी देनी होगी।

पुराने पड़ चुके प्रावधानः

मैं एक दूसरे प्रावधान के बारे में बात करूँगा। इस विधेयक के उद्देश्य और कारणों के खंड में लिखा हुआ एक उद्देश्य है–'कंपनियों द्वारा एप्लीकेशन फॉर्म के साथ प्रॉस्पेक्ट्स का एक छोटा–सा सम्पादित हिस्सा देने से उन्हें हो रहे गैर जरूरी खर्चे को कम करना...' मैं माननीय मंत्री जी से ये जानना चाहूँगा कि कंपनियों के किस समूह ने ये कहा है कि बैलेंस शीट प्रिंट कराना एक खर्चीला उपक्रम है और वो इसे कम कराना चाहते हैं? आज प्रस्तुत की गई वार्षिक रिपोर्ट में एक समूचे खंड में ₹3,000 से अधिक तनख्वाह पा रहे कर्मचारियों की लिस्ट दी गई है और मैं पाता हूँ कि पिछले कई वर्षों से ₹3,000 के इस आंकड़े में कोई परिवर्तन नहीं आया है। इस संशोधन विधेयक में ऐसे हजारों कर्मचारियों को काम पर रखे हुए बड़ी कंपनियों से जुड़े कुछ प्रावधान हैं और वो

इन सभी कर्मचारियों का ब्यौरा दे रहे हैं, जिसमें बैलेंस शीट के तीस से चालीस पन्ने लगने ही लगने हैं।

सिर्फ इस प्रावधान को हटा देने से प्रिंटिंग के खर्चे में कोई कमी नहीं आने वाली है और इससे छोटे निवेशकों पर कोई प्रभाव नहीं पड़ेगा। लेकिन इसके बावजूद उन्होंने इस प्रावधान को हटाए जाने का प्रस्ताव अनुमोदित किया है। एक छोटे शेयरधारक को अपनी कंपनी में काम कर रहे लोगों की संख्या और अपनी तनख्वाह से कोई खास मतलब नहीं होता है। उसकी दिलचस्पी सिर्फ इस बात में होती है कि क्या उसके संयंत्र के प्रबंध निदेशक का कोई रिश्तेदार भी वहां काम कर रहा है या नहीं। इस प्रावधान को 1960 में शामिल किया गया था जब यह पता चला था कि कई संयंत्रों में वहां के प्रबंध निदेशक की पत्नी अथवा अन्य रिश्तेदारों को अत्यधिक तनख्वाह पर काम पर रखा गया था। इसलिए एक प्रावधान को शामिल किया गया। उस वक्त ₹3,000 की तनख्वाह एक बड़ी रकम थी। और ये कहा गया था कि इस राशि से ऊपर तनख्वाह पा रहे लोगों का पूरा ब्यौरा दिया जाना चाहिए।

निदेशक के रिश्तेदारों का ब्यौराः

आज कानून में ये बदलाव करने की जरूरत है कि अगर किसी प्रबंध निदेशक का कोई भी सम्बन्धी उसकी कंपनी में कार्यरत है तो उसके बारे में पूरी जानकारी दी जाए। शायद इस प्रावधान के बाद किसी का कोई भी सम्बन्धी वहां काम नहीं कर पायेगा क्यूंकि ऐसा होने से वे तुरंत सरकार की जद में आ जायेंगे। लेकिन खर्च कम करने के लिए पूरी बैलेंस शीट में काट–छांट करने कोई अच्छा कदम नहीं है। हम देखते हैं कि बड़े कारपोरेशन कम्पनीज एक्ट के तहत अपने बारे में जानकारी देने के बजाय चमकदार बैलेंस शीट, रंगीन तस्वीरें, ऑफसेट प्रिंटिंग और कागजी प्रिंटिंग जैसे कई उपक्रम करते हैं। निश्चित तौर पर उन्हें खर्चों की कोई परवाह नहीं है।

सार्वजनिक क्षेत्र की कंपनियों के बैलेंस शीट के खर्चों को छोड़ दें, तो सरकार का इस तरह से खर्च कम करवाने के लिए चिंतित होना आश्चर्यजनक है। निजी क्षेत्रों में कई कंपनियां गर्व से अपने रंगीन बैलेंस शीट प्रिंट करा रही हैं और खर्चे कम करवाने के नाम पर आप हमें

महत्वपूर्ण जानकारियों से दूर नहीं रख सकते हैं। इसलिए माननीय मंत्री का ये कथन कि 'सरकार ने ऐसा प्रतिनिधित्व के आधार पर करना उचित समझा है', बेहद अस्पष्ट है। हम ये जानना चाहते हैं कि ऐसा उन्होंने किसके प्रतिनिधित्व के कारण किया है?

छोटी निजी कंपनियों को इस दायरे से बाहर रखें:

कंपनी कानून के बावजूद हम पाते हैं कि कई तरह के तकनीकी उल्लंघनों के कारण कंपनी लॉ बोर्ड का बहुत अधिक समय बर्बाद हो रहा है। प्राइवेट लिमिटेड कंपनियों को नोटिस भेजे जा रहे हैं, रिटर्न्स के प्रेजेंटेशन देर से हो रहे हैं और कई बार वार्षिक बैठकें भी बहुत विलम्ब से हो रही हैं। मुझे इस बात से हैरानी है कि सरकार उन छोटी कंपनियों की बैठकों के लिए भी चिंतित हैं जिनमें पति–पत्नी ही निदेशक के पद पर हैं।

पार्टनरशिप फर्म्स प्रोपराट्री फर्म्स और प्राइवेट लिमिटेड कंपनियां ये सब पार्टनरशिप के ही उन्नत रूप हैं और इसलिए कानून में ऐसा संशोधन होना चाहिए जिसे छोटी निजी कंपनियों को इस विभाग के दायरे से बाहर रखा जा सके। सिर्फ सरकार ही इन कंपनियों द्वारा बड़े पैमाने पर किए गए उल्लंघन पर ध्यान दे सकती है लेकिन उनकी बैलेंस शीट से यह कतई परिलक्षित नहीं होता है।

निवेश की ऐसी कई कम्पनियां हैं जिनके बारे में लोग नहीं जानते हैं, वे ये भी नहीं जानते हैं कि इन कंपनियों को रिजर्व बैंक ऑफ इंडिया की मान्यता प्राप्त है भी या नहीं। और जब तक सरकारी व्यवस्था कार्य करना शुरू करती है इन लोगों के साथ धोखाधड़ी हो जाती है। इन कंपनियों को तब तक नहीं रोका जा सकता है जब तक कम्पनी कानून विभाग सतर्क न रहे। लेकिन वर्तमान व्यवस्था में यह विभाग सतर्क रह ही नहीं सकता क्यूंकि वर्तमान व्यवस्था में छोटे उद्यमियों को कई तरह की समस्याओं का सामना करना पड़ता है। मुझे इस संशोधन बिल में ऐसा कुछ भी दिखाई नहीं पड़ता जिसके कारण इन कंपनियों को अनुशासित किया जा सके या फिर छोटे अथवा मध्यम स्तर के बिचौलियों को प्रोत्साहन मिल सके। बैलेंस शीट में कांट–छांट की बात हो या फिर शेयरधारकों के खातों के बारे में किसी तरह की कोई भी जानकारी का प्रश्न हो–इस विधेयक के प्रावधान कहीं से भी उत्साहजनक नहीं हैं।

किन कारणों से इस विधेयक के प्रावधान अनुसार वार्षिक रिपोर्ट में ऊर्जा संरक्षण, तकनीक सम्बन्धी मुद्दों पर जानकारी मांगी गयी है?

इन सभी अंतर्विरोधों के कारण मैं ये मानता हूँ कि यह एक शुद्ध नौकरशाही बिल है जिसके कारण सिर्फ कागजी कामों को प्रोत्साहन मिलेगा। एक छोटे उद्यमी को इसके कारण बार–बार सरकार की शरण में जाना होगा जो कि अच्छी बात तो है लेकिन इस बिल में उद्धृत उद्देश्यों और लक्ष्यों से इतर है। यह बिल सच्चर समिति की उस रिपोर्ट से भी बिलकुल अलग है जिसका इस मुद्दे पर एक समाजवादी रुख था। अगर मैं कहूँ तो यह बिल हमारे देश के प्रधानमन्त्री की सोच के भी विरुद्ध है। मुझे समझ नहीं आता कि किस महानुभाव ने इस बिल को लिखा है। मुझ मालूम नहीं कि इस तरह का दिशाहीन बिल कैसे इस सदन के पटल पर आ गया। ये मेरी नजर में आया अब तक का सबसे ढीला–ढाला विधेयक है।

छोटे जमाकर्ताओं की कोई नहीं सुन रहाः

कंपनियों के प्रशासन में मैंने यह बात देखी है कि वे छोटी–छोटी चीजों को लेकर बेहद जागरूक रहते हैं। मसलन अगर किसी ने समय पर कागजात नहीं दिए तो वो उसे अविलम्ब नोटिस थमा देते हैं। लेकिन कुछ और कंपनियां हैं जो अपने जमाकर्ताओं को समय पर भुगतान नहीं करती हैं। जमाकर्ता उनके दरवाजे पर दस्तक देते–देते थक जाते हैं लेकिन उनकी सुनने वाला कोई नहीं है। इस तरह की गलतियों को सुधारना होगा। यह एक महत्वपूर्ण कानून इसलिए भी है कि समूचा कॉर्पोरेट सेक्टर इसी के बलबूते पर चलता है। अगर सरकार के पास विभिन्न कम्पनियों को अनुशासित रखने का कोई फार्मूला है तो वो यही अधिनियम है। और अगर इस एक्ट को इतने लापरवाह तरीके से आगे लेकर बढ़ा जाएगा तो मुझे मालूम नहीं कि कितनी सारी कम्पनियां अनुशासन के ढांचे से बाहर निकल कर कार्य करने लगेंगी।

जब भी कोई विवाद शुरू होता है, हम पब्लिक सेक्टर बनाम प्राइवेट सेक्टर की माला जपने लगते हैं। यह एक बेतुका विवाद है। इस देश में हमें पब्लिक और प्राइवेट दोनों ही सेक्टर की जरूरत है। हमें अपने देश में बड़ी और छोटी दोनों ही तरह की कंपनियों की जरूरत है। हर

किसी को अपना कर्तव्य संविधान के दायरे में रह कर पूरा करना चाहिए। विपक्ष भले ही सरकार की नीतियों से सहमत न हो लेकिन सरकार की नीतियाँ उल्लिखित उद्देश्यों के आधार पर ही बननी चाहिए। यह बिल इस आधार पर भी असफल सिद्ध होता हुआ दिखाई दे रहा है।

मुझे ज्ञात नहीं है कि कॉर्पोरेट डिपाजिट और ऋण से जुड़े प्रावधानों को कैसे इस अधिनियम का हिस्सा बनाया गया है क्यूंकि उच्च न्यायालयों का यह स्पष्ट कहना है कि ऋण जमाराशि से भिन्न होता है। आप इसके जवाब में ये कहते हैं कि हमने ये प्रावधान कमियों को खत्म करने के लिए रखे हैं। बता कमियों की है ही नहीं। ऋण और जमा राशि दो विभिन्न चीजें हैं। लेकिन संसद के इस अधिनियम के द्वारा हम समूची कॉर्पोरेट प्रणाली के मायने बदलने जा रहे हैं।

हाल के दिनों में हमने देखा है कि जिन कंपनियों की सालाना कमाई ₹10 करोड़ की है उन्हें 20 प्रतिशत की दर से एक्साइज टैक्स अदा करना पड़ता है जो कि ₹2 करोड़ के आसपास है। हम पाते हैं कि कुछ कंपनियों को दस प्रतिशत से कम टैक्स अदा करना होता है, कुछ कंपनियों को दस प्रतिशत से कम। अब हमें मालूम होता है कि एक्साइज डिपार्टमेंट पर इन कंपनियों का इतना अधिक राज्यकर बकाया हो चुका है कि वो इन्हें अपनी कंपनी बेच कर भी चुकता नहीं कर सकते हैं। स्थिति स्पष्ट है। या तो ये कंपनियां बड़े पैमाने पर घोटाले में संलिप्त हैं या फिर एक्साइज विभाग सही तरीके से काम नहीं कर रहा है।

जनता का व्यवस्था पर से विश्वास उठ जाएगाः

आम आदमी के लिए लोकतंत्र परेशानी का सबब बन चुका है। जनता का समूची व्यवस्था पर से भरोसा उठ जाएगा। किसी भी जनतंत्र में ऐसी कंपनियों का होना जिन पर अभी ₹500 करोड़ से लेकर ₹10,000 करोड़ का एक्साइज टैक्स बकाया है, उसकी सेहत के लिए अच्छा नहीं है। मैं माननीय मंत्री जी से अनुरोध करना चाहूँगा कि वह इस विषय पर संसद में एक संयुक्त चयन समिति स्थापित करने का प्रस्ताव पारित करें जो आने वाले कुछ महीनों में इस अधिनियम पर गंभीर विचार कर के इसे एक प्रभावशाली रूप दे सके।

हम भ्रष्टाचार की संस्कृति को बढ़ावा दे रहे हैं

भ्रष्टाचार निरोधक अधिनियम, 1987 पर 10 अगस्त 1988 को हो रहे विमर्श में बोलते हुए मोरारका अपनी बात की शुरुआत एक मजाकिया किन्तु बेहद सारगर्भित कथन के साथ करते हैं। अपनी बात आगे बढ़ाते हुए वो विकेंद्रीकरण और निचले स्तर के अधिकारियों की शक्ति छीनने को भ्रष्टाचार हटाने के लिए सबसे कारगर कदम बताते हैं। वे कहतें हैं कि अगर हम ईमानदारों का मजाक बनायेंगे और भ्रष्ट लोगों को प्रोत्साहित करते रहेंगे, तो हम लोगों के बीच कौन–सा सन्देश भेज रहे हैं? 'हम एक ऐसे समाज का निर्माण कर रहे हैं जहाँ एक छोटा–मोटा चोर सूली पर चढ़ा दिया जाता है और बड़े बड़े चोरों को सम्मान से फूलमालाएं चढ़ाई जाती हैं।

मुझ से ठीक पहले आये वक्ता ने बड़े ही विशद तरीके से ये बताया कि भ्रष्टाचार हमारे जीवन के सभी क्षेत्रों में विद्यमान हैं जिसमें निचली स्तर की अदालतें भी शामिल हैं। अगर हमारे देश की अदालतें इस तरह से कार्य करेंगी तो इस देश में विशेष अदालत स्थापित करने का इस अधिनियम का उद्देश्य ही पूरी तरह से विफल हो जाएगा।

मैं अपनी बात एशियाई ड्रामा में गुन्नार मिर्डल को उद्धृत करते हुए शुरू करना चाहूँगा जहाँ वो कहते हैं कि विकासशील देशों में आर्थिक कार्यों में लाभ की सम्भावना पश्चिमी देशों के मुकाबले कम होती है। पश्चिमी देशों में जो व्यक्ति जितना अधिक काम करता है, वो उतना ही कमाता है और हमारे यहाँ लाभ पर बाह्य कारकों का नियंत्रण होता है। दूसरी तरफ, वे इंगित करते हैं कि विकासशील देशों में प्रशासनिक कार्यों

पर अधिक जोर दिया जाता है जो कि पाश्चात्य देशों में नहीं होता है। उन्होंने विशेष तौर पर भारत के सन्दर्भ में ये बताया है कि कैसे यहाँ औद्योगिक लाइसेंस लेने से लेकर रेलवे फाटक का दरवाजा खोलने तक पैसा एक हाथ से दूसरे हाथ तक जाता है।

कमी, देरी और विवेकः

मुझे लगता है कि अगर हम भारत के मौजूदा सामाजिक ढांचे और उन बिन्दुओं की पड़ताल करें जहाँ भ्रष्टाचार घटित होता है तो इसके तीन मुख्य कारण प्राप्त होंगे, जो अंग्रेजी के तीन डी हैं – डर्थ, डिले और डिस्क्रीशन कमी, देरी और विवेक। एक आम आदमी के स्तर पर देखा जाए तो चीजों की कमी जैसे कि राशन, खाने का तेल, राशन कार्ड का मिलना, रेलवे टिकट लेना। भ्रष्टाचार का मूल कारण वस्तुओं की कमी का होना है। कुल मांग आपूर्ति से ज्यादा है। जब तक इन वस्तुओं की संख्या में इजाफा नहीं होगा तब तक हमारे बीच भ्रष्टाचार मौजूद रहेगा।

हम सिर्फ भ्रष्टाचार के बिन्दुओं को बदलता हुआ देख सकते हैं। अगर हम खाद्यान्न का व्यवसाय कर रहे हैं, तो गाँव का बनिया भ्रष्ट हो सकता है। वह काले बाजार की दर से पैसा वसूल सकता है और सिर्फ प्रशासनिक ढांचा ही उस पर कार्यवाही करने में सक्षम है। लेकिन अगर पब्लिक डिस्ट्रीब्यूशन सिस्टम में ही समस्या है, तो फिर ये सरकार के ही कर्मचारी हैं जो कि भ्रष्ट हैं और जिनके खिलाफ कोई भी कार्यवाही करना बेहद मुश्किल है। इसलिए जब तक कमी की समस्या दूर नहीं की जायेगी, आम जनजीवन में व्याप्त भ्रष्टाचार को हम नहीं हटा सकते हैं। कितने भी न्यायालय, कैसा भी प्रशासनिक ढांचा, कोई भी विशेष जज और अदालतें तब तक आम जनता को आराम नहीं दे सकती जब तक उसकी रोजमर्रे की जरूरतों को पूरा न कर दिया जाए।

आज के भारत में मैं एक कागजी कार्यवाही के लिए फाइलों के इतने सारे स्तरों से हो कर गुजरने के पक्ष में बिलकुल भी नहीं हूँ। मुद्दा यह है कि चूँकि इस प्रक्रिया में छोटे स्तर के कई कर्मचारी शामिल हैं जो आपके काम में देरी कर सकते हैं और लोगों का

एक बड़ा तबका पैसे लेकर फाइल को एक स्तर से दूसरे स्तर पर पहुंचाने का काम करता है, ऐसी ही स्थिति में भ्रष्टाचार पनपता है।

दूसरा स्तर जहाँ भ्रष्टाचार पनपता है वो देरी की वजह से है। सरकारी कार्यालयों में निचले स्तर के सचिव से लेकर मंत्री तक पहुँचने में एक फाइल को सात स्तरों से गुजरना पड़ता है। मुझे ज्ञात नहीं है लेकिन यह परंपरा शायद ब्रिटिश सरकार के समय से चली आ रही है। शायद उन्होंने ही सप्त–स्तरीय प्रबंधन प्रणाली को ईजाद किया होगा। लेकिन आज के भारत में मैं एक कागजी कार्यवाही के लिए फाइलों के इतने सारे स्तरों से हो कर गुजरने के पक्ष में बिलकुल भी नहीं हूँ। मुद्दा यह है कि चूँकि इस प्रक्रिया में छोटे स्तर के कई कर्मचारी शामिल हैं जो आपके काम में देरी कर सकते हैं और लोगों का एक बड़ा तबका पैसे लेकर फाइल को एक स्तर से दूसरे स्तर पर पहुंचाने का काम करता है, ऐसी ही स्थिति में भ्रष्टाचार पनपता है। इसलिए जब तक हम अपनी कार्य व्यवस्था में उपजी इस देरी को दूर नहीं करेंगे तब तक हम भ्रष्टाचार को खत्म नहीं कर पायेंगे। यह देरी हमारे देश की कर प्रणाली की वजह से होती है। अगर हम इस व्यवस्था को सुधार सकें, तो विभिन्न स्तरों पर भ्रष्टाचार में सुधार हो सकता है।

विवेकाधीन शक्तियों में कटौती:

भ्रष्टाचार का तीसरा स्तर है विवेक–और यही सभी उच्च स्तरीय भ्रष्टाचार की जड़ है। उदाहरण के तौर पर मान लेते हैं कि सरकार को एक खास लाइसेंस अथवा कोई आयत तकनीक देनी है और इसके लिए पांच आवेदक हैं। चूँकि सभी आवेदक व्यापार घरानों से सम्बंधित हैं, इसीलिए सभी अमीर और प्रभुत्वशाली हैं। सरकार को उनमें से किन्ही दो अथवा एक व्यक्ति को चुनना है। अब यहाँ पर उसे अपनी विवेकाधीन शक्तियों का प्रयोग करना होगा। अब ये इस शक्ति का प्रयोग चाहे मंत्री के द्वारा किया जाए अथवा उसके सचिव द्वारा या अन्य किसी उच्चाधिकारी के द्वारा–हर स्थिति में भ्रष्टाचार होने की पूरी सम्भावना है।

भारत जैसे लोकतान्त्रिक देश में जब तक इन विवेकाधीन शक्तियों में कटौती नहीं की जायेगी, तब तक यहाँ भ्रष्टाचार का बोलबाला रहेगा।

अगर हम राजस्व अधिकारियों की बात करें तो डायरेक्ट टैक्स अधिनियम के तहत दी गयीं विवेकाधीन शक्तियों तथा पिछले वर्ष पास किये गए नए अधिनियम, जिसमें कुछ और संशोधन किया जान है, किसी भी आयकर अधिकारी को बहुत अधिक विवेकाधीन शक्तियां मिली हुई हैं। ये शक्तियां उसकी अपनी हैसियत के मुकाबले बहुत अधिक हैं।

विवेकाधीन इस शक्ति का प्रयोग चाहे मंत्री के द्वारा किया जाए अथवा उसके सचिव द्वारा या अन्य किसी उच्चाधिकारी के द्वारा–हर स्थिति में भ्रष्टाचार होने की पूरी सम्भावना है।

मैं पिछले वक्ता से पूरी तरह सहमत हूँ कि बमुश्किल 1 प्रतिशत लोग ऐसी स्थिति में खुद पर नियंत्रण रख पाने में सक्षम हो पाते हैं। मान लीजिए कि किसी फैक्ट्री में कोई एक्साइज इंस्पेक्टर जाता है और कानूनन उसके पास करोड़ों रुपयों का हेरफेर करने की शक्ति है। उसके स्वविवेक के कारण, उसके निर्णय के कारण उस फैक्ट्री के मालिक की हजार दो हजार करोड़ की पूँजी इधर से उधर हो सकती है, और अगर उस इंस्पेक्टर की मासिक आय ₹1,000–2,000 है तो ऐसी स्थिति में भ्रष्टाचार होने की पूरी सम्भावना है।

विकेंद्रीकरण ही है कुंजीः

जब तक हम किसी व्यक्ति की सामाजिक और आर्थिक स्थिति के आधार पर उसको दी जाने वाली विवेकाधीन शक्तियों में बदलाव नहीं करेंगे, तब तक भ्रष्टाचार की स्थिति में कोई परिवर्तन नहीं किया जा सकता है।

अब वर्तमान सामाजिक परिदृश्य के मद्देनजर कोई भी यह पूछ सकता है कि इस समस्या का क्या समाधान है? सबसे पहला समाधान तो ये होगा कि हमें आम आदमी के जरूरत की चीजों को पर्याप्त संख्या में उपलब्ध कराना होगा। दूसरा हमें विकेंद्रीकरण की प्रक्रिया की शुरुआत करनी होगी। आम आदमी को सिर्फ एक अधिकारी से मिलने के लिए यात्रा नहीं करने देनी चाहिए। हमें उसे महत्वपूर्ण चीजों को मुहैय्या कराना होगा। हमें लगी हुई लम्बी कतारों से आम आदमी को निकालना होगा क्यूंकि कतारों में ही भ्रष्टाचार पलता है।

इस मामले में विकेंद्रीकरण सबसे महत्वपूर्ण है। मुझे मालूम नहीं कि यह भ्रष्टाचार के समूल विनाश में सक्षम है या नहीं लेकिन यह इसमें कमी जरूर ला सकता है? सोवियत यूनियन ने भी 'पेरेसट्राइका' को अपना लिया है। अगर आप रूस की कम्युनिस्ट पार्टी की कार्यवाही पर नजर डालेंगे तो पायेंगे कि वहां मिखाइल गोर्बाचोव स्वयं ही लम्बी कतारों के विरोध में उठ खड़े हुए हैं। इसके लिए उन्होंने अपनी पार्टी में भी कुछ बदलाव किए हैं। निश्चित तौर पर वहां एक–दलीय राजनीतिक व्यवस्था है। हमारे यहाँ खुली लोकतान्त्रिक व्यवस्था है। लेकिन उन्होंने भी इस बात को स्वीकार किया है कि अगर हमारे ढांचे बहुत अधिक बंद होंगे तो गलत तरीकों से कार्य होने शुरू हो जायेंगे। और आखिरकार आम आदमी को ही हानि होगी।

भारत जैसी व्यवस्था में जहाँ का समाज महात्मा गाँधी के सपनों पर आधारित है, वहां हमें किसी भी केंद्रीकृत व्यवस्था की कोई जरूरत नहीं है। अगर हम छोटे स्तर के कर्मचारियों को बहुत अधिक शक्तियां दे देंगे तो वो और अधिक धन कमाने के लिए गलत कार्यों में संलग्न होंगे ही। इसके अलावा हमें अपनी सोच में भी बदलाव लाने की जरूरत है। मुझे बड़े दुःख के साथ कहना पड़ रहा है कि आज एक ईमानदार आदमी को हेय दृष्टि से देखा जाता है जबकि एक बेईमान की समाज में इज्जत की जाती है।

भ्रष्ट लोगों की होती है पदोन्नतिः

प्रधानमन्त्री बनने के बाद श्रीमती इंदिरा गाँधी ने कालाबाजारी और भ्रष्टाचार करने वालों का सामाजिक बहिष्कार करने की अपील की थी। यह बीस वर्ष पहले की बात है। आज बहिष्कार तो दूर, एक भ्रष्ट सरकारी अधिकारी प्रोन्नत हो जाता है।

चूँकि हमारी व्यवस्था नियंत्रण आधारित है, इसलिए इसमें भ्रष्ट अधिकारियों का होना आम बात है। पुनः इन भ्रष्ट अधिकारियों को पकड़ने के लिए हमारे पास सतर्कता दस्ता है। इस बात को सुनिश्चित करने के लिए कि ये दस्ता भ्रष्ट न हो जाए हमारे पास एंटी–करप्शन ब्यूरो है। एंटी–करप्शन ब्यूरो को भ्रष्ट होने से रोकने के लिए हमने सीआईडी का गठन किया है। और अगर इससे भी फायदा न हो, तो सीबीआई तो है ही!

एक सरकारी अधिकारी भ्रष्ट है या नहीं इसे जानने के लिए किसी भी जांच की जरूरत नहीं है, न ही किसी जज की जरूरत है। मोहल्ले का हर व्यक्ति इस बात को जानता है। उद्योग भवन का हर एक अधिकारी इस बात को जानता है। मैं नहीं चाहता कि आप कोई कदम उठायें। लेकिन प्रोन्नति के मामलों में निश्चित रूप से मेधा को पहचाना जाना चाहिए। एक व्यक्ति जो आय से अधिक अच्छी जीवन शैली का निर्वाह कर रहा है, शायद वो सीबीआई की नजरों से बाहर हो! पर किसी भ्रष्ट व्यक्ति की पहचान के लिए सीबीआई की रेड हो ये जरूरी नहीं।

हम भ्रष्टाचार की संस्कृति को बढ़ावा दे रहे हैं। हमने एक ऐसी सोच पद्धति विकसित कर दी है जहाँ बेईमानी ईमानदारी से ज्यादा फलदायी सिद्ध की जाती है। जब तक इस व्यवस्था में बदलाव नहीं किया जाएगा, जब तक इस वातावरण को नहीं बदला जाएगा तब तक इन कानूनों के होने का कोई फायदा नहीं होगा।

आज हो क्या रहा है? चूँकि हमारी व्यवस्था नियंत्रण आधारित है, इसलिए इसमें भ्रष्ट अधिकारियों का होना आम बात है। पुनः इन भ्रष्ट अधिकारियों को पकड़ने के लिए हमारे पास सतर्कता दस्ता है। इस बात को सुनिश्चित करने के लिए की ये दस्ता भ्रष्ट न हो जाए हमारे पास एंटी–करप्शन ब्यूरो है। एंटी–करप्शन ब्यूरो को भ्रष्ट होने से रोकने के लिए हमने सीआईडी का गठन किया है। और अगर इससे भी फायदा न हो, तो सीबीआई तो है ही! सन् 1975 में सीबीआई द्वारा दर्ज मामलों की संख्या 1,078 थी। सन 1980 में ये 1,073 थी। ग्यारह वर्षों बाद, 1985 में भी यह संख्या 1,082 ही थी। क्या हम यह मान लें कि देश में बढ़ते आर्थिक क्रियाकलापों के बीच भ्रष्टाचार के मामलों की संख्या में गिरावट आ गयी है?

एक आम आदमी के लिए इस बात को मानना बेहद मुश्किल होगा। हमारे चारों तरफ ऐसे मामले बिखरे पड़े हुए हैं जहाँ एक सब–जज ने ₹2,000 घूस में लिए हैं और किसी सब–इंस्पेक्टर ने ₹5,000। यह वो भ्रष्टाचार नहीं है जिसके पीछे सीबीआई को लगाना चाहिए। मुझे इस बात की खुशी होगी अगर ऐसे छोटे–मोटे हजार मामलों में धरपकड़ करने के बजाय सीबीआई सौ ही मामले निपटाती। लेकिन उनमें से सभी ₹1 करोड़ के मामले होने चाहिए।

लेकिन ये लोग बहुत शक्तिशाली हैं।

हम एक ऐसे समाज का निर्माण कर रहे हैं जहाँ एक छोटा–मोटा

चोर सूली पर चढ़ा दिया जाता है और बड़े–बड़े चोरों को सम्मान से फूलमालाएं चढ़ाई जाती हैं। इस तरह का समाज ही भ्रष्टाचार की वृद्धि के लिए जिम्मेदार है।

लोगों की गुणवत्ता जरूरी है, न की अधिनियम कीः

चूँकि अब ये अधिनियम सदन के पटल पर है, तो इसके पास हो जाने की अच्छी–खासी सम्भावना है। जज, विशेष अदालतों और विशेष न्यायधीशों का कोई खास महत्व नहीं है। लोगों की गुणवत्ता महत्वपूर्ण है। कम से कम हमें इस बात को सुनिश्चित करना चाहिए कि जिन जजों को हमने चुना है उनका व्यक्तित्व बेदाग और ईमानदार हो। श्री चिदंबरम शायद मेरी बात से इत्तेफाक न रखते हों। वो खुद ही उन आईएएस अधिकारियों को चुन सकते हैं जिनके साथ उन्हें वार्ता करनी है। वे खुद भी साफ सुथरी बेदाग छवि के लोगों को चुन सकते हैं। उन्हें संवेदनशील पदों पर स्थापित किया गया है। वह संवेदनशील पद कौन सा है? इसके लिए एक जांच परीक्षा होनी चाहिए। इन संवेदनशील पदों पर पदस्थापन के लिए आपका ट्रैक रिकॉर्ड देखा जाना चाहिए और आपको बहुत सारी खुफिया जानकारी प्राप्त होते रहती है। मेरे विचार से नौकरशाही का कोई भी पद जहाँ व्यक्ति को अपने विवेक का इस्तेमाल कर सोच–समझकर निर्णय लेना है उसे संवेदनशील मान कर, उस पर बेदाग छवि के लोगों को ही पदस्थापित करना चाहिए। इसके बाद सारी समस्या का समाधान पलक झपकते ही हो जाएगा। एक छोटे–से गाँव में किसी थानेदार का पदस्थापन होता है तब वहां जांच की कोई जरूरत नहीं होती है। एक सप्ताह के अन्दर जब गाँव वाले ये जान लेते हैं कि वह व्यक्ति ईमानदार है तो पूरा गाँव उस व्यक्ति को अपनी–अपनी समस्याओं को हल करने के लिए घेर लेता है। आज के वर्तमान समाज में मुंहबोली बातों का असर आंकड़ों और वस्तुनिष्ठ आकलन से कहीं अधिक मूल्यवान है। इसलिए मेरी करबद्ध प्रार्थना होगी कि मौजूदा वातावरण को बदलने के लिए जरूरी कदम उठाये जाएँ। अगर हम ऐसा करने में सफल रहे तो हम उन उद्देश्यों को पूरा करने में अवश्य सफल रहेंगे जिनके लिए इस अधिनियम को प्रस्तावित किया गया है।

सामान्य से सामान्यतम होती शिक्षा व्यवस्था

दिल्ली विश्वविद्यालय बिल (संशोधन), 1988, पर 9 अगस्त 1988 को सदन में हो रही चर्चा में मोरारका ने पुरजोर तरीके से इस अधिनियम का विरोध किया था। उन्होंने कहा थाः '[...] चूँकि हमारी सरकार ऐसी है जो हमें पेप्सी कोला पिलाना चाहती है जब हमारे पास पीने को साफ पानी नहीं है, जो हमें विदेशी मोटर कार पर बिठा कर घुमाना चाहती है जब हमें साइकिल और पब्लिक ट्रांसपोर्ट की जरूरत है, जो हमें कंप्यूटर देना चाहती है जब हमारे देश में ब्लैकबोर्ड्स की कमी है, जो हमें आधुनिक अस्पताल मुहैय्या कराना चाहती है जब लोग कालाजार से मर रहे हैं....इसलिए ये सारी आभिजात्य संस्कृति को हमारी शिक्षा व्यवस्था में भी घुसाने का प्रयत्न कर रहे हैं।

मैं सदन में दिल्ली विश्वविद्यालय (संशोधन) अधिनियम 1988 का विरोध करने के लिए खड़ा हुआ हूँ। इस अधिनियम के उद्देश्य और कारण का कथन कहता है कि यह राष्ट्रीय शिक्षा नीति, 1986 पर आधारित है। मैं बताना चाहूँगा कि स्वायत्त कॉलेजों की जिस नयी अवधारणा को इस अधिनियम के माध्यम से लागू किये जाने की कोशिश की जा रही है, वह एक बेहद आधुनिक अवधारणा है। लेकिन वर्तमान शिक्षा व्यवस्था की लचर हालत देखते हुए ऐसा करना मुमकिन नहीं जान पड़ता है।

राष्ट्रीय शिक्षा नीति आभिजात्य वर्ग के लिए हैः

इससे पहले कि मैं विश्वविद्यालयों के कार्यकलाप के बारे में कुछ कहूँ, मैं यह स्पष्ट करना चाहूँगा कि सरकार द्वारा घोषित राष्ट्रीय शिक्षा नीति, 1986 आभिजात्य प्रकृति की है। बड़े ही धूमधाम से नवोदय विद्यालयों की

शुरुआत की गई है जहाँ जिला स्तर पर चुनिन्दा छात्रों को शिक्षा प्रदान की जाती है। एक ऐसे देश में जहाँ निरक्षरता अपने चरम पर है, जहाँ आम जनता को बुनियादी शिक्षा की जरूरत है, वैसी स्थिति में मुझे बड़े दुःख के साथ यह कहना पड़ रहा है कि हम एक ऐसी शिक्षा नीति लागू करना चाहते हैं जो बड़े पैमाने पर शिक्षा व्यवस्था के आधुनिकीकरण, कंप्यूटर और शिक्षा सम्बन्धी अन्य नयी तकनीकी सुविधाओं की मोहताज है। स्वयं प्रधानमन्त्री ने इस दिशा में श्रेष्ठता को प्राप्त करने की बात की है। लेकिन मुझे इस बात का बेहद दुःख है कि मौजूदा व्यवस्था में हम सामान्य से सामान्यतम स्तर की तरफ गिरते जा रहे हैं।

इस अधिनियम में कॉलेजों को स्वायत्तता प्रदान करने की बात की गई है और मंत्री जी ने भी अपने अभिभाषण में कहा है कि इस बिल के पास हो जाने के बाद 54 कॉलेजों को स्वायत्तता प्रदान कर दी जायेगी। अब मैं सदन का ध्यान इस ओर आकृष्ट कराना चाहूँगा कि दिल्ली के अलावा अन्य राज्यों में भी कई स्वायत्त कॉलेज चल रहे हैं। दिल्ली विश्वविद्यालय उन तमाम विश्वविद्यालयों में से एक है जहाँ अब इस प्रावधान को लागू किया जा रहा है। इससे पहले कि इन कॉलेजों को स्वायत्तता प्रदान कर दिया जाए, हमें एक नजर इन कॉलेजों के कामकाज पर भी डाल लेना चाहिए।

दूसरे पक्ष से बोलते हुए मेरे मित्र रत्नाकर पाण्डेय ने इस बिल के समर्थन में बोलते हुए कई उचित बिन्दुओं पर प्रकाश डाला। उन्होंने हमारी शिक्षा व्यवस्था की कमियों को इंगित किया। शिक्षा के क्षेत्र में कई तरह की गलत गतिविधियाँ चल रही हैं, परीक्षाओं के पर्चे लीक हो रहे हैं, परीक्षा प्रणाली भी पूरी तरह से तार्किक नहीं है, हम हर वर्ष हजारों बेरोजगार ग्रेजुएट्स की फौज निकाल रहे हैं। कुछ वर्षों पहले जब 10+2 व्यवस्था को लागू किया गया था तो हमें बताया गया था कि इसका मुख्य मकसद सभी को कम से कम दसवीं कक्षा तक शिक्षित करना है। इन दो वर्षों के बाद उम्मीद की गई थी कि केवल कुछ ही लोग उच्च शिक्षा प्राप्त करने के लिए आगे पढ़ेंगे और बाकी लोग दूसरे तरह के रोजगारपरक कार्यों में संलिप्त हो जायेंगे। लेकिन ऐसा कुछ भी नहीं हुआ। यह 105 बन कर रह गया है। सिर्फ नाम ही अलग हैं।

अब जूनियर और सीनियर कॉलेज की व्यवस्था है। लेकिन इसके बावजूद पैटर्न बिलकुल वही है, जिसके परिणाम से रोजगारोन्मुखी शिक्षा

नहीं दी जा पा रही है। सरकारी नौकरियों के लिए न्यूनतम अहर्ता एक डिग्री है। और मुझे बड़े ही दुःख के साथ यह कहना पड़ रहा है कि जो छात्र मानविकी के विषयों में उच्च शिक्षा प्राप्त करने जाते हैं, उनके लिए कोर्स का ढांचा बिलकुल ही जर्जर है। छात्र समाजशास्त्र, मनोविज्ञान अथवा दर्शन जैसे विषयों का अध्ययन करते हैं। वे उच्च शोध अथवा कॉलेज में लेक्चरर बनने के लिए भले ही लायक हों पर दुर्भाग्य से उन्हें वाणिज्यिक संस्थानों में नौकरियाँ नहीं मिलती हैं।

किस तरह की स्वायत्तताः

आज की पूरी शिक्षा प्रणाली ही बेरोजगारोन्मुखी हो चली है। हमारे समक्ष भारी–भरकम डिग्रियों और महत्वाकांक्षाओं के बोझ तले दबे छात्रों का एक ऐसा निराश समूह है जो हमारे चारों ओर फैली हताशा और हिंसा के माहौल के लिए उत्तरदायी है। अगर आज के युवाओं को सही दिशा नहीं दिखाई जायेगी तो क्षमा करें, लेकिन हम इस देश के भविष्य के साथ खेल रहे हैं।

मुझे इस तरह के अधिनियम बिलकुल भी समझ नहीं आते हैं। सरकार किस तरह से सोच रही है और वह करना क्या चाहती है? मुझे तो ये भी नहीं समझ आता कि वो इन कॉलेजों को किस तरह की स्वायत्तता प्रदान करना चाहती है जहाँ अभी तक बुनियादें सुविधाएं भी उपलब्ध नहीं हैं। मैं सन्न हूँ। लेकिन चकित नहीं चूँकि हमारी सरकार ऐसी ही है जो हमें पेप्सी कोला पिलाना चाहती है जब हमारे पास पीने को साफ पानी नहीं है, जो हमें विदेशी मोटर कार पर बिठा कर घुमाना चाहती है जब हमें साइकिल और पब्लिक ट्रांसपोर्ट की जरूरत है, जो हमें कंप्यूटर देना चाहती है जब हमारे देश में ब्लैकबोर्ड्स की कमी है, जो हमें आधुनिक अस्पताल मुहैय्या कराना चाहती है जब लोग कालाजार से मर रहे हैं। ऐसे समय में जब समूचे विश्व ने कालाजार से निजात पा लिया है। ये वो सरकार है जो हमें इन्सैट, सैटेलाइट 1 C देना चाहती है, तब जबकि इस देश में ट्रेन, बस और प्लेन समय पर नहीं चलते। इसलिए ये अपनी आभिजात्य सोच को शिक्षा में भी जबरन घुसाने की कोशिश कर रहे हैं।

मैं क्षमा चाहता हूँ लेकिन हमें इस तरह के अधिनियम को लेकर जल्दी मचाने की कोई जरूरत नहीं है। मैं इसे सेलेक्ट समिति के पास

भेजने का आग्रह करूँगा।

हमें एक वृहत अधिनियम की आवश्यकता है जिसमें शिक्षा को रोजगारोन्मुखी बनाने पर बल दिया जाए। अगर हमारी शिक्षा व्यवस्था से ऐसे युवा उभर कर सामने नहीं आते जो समाज में स्थापित हो सकें, तो मुझे डर है कि बहुत जल्दी हमारा समाज ताश के पत्तों की तरह ढह जाएगा। लेकिन इस अधिनियम का उद्देश्य और कारण का कथन बड़े ही गैर जिम्मेदाराना तरीके से कुछ और ही कहता है कि–'राष्ट्रीय शिक्षा नीति, 1986 के अनुसार बड़ी संख्या में स्वायत्त कॉलेजों को स्थापित किया जाएगा और विश्वविद्यालयों में, चुनिन्दा तरीके से, नए स्वायत्त विभागों की भी स्थापना की जायेगी।'

प्रोफेसर और लेक्चरर की गुणवत्ताः

मुझे यह समझ में नहीं आता है। आज की तारीख में विश्वविद्यालय भी बमुश्किल ही स्वायत्त होंगे। हर स्तर पर दखलंदाजी की जा रही है। श्री पाण्डेय ने बड़े ही स्पष्ट तरीके से विश्वविद्यालयों में गुटबाजी पर अपना विरोध दर्ज कराया जो कि मेरी नजर में मूल कारण नहीं है। लेकिन इसके बावजूद यूनिवर्सिटी ग्रांट्स कमीशन है, शिक्षा मंत्रालय है। इन सब के होते हुए वर्तमान विश्वविद्यालय का ढांचा दरक रहा है। फिलहाल जरूरत इस बात की है कि ये मौजूदा ढांचा ही सही ढंग से काम करे न कि इसके ऊपर हम कोई आधुनिक प्रयोग करें।

अगर आज के युवाओं को सही दिशा नहीं दिखाई जायेगी तो क्षमा करें, लेकिन हम इस देश के भविष्य के साथ खेल रहे हैं।

स्वायत्त कॉलेजों को खोलना एक बेहद आत्मघाती फैसला होगा क्यूंकि हमें क्षमतावान लोगों की आवश्यकता है। अगर हमारे प्रोफेसर और लेक्चरर बंधुओं की ही गुणवत्ता ठीक नहीं होगी तो किसी भी तरह का पुनर्निर्माण हमारी शिक्षा व्यवस्था को ध्वस्त होने से नहीं बचा सकेगा। अगर इस व्यवस्था के सबसे अभिन्न अंग शिक्षक छात्रों को एक मूल्यपरक जीवन जीने के लिए प्रेरित नहीं कर सकेंगे तो वे सिर्फ और सिर्फ ड्रग्स, नशे जैसी चीजों के पीछे भागेंगे और अंत में हमारे पास नशा मुक्ति केन्द्र खोलने के अलावा कोई और चारा नहीं होगा।

यह राष्ट्रीय शिक्षा नीति अपने आप में सम्भ्रांतवादी सोच का परिणाम है। इस नीति के आधार पर हम किस तरह के अधिनियम बना सकते हैं? अगर डॉक्टर पोद्दार के शब्दों में कहा जाए तो वो कॉलेजों की भी विभिन्न जातियों को जन्म देने का कार्य कर रहे हैं जिनमें से कुछ अच्छे होंगे तो कुछ बेहद घटिया। निश्चित तौर पर सरकार की ऐसी कोई मंशा नहीं है। हमारी और सत्ताधारी दल की कथित नीति सामाजिक न्याय और एक नए सामाजिक–आर्थिक व्यवस्था के निर्माण के लिए है। लेकिन मुझे डर है कि इस तरह के अधिनियमों के द्वारा हम आम और आभिजात्य वर्ग के लोगों के बीच की खाई को और बढ़ाने का काम कर रहे हैं।

एक समय था जब इस देश में पब्लिक स्कूलों को बंद करने की आंधी बड़े जोर–शोर से चली थी। लेकिन वर्तमान समय में पब्लिक स्कूल की शिक्षा को फिर से अच्छा माना जाने लगा है। हममें से जो भी इन स्कूलों में शिक्षित नहीं हुआ है उसकी इस समाज में कोई कदर नहीं है। मुझे मालूम नहीं है कि हम किस दिशा में अग्रसर हैं। हम एक चीज के बारे में बात तो करते हैं लेकिन अगले ही क्षण हम उसका ठीक उल्टा कर बैठते हैं। हाँ ये ठीक है कि कालांतर में कोई कानून बन कर पास भी हो जाता है लेकिन आने वाले दशकों में इसके दूरगामी परिणाम हो सकते हैं।

वर्तमान शिक्षा व्यवस्था में शिक्षा की गुणवत्ता को बढ़ाये जाने की जरूरत है। दूसरी बात ये है कि हमें स्वायत्तता पर तब तक रोक लगानी चाहिए जब तक वर्तमान व्यवस्था सही तरीके से काम करने न लगे। तीसरी बात यह है कि उच्च शिक्षा में, फिर चाहे वो आधुनिक व्यवस्था के तहत ही क्यूँ न हो, आभिजात्य शिक्षा का आधार सिर्फ और सिर्फ मेधा होनी चाहिए। आज ये नहीं हो रहा है। आज भारत के हर हिस्से में हम पाते हैं कि इंजीनियरिंग और मेडिकल कॉलेजों की प्रवेश परीक्षाओं में कम से कम अंक प्राप्त कर के भी बच्चे किसी न किसी तरीके से अपना नामांकन करवा ले रहे हैं।

सक्षम लोग हो रहे हैं हताशः

अंक प्रणाली के बारे में मेरी राय है कि जब हम विद्यार्थी हुआ करते थे तब 60 प्रतिशत अंकों को अच्छा माना जाता था और 70 प्रतिशत पाने

पर छात्र को विशिष्ट समझा जाता था। आज मैं ये देख कर हैरान हूँ कि 80 प्रतिशत अंक प्राप्त करने वाले छात्र को भी नामांकन नहीं मिल पा रहा है। हम क्या करने की कोशिश कर रहे हैं? दरअसल हम औसत दर्जे की भ्रष्ट संस्कृति को प्रोत्साहित कर रहे हैं। इस देश की समूची शिक्षा व्यवस्था बेहद दबाव में है। अगर आपको विश्वास नहीं होता तो आप किसी भी छात्र से पूछ सकते हैं।

अच्छे छात्रों का बुरा वक्त चल रहा है। औसत दर्जे के अमीर छात्र अपने माँ–बाप के पैसों के दम पर डिग्री ले पाने में सफल हो जा रहे हैं। किसी भी हालत में उन्हें इसकी कोई जरूरत नहीं है क्यूंकि वो अपनी आगे की जिंदगी अपने पिता के पैसों के दम पर ही बिताने वाले हैं। इसलिए हो यह रहा है कि लोग हताश होते जा रहे हैं। अगर शिक्षा व्यवस्था इसको बदल पाने में असक्षम है तो फिर मुझे कॉलेजों में स्वायत्तता लाने का कोई औचित्य समझ नहीं आ रहा है।

मेरा अंतिम मुद्दा मेरे शहर की यूनिवर्सिटी बॉम्बे यूनिवर्सिटी से जुड़ा है जहाँ के मानक पूर्व के वर्षों की तुलना में काफी गिर चुके हैं। ऐसा क्यूँ हुआ है? इसका कारण यह है कि विश्वविद्यालय प्रबंधन के भीतर भी राजनीति का प्रवेश हो चुका है।

जिस देश में गुरुओं को भगवान् सदृश माना जाता रहा है, जहाँ की परंपरा हमें गुरुओं का सम्मान करना सिखाती है, उस देश में आज एक कॉलेज के शिक्षक की क्या हालत है? आलम ये है कि अब उसी कॉलेज का छात्र भी उसकी कोई इज्जत नहीं करता है। यह इसलिए नहीं है कि उन शिक्षकों में कोई खामी है, यह उस व्यवस्था की वजह से है जिसके कारण औसत बुद्धि के लोग शिक्षण के क्षेत्र में घुसते चले आ रहे हैं। बुद्धिमान लोग शिक्षण के क्षेत्र से किनारा कर रहे हैं क्यूंकि हमारी पूरी शिक्षा व्यवस्था जबरदस्त दबाव में है। मुझे डर है कि ऐसे अधिनियम हमें कहीं भी लेके जाने वाले नहीं हैं।

इसलिए इस अधिनियम को सेलेक्ट समिति के पास आगे की पड़ताल और सरकार के प्रावधानों को परखने के लिए भेजना चाहिए जिससे विश्वविद्यालय शिक्षा व्यवस्था का एक नया रूप उभर कर आ सके।

पेप्सी कोला एग्रो प्लांट की नामौजूदगी का रहस्य

बड़ी व्यावसायिक कंपनियां लाइसेंस लेने के लिए निर्यात के क्षेत्र में अच्छा प्रदर्शन करने का वायदा करती हैं लेकिन एक बार अपना काम खत्म हो जाने के बाद इसे पूरा नहीं कर पातीं। 16 दिसम्बर 1991 को कॉर्पोरेट सेक्टर की कंपनियों के निर्यात सम्बन्धी चूक पर चर्चा के दौरान, मोरारका ने पेप्सी–कोला की केस स्टोरी बताते हुए, सरकार को इस सम्बन्ध में सचेत रहने की चेतावनी दी थी।

मैं सरकार और विशेष तौर पर वित्त मंत्रालय का ध्यान कॉर्पोरेट सेक्टर के निर्यात सम्बन्धी कर्तव्यों की तरफ आकृष्ट करना चाहूँगा। जैसा कि हम जानते हैं अभी भुगतान संतुलन की स्थिति गंभीर है। जब से यह सरकार सत्ता में आई है, इसने विदेशी मुद्रा स्थिति को सुदृढ़ करने के लिए कई कदम उठाये हैं। संसद के भीतर और बाहर, दोनों ही जगह, वित्त मंत्री आगे की कठिन परिस्थितियों के बारे में कहते रहते हैं। कि हमें अपना निर्यात बढ़ाने के साथ–साथ आयात को नियंत्रित करना होगा जिससे विदेशी विनिमय स्थिर हो सके।

सरकार की स्पष्ट नीतिगत घोषणा के सन्दर्भ में सैकड़ों कंपनियों द्वारा निर्यात नियंत्रण नहीं किया जाना बेहद गंभीर बात है। अगर मैं सरकार को याद दिलाऊं तो एक दौर था जब लाइसेंस व्यवस्था के अन्दर आने वाले एक खास उद्योग को मशीनों और कच्चे माल के अधिक आयात के कारण लाइसेंस नहीं दिया गया था। उन्हें इसी शर्त पर लाइसेंस दिया गया था कि वो इस आयात खर्च को निर्यात के द्वारा पूरा करेंगे।

सरकार ने इसके लिए एक अनुपात भी बना रखा था। लाइसेंस के लिए आवेदन देते समय इन कंपनियों ने सरकार से मशीन और कच्चा माल के लिए मांगी जा रही रही राशि के एवज में निर्यात द्वारा पांच से दस गुनी विदेशी मुद्रा आय बढ़ाने की बात की थी।

स्वर्गीय श्री राजीव गाँधी ने एक विशेष मंत्रालय का गठन किया था जिसका नाम था खाद्य प्रसंस्करण मंत्रालय। उनका विचार था कि कृषि के उत्पादों का प्रसंस्करण किया जाना चाहिए जिससे की उनकी गुणवत्ता में वृद्धि हो और किसानों को उसका अधिक से अधिक मूल्य प्राप्त हो सके। उनकी सोच बहुत ही अच्छी थी। लेकिन बहुराष्ट्रीय कंपनियों ने कैसे उनकी सोच की मिट्टी पलीद कर दी, वो आप पेप्सी कोला के मामले में स्पष्ट देख सकते हैं।

बेहद बुरा फॉलो-अपः

मुख्य मुद्दा ये है कि इस मामले में हमारा फॉलोअप बेहद कमजोर साबित हुआ है। नयी ईकाइयां स्थापित हुई हैं और नई–नई मशीनों का आयात भी हुआ है। कच्चे माल का आयात करना आवश्यक है क्यूंकि उद्योगों को बंद नहीं किया जा सकता है। लेकिन यह रास्ता सिर्फ एक तरफ ही जाता है। औद्योगिक विकास संस्थान, जिसका सम्बन्ध नेशनल इन्फार्मेटिक्स सेण्टर से भी है, उसके द्वारा एक अध्ययन किया गया है। इस संस्थान ने भारत में कंपनियों की एक लिस्ट तैयार की है जिनमें विदेशी विनिमय का अधिक हिस्सा बाहर निर्यात होता है। इस लिस्ट में न सिर्फ विदेशी बहुराष्ट्रीय कंपनियां हैं बल्कि भारत के भी तमाम बड़े औद्योगिक नाम शामिल हैं जिनमें सार्वजनिक क्षेत्र की जानी–मानी कंपनी मारुति उद्योग लिमिटेड का भी नाम शामिल है।

इन कंपनियों का कुल निर्यात खर्च इनकी आय से अधिक है। एक ओर तो हम विदेशी मुद्रा को आकर्षित करने के लिए तमाम तरह के कदम उठा रहे हैं और दूसरी तरफ हमारे सामने कॉर्पोरेट सेक्टर से जुड़ी कई ऐसी कंपनियां हैं, जो अपने वायदों को पूरा करने में असफल रही हैं। इसलिए सरकार को इन सभी कंपनियों के साथ मिल–बैठकर इस

बात पर विचार करना होगा कि कैसे इन सभी के विदेशी विनिमय को न्यूट्रल किया जा सके। शायद इन कंपनियों को निर्यात में हानि हो रही हो। लेकिन इन्हें कम से कम उतनी विदेशी मुद्रा तो लानी ही होगी, जितनी का इन्होंने वायदा किया था। अगर ऐसा नहीं हुआ तो सरकार द्वारा बनायी गयी सभी नियमावलियों की खिल्ली उड़ते देर नहीं लगेगी।

यह सुनिश्चित करने के लिए कि कॉर्पोरेट सेक्टर अपने वायदों को पूरा करे, हमें कठोर कदम उठाने होंगे क्यूंकि ये कोई भेद्य क्षेत्र नहीं है। इसलिए हमें इससे दयालु तरीके से निपटने की कोई जरूरत नहीं है। अगर वो अपने वायदों को पूरा नहीं कर सकते हैं, तो उन्हें व्यवसाय करते रहने का कोई अधिकार नहीं है।

ये दिल मांगे और ज्यादाः

इस मामले में सबसे दिलचस्प केस पेप्सी–कोला कंपनियों का है। जब ये कंपनियां इस देश में आयीं तो इन्होंने कहा था कि ये यहाँ एग्रो–रिसर्च संस्थान खोलेंगी। स्वर्गीय श्री राजीव गाँधी ने एक विशेष मंत्रालय का गठन किया था जिसका नाम था खाद्य प्रसंस्करण मंत्रालय। उनका विचार था कि कृषि के उत्पादों का प्रसंस्करण किया जाना चाहिए, जिससे कि उनकी गुणवत्ता में वृद्धि हो और किसानों को उसका अधिक से अधिक मूल्य प्राप्त हो सके। उनकी सोच बहुत ही अच्छी थी। लेकिन बहुराष्ट्रीय कंपनियों ने कैसे उनकी सोच की मिट्टी पलीद कर दी, वो आप पेप्सी–कोला के मामले में स्पष्ट देख सकते हैं। वायदे के अनुसार इन कंपनियों को अपनी ईकाइ स्थापित करने की मंजूरी तो मिल गई लेकिन वो एग्रो–रिसर्च संस्थान अब तक नहीं खुला है। इस मामले में शिकायत किये जाने पर, सरकार ने तीन सदस्यों की एक समिति गठित कर दी। इस समिति ने अपनी रिपोर्ट श्री गिरिधर गोमांग, खाद्य प्रसंस्करण मंत्री को सौंप दी है। इस रिपोर्ट में कहा गया है कि पेप्सी–कोला कंपनियों के द्वारा किसी तरह का भी निर्यात नहीं किया गया।

लाइसेंस के अनुसार इन कंपनियों को अपने कुल उत्पाद का 40 प्रतिशत हिस्सा निर्यात करना था। उनका सारा निर्यात बाजार से खरीदी

हुई चीजों का है। इससे देश को किसी तरह का भी कोई फायदा नहीं होगा क्यूंकि कोई और कुछ भी निर्यात कर सकता है। इस समिति की खोज यह है कि सॉफ्ट ड्रिंक्स का उत्पादन जरूरत से 25 प्रतिशत अधिक है। इस सम्बन्ध में सरकार ने पहले ही स्पष्ट कर दिया है कि वो सॉफ्ट–ड्रिंक्स का 25 प्रतिशत से अधिक उत्पादन नहीं कर सकते हैं। उन्होंने सरकार के इस निर्देश का उल्लंघन किया है। उनके चीफ एग्जीक्यूटिव ऑफिसर ने एक साक्षात्कार में कहा है कि भारतीय प्रसंस्कृत खाद्य उत्पादों का बाजार कठिन है क्यूंकि भारतीय आलू कम ठोस होते हैं। कि यहाँ के आलू मीठे और नीम्बू जरूरत से ज्यादा खट्टे होते हैं। इतना कह कर उन्होंने इस मामले में अपना पक्ष रख दिया है। औपचारिक रूप से वो हमें ये बताना चाहते हैं कि शुरुआती इरादे कुछ भी हों, इस देश की फल–सब्जियों का निर्यात नहीं किया जाएगा क्यूंकि अंतर्राष्ट्रीय समुदाय को उनकी कोई जरूरत नहीं है।

कार्पोरेट वर्ग दुखियारा नहीं है:

बात बिलकुल साफ है। आपने सिर्फ लाइसेंस लेने के लिए उतने लम्बे–चौड़े वायदे किये थे और अब जब आप उन वायदों को पूरा नहीं कर पा रहे हैं और सरकार आप पर कार्यवाही करना चाहती है तो आप रोजगार में कटौती का रोना रो रहे हैं। ऐसे में हमें इन कंपनियों के साथ क्या करना चाहिए? यह सुनिश्चित करने के लिए कि कॉर्पोरेट सेक्टर अपने वायदों को पूरा करे, हमें कठोर कदम उठाने होंगे क्यूंकि ये कोई भेद्य क्षेत्र नहीं है। इसलिए हमें इससे दयालु तरीके से निपटने की कोई जरूरत नहीं है। अगर वो अपने वायदों को पूरा नहीं कर सकते हैं, तो उन्हें व्यवसाय करते रहने का कोई अधिकार नहीं है।

मुझे मालूम नहीं कि इस मसले पर सरकार कौन–सा कदम उठाएगी। लेकिन उदारीकरण के इस दौर में कई कंपनियां हमारे बाजार में अपने कदम रखना चाहेंगी। अगर हमारा ट्रैक–रिकार्ड यही रहा तो भारत उनके लिए एक ऐसा बाजार बन कर उभरेगा जहाँ उन्हें किये गए किसी भी वायदे को पूरा करने की जरूरत नहीं होगी। अगर ऐसा हुआ तो मुझे नहीं लगता कि हम विश्व के ईमानदार उद्यमियों को सही सन्देश देंगे। एक तरफ जहाँ ये बात बिलकुल सही है कि हमें कॉर्पोरेट सेक्टर को परेशान

नहीं करना चाहिए दूसरी तरफ हमें अपनी कमर भी कस लेनी चाहिए। अगर हम बड़ी बहुराष्ट्रीय कंपनियों को अपने देश में आने देना चाहते हैं तो हमें यह सुनिश्चित करना होगा कि भारत सरकार न सिर्फ उदार है बल्कि वो सभी नियमों को सही तरीके से लागू करने में सक्षम है।

लचर होती हमारी अर्थव्यवस्था

ट्रेजरी बेंच की तरफ से आम बजट 1990–91 पर 27 मार्च 1991 को चर्चा करते हुए मोरारका ने वित्त मंत्री प्रो. मधु दंडवते के द्वारा पेश किए गए बजट और पिछली कांग्रेस (आई) सरकार के द्वारा लाये गए बजट के बीच बारीक तुलना की। ऋण त्याग, काम का अधिकार, निरंकुश एनआरआई और काल्पनिक 'ट्रिकल डाउन इफेक्ट' के बजाय गरीबों को वास्तविक लाभ पहुंचाने वाले विकास की जरूरत–ऐसे जितने भी मुद्दों से हम आज जूझ रहे हैं, वो सब इस अभिभाषण में समाहित हैं।

अपने भाषण के दौरान एक मौके पर श्री एस.बी. चव्हाण ने कहा कि अपनी सारी उपलब्धियों और विकास के बावजूद ये नयी सरकार हमेशा अर्थव्यवस्था के संकट का रोना रोती रहती है। क्या सच में ऐसा कोई संकट है? मेरे अनुसार ये एक प्रमुख प्रश्न है जिसे हमें अपने आप से पूछना चाहिए। 1989–90 के जिस आर्थिक सर्वे का श्री चव्हाण ने जिक्र किया वो उनके द्वारा प्रस्तुत किये गए आर्थिक सर्वे से पहले के पांच सालों में हुई वित्तीय अनियमितता और कुप्रबंधन का प्रत्यक्ष प्रमाण है। उसमें साफ कहा गया है कि कैसे दिसम्बर 1985 में प्रस्तुत की गई दीर्घकालिक राजस्व नीति पूरी तरह से असफल हो चुकी है। मैं उनसे सहमत हूँ कि जिन समस्याओं का जिक्र उन्होंने अपनी आर्थिक नीति में किया था उनका पिछले वर्ष के बजट में कोई समाधान देखने को नहीं मिला था।

मुझे इस बात को मानने में कोई गुरेज नहीं है कि जिस गति से वित्तीय पुनर्निर्माण का कार्य होना चाहिए था, उस गति से ये हो नहीं पाया है। यह आम बजट भी वित्तीय पुनर्निर्माण में सहायक नहीं सिद्ध होगा जो वर्तमान परिप्रेक्ष्य में सबसे जरूरी है। हमें दलगत राजनीति से

ऊपर उठकर इस मुख्य विषय पर सोचना होगा क्यूंकि पिछले आठ–दस वर्षों में हमारी अर्थव्यवस्था एक बेहद खतरनाक बीमारी की चपेट में आ गयी है जो राजकोषीय घाटे से सम्बंधित है। नौवीं वित्तीय समिति ने भी इसे काबू करना वित्तीय दृष्टि से सबसे जरूरी बताया है। ये सब कुछ कहने–सुनने के बाद अब हमें इस बात पर विचार करना चाहिए कि हमारे कौन–कौन–से विकल्प उपस्थित हैं। राजकोषीय घाटा अपनी जगह बना हुआ है और साथ ही साथ हमें विकास भी चाहिए। आयकर से प्राप्त राजस्व, जैसा कि आर्थिक सर्वे से स्पष्ट है, अपनी जगह नियत बना हुआ है। कुछ क्षेत्र जैसे, सार्वजनिक क्षेत्र के उपक्रम, दिसम्बर 1985 में बनी दीर्घकालिक राजस्व नीति में उल्लिखित अपनी भूमिका का निर्वहन करने में असमर्थ रहे हैं। सातवीं योजना नीति– जो पिछली सरकार के समय ही आई थी– उसमें पहली बार हमने यह देखा कि सभी योजनाओं को पूरा करने के लिए ऋण अथवा घाटे की वित्तीय व्यवस्था पर ही आश्रित रहना पड़ा था।

मैं ऐसा इसलिए कह रहा हूँ कि पिछले वर्ष जब मैंने ये सब कुछ कहा था तो वो वित्त मंत्री थे और अपने जवाब में उन्होंने मेरे सारे प्रश्नों को नकार दिया था। और आज वो मेरी सारी पुरानी बातों को दुहरा रहे हैं।

नकारना और दुहरानाः

हम सबों को इस बात को मान लेना चाहिए कि पिछले सात–आठ वर्षों में हमारी अर्थव्यवस्था में कई तरह की विकृतियाँ आ चुकी हैं। पिछले वर्ष संसद में स्वयं श्री चव्हाण द्वारा प्रस्तुत आर्थिक सर्वे में अर्थव्यवस्था में व्याप्त सारी समस्याओं को गिनवाया गया था। ये पिछले साल मार्च में हुआ था और उसके साथ आठ साल पहले, वही सरकार सत्ता में थी। उन्होंने 1985 की दीर्घकालिक राजस्व नीति का हवाला दिया और अपने द्वारा प्रस्तुत आर्थिक सर्वे को पढ़ते हुए कहा कि उस नीति के कई उद्देश्यों की पूर्ति अभी तक नहीं हो पायी है और अर्थव्यवस्था कई तरह की विकृतियों से जूझ रही है। मैं उनके विचारों से पूरी तरह सहमत हूँ

लेकिन अभी तक उनके कथन का आशय नहीं समझ पाया हूँ। मैं ऐसा इसलिए कह रहा हूँ कि पिछले वर्ष जब मैंने ये सब कुछ कहा था तो वो वित्त मंत्री थे और अपने जवाब में उन्होंने मेरे सारे प्रश्नों को नकार दिया था। और आज वो मेरी सारी पुरानी बातों को दुहरा रहे हैं।

अब ये विकृतियाँ सभी सम्बंधित लोगों को ज्ञात हैं। स्पष्ट है कि पिछले कुछ वर्षों में हमारी अर्थव्यवस्था का काफी तेज गति से विकास हुआ है लेकिन इसके बावजूद ये सरकार इस बात को छुपाने की कोशिश कर रही है। इसके बावजूद कि आज आप सत्ता पक्ष में बैठे हुए हैं और मैं विपक्ष में, आप मेरे अभिभाषणों को देख सकते हैं। हमने कभी यह नहीं कहा कि विकास नहीं हुआ है। लेकिन मुझे आपसे सिर्फ दो प्रश्न ही पूछने हैं–पहला तो ये कि ये विकास किसकी कीमत पर हुआ है और दूसरा कि ये विकास किसके लिए है? यही वो बुनियादी प्रश्न हैं जिन पर हमारे विचार नहीं मिलते। आज आप सभी औद्योगिक विकास दर, 5, 6, और 10 प्रतिशत विकास दर के बारे में बात कर रहे हैं। अगर आप औद्योगिक विकास दर के आंकड़ों को गौर से देखेंगे तो पायेंगे कि वर्ष 1986–87 में इस दर को मापने के तरीके में एक बड़ा बदलाव किया गया था और इसलिए अब हम इन दरों की तुलना पिछले वर्षों की दरों के साथ नहीं कर सकते हैं क्यूंकि इनके वेटेड एवरेज में काफी अंतर आ चुका है। अब हम इसी औद्योगिक विकास दर को विकास दर के परिप्रेक्ष्य में गिना रहे हैं। लेकिन हम इन दोनों के बीच तुलना नहीं कर सकते हैं।

क्या यह सत्य नहीं है कि पिछले पांच सालों में 40 प्रतिशत आबादी के गरीबी रेखा से नीचे रहने के बावजूद उपभोक्ता से जुड़ी वस्तुओं, पांच सितारे होटल, निजी परिवहन, विभिन्न प्रकार के लक्जरी गैजेट के इस्तेमाल में भारी इजाफा हुआ है? ऐसा कैसे हो पाया है? इसका कारण निश्चित रूप से करों में मिलने वाली छूट है।

अगर हम इसको हटा भी दें तो हम औसत सकल राष्ट्रीय उत्पाद की बात करते हैं। मुझे खुशी है कि इस विषय पर बात करने के लिए हमारे बीच प्रो. ठाकुर मौजूद हैं। हमें इस सवाल का सामना जरूर करना पड़ेगा कि पिछले पांच वर्षों में इस उत्पाद में सर्विस सेक्टर की कितनी

भागीदारी रही है। पहली पंचवर्षीय योजना के दौरान, सकल राष्ट्रीय उत्पाद में कृषि क्षेत्र की 60 प्रतिशत, औद्योगिक क्षेत्र की 24 प्रतिशत और सर्विस क्षेत्र की 15 प्रतिशत भागीदारी थी।

1985–86 की जिस अवधि के लिए ये आंकड़े हमें प्राप्त हैं, उनमें दुर्भाग्य से कुछ भी परिवर्तन नहीं आया है। वही पुरानी कहानी आज तक चलती आ रही है। अगले दो वर्षों के लिए राष्ट्रीय उत्पाद में कृषि की भागीदारी 60 से घट कर 33 प्रतिशत हो गई थी, औद्योगिक क्षेत्र की भागीदारी 24 से बढ़कर 27 प्रतिशत हो गई थी और सर्विस सेक्टर की 15 प्रतिशत से बढ़कर 40 प्रतिशत हो गई थी। जिस विकास दर में हम आज वृद्धि की बात कर रहे हैं, उसका 40 प्रतिशत हिस्सा इसी सर्विस सेक्टर से प्राप्त हुआ है। इस क्षेत्र में रक्षा, संचार, परिवहन, बैंकिंग और बीमा, लोक प्रशासन जैसे महत्वपूर्ण चीजें सम्मिलित हैं और सारे रहस्यों की कुंजी इन्हीं में छुपी हुई है। अगर हम सरकारी खर्चों को वित्तीय हानि उठा कर पूरा कर देंगे, तो ऋण लेकर भी हमारे देश की विकास दर में वृद्धि हो सकती है।

आखिर हमने इस विषय में क्या किया है? हमने लोगों के सामने इस विकास दर को अपनी उपलब्धि के रूप में प्रस्तुत किया है। लेकिन हमने इस महान उपलब्धि को कैसे प्राप्त किया है? ऋण लेकर, करेंसी नोट छाप कर, मुद्रास्फीति में आग लगाकर और लोगों की क्रय शक्ति को घटाकर। मैं इसके बारे में आगे बात करूँगा। फिलहाल हम तथ्यों के ऊपर बहस नहीं करेंगे। हम रणनीतियों और विचारों में एक–दूसरे से मतभेद रख सकते हैं लेकिन हम तथ्यों को छुपा नहीं सकते।

पिछले पांच सालों में प्रस्तावित विकास दर वो दर नहीं है जो कि रोजगार पैदा होने के कारण लोगों की आय में हुई वृद्धि और उनकी बढ़ी क्रय शक्ति के कारण दिख रहा है। इसे देख पाना बेहद आसान है और ये बताने के लिए हमें किसी अर्थशास्त्री की जरूरत नहीं है। क्या यह सत्य नहीं है कि पिछले पांच सालों में 40 प्रतिशत आबादी के गरीबी रेखा से नीचे रहने के बावजूद उपभोक्ता से जुड़ी वस्तुओं, पांच सितारे होटल, निजी परिवहन, विभिन्न प्रकार के लक्जरी गैजेट के इस्तेमाल में भारी इजाफा हुआ है? ऐसा कैसे हो पाया है? इसका कारण निश्चित रूप से करों में मिलने वाली छूट है।

विकृत विकासः

पिछले पांच वर्षों में करों पर एक खास वर्ग को ही छूट मिली है और यही कारण है कि इस वर्ग की क्रय शक्ति में भारी इजाफा हुआ है। इसके कारण कुछ वस्तुओं के औद्योगिक उत्पादन में वृद्धि हुई है। मेरी समझ से इस प्रकार का विकास अपने आप में एक विकृत विकास है जो सिर्फ और सिर्फ लोगों के सामने प्रदर्शन भर के लिए है। कौन है वो जिसे हम खुश करने की कोशिश में हैं? वर्ल्ड बैंक? आईएमएफ? श्री चव्हाण के अनुसार अपनी अर्थव्यवस्था को खतरे में और अपने खजानों को खाली बता कर हम अंतर्राष्ट्रीय समुदाय के मन में भय पैदा कर देंगे। मेरे मन में उनके लिए अपार श्रद्धा है। लेकिन मैं उन्हें बताना चाहता हूँ कि अंतर्राष्ट्रीय समुदाय को हमारे कथनों की कोई परवाह नहीं है। उन्हें सिर्फ तथ्यों से मतलब है।

कर्जों और विकास को लेकर भारत की स्थिति के बारे में वर्ल्ड बैंक, आईएमएफ और अन्य वैश्विक संस्थानों को भारत की स्थिति के बारे में सब कुछ मालूम है। आंकड़ों में हेरफेर के दम पर हम उन्हें प्रभावित नहीं कर सकते हैं। ऐसा कर के सिर्फ और सिर्फ हम खुद को खुश कर सकते हैं। हाँ, मेरे इस कथन से दूसरी तरफ बैठे मेरे कुछ मित्रों को सदमा जरूर लगा होगा लेकिन वैश्विक बाजार में हमारी छवि वैसी ही है जैसा कि वो तीन महीने पहले थी। सरकार के बदल जाने से इसमें रातोंरात कोई परिवर्तन नहीं आ सकता है। क्या आपको ऐसा लगता है कि सिर्फ किसी के इतना कह देने पर कि हमारे खजाने खाली हो चुके हैं, क्या आपको लगता है कि विश्व बाजार में हमारी साख पर बट्टा लग जाएगा? यह एक बेहद बचकानी सोच है। श्री चव्हाण हमारे घोषणापत्र के दो बिन्दुओं के बारे में भी बात करते हैं।

कांग्रेस (आई) के मुख्यमंत्रियों के बीच आखिरी के तीन महीनों में बड़े बड़े चुनावी वायदे करने की होड़–सी मच गयी थी। सनद रहे, कि केंद्र सरकार के पास खर्च करने के लिए संसाधन और धन के स्रोत होते हैं, लेकिन राज्य सरकारों के पास ऐसा कोई स्रोत नहीं होता है। लेकिन फिर भी वो बड़े–बड़े वायदे करते चले गए।

ऋण माफी स्कीमः

सामान्य अर्थव्यवस्था पर बात करने से पहले मैं दो चीजों के बारे में अपना पक्ष रखना चाहता हूँ–एक, किसानों के लिए ऋण माफी सम्बन्धी स्कीम और दूसरा काम का अधिकार। ऋण माफ करने के सम्बन्ध उन्होंने आपस में अंतर्विरोधी चीजें कही हैं। उन्होंने कहा कि हमने अपने घोषणापत्र में कहा है कि हम मंझले और हाशिये पर के किसानों का कर्ज माफ कर देंगे। अपने बजट अभिभाषण में वित्त मंत्री ने कहा है कि वो इस माफी को डिफॉल्टरों को छोड़ सभी किसानों के लिए लागू करना चाहते हैं। दूसरी तरफ उन्होंने कहा कि मौजूद सरकार किसानों को सिर्फ ₹1,000 करोड़ दे रही है और अपने घोषणापत्र में किये गए वायदे से मुकर रही है। अब ये दोनों ही बातें एक साथ सही नहीं हो सकती हैं।

जब नेशनल फ्रंट की सरकार ने अपने घोषणापत्र में हाशिये पर के और मझोले किसानों का ऋण माफ करने की बात की थी तो तत्कालीन कांग्रेस (आई) के मुख्यमंत्रियों के बीच आखिरी के तीन महीनों में बड़े–बड़े चुनावी वायदे करने की होड़–सी मच गयी थी। सनद रहे कि केंद्र सरकार के पास खर्च करने के लिए संसाधन और धन को स्रोत होते हैं, लेकिन राज्य सरकारों के पास ऐसा कोई स्रोत नहीं होता है। लेकिन फिर भी वो बड़े–बड़े वायदे करते चले गए। अपने वायदे को पूरा करने के लिए आप ₹20 हजार करोड़ खर्च करते हैं या फिर ₹40 हजार करोड़ इस की गिनती करने वाला कौन है? सत्य ये है कि राष्ट्रीयकृत, कॉर्पोरेट और स्थानीय ग्रामीण बैंकों से हमें किसानों के द्वारा लिए गए ऋण के बारे में कोई ठोस आंकड़े नहीं प्राप्त हो पाए हैं। अब ऐसे में हमारा ये वायदा किस तरह का है?

हमारा वायदा किसानों को उनके कर्ज से बाहर निकलने में मदद करने का है। इसका मतलब ये नहीं है कि हम उन्हें किसी भी बात की खुली छूट दे रहे हैं। मैं अपने पास उपलब्ध अधिकारों के हवाले से पूरी जिम्मेदारी के साथ ये कह सकता हूँ कि वित्त मंत्री की घोषणा का ये कतई मतलब नहीं है कि धनी कृषकों को किसी भी किस्म की खुली छूट दे दी जायेगी। मैं फिर से बताना चाहूँगा कि इस घोषणा का एकमात्र उद्देश्य बैंकिंग प्रणाली के दायरे में रह कर छोटे और हाशिये पर के किसानों को मदद पहुंचाना है। इस बात को सुनिश्चित करने

की आवश्यकता होगी कि आम जनता का बैंकिंग प्रणाली पर से भरोसा न उठ जाए। अंततोगत्वा ये जनता का ही पैसा है। इस मामले में हमें किसी भी प्रकार से सशंकित होने की कोई जरूरत नहीं है। मैं इस बात को जरूर मानता हूँ कि अभी हमें इस प्रक्रिया को शुरू करने के लिए इसकी बारीकियों पर काम करना होगा।

रोजगार का अधिकारः

दूसरा विषय जिसके बारे में श्री चव्हाण ने प्रश्न उठाये हैं वो काम के अधिकार से जुड़ा हुआ है। उन्होंने कहा कि रोजगार को मौलिक अधिकार बनाना एक निहायती खर्चीली प्रक्रिया साबित हो सकती है। पुनः प्रेस में इस विषय में तमाम तरह की अटकलें लगायी जा रही हैं। कल राम अवधेश जी ने कहा है कि अगर इस देश में हर किसी को रोजगार देना है तो उसके लिए हमें ₹36,000 करोड़ की जरूरत होगी। हम रोजगार के अधिकार को मौलिक अधिकार बनाने के लिए प्रतिबद्ध हैं। इस आम बजट में रोजगार गारंटी योजना के तहत इसी दिशा में हमने एक छोटी–सी पहल की है।

तकनीकी आयातों का स्वागत किया जाना चहिये लेकिन ये वस्तुएं सिर्फ वैसी होनी चाहिए जिसके कारण इस देश को कुछ लाभ पहुंचे, न कि उपभोक्ताओं और फैशन के फैंसी बाजार के लिए। मेरे विचार से इस देश पर मार्केटिंग से जुड़े लोगों का कब्जा हो चुका है।

पिछले वर्ष बड़ी धूमधाम से जवाहर रोजगार योजना की शुरुआत की गई थी। मैंने तब सदन में कहा था कि हमारी सोच रोजगार पैदा करने की होनी चाहिए। पिछले पांच वर्षों में हमारी सबसे बड़ी समस्या यही रही है कि औद्योगिक क्षेत्र में हम ऐसा निवेश नहीं कर सके हैं जो रोजगार पैदा कर सके। बीमार प्रबंधन और कंप्यूटरीकरण के कारण औद्योगिक रोजगार बिलकुल सिकुड़ गया है।

मसला विदेशी तकनीक से जुड़ा हुआ है जिसके बारे में कई अर्थशास्त्रियों का कहना है कि जैसे ही आप किसी भी विदेशी कंपनी के साथ गठजोड़ करते हैं आपकी तकनीक के स्तर में वृद्धि होती है। दुर्भाग्य से हमारे

साथ ऐसा नहीं हो पाया है। पिछले बीस वर्षों से निजी क्षेत्र में बिना किसी शोध और विकास के हम विदेशी गठजोड़ बनाये हुए हैं। यह हमारी विदेशी मुद्रा की बर्बादी नहीं तो और क्या है? हम इस तरह के औद्योगिक विकास के विरुद्ध हैं। रोजगार का अधिकार कृषि आधारित उद्योगों से पनपेगा। तकनीकी आयातों का स्वागत किया जाना चहिये लेकिन ये वस्तुएं सिर्फ वैसी होनी चाहिए जिसके कारण इस देश को कुछ लाभ पहुंचे, न कि उपभोक्ताओं और फैशन के फैंसी बाजार के लिए। मेरे विचार से इस देश पर मार्केटिंग से जुड़े लोगों का कब्जा हो चुका है।

नहीं चाहिए ऐसा विकासः

वो किसी स्लोगन का प्रयोग कर कुछ भी बेच सकते हैं। पेप्सी और कोला की इस देश में मार्केटिंग सिर्फ पंजाब के नाम पर की गई है। लेकिन जब आप इसकी गहराई में जायेंगे तो पता चलेगा कि इसमें पंजाब कहीं नहीं है–न ही रोजगार के मामले में, न ही कृषि उत्पाद के मामले में। इसलिए हम इस किस्म के विकास के पक्षधर नहीं हैं। श्री चव्हाण द्वारा प्रस्तुत पिछले वर्ष के बजट में मैंने तीन कमियाँ गिनायी थीं। मुझे प्रसन्नता है कि प्रो. दंडवते ने उन पर ध्यान दिया है।

सबसे पहले मैंने कहा था कि बजट को आम जनमानस का मूड बनाना होगा। पिछले तीन–चार वर्षों में कोई भी आम बजट व्यय नियंत्रण अथवा अमीरों पर ज्यादा कर लगाने के मामले में जनता का मूड नहीं बना पाया है। इस बजट में वो सबकुछ है जो ऐसा कर सके। वित्त मंत्री ने बजट के प्रावधानों में कुछ ऐसे बदलाव किए हैं कि धनी वर्ग टैक्स बचा तो सकता है लेकिन इसके लिए उसे अधिक बचत करनी होगी। पहले सभी वर्गों को समान बजट करने पर आयकर में ये फायदा मिल जाता था लेकिन अब धनी वर्ग को इस फायदे को भुनाने के लिए अधिक बजट करना पड़ेगा।

मेरा दूसरा बिंदु काले धन से जुड़ा हुआ है। बजट में इस मुद्दे पर खुली चर्चा की बात कही गयी है। पिछले तीन–चार सालों के बजट में इस मुद्दे पर एक संदिग्ध–सी चुप्पी बरती गयी है जैसे कि इस देश में काला धन हो ही न!

मेरी तीसरी बात सार्वजनिक क्षेत्र से जुड़ी हुई है। इस बजट के

अनुसार इस वर्ष इस क्षेत्र से हम अधिक राजस्व प्राप्ति की उम्मीद कर सकते हैं। श्री चव्हाण का कहना है कि उन्हें ₹2,100 करोड़ से अधिक राजस्व प्राप्ति की कोई उम्मीद नहीं है। क्या राजस्व का अनुमान लगा पाना ज्योतिष विद्या है? मुझे ऐसा नहीं लगता है। मेरे अनुसार पब्लिक सेक्टर एक ऐसा क्षेत्र है जहाँ मेहनत किये जाने से हमारे राजस्व में अवश्य वृद्धि होगी। पिछले वर्ष के बजट को मैंने 'कोर्स करेक्टिंग' बजट की संज्ञा दी थी। मेरा मानना है कि पिछले दो सालों की तुलना में पिछले वर्ष का बजट एक 'यू टर्न' के जैसा था। मैं ऐसा मानता था कि पिछले पिछले वर्ष के बजट में बहुत सारा काम हुआ था। तेल मद में ₹2,300 करोड़ की राशि आवंटित करने से मुझे ऐतराज था। लेकिन इन सब के बावजूद पिछले वर्ष के बजट का मूल स्वरूप अन्य वर्षों की तुलना में स्वागत योग्य था।

जैसा कि हम देख सकते हैं, पिछले वर्ष का बजट धनी लोगों को ध्यान में रख कर बनाया गया था। उदाहरण के लिए, कॉर्पोरेट सेक्टर को ही ले लें। इस क्षेत्र में आयकर के ढाँचे को और आसान बनाने के लिए शुरुआत हो चुकी है। इन्वेस्टमेंट अलाउंस का क्या हुआ? हमने इसका प्रावधान रखा था जिसके कारण कंपनियों को बड़े पैमाने पर विस्तार के कारण कुल आयकर देने से मुक्ति मिली थी। यह सब कुछ पुनः जनता के पैसों पर ही हुआ था। और फिर इस बात को काटने के लिए हम ये तर्क देते हैं कि 'उन्हें निश्चित रूप से कर अदा करना चाहिए।' उन्हें कम से कम 30 प्रतिशत कर अदा करना था। अब हम इन सब चीजों से निजात पा चुके हैं। यह एक बेहद आसान चीज है। हमें इन्वेस्टमेंट अलाउंस का प्रावधान हटा देना चाहिए। हमें उन्हें फिर से बच निकलने से रोकना होगा।

अगर हम अपनी अर्थव्यवस्था को सुधारना चाहते हैं तो हमें पांच–छह वर्षों के लिए अपनी कमर कस लेनी चाहिए, आयकर के कड़े प्रावधान बनाने चाहिए और अपनी व्यवस्था को और अधिक आसान बनाने पर जोर देना चाहिए। साथ ही साथ हमें गरीब तबके के लोगों को राहत देनी चाहिए।

मैं आश्वस्त हूँ कि वित्त मंत्री या तो डायरेक्ट टैक्स कोड में अथवा अगले

वर्ष के बजट में इस व्यवस्था को और भी सरल बनाने की कोशिश करेंगे। आयकर कानून को पेचीदा बनाने वाली सभी छूट को हटा दिया जाएगा और आयकर की दर में कटौती की जायेगी। निश्चित रूप से वर्तमान व्यवस्था में और अधिक राजस्व प्राप्त कर सकते हैं।

उतना कठोर नहीं है ये बजटः

आइये अब हम बजट के पूरे ढाँचे को समझें। खर्चों में कोई कमी नहीं आई है। श्री चव्हाण ने जिन चीजों के बारे में कहा है वो वही हैं जिनका जिक्र मैंने पिछले वर्ष किया था–रक्षा, ब्याज और सब्सिडी। ये हमारे बजट का 60 प्रतिशत हिस्सा हैं। कोई भी वित्त मंत्री इनके बारे में कुछ नहीं कर सकता है। लोगों से आमतौर पर मैंने पेट्रोल, आयरन अथवा स्टील की कीमतों में वृद्धि की शिकायतें सुनी हैं। उनकी शिकायतों को सुनकर ऐसा लगता है कि ये बजट काफी कठोर है। इस मामले में मेरी बेबाक राय है कि ये बजट उतना कठोर नहीं है। अगर हम अपनी अर्थव्यवस्था को सुधारना चाहते हैं तो हमें पांच–छह वर्षों के लिए अपनी कमर कस लेनी चाहिए, आयकर के कड़े प्रावधान बनाने चाहिए और अपनी व्यवस्था को और अधिक आसान बनाने पर जोर देना चाहिए। साथ ही साथ हमें गरीब तबके के लोगों को राहत देनी चाहिए।

लेकिन साथ ही साथ हमें करदाताओं, कॉर्पोरेट सेक्टर और औद्योगिक क्षेत्र के लोगों से अधिक कर वसूलना ही होगा। हमें अपनी कर प्रणाली पर ध्यान देना होगा जिससे कि हमें अधिक से अधिक राजस्व की प्राप्ति हो सके। दुर्भाग्य से ये सब कुछ अभी भी कागजों तक ही सीमित है। एक्साइज ड्यूटी की दर में वृद्धि के बाद भी राजस्व में बहुत अधिक वृद्धि नहीं हुई है। ये इस बात का सूचक है कि लोग आयकर देने से बच रहे हैं। पूरी व्यवस्था इस प्रकार की है कि हर स्तर पर लीकेज की सम्भावना बनी रहती है। हमें आगे बढ़ कर अपनी कर प्रणाली को और आसान बनाना होगा जिससे कि लीकेज का होना असंभव हो जाए। जब श्री चव्हाण यहाँ नहीं थे तब मैंने हमारी अर्थव्यवस्था में आई विकृतियों के बारे में बात की थी। मेरा मानना है कि इस मुद्दे पर वो मुझसे सहमत होंगे।

₹7,205 करोड़ के प्रोटेक्टेड डेफिसिट के सम्बन्ध में मैं उनकी बात से

इत्तेफाक रखता हूँ। सरकार को अपने खर्चे पर नजर रखने में इसकी जरूरत पड़ेगी। वित्त मंत्री श्री मधु दंडवते को भी इसकी आवश्यकता पड़ सकती है। सभी मंत्रालय अपनी–अपनी मांगों के साथ आयेंगे। मेरा सोचना है कि कोई भी मंत्रालय जो अपनी मांग के साथ आये उसे किसी और मद में कटौती का अनुरोध साथ लेकर आना ही चाहिए। किसी भी मंत्रालय का कुल बजट आम बजट के अनुसार ही तय किया जाना चाहिए। जब तक वित्त मंत्रालय इस मामले में कड़े कदम नहीं उठाएगा तब तक मुख्य घाटे की भरपाई कर पाना संभव नहीं होगा।

दूसरी चीज जिस पर सख्त नियंत्रण की जरूरत है वो है सरकारी खर्चे। इस मामले में हमें राष्ट्रीय राय बनाने की जरूरत होगी क्यूंकि अगर हम रिक्तियों में कटौती करेंगे तो इसके पहले हमें ट्रेड यूनियन को अपने विश्वास में लेना होगा। कल मुझे इंडियन एयरलाइन्स में हुई 2000 रिक्तियों के सम्बन्ध में हो रही चर्चा में भाग लेने की इच्छा थी। लेकिन हम एकपक्षीय तरीके से ऐसी चर्चाओं को नहीं कर सकते हैं। इस देश में ट्रेड यूनियन है, एक गरीब तबका भी है। सरकारी खर्चों में किसी तरह की कोई भी कटौती करने से पहले हमें उन सबसे वार्ता करनी होगी।

सातवीं योजना नीति में 90 प्रतिशत और 10 प्रतिशत डेफिसिट फाइनेंसिंग की जरूरत पड़ रही है। मुझे नहीं लगता कि भारत जैसे देश के एजेंडे में इस तरीके का विकास शामिल होना चाहिए। क्या आप जानते हैं कि भारत में कुल सालाना उधार बनाम जीडीपी का अनुपात 60 प्रतिशत से अधिक है? लोगों को यह जानकार आश्चर्य होगा कि सिर्फ बांग्लादेश, श्रीलंका, निकारागुआ और मौरीशिआनिया जैसे देशों में ही यह अनुपात हमसे अधिक है।

भुगतान के आसान तरीकेः

यहाँ मैं बताना चाहूँगा कि पिछले पांच वर्षों में इस देश का उच्च वर्ग आसान तरीकों को चुन भुगतान करने में विश्वास रखने लगा है। पांच वर्ष पहले, श्रीमती गाँधी और उनसे पहले के प्रधानमंत्रियों के कार्यकाल में मैं पाता था कि चाहे वो केन्द्रीय कर्मचारी हों या सार्वजनिक क्षेत्रों के

कर्मचारी या फिर बिजली बोर्ड के कर्मचारी, सभी असंतुष्ट थे। मालिकों और कर्मचारियों के बीच लगातार तनातनी का दौर बना रहता था। पिछले पांच वर्षों में भुगतान के आसान तरीकों के कारण ये सब खत्म हो चुका है। अब हमारे पास भुगतान करने के लिए पर्याप्त धन है। हम सभी को भुगतान कर रहे हैं। सबसे पहले हम खुद को भुगतान कर रहे हैं और उसके बाद श्रमिकों को। अगर हम खुद को भुगतान कर रहे हैं तो हम उन्हें मना नहीं कर सकते हैं।

चारों तरफ फिजूलखर्ची का माहौल है जिसके कारण सातवीं योजना नीति में 90 प्रतिशत और 10 प्रतिशत डेफिसिट फाइनेंसिंग की जरूरत पड़ रही है। मुझे नहीं लगता कि भारत जैसे देश के एजेंडे में इस तरीके का विकास शामिल होना चाहिए। क्या आप जानते हैं कि भारत में कुल सालाना उधार बनाम जीडीपी का अनुपात 60 प्रतिशत से अधिक है? लोगों को यह जानकार आश्चर्य होगा कि सिर्फ बांग्लादेश, श्रीलंका, निकारागुआ और मौरीशिआनिया जैसे देशों में ही यह अनुपात हमसे अधिक है।

मुझे उन महान एनआरआइयों का नाम लेने की जरूरत नहीं जो इस देश में आकर इसकी अर्थव्यवस्था को तबाह कर रहे हैं। मुझे लगता है कि अखबारों में उनका नाम वित्त मंत्री से अधिक बार छपता होगा। मेरे अनुसार एनआरआई से जुड़े मामलों में हमें पुनर्विचार करने की जरूरत है।

हमें इस ऋण को चुकाने की तरकीब निकालनी होगी। इस तरीके की डेफिसिट फाइनेंसिंग के द्वारा 18 प्रतिशत प्रतिवर्ष की दर से मनी सप्लाई बढ़ाने और हर साल ब्याज अदा करने का कोई औचित्य ही नहीं है। मैं वित्त मंत्री से आग्रह करूँगा कि वो रिजर्व बैंक के साथ मिल–बैठकर आन्तरिक कर्ज में कटौती करने का कोई उपाय करें।

बाहरी जमा खातेः

अब मैं बाह्य कर्ज से जुड़े दो गंभीर बिन्दुओं के बारे में बात करना चाहूँगा। अब यह राशि ₹1 लाख करोड़ की हो गई है। इसके अलावा दूसरा गंभीर मुद्दा ब्याज दर से जुड़ा हुआ है। औसत ब्याज दर जो वर्ष

1970 में 2.1 प्रतिशत हुआ करती थी, अब वो बढ़कर 5.2 प्रतिशत हो गई है। यह बाह्य कर्जों के हिसाब से बहुत ही ऊँची ब्याज दर है और नॉन–रेजिडेंट इंडियन (एनआरआई) खाता इनमें से सबसे महंगा कर्ज है। दुर्भाग्य से पिछले पांच वर्षों में एनआरआई एक बेहद माननीय व्यक्ति बन चुका है। जब भी किसी नीति का निर्माण किया जाता है, हम एनआरआई का स्वागत पलक पांवड़े बिछाये हुए करते हैं। मुझे उन महान एनआरआइयों का नाम लेने की जरूरत नहीं जो इस देश में आकर इसकी अर्थव्यवस्था को तबाह कर रहे हैं। मुझे लगता है कि अखबारों में उनका नाम वित्त मंत्री से अधिक बार छपता होगा। मेरे अनुसार एनआरआई से जुड़े मामलों में हमें पुनर्विचार करने की जरूरत है।

मेरे अनुसार वित्त मंत्री को इस बात पर पुनर्विचार करना चाहिए कि क्या हमें इतनी अधिक ब्याज दरों पर बाहर से उधार लेने की जरूरत है या नहीं क्यूँकि अंत में इस राशि का भुगतान मौजूदा विनिमय दर और ब्याज दरों पर सरकार को ही करना होगा। अब मुझे सदन के सदस्यों को ये बात बताने की जरूरत नहीं है कि पिछली सरकार के कार्यकाल के बाद विनिमय दरों में आमूलचूल परिवर्तन हो चुका है। सातवीं पंचवर्षीय योजना के दौरान 1984–85 के बीच 400 सीटों के जबरदस्त बहुमत के साथ सरकार बनी थी, और 1988–89 में एक डॉलर के मुकाबले ₹11.89 पर था। अब यह एक डॉलर का मूल्य ₹18 है और पौंड भी ₹14.87 से बढ़कर ₹28 या ₹30 हो गया है?

हर कुछ हमारे हाथ से निकल चुका है। हम शायद कभी भी पुनर्भुगतान करने की स्थिति में नहीं होंगे। और तब हमें मालूम पड़ेगा कि हमें सिर्फ और सिर्फ एनआरआइयों को भुगतान करने के लिए काम करना पड़ रहा है। हमें ये बंद करना चाहिए। वर्तमान आर्थिक परिदृश्य में हमें इतनी बड़ी राशि लौटाने का जोखिम नहीं लेना चाहिए। लेकिन हम भविष्य में राशि जमा कराने की प्रक्रिया को नियंत्रित कर सकते हैं। सरकार से हम लगातार इस बात की मांग कर रहे हैं कि वो संविधान की धारा 292 के तहत स्वयं उधार लेने पर भी नियंत्रण करे।

वित्त मंत्री से अब मेरा नम्र निवेदन होगा कि उधार के ब्याज दर की कोई उच्चतम सीमा निर्धारित कर दें। अभी हम इंदिरा विकास पत्र और इन जैसी अन्य योजनाओं को 14.5 प्रतिशत से भी अधिक की दर से उधार ले रहे हैं। ये दर 10 प्रतिशत से अधिक नहीं होनी चाहिए। अगर

आप भुगतान किये जाने वाले ब्याज की दर की उच्चतम सीमा निर्धारित कर देंगे, तो इससे आपके ऋण पर भी नियंत्रण हो जाएगा। यही वो पहली चीज है जिसे आपको करना चाहिए। हमने पब्लिक सेक्टर को बांड्स, ब्याज मुक्त बांड्स जारी करने की अनुमति दे रखी है और व्यक्तिगत खरीद की कोई सीमा भी निर्धारित नहीं की है। इससे आयकर का पूरा परिदृश्य विकृत हो जाएगा। हमें इसकी अनुमति नहीं देनी चाहिए। सरकार पर बिना आश्रित हुए ही पब्लिक सेक्टर अपने लिए संसाधन जुटा पाने में सक्षम रहा है। लेकिन दीर्घकाल में हमें इस पर नजर डालनी ही होगी।

कर चोरी के ठिकाने

इस बजट के तीन मुख्य पहलुओं का मैं पुरजोर समर्थन करता हूँ। पहला गोल्ड कण्ट्रोल एक्ट है। इसे जल्द से जल्द हटा देना चाहिए। श्री चव्हाण एनआरआइयों द्वारा सोने के आयात पर अनुमति देने पर काम कर रहे थे। बुनियादी बात यह है कि भारत में सोने की कीमतें कृत्रिम हैं। सोने की स्मगलिंग चारों तरफ हो रही है। हर वर्ष हमारे देश में करीब एक सौ टन सोना चोरी से लाया जाता है। इस गोल्ड कण्ट्रोल एक्ट को खत्म करके सोने के आंशिक आयात के लिए हमें कुछ कदम उठाने होंगे। अगर सोने की कीमतों में कमी आएगी, तो इसे चोरी करने के लालच में भी कमी आएगी।

इस बजट का दूसरा तोहफा गिफ्ट टैक्स से जुड़ा हुआ है। यह टैक्स चोरी का एक और ठिकाना था। हर कोई किसी न किसी से तोहफे ले रहा था और यह घोषित करने में लगा हुआ था कि यह तोहफा उसे प्यार और अपनेपन की वजह से मिला है। पाने वाले पर गिफ्ट टैक्स लगाना एक बेहद सोचपूर्ण कदम है। आखिर क्यूँ उस देनदार को फिर से सरकार को पैसे देने होंगे जो एक बार गिफ्ट देने में अपने पैसे लगा चुका है। पावक के पास धन है। इसीलिए उसे ही इस कर का भुगतान करना चाहिए। गिफ्ट टैक्स के बदले इसे आयकर के रूप में लिया जाना चाहिए।

तीसरी चीज 80M है जिसमें वित्त मंत्री ने संशोधन किये हैं। यह एक बेहद प्रगतिशील कदम है क्यूंकि इस बात का कोई तुक नहीं बनता था कि अगर आप किसी कंपनी की तरफ से अपना शेयर रखते हैं तो

आपको कर में राहत दी जायेगी। यह टैक्स से बचने का एक गैरजरूरी उपाय था और अब इसका मतलब है कि उन कंपनियों को अधिक कर अदा करना होगा। इस सुधार का हम कई वर्षों से इंतजार कर रहे थे।

दो बिन्दु जिन पर मुझे आपत्ति हैं वो है 80HH का पिछड़े इलाकों से हटा दिया जाना। मुझे लगता है कि वित्त मंत्री को राहत के तरीकों पर पुनर्विचार करना चाहिए। अगर इस प्रावधान का कोई गलत लाभ उठाया गया है और इसलिए उन्होंने ऐसा कदम उठाया है तो मुझे आगे कुछ नहीं कहना है। लेकिन पिछड़े इलाकों में आर्थिक मदद की जरूरत हमेशा बनी रहती है। चूँकि आप चाहते हैं कि लोग पिछड़े इलाकों में जाएँ, ऐसी सहायताओं का दिया जाना जरूरी है। कैश कम्पेनसेटरी सपोर्ट (CCS) के मुद्दे पर इसे और सरल करने की सोच के साथ उन्होंने कुछ प्रावधानों में इसलिए संशोधन किया है कि विभिन्न अदालतों ने इस पर विभिन्न टिप्पणियाँ दी हैं। एक चीज जिससे मैं बिलकुल भी सहमत नहीं हूँ वो है पूर्वव्यापी कानून। अगर कोई कानूनी समस्या होती है तो इस मामले में सुप्रीम कोर्ट का निर्णय ही आखिरी माना जाता है। अगर किसी कानून के द्वारा हम पूर्वव्यापी तरीके से किसी प्रावधान में कोई बदलाव करते हैं तो यह हमारी विधायिका के लिए ठीक नहीं है। सैद्धांतिक तौर पर इस मामले में आखिरी फैसला लेने का अधिकार सिर्फ न्यायालय को ही होना चाहिए।

मैं सिर्फ इतना कह सकता हूँ कि हमारी अर्थव्यवस्था कई तरह की विकृतियों से गुजर रही है। इसे ठीक करने के लिए हमें करीब पांच लगातार कठोर बजटों की आवश्यकता होगी। यह बजट उस दिशा में एक शुरुआत है। कोई इस बात को नकार नहीं सकता है कि विकास हुआ है। लेकिन मुझे इस विकास की प्रकृति और इसके खर्च से समस्या है। हम ये सब कुछ कम लागत पर भी पा सकते थे। विकास का फायदा सीधा निचले पायदान पर अवस्थित लोगों तक पहुंचना चाहिए। एक वाक्य में विपक्ष से अपनी बात कहना चाहूँगा। कठिन समय में एक कठिन और चतुर बजट लाया गया है। ये कठिन समय आपकी मेहरबानी है। बाकी सारा चातुर्य हमारे वित्त मंत्री का है।

टारगेट ग्रुप तक पहुंचनी चाहिए सब्सिडी

10 जनवरी 1991 को सदन में मूल्य वृद्धि के मुद्दे पर सदन में हो रही चर्चा में प्रधानमंत्री कार्यालय मंत्री (राज्य) के तौर पर ये भाषण दिया गया था। भाषण में कहा गया था कि हमें दो स्तरों पर ठोस निर्णय लेने की जरूरत है। पहला–अगर हो सके तो निर्यात बढ़ाकर भी, सप्लाई में वृद्धि करना और दूसरा होर्डिंग को नियंत्रण में लाना। अगर हमें सब्सिडी को उनके टारगेट ग्रुप्स तक पहुँचाना है तो उसके लिए हमें अपनी व्यवस्था में भारी फेर बदल करने होंगे।

जैसा कि हम सभी जानते हैं कि मूल्य वृद्धि एक ऐसा मुद्दा है जो सीधा आम आदमी से जुड़ा है। यह हमारे देश की सबसे बड़ी समस्याओं में से एक है। ये मुद्दा उन तमाम मुद्दों से ज्यादा महत्वपूर्ण है जो इस देश के अखबारों में अक्सर खबरों की शक्ल में तैरते रहते हैं और अक्सर जिनके लिए हम राजनेता जाने जाते हैं।

पूर्व वित्त मंत्री श्री एस. बी चव्हाण और नवें योजना आयोग के उपाध्यक्ष श्री एन.के.पी साल्वे जैसे सदस्यों के द्वारा कुछ बेहद सटीक प्रश्न उठाये गए हैं। अपनी बात की शुरुआत में ही मैं मुद्रास्फीति के हालात पर अपना रुख स्पष्ट करना चाहूँगा। मुझे लगता है कि श्री साल्वे द्वारा इस देश में आर्थिक इमरजेंसी की घोषणा की मांग करना उत्साह में ज्यादा, और यथार्थ से दूर है। लेकिन ये सबको स्पष्ट है कि बड़े पैमाने पर हमारी अर्थव्यवस्था की स्थिति खराब है, भुगतान संतुलन भी सही स्थिति में नहीं है और हमारे आन्तरिक बजट को भी सँभालने में समस्याएँ आ रही हैं। ऐसा पिछले दो वर्षों से हो रहा है। यह एक राजनीतिक मुद्दा नहीं है जो केवल सत्तारूढ़ दल से सम्बंधित नहीं है।

डिमांड, सप्लाई और लिक्विडिटीः

श्री साल्वे के नेतृत्व में नौवें योजना आयोग ने इन सभी विषयों पर गंभीर आकलन किया है और इनके संभावित हल भी बताये हैं। इस मामले में, श्री साल्वे से अपनी सहमति जताते हुए मेरा इतना ही कहना है कि हमें अन्तराष्ट्रीय बाजार में अपनी क्रेडिट रेटिंग्स को बचाए हुए रखना होगा। मेरे अनुसार मूल्य वृद्धि के दो मुख्य कारण हैं—पहला वस्तुओं का डिमांड और सप्लाई से जुड़ा हुआ है और दूसरा बाजार में लिक्विडिटी। श्री जगदीश देसाई ने उचित सलाह दी है कि मनी सप्लाई को हम 22 प्रतिशत तक बढ़ा सकते हैं। सुखमय समिति की रिपोर्ट में कहा गया है कि हमारी अर्थव्यवस्था में मुद्रा आपूर्ति की अधिक से अधिक 14 प्रतिशत की दर को बनाये रखा जा सकता है। पिछली सरकारों ने भी इसे नियंत्रण में रखने की कोशिश की थी। मैं इसका ठीकरा पिछली सरकारों के माथे पर नहीं फोड़ना चाहूँगा।

दंडवते जी, अपने तमाम ईमानदार इरादों के बावजूद, खाड़ी संकट और इसके जैसी अन्य समस्याओं में उलझे रह गए थे जो कि उनके बस के बाहर की समस्याएँ हैं। सामग्रियों में उदाहरण के तौर पर हम खाने वाले तेल को ही देख लें। पिछले वर्ष इसकी आपूर्ति में काफी कमी आई थी। यह बिलकुल सही बात है और मैं श्री जगदीश देसाई से इस बात पर अपनी पूरी सहमति रखता हूँ कि भारत एक ऐसी अर्थव्यवस्था है जहाँ आपूर्ति में थोड़ी—सी भी कमी, कालाबाजारी और होर्डिंग के कारण उभर कर सामने आ जाती है। लेकिन अगर ये कमी जरा भी अधिक होती है तो इस तरीके के तमाम उपायों से भी इसे हल नहीं किया जा सकता है।

हमें दो स्तरों पर ठोस निर्णय लेने की जरूरत है। पहला—अगर हो सके तो निर्यात बढ़ाकर भी, सप्लाई में वृद्धि करना और दूसरा होर्डिंग को नियंत्रण में लाना। होर्डिंग की समस्या दूर करने के लिए हमें देश की मुश्किलों का फायदा उठाने वाले लोगों पर कठोर कारवाई करनी होगी।

क्यूँ बढ़नी चाहिए प्याज की कीमतें:

दोनों ही चीजों को साथ–साथ करना होगा। आम आदमी पर कई और समस्याओं का बोझ भी है, जैसे कि प्याज की कीमतें। प्याज की कीमतों में वृद्धि क्यूँ होनी चाहिए? हमारे पास प्याज आयात करने का कोई तरीका नहीं है। असल समस्या आपके द्वारा बनाये गए कठोर परिवहन नियम है। इसी वजह से कुछ खास स्थानों पर परिवहन की समस्या के कारण प्याज की कीमतों में उछाल आ जाता है। सरकार को इस दिशा में कदम उठाने ही होंगे। चारों तरफ हो रही कालाबाजारी और होर्डिंग की घटनाओं से कोई भी इनकार नहीं कर सकता है। इसलिए आम आदमी के प्रयोग में आने वाली सामग्रियों के मूल्य में नियंत्रण के लिए सभी राज्य और केंद्र सरकार द्वारा जल्द से जल्द कोई कदम उठाने की जरूरत है। हमें ये सुनिश्चित करना होगा कि इनकी आपूर्ति में वृद्धि हो और कालाबाजारी बंद हो।

अर्थव्यवस्था से जुड़े बड़े मसलों जैसे कि लिक्विडिटी के लिए सन 1985 में 'फिस्कल पॉलिसी' जैसा शब्द ईजाद किया गया था और हमने उसका आकलन भी किया था। इसके बाद हमें ज्ञात हुआ था कि पब्लिक सेक्टर से होने वाली आमदनी नहीं हो पायी थी जिसके कारण आंकड़ों के बीच लम्बी खाई थी। सातवीं योजना नीति में सभी पहली बार सभी टारगेट पूरे किये गए थे। इसका जिक्र नौवीं वित्त समिति रिपोर्ट में भी किया गया है। इस तथ्य को हम हरगिज नकार नहीं सकते हैं। प्रमुख क्षेत्रों में हमारे लक्ष्य जरूरत से ज्यादा महत्वाकांक्षी थे जिसके चलते अब हमें वित्तीय असंतुलन का सामना करना पड़ रहा है। ये असंतुलन इसलिए हुआ कि सरकार द्वारा आकलित राजस्व की प्राप्ति नहीं होने के कारण हमें ऋण लेना पड़ा था। इस ऋण के पुनर्भुगतान को हमें अलग अलग समयावधि में करना होगा क्यूँकि हमारे वार्षिक बजट का बड़ा हिस्सा ब्याज चुकाने में खर्च हो जाता है।

मुझे मालूम नहीं है कि आप कितनी सब्सिडी में कितनी कमी कर सकते हैं। निश्चित रूप से, अगर हमें सब्सिडी को उनके टारगेट ग्रुप्स तक पहुँचाना है तो उसके लिए हमें अपनी व्यवस्था में भारी फेरबदल करने होंगे। लेकिन इन सब के बाद उन टारगेट ग्रुप्स तक ये सब्सिडियां जरूर पहुंचानी चाहिए।

जब से प्रधानमन्त्री श्री चंद्रशेखर ने पदभार संभाला है, वो बचत और खर्चों पर अंकुश लगाने पर बहुत ज्यादा जोर दे रहे हैं। इसलिए इस बजट में गैरजरूरी खर्चों को कम करने के सारे प्रयास किये जायेंगे। अभी तक रक्षा, सब्सिडी और ब्याज सम्बन्धी सभी व्ययों में कटौती के प्रावधान को मंजूरी दे दी गयी है।

आम आदमी की समस्याओं में कमीः

मुझे मालूम नहीं है कि आप कितनी सब्सिडी में कितनी कमी कर सकते हैं। निश्चित रूप से, अगर हमें सब्सिडी को उनके टारगेट ग्रुप्स तक पहुँचाना है तो उसके लिए हमें अपनी व्यवस्था में भारी फेरबदल करने होंगे। लेकिन इन सबके बाद उन टारगेट ग्रुप्स तक ये सब्सिडियां जरूर पहुंचानी चाहिए।

हाल में ही उपप्रधानमन्त्री चौधरी देवी लाल द्वारा कहा गया है कि अगर हम किसानों को लाभ पहुंचाना चाहते हैं तो हमें खाद्य और उर्वरक सब्सिडी की प्रणाली में भी बदलाव करने होंगे। उपभोक्ता को राहत तभी मिलेगी जब उसके द्वारा इस्तेमाल की जाने वाली सामग्रियों के मूल्य में कटौती की जायेगी। और ऐसा होर्डिंग में अल्पकालिक नियंत्रण और सप्लाई में वृद्धि करने से ही हो सकता है। विदेशी विनिमय की मजबूरियों के चलते खाने वाले तेल की आपूर्ति में वृद्धि न किया जाना पिछली सरकार के द्वारा लिए गए सबसे दुर्भाग्यपूर्ण फैसलों में से एक था। भुगतान में संतुलन के साथ–साथ विदेशी विनिमय भी एक गंभीर मसला है। सरकार को इस बात का ध्यान रखना होगा कि इसका सीधा सम्बन्ध आम आदमी के साथ है क्यूंकि खाने वाला तेल एक ऐसी चीज है जिसे हर व्यक्ति इस्तेमाल करता है।

विदेशी विनिमय के कारण हुई दिक्कतों के बावजूद हमें कोई ऐसी तरकीब ईजाद करनी चाहिए थी, जिससे अल्पकालिक तौर पर ही सही, लेकिन हम खाने के तेल की आपूर्ति बढ़ा सकते। हमें इस बात को भी सुनिश्चित करना चाहिए था कि अगले साल अच्छी पैदावार हो। मुझे इस बात का डर है कि खाने के तेल की कीमतों में डी–होर्डिंग के द्वारा हम कमी नहीं ला सकते हैं। इस मामले पर वित्त मंत्री श्री यशवंत सिन्हा अपना पूरा ध्यान दे रहे हैं।

मैं पिछली सरकार के फैसलों से सहमत नहीं हूँ। निश्चय ही वो दुर्भाग्यपूर्ण फैसले थे। उनका कहना था कि वो किसी भी हाल में खाने के तेल का आयात नहीं कर सकते हैं। मुझे नहीं लगता कि किसी भी सरकार को ऐसे सैद्धांतिक रूप से प्रेरित निर्णय लेने चाहिए। आम आदमी की परेशानियों को कम करने के लिए सभी जरूरी कदम उठाये जायेंगे।

अर्थव्यवस्था पर एक नजर

---

8 मई 1989 को वित्त विधेयक, 1989 पर अपने विचार रखते हुए मोरारका ने कहा था कि पिछले चार वर्षों में हमारी सारी नीतियाँ औद्योगीकरण को बढ़ावा देने के लिए बनी हैं। लेकिन विकास का एक बड़ा हिस्सा सार्वजनिक क्षेत्रों में निवेश के कारण हुआ है। उनका पूछना था कि फिर उदारीकरण, विदेशी गठजोड़ और विदेशी निवेश का क्या परिणाम हुआ? इसके अलावा सार्वजनिक क्षेत्र में हुई 9 प्रतिशत की वृद्धि का 40 प्रतिशत हिस्सा किसी तरह से भी लाभदायक नहीं है। अर्थव्यवस्था का एक विशद विवरण देते हुए मोरारका का कहना है कि 'ग्रामीण क्षेत्रों में बेरोजगारी को नहीं मापा जा सकता है–साम्प्रदायिक तनाव, भाषाई विवाद जैसे कुछ सामाजिक मापदंड हैं जो शिक्षित और बेरोजगार युवाओं के बीच बढ़ती हताशा की वजह से पनपते हैं।

दोनों सदनों में बजट पर हुई चर्चा के बाद सत्ता पक्ष और विपक्ष दोनों ने इस पर अपनी टिप्पणी की है। विपक्ष का कहना है कि हमारी अर्थव्यवस्था संकट में है जिसके जवाब में सत्तापक्ष का कहना है इनमें से बहुत–सी समस्याएं इस लिए उभर रही हैं क्यूंकि देश का आर्थिक विकास अपने चरम पर है।

मैं सातवीं योजना नीति के कुछ महत्वपूर्ण बिन्दुओं की ओर आपका ध्यान आकृष्ट करना चाहूँगा जो संयोग से इसी सरकार के कार्यकाल की बात है। ये वर्ष सातवीं पंचवर्षीय योजना का आखिरी वर्ष है और चुनाव से पहले का भी। हालांकि सभी सकल घरेलू उत्पाद दर के 9 प्रतिशत पहुँचने पर बेहद खुश हैं लेकिन अन्य कारक विकास की सही परिभाषा के बिलकुल ही प्रतिकूल हैं।

1984–85 से लेकर 1988–89 तक, पांच वर्षों की ये अवधि जो कि

इस सरकार का कार्यकाल और सातवीं पंचवर्षीय योजना की भी अवधि है, इस अवधि में वर्तमान मूल्य पर हमारा सकल घरेलू उत्पाद ₹206,732 करोड़ से बढ़कर ₹293,306 करोड़ हो गया है जो कि 41.88 प्रतिशत की वृद्धि है। लेकिन वर्ष 1980–81 में नियत मूल्य पर सकल घरेलू उत्पाद ₹148,955 करोड़ से बढ़कर ₹170,363 करोड़ हो गया था। इन पांच वर्षों में नियत मूल्य पर जीडीपी में 14.37 प्रतिशत की वृद्धि हुई थी। इस दौरान प्रति व्यक्ति आय ₹1,791 से बढ़कर ₹1,918 हो गयी थी। यह 7.09 प्रतिशत की वृद्धि है।

विकास की कीमतः

इन आंकड़ों को पिछले पांच वर्षों में हुए विकास का आधार मानकर, आइये हम ये देखें कि आखिर इस विकास की हमें क्या कीमत अदा करनी पड़ी। मुद्रा आपूर्ति जो विकास का पहला सूचक होता है इसी समयावधि में ₹101,957 करोड़ से बढ़कर ₹189,885 करोड़ हो गया था। यह 86.24 प्रतिशत की वृद्धि है। यह इस बात का भी सूचक है कि इस विकास का एक बड़ा हिस्सा वित्तीय हानि सहने के बाद हुआ है। हमारी अर्थव्यवस्था में 14 प्रतिशत वृद्धि के लिए मुद्रा आपूर्ति में 86 प्रतिशत वृद्धि हुई है। इसी दौरान देश का विदेशी विनिमय मुद्रा भंडार ₹7,243 करोड़ से बढ़कर ₹6,308 करोड़ हो गया है। यह एक भारी–भरकम हानि है।

भुगतान संतुलन और करंट अकाउंट डेफिसिट जो कि ₹2,852 करोड़ का हुआ करता था अब ₹7,500 करोड़ हो चुका है। इसी सन्दर्भ में एक और मापक, व्यापार संतुलन जो कि आयत और निर्यात के बीच का अंतर होता है, वह ₹5,390 करोड़ से बढ़कर ₹7,000 करोड़ हो चुका है। विदेश में हमारी मुद्रा की शक्ति का परिचायक विनिमय दर पिछले वर्ष से और 51 प्रतिशत घट चुका है। ये सभी सूचकांक किसी भी समझदार व्यक्ति को ये समझाने के लिए काफी हैं कि हमारी अर्थव्यवस्था संकट में है।

हमने भले ही विकास किया है। पिछले पांच वर्षों के विकास को कोई नकार नहीं सकता है। हमारा कृषि उत्पादन बढ़ा है, औद्योगिक उत्पादन में भी वृद्धि हुई है लेकिन जनसँख्या और मूल्य में वृद्धि के कारण, इनमें वृद्धि होना कोई नयी बात नहीं है। हमें इसमें श्रेय लेने की कोई जरूरत नहीं है। प्रश्न यह है कि ये सब कुछ इन आंकड़ों से कैसे जुड़ा हुआ

है। हम पाते हैं कि सकल राष्ट्रीय और घरेलू उत्पाद के सूचकों में वृद्धि हुई है। इसके साथ ही साथ एक और सूचक में वृद्धि हुई है जो कि आम आदमी से सीधा जुड़ा हुआ है और वो है प्राइस इंडेक्स यानि मूल्य सूचकांक। इस बजट के बाद भी वित्त मंत्रालय द्वारा इस सम्बन्ध में स्पष्टीकरण दिया गया था कि वो ये सुनिश्चित करेंगे कि मुद्रास्फीति पर इसका कोई बुरा प्रभाव नहीं पड़े।

बजट के बाद से, पिछले दो–ढाई महीनों से हमारा थोक मूल्य सूचकांक बढ़ने लगा है। मैं यहाँ बहुत अधिक आंकड़ों को गिनाना नहीं चाहूँगा लेकिन अगर हम कुछ खास आर्थिक सूचकांकों को देखें तो पायेंगे कि एक पूरे वर्ष के लिए थोक मूल्य सूचकांक 5.9 प्रतिशत बढ़ चुका है जिसमें से खाद्य सामग्रियां 7.4 प्रतिशत और खाद्यान्न 9.2 प्रतिशत की दर से बढ़ चुके हैं।

सत्ता और घमंडः

श्री जसवंत सिंह जो इस सदन के सदस्य भी हैं उन्होंने अपने बच्चों के नाम ₹50,000 का बीमा कराया था जिसके स्रोत पर लगने वाले कर की राशि ₹256 की थी। उन्हें इस राशि को जमा करने में चार दिन का विलम्ब हो गया। उनके विरुद्ध मामला दर्ज किया गया और गैरजमानती वारंट जारी हुआ। आयकर अधिकारी ने उनसे अपनी गलती मानकर इस मामले को निपटाने की बात कही। लेकिन श्री सिंह ने उनसे कानूनी प्रक्रिया के आधार पर काम करने को कहा। उनके आवास पर एक पुलिसकर्मी उन्हें गिरफ्तार करने के लिए गया। उसने पूछा कि क्या श्री सिंह घर पर हैं। उन्हें वहां पाकर उस लज्जित पुलिसवाले ने घर के दूसरे लोगों से कहा–'आपमें से कोई मुझे ये क्यूँ नहीं कहता कि श्री सिंह अभी यहाँ नहीं हैं? इसके जवाब में श्री सिंह ने उसे कहा कि 'जब मैं यहाँ हूँ तो कोई आपसे क्यूँ ये कहेगा कि मैं नहीं हूँ।' आप मुझे गिरफ्तार कर सकते हैं।

इसके बाद श्री सिंह को मजिस्ट्रेट के सामने पेश किया गया, ₹256 के कारण हुई गलती के एवज में। ये कहानी यहीं खत्म नहीं होती है। वो मजिस्ट्रेट उन्हें ₹20,000 के मुचालके पर बेल देने को तैयार हो गया था। अगर यह कानून का मजाक नहीं है तो फिर क्या है? इस तरह के

कई मामले हैं। मेरा आप सबों से निवेदन होगा कि इस व्यवस्था को फिर से आकलित करें। हमें एक बेहतर आयकर नीति बनानी होगी। वर्तमान स्थिति में सिर्फ नौकरशाहों की चांदी है। फिर चाहे वो राजस्व संग्रहण हो या ईमानदार तरीके से आयकर कानून को लागू करना हो। सत्ता और घमंड के सिवा इन अधिकारियों की किसी चीज में कोई रुचि नहीं है।

भोजन पर होता है खर्च अधिकतर लोगों की आय का 70 प्रतिशत हिस्साः

दुर्भाग्य से थोक मूल्य सूची की गणना में खाद्यान्न का सिर्फ 12 प्रतिशत भाग ही जोड़ा जाता है। इसलिए यह सही स्थिति नहीं बयान करता है। इस देश की एक बड़ी आबादी अपनी आय का एक बड़ा हिस्सा भोजन पर खर्च करती है। जैसा कि हमने पिछले वर्ष भी देखा, मुद्रास्फीति की दर में उछाल आया था।

इस वर्ष भी डेफिसिट फाइनेंसिंग को कम करने के लिए कोई खास प्रयास नहीं किये गए हैं और इस वर्ष भी यह पिछले वर्ष की आकलित दर से अधिक है। मुझे डर है कि बजट में मौजूद राजस्व संग्रहण की तमाम कोशिशों के बाद भी हम इसकी पूर्ति नहीं कर पायेंगे। जब तक हम मुद्रास्फीति पर नियंत्रण नहीं कर सकेंगे, तब तक हम अन्य कारक भी नियंत्रित नहीं कर पाएंगे।

पहली समस्या यह है कि मूल्य वृद्धि का सबसे अधिक असर आम आदमी पर होता है। दूसरी समस्या ये है कि मूल्य वृद्धि के कारण थोक मूल्य सूची में उछाल आता है, जिसके कारण केंद्र तथा राज्य के सरकारी कर्मचारियों के डीए में वृद्धि करनी पड़ती है जिसके चलते पुनः मूल्य वृद्धि होती है। तीसरी बात यह है कि इस कारण सरकार का बजट भी नियंत्रण के बाहर चला जाता है। मेरे कुछ मित्रों को शायद मेरी बात अच्छी नहीं लग रही होगी लेकिन अगर हम पिछले कुछ वर्षों के बजटों की तुलना करें तो पायेंगे कि पिछले कुछ वर्षों में केंद्र द्वारा राज्यों को दी जाने वाली वित्तीय मदद में बढ़ोतरी हुई है। हालांकि राज्यों के द्वारा संसाधनों की कमी का रोना अभी तक जारी है।

पूर्व के वर्षों में कुल संसाधनों का 76 प्रतिशत हिस्सा केंद्र सरकार अपने पास रख कर 22 प्रतिशत हिस्सा राज्य सरकारों को दे देती थी। अभी यह अनुपात 65:35 है। तिस पर भी, इतनी बड़ी धनराशि दिए जाने

के बाद भी राज्यों की अर्थव्यवस्था अभी भी संकट में है, जिसका कारण मूल्य वृद्धि ही है। मूल्यों में स्थिरता बनाये रखना केंद्र सरकार की जरूरत है। जब तक केंद्र सरकारें योजना मद के मूल्यों को काबू में नहीं करेंगी, तब तक केंद्र और राज्य की कोई भी योजना पूरी नहीं हो पाएगी। ऐसा करने में केंद्र सरकार को थोड़ी आसानी हो सकती है क्यूंकि वो इस अंतर को पूरा करने के लिए रिजर्व बैंक की मदद से डेफिसिट फाइनेंसिंग कर सकती है। राज्य सरकारें थोड़ी मुश्किल स्थिति में हैं।

यही हमारा अर्थव्यवस्था की वर्तमान सच्चाई है। इस बजट को बनाने की कोशिश करने से पहले वित्त मंत्री को उत्तराधिकार के रूप में क्या मिला था? उन्हें ज्ञात हुआ कि यह योजना का पांचवां वर्ष है, कि हमारी अर्थव्यवस्था सूखे की मार से उबरने की कोशिश कर रही है। इस दौरान नौ से दस प्रतिशत संभावित विकास दर का अनुमान किया गया था। यह अनुमान सत्य साबित हुआ है। पिछले वर्ष में संभावित ₹7,484 करोड़ के बजट डेफिसिट की तुलना में इस वर्ष ये काफी अधिक है। सकल घरेलू उत्पाद में बचत का अनुपात बढ़ा है। एक आम आदमी भी ये देख सकता है कि इस देश की 40 प्रतिशत आबादी गरीबी रेखा से नीचे गुजर–बसर कर रही है। इस दिशा में सरकार कड़े कदम उठा रही है और इस बजट में भी हमने कई योजनायें शुरू की हैं। महंगे होटलों पर खर्च, विदेश यात्रा, निजी परिवहन और उपभोक्ता से जुडी वस्तुओं पर खर्च बढ़ गया है। यह हमारी अर्थव्यवस्था का एक और विकृत स्वरूप है। आखिर ये पैसा आ कहाँ से रहा है? यह पैसा पिछले चार में सरकारों द्वारा मध्यम वर्ग को आयकर में दी गई छूट के चलते आ रहा है।

इस वर्ष मैं वित्त मंत्री द्वारा दिए गए एक आश्चर्यजनक किन्तु सत्य कथन की चर्चा करने जा रहा हूँ जिसमें उन्होंने कहा है कि यह सरकार उपभोक्तावादी संस्कृति को प्रश्रय नहीं देगी। मैं पूछता हूँ कि इस देश में इस संस्कृति को कौन लेकर आया? इस सरकार के आने से पहले ये सब कुछ नहीं था। वीसीआर, टीवी, मारुति कार और इस उपभोक्तावादी संस्कृति की जनक यही सरकार है।

पैदा होना समस्याओं का:

मुझे एक जुमला याद आता है। एक व्यक्ति की शादी हुई और उसके एक

साल बाद उसके दोस्त ने उससे पूछा; और बताओ यार, तुम्हारी शादी कैसी चल रही है?' उसने जवाब दिया: 'मेरी पत्नी बहुत ही अच्छी है। वो मुझे उन सभी मुसीबतों को हल करने में मदद करती है जो शायद नहीं होतीं अगर मैंने उससे शादी न की होती।' ये बजट भी उसी शादी की तरह है जहाँ वित्त मंत्री पिछले चार वर्षों में इसी सरकार द्वारा पैदा की गई समस्याओं का हल करने में लगे हुए हैं।

क्या होता है कर्ज का फंदा:

इस देश में विकास की बुनियादी गतिविधियाँ अभी तक अनछुई हैं। हम जो कर रहे हैं उससे पिछले चार वर्षों के प्रयासों पर भी पानी फिर सकता है। यह एक यू टर्न के जैसा है। अपनी और अपनी पार्टी की तरफ से बोलते हुए मैं जरूर इसका स्वागत करूँगा। लेकिन जितनी जल्दी हम इस उपभोक्तावादी संस्कृति को पनपने से रोकेंगे, उतनी जल्दी ही हमारे विदेशी विनिमय के क्षरण पर रोक लगेगी। जितनी जल्दी हम बेरोजगारी और गरीबी उन्मूलन से जुड़ी योजनाओं पर काम शुरू करेंगे, देश के लिए उतना ही अच्छा होगा। सरकार इस बदहाल स्थिति के पीछे अपनी सहभागिता से मुंह नहीं मोड़ सकती है।

आज वस्तुओं की कीमत उस ऊँचाई तक पहुँच गयी है जहाँ से इसमें आगे वृद्धि ही होती रहेगी। डेफिसिट फाइनेंसिंग, आन्तरिक ऋण और भुगतान संतुलन की अनियंत्रित और नाजुक स्थिति के पीछे विशेष तौर से पिछले चार वर्षों में बनायी योजनायें हैं।

वित्त मंत्री का दूसरा कथन है कि 'भुगतान में असंतुलन की स्थिति बुरी है लेकिन चिंताजनक नहीं।' हम वित्त और आंकड़ों के बारे में बात कर रहे हैं और ऐसे में कोई भी एक चिंतनीय स्तर को परिभाषित नहीं कर सकता है। मैं वित्त मंत्री से उनके कथन के सम्बन्ध में पूछना चाहूँगा कि वो कौन–सा स्तर है जिसे हम चिंतनीय कह सकते हैं? आखिर ये कर्ज का फंदा क्या है?

हर सरकार इस बात से इनकार करती है कि वो इस फंदे यानी 'डेट ट्रैप' की तरफ बढ़ रही है? लेकिन सच्चाई ये है कि हर वर्ष हम विदेश से करीब ₹5,000 करोड़ का कर्ज ले रहे हैं। ₹3,000 करोड़ की धनराशि का उपयोग सिर्फ पुराने ऋण और ब्याज को चुकता करने में हो

रहा है। इसलिए देश की आन्तरिक अर्थव्यवस्था में कुल ₹2,000 करोड़ की धनराशि आ पा रही है जिसमें से 60 प्रतिशत राशि का उपयोग कर्ज के भुगतान और सर्विसिंग के लिए होता है। सिर्फ 40 प्रतिशत राशि का ही हम उपयोग कर सकते हैं। समय बीतने के साथ साथ यह स्थिति और अधिक भयावह होगी क्यूँकि वर्तमान ऋणों पर ब्याज की दर बढ़ती चली जायेगी और नए ऋणों पर ब्याज की नयी बढ़ी हुई दर का ही भुगतान करना पड़ेगा।

बढ़ता हुआ लेकिन अनुत्पादक सर्विस सेक्टरः

अगर हम इसे दूसरे सन्दर्भ में देखें तो सवाल जो उठता है वो ये है कि हमारे द्वारा क्रियान्वित नीतियों का क्या फायदा हुआ है। 9 प्रतिशत विकास दर का 40 प्रतिशत हिस्सा सर्विस सेक्टर से आया है। यह एक चिंतनीय विषय है क्यूंकि 1950–51 में विकास का 60 प्रतिशत हिस्सा कृषि के क्षेत्र में था, औद्योगिक क्षेत्र में 25 प्रतिशत और सर्विस क्षेत्र में 15 प्रतिशत। 1985–88 की सातवीं पंचवर्षीय योजना में, इस सरकार के कार्यकाल के दौरान, कृषि विकास दर घट के 33 प्रतिशत हो गई है, जबकि औद्योगिक और सर्विस सेक्टर विकास दर में क्रमशः 27 और 40 प्रतिशत की वृद्धि आई है।

भारत जैसे विकाशसील देश में सर्विस सेक्टर अभी भी अनुत्पादक ही साबित हो रहा है। यह क्षेत्र रक्षा, सुरक्षा, लोक प्रशासन, बैंकिंग, बीमा, परिवहन और संचार का प्रतिनिधित्व करता है। पाश्चात्य देशों में सर्विस सेक्टर की परिकल्पना पूरी तरह से अलग है। वहां कृषि में आई तकनीकी क्रांति के कारण जनसँख्या के एक बड़े हिस्से को इस क्षेत्र में रोजगार मिल रहा है। अगर सर्विस सेक्टर की हमारे विकास में 40 प्रतिशत की भागीदारी है तो भी हमारी वास्तविक विकास दर, कृषि और उद्योग क्षेत्र के विकास दर से कम है। वास्तव में, जबरदस्त मानसून के कारण पैदावार में आये उछाल के कारण विकास दर में हुई वृद्धि का मुख्य कारक कृषि ही है।

मैं सूखे वाले वर्षों के बीच तुलना नहीं करना चाहता हूँ लेकिन हम उच्च पैदावार वाले वर्षों की तुलना कर सकते हैं। 1983–84 में 153 मिलियन टन की उच्च पैदावार हुई थी। इस वर्ष यह 166 अथवा 170

मिलियन टन है। इसका तात्पर्य है कि पिछले पांच वर्षों में 8.5 से लेकर 9 प्रतिशत की दर से विकास हुआ है। इसका तात्पर्य यह भी है कि औसत विकास दर 1.5 प्रतिशत की ही है जबकि हमारी जनसँख्या इससे कहीं तेजी से बढ़ रही है। इस खाद्य उत्पादन के वर्तमान आंकड़े कहीं से भी संतोषजनक नहीं हैं। ये अच्छी बात है कि अभी तक हमें खाद्यान्नों का निर्यात नहीं करना पड़ा है लेकिन तेजी से बढ़ती जनसँख्या के साथ खाद्यान्न उत्पादन को कदम से कदम मिलाना ही होगा।

पिछले चार वर्षों में हमारी सारी नीतियाँ औद्योगीकरण को बढ़ावा देने के लिए बनी हैं। लेकिन विकास का एक बड़ा हिस्सा सार्वजनिक क्षेत्रों में निवेश के कारण हुआ है। फिर उदारीकरण, विदेशी गठजोड़ और विदेशी निवेश का क्या परिणाम हुआ? बड़े ही धूमधाम से शुरू किये गए इन सारे नीतिगत कार्यक्रमों का कोई ठोस परिणाम नहीं आया है। मैं वित्त मंत्री जी को धन्यवाद देना चाहूँगा कि उन्होंने समय रहते इस बात को जान लिया है और इस बजट में टीवी सेट्स, फ्यूल एफिशियेंट कारों और सभी उपभोक्ता आधारित वस्तुओं की बिक्री पर नियंत्रण किया है। पिछले चार–पांच वर्षों में विदेशी विनिमय के क्षरण के साथ साथ आन्तरिक संसाधनों की भी बड़े पैमाने पर बर्बादी हुई है।

जवाहर रोजगार योजना के लिए सरचार्ज क्यूँ?

भारत जैसे देश में ग्रामीण रोजगार आधारित कार्यक्रमों पर सरकार का ध्यान होना ही चाहिए। चूँकि जवाहर रोजगार योजना पर सदन में अलग से चर्चा होना तय है, इसलिए मैं सदन का समय नहीं लेना चाहूँगा। लेकिन इस मद में ₹500 करोड़ की राशि के आवंटन के सम्बन्ध में मैं अपने बजट अभिभाषण में कही गयी बात को फिर से दुहराना चाहूँगा। उस भाषण में मैंने दीर्घकालिक वित्तीय नीति के निर्माण की बात की थी। अब मुझे लगता है कि पुनः ऐसा समय आ गया है जब हमें ऐसी नीति बनानी होगी। उस वक्त वित्त मंत्री जल्दी में थे, अगले दिन शायद उन्हें वॉशिंगटन जाना था। इसलिए शायद उन्होंने मेरे अभिभाषण को गंभीरता से नहीं सुना था। इसके जवाब में उन्होंने टालते हुए कहा था कि श्री बिरला और श्री मोरारका ने दीर्घकालिक वित्तीय नीतियों की बात की है और ऐसी कोई भी नीति बनाने के पहले हमें सभी वर्गों के हितों के

ध्यान में रखना होगा।

मैंने रिकॉर्ड्स की पड़ताल की और मुझे ज्ञात हुआ कि श्री बिरला ने ₹50,000 से अधिक आय के ऊपर 8 प्रतिशत सरचार्ज लगाने पर आपत्ति जताई थी। मैं ये स्पष्ट कर देना चाहता हूँ कि मैं और मेरा दल प्रगतिशील आयकर नीति के पक्ष में है। उच्च आय वर्गों से अधिक कर वसूलने पर हमें किसी तरह की कोई दिक्कत नहीं है। इसलिए अगर इस आय वर्ग से ऊपर के लोगों से कर वसूल कर उसे रोजगार आधारित कार्यक्रमों में लगाया जा रहा है तो सैद्धांतिक तौर पर हमें कोई दिक्कत नहीं है।

हमें सिर्फ और सिर्फ सरचार्ज से आपत्ति है। इसकी दो महत्वपूर्ण खामियां हैं। पहली तो ये कि इसे राज्यों में वितरित नहीं किया जाता है। इसलिए यह आठ प्रतिशत का सरचार्ज केंद्र में ही रह जाएगा। यह ठीक नहीं क्यूंकि ये सारा उच्च आय संवर्गों से ही प्राप्त होगा। अगर हमने करों में सामान्य वृद्धि भी की होती तो उसे हम राज्यों में वितरित कर सकते थे। प्रश्न यह है कि सरचार्ज की जरूरत क्या है? पिछला सरचार्ज हमने सूखे के दौरान लगाया था जो कि एक तात्कालिक व्यवस्था थी। क्या यह रोजगार योजना एक तात्कालिक व्यवस्था है?

आप इसे आर्थिक रणनीति कहते हैं। हम इसे चुनावी नौटंकी के अलावा कुछ और नहीं समझते।

आइये हम इस मुद्दे पर गंभीरता से चिंतन करें। आप एक रोजगार योजना की शुरुआत करने जा रहे हैं। लेकिन जिन्हें रोजगार मिलेगा, उनसे आप एक साल के भीतर ही मुंह नहीं मोड़ सकते हैं। यह एक रोजगार योजना है। इसलिए सरचार्ज लगाने से हमें किसी तरह का कोई लाभ नहीं मिलेगा। हमें राजस्व प्राप्ति के एक स्थायी स्रोत की जरूरत है। आयकर के स्तरों में वृद्धि इस दिशा में एक सही कदम हो सकता है। उस स्थिति में हम इसे राज्यों के साथ बाँट भी सकते हैं और तब इसे एक–दो सालों में हटाने की भी समस्या नहीं होगी। अगर सरकार नीतिगत तौर पर ये चाहती है कि उच्च आय वर्गों को ही भुगतान करना है और उस राशि को रोजगार पैदा करने में लगाया जाना है, तो ये अच्छी बात है। लेकिन हमें ये स्पष्ट तरीके से करना होगा।

मेरा दूसरा मुद्दा इस नीति के क्रियान्वयन से जुड़ा हुआ है। अगर

इस धनराशि को राज्यों में वितरित किया जाएगा, तो रोजगार योजना के क्रियान्वयन में भी राज्य सरकारों का योगदान होगा। प्रधानमन्त्री ने हाल में ही घोषणा की है कि सभी परियोजनाओं को मिलाकर ₹2,100 करोड़ की लागत से जवाहर रोजगार योजना की शुरुआत की गई है। इस मद में अतिरिक्त राशि सिर्फ ₹500 करोड़ की है। एकीकृत ग्रामीण विकास योजना, राष्ट्रीय ग्रामीण रोजगार योजना के अंतर्गत काम कर रहे लोगों को भी काम मिलता रहेगा। अतिरिक्त रोजगार पैदा करने के लिए इसी ₹500 करोड़ की धनराशि का प्रयोग किया जाएगा। आप चाहे जो भी युक्ति लगा लें लेकिन इतनी कम धनराशि में चार से 5 लाख लोगों के लिए 300 दिनों का रोजगार पैदा नहीं किया जा सकता है।

मैं इस बात को मान कर चल रहा हूँ कि इस पूरी प्रक्रिया में कोई भी लीकेज, भ्रष्टाचार और पैसे की बर्बादी नहीं होने वाली है। खुद प्रधानमन्त्री का यह आधिकारिक बयान है कि गरीबी उन्मूलन कार्यक्रमों में लगाये जाने वाली धनराशि में रुपये का दस पैसा ही गरीबों के पास तक पहुंच पाता है। अगर यही अनुपात रहा, तो फिर क्या होगा? अगर हम इस बात को मान भी लें कि ये योजना अपने नियत समय पर क्रियान्वित हो जाती है, तो भी सिर्फ चार से पांच लाख लोगों के लिए ही रोजगार पैदा किया जा सकेगा। अतः यह बेरोजगारी की समस्या का अल्पकालिक निदान है जो बमुश्किल थोड़े–से लोगों के लिए ही लाभकारी सिद्ध होगा। 1984–85 में, जब यह सरकार सत्ता में आई थी तो बेरोजगारी के आंकड़ों के अनुसार 28,500,000 लोग बेरोजगार थे और ताजा आंकड़ों के अनुसार यह संख्या 3 करोड़ को पार कर चुकी है।

यह आत्महत्या है:

इस रजिस्टर में पिछले पांच वर्षों में 65 लाख बेरोजगारों का इजाफा हुआ है। ध्यान रहे कि ये आंकड़े इस देश की बेरोजगारी का पूर्ण आंकड़ा नहीं हैं। ये सिर्फ ऊपरी सच्चाई है। आंकड़ों से जुड़ी लफ्फाजी के सम्बन्ध में मैं यहाँ एडम स्मिथ को उनकी किताब 'सुपरमनी' से उद्धृत करना चाहूँगा जिन्होंने कहा था–'यही वो विकास है जो हमने किया है। यही वो रोजगार है जो हमने पैदा किया है। दुर्भाग्य ये है कि विकास का पहला चरण हर उस चीज को मापना है जो मापने योग्य है। दूसरा चरण उन

सभी चीजों को नकार देना है जिसे हम माप नहीं सकते। इसके बाद हम उन्हें मनमाने आंकड़ों से नवाज देते हैं। यह भ्रामक है। तीसरा चरण यह है कि वो सभी कुछ जो मापा नहीं जा सकता, उन्हें हम गैरजरूरी मान लेते हैं। यह कुछ और नहीं बल्कि हमारी आँखों का अंधापन है। चौथे चरण में हम ये कहते हैं कि वो सभी कुछ जिसे मापा नहीं जा सकता है, दरअसल मौजूद ही नहीं है। यह आत्महत्या है।

दुर्भाग्य से हमारी प्रशासनिक कार्यप्रणाली में सिर्फ और सिर्फ आंकड़ों का बोलबाला है। हाल के वर्ष में हम पा रहे हैं कि ये आंकड़े सच्चाई से कोसों दूर होते जा रहे हैं। ग्रामीण इलाकों की बेरोजगारी को हम नहीं माप सकते हैं। अगर ग्रामीण इलाकों में बढ़ती हुई बेरोजगारी का कोई सूचक है तो वो इन क्षेत्रों में पैदा हुआ सामाजिक तनाव ही है–ये वो तथाकथित सांप्रदायिक तनाव, भाषाई संकट है जो बेरोजगारी की आंच में तपते शिक्षित युवाओं के बीच पक रहे हैं।

हममें से हर कोई ये जानता है कि हर वर्ष इस देश में सामाजिक तनाव बढ़ता ही जा रहा है। राजनीति को दूर रखते हुए, एक संतुलित तरीके से सोचने पर इन कार्यक्रमों का स्वागत किया जाना चाहिए। लेकिन हमें देखने को क्या मिलता है? कृषि, ग्रामीण विकास, सिंचाई और बाढ़ राहत के मद में जारी किये गए पैसों को बजट में अलग–अलग जगहों पर दिखाया जाता है। इस मद में किया गया कुल व्यय क्या दिखाता है?

1987–88 में यह कुल 12 प्रतिशत था। आंकड़ों में संशोधन के बाद यह 10.8 प्रतिशत था। 1989–90 में ₹500 करोड़ की धनराशि को जोड़ने के बाद यह 9.2 प्रतिशत था। पिछले तीन वर्षों में, जवाहर रोजगार योजना, गरीबी उन्मूलन कार्यक्रमों और रोजगार से जुड़े अन्य कार्यक्रमों के बाद भी, ग्रामीण क्षेत्रों में किया जाने वाला कुल व्यय 12 प्रतिशत से घट कर 9.2 प्रतिशत हो गया है। यह एक गंभीर बात है। मैं रक्षा बजट में कटौती और सब्सिडी में बढ़ोतरी की बात को समझ सकता हूँ। लेकिन ग्रामीण क्षेत्रों में व्यय में कमी मुझे समझ नहीं आती। हम इस तरह से कभी भी रोजगार पैदा नहीं कर पायेंगे। इस बाबत मैं इन योजनाओं की वित्तीय व्यवस्था के बारे में बात करना चाहूँगा। हालांकि वित्त मंत्री इस बारे में मुझसे अधिक जानकारी रखते होंगे लेकिन फिर भी मैं बताना चाहूँगा कि पांचवी पंचवर्षीय योजना में कुल योजना व्यय में 52 प्रतिशत

हिस्सा हमारे आन्तरिक संसाधनों से, 33.2 प्रतिशत घरेलू ऋण से और 14.8 प्रतिशत हिस्सा विदेशी ऋण से दिया गया था।

1980–85 में हमारे संसाधन 52 प्रतिशत से घट कर 36.7 प्रतिशत हो गए थे। घरेलू ऋण 33 प्रतिशत से बढ़कर 36.7 प्रतिशत हो गया था और कुल विदेशी ऋण घट कर 7.7 प्रतिशत हो गया था। लेकिन 1984–89 की सातवीं पंचवर्षीय योजना में क्या हो रहा है? इस पूरे व्यय में हमारे संसाधनों का हिस्सा घट कर शून्य पर आ गया है। यह 90 प्रतिशत घरेलू और 10 प्रतिशत विदेशी ऋण के दम पर चलाया जा रहा है। हम एक ऐसी स्थिति में पहुँच चुके हैं जहाँ हमारा सारा राजस्व हमारी जरूरतों को पूरा करने में खर्च हो रहा है और विकास के लिए कोई भी राशि उपलब्ध नहीं है।

दीर्घकालिक वित्तीय नीतियों के सन्दर्भ में यह पाया गया था कि वर्तमान राजस्व असंतुलित था। सातवीं पंचवर्षीय योजना का पूरा औसत भी नेगेटिव हो चुका है गैर योजना खर्चों के सन्दर्भ में एक आंकड़ा जो अभी तक बजट से जुड़े प्रस्तावों में छिप कर रह गया है और जिसके बारे में आम आदमी को कम जानकारी है, वह है सकल राष्ट्रीय उत्पाद में गैर योजना व्यय की प्रतिशत भागीदारी, जो कि लाखों करोड़ों में है। मुझे मालूम है कि प्रो. ठाकुर अभी इस तर्क के साथ कि विकास में वृद्धि के साथ ही खर्चे बढ़ते हैं, मेरी बात काटने के लिए खड़े हो जायेंगे। लेकिन चूँकि मैं इस आंकड़े को सकल राष्ट्रीय उत्पाद के प्रतिशत के तौर पर दे रहा हूँ, आशा है कि उन्हें मेरी बात से कोई दिक्कत नहीं होगी। 1960–61 में यह जीएनपी का 6.6 प्रतिशत था। 1970–71 में यह 9.1 प्रतिशत। पुनः 1980–81 में यह 9.1 प्रतिशत ही था। 1970 से लेकर 1980 के बीच सरकार अपने व्यय पर लगाम लगा सकती थी। लेकिन 1988–89 में यह जीएनपी का 12.7 प्रतिशत था। इसका मतलब है कि 1980 से लेकर 1988 के बीच गैर योजना व्यय की जीएनपी में हिस्सेदारी 9.1 प्रतिशत से 3.6 प्रतिशत बढ़ कर 12.7 प्रतिशत हो गयी थी।

चेतावनी के सूचकः

हमारे देश में संसाधनों का घोर अभाव है। हम इस बात को भी समझते हैं कि एक लोकतान्त्रिक देश में विकास एक जटिल प्रक्रिया है। लेकिन

ऐसा कैसे हुआ कि हमारा व्यय विकास दर को लाँघ चुका है? ऐसा नहीं होना चाहिए था। वास्तविकता तो यह है कि भारतीय जीवन शैली बचत की है। इस देश की जनता और सरकार बचत करना जानती है।

1960 से लेकर 1988 के बीच हमारा गैर योजना व्यय दुगुना से भी अधिक बढ़ चुका है। ये चेतावनी का सूचक है। विकास सम्बन्धी व्यय, जो कि 1980–81 में 17.9 प्रतिशत हुआ करता था, वो अब बढ़ कर 20 प्रतिशत तक पहुँच गया है। ये एक खतरनाक स्थिति है और मैं चाहूँगा कि वित्त मंत्री इस मसले पर ध्यान दें।

आर्थिक सर्वे में हमारी अर्थव्यवस्था के कुछ गंभीर पक्षों पर प्रकाश डाला गया है। इसमें भुगतान के असंतुलन, घरेलू ऋण और डेफिसिट फाइनेंसिंग से जुड़े पहलुओं पर चर्चा की गई है। नौवीं वित्तीय समिति ने भी इस सम्बन्ध में कुछ महत्वपूर्ण सुझाव दिए हैं जिन पर बिना देरी किये हुए अमल करने की जरूरत है। राजनीति से ऊपर उठ कर मैं ये कहना चाहूँगा कि कई राज्यों में विपक्षी दलों की सरकार है और उनके वित्तीय हितों की रक्षा करना भी केंद्र सरकार का ही काम है। अंततोगत्वा दो ही चीजें महत्वपूर्ण हैं: मूल्यों और रुपये में स्थिरता लाना जो कि केन्द्रीय सरकार की जिम्मेदारी है और जिसकी तुलना हम राज्य सरकारों की जिम्मेदारियों से नहीं कर सकते हैं।

हालांकि गरीबी उन्मूलन कार्यक्रमों में राज्य सरकार की सीधी सहभागिता है और केंद्र सरकार का इससे सीधा सम्बन्ध नहीं है लेकिन फिर भी, गैर–राजनीतिक तौर मैं इससे दुखी हूँ। अगर कांग्रेस (आई) द्वारा चलाये जा रहे राज्यों में भी ऐसा हो तो मुझे कोई आपत्ति नहीं है।

लेकिन केंद्र सरकार को गरीब महिलाओं के बीच साड़ी वितरण का काम फिर से नहीं शुरू करना चाहिए। मेरी नजर में यह एक उचित कदम नहीं है। कृपया मेरी बात को किसी दूसरे सन्दर्भ में न लें। गरीबी उन्मूलन अत्यावश्यक है लेकिन यह उत्तरदायित्व सिर्फ राज्य सरकारों पर थोपा जा सकता है क्यूंकि ऐसे ये कार्य न केवल सीधे तौर पर जनता से जुड़ा हुआ है बल्कि वित्तीय समझदारी के स्तर भी बड़ा ही पेचीदा है। केंद्र सरकार को इसमें दखल नहीं देना चाहिए। वर्तमान आर्थिक हालातों में हम ऐसी मांगों को पूरा करने में सक्षम नहीं हैं।

रुपये की बर्बादीः

आखिर में इन सारी समस्याओं के निदान के तरीकों पर अपनी बात रखना चाहूँगा। जहाँ तक मैंने इस बजट का अध्ययन किया है, इसका एक महत्वपूर्ण पहलू, जिससे हम सभी सहमत होंगे, उपभोक्तावादी संस्कृति को नियंत्रण में लाना है। इस बजट में उच्च वर्गों से अधिक भुगतान प्राप्त करने और गरीबों के लिए कुछ कार्यक्रमों का प्रावधान है जिसके बारे में हम आगे चर्चा करेंगे। लेकिन इसमें अत्यधिक व्यय पर नियंत्रण करने का कोई प्रावधान नहीं है। सरकारी धन की बर्बादी अपने चरम पर है और सभी सरकारी विभाग पैसे के हेरफेर में संलिप्त हैं। कोई भी आम आदमी इस बात को देख सकता है।

ऋण से जुड़ी समस्याओं के निदान के लिए भी इस बजट में कोई प्रावधान नहीं बनाये गए हैं। निश्चय ही डेफिसिट फाइनेंसिंग के कारण हमारे आन्तरिक ऋण में वृद्धि हुई है और वित्त मंत्री भी इस बात से वाकिफ हैं। बिना डेफिसिट फाइनेंसिंग के आन्तरिक ऋण बढ़ ही नहीं सकता क्यूंकि यह रिजर्व बैंक की तरफ से होता है। रिजर्व बैंक ही नोट छापती है और सरकार को ये धनराशि देती है। लेकिन विदेशी ऋण के बारे में क्या? इस सदन में निर्यात के बारे में काफी चर्चा हुई है। वित्त मंत्री ने कहा है कि अब समय आ गया है जब हम निर्यात में वृद्धि करने के लिए लालफीताशाही और नियमों में ढिलाई बरतें। मुझे इस पर संशय है। पिछले कुछ वर्षों में हमने किन वस्तुओं के निर्यात में वृद्धि देखी है? ये वृद्धि सिर्फ आभूषणों और गहनों में हुई है।

उदाहरण के लिए हाई–टेक क्षेत्रों को देखें। नए स्थापित हुए उद्योग, जिन्होंने अंतर्राष्ट्रीय बाजार के लायक वस्तुओं को बनाने के नाम पर अत्यधिक विदेशी धनराशि का उपभोग किया है, उन सभी का उत्पादन जरूरत से बेहद कम है। निर्यात के सन्दर्भ में देखा जाए तो उच्च तकनीक और निर्यात क्षमता के साथ शुरू हुई। इन अत्याधुनिक संयंत्रों का प्रदर्शन बेहद बुरा रहा है। यह एक दुर्घटना है और इसके जवाब में मुझे इन उद्योगों के सिरमौर का यह बहाना सुनकर कि टेलरों और मोचियों के इस देश में इससे अधिक निर्यात क्षमता नहीं बढ़ाई जा सकती, बेहद दुःख हुआ है।

क्या बड़े उद्योगों को विदेशी विनिमय नहीं करना चाहिए?

मेरी समझ से यह देश सिर्फ मोचियों और टेलरों का ही नहीं है। मुझे उनका ये सामाजिक दर्शन समझ नहीं आता है। क्या हम ये मान लें कि बड़े उद्योगों को सिर्फ इस देश के विदेशी विनिमय का इस्तेमाल करना है? क्या उनकी ये जिम्मेदारी नहीं बनती कि वे भी निर्यात के माध्यम से विदेशी विनिमय कर इस देश की प्रगति में अपनी भूमिका अदा करें? मेरे हिसाब से हम उन्हें इस बात की अनुमति नहीं दे सकते। ये इस देश की आर्थिक सोच के खिलाफ है।

यह अवधारणा नेहरू की सामाजिक न्याय और औद्योगिक नीतियों के बीच सामंजस्य की अवधारणा के बिलकुल विपरीत है। क्या इतना ही बुरा नहीं है कि हम इस देश में पेप्सी और कोकाकोला जैसी कंपनियों को व्यवसाय करने के लिए प्रोत्साहित कर रहे हैं। लेकिन अगर भारत के ही औद्योगिक कप्तान ऐसी सोच रखेंगे तो मुझे नहीं लगता कि इस देश में औद्योगिक निर्यात का भविष्य कभी भी उज्जवल हो पायेगा।

कीमती पत्थरों और आभूषणों के क्षेत्र में ₹2,000 करोड़ का निर्यात हो चुका है। जैसा कि हम सभी जानते हैं, यह एक आयात आधारित निर्यात है। मेरी समझ से सरकार को अब इस बात पर ध्यान देना चाहिए कि इस क्षेत्र में दी गई सब्सिडी के बदले हमें क्या हासिल हो रहा है क्यूंकि आने वाले समय में भुगतान के संतुलन सम्बन्धी समस्याएँ अपने चरम पर होंगी। मुझे नहीं लगता कि सरकारों और वित्त मंत्रियों के बदलने से इस दिशा में कोई भी परिवर्तन होगा।

आईएमएफ की स्थिति अभी भी बदहाल है। मुझे नहीं लगता कि हमारी सरकार अंतर्राष्ट्रीय बाजार में उपलब्ध वाणिज्यिक दरों पर उधार लेने में सक्षम है। हमारी मुद्रास्थिति भी ठीक नहीं है। लेकिन अगर निर्यात में वृद्धि के लिए प्रयास युद्ध स्तर पर नहीं किये गए तो ये सब कुछ एक रात में नहीं हो सकेगा। इसके लिए सबसे जरूरी है कि हम निर्मम तरीके से आयात पर नियंत्रण करें।

हम आयकर अथवा पब्लिक सेक्टर से राजस्व प्राप्त कर सकते हैं। सरकार के दस्तावेजों से हमें यह ज्ञात होता है कि पिछले कुछ वर्षों में इस देश के पब्लिक सेक्टर ने बहुत ही अच्छा प्रदर्शन किया है। मैं अभी सदन के पटल पर रखे पब्लिक सेक्टर सर्वे से गुजर रहा था।

केंद्र सरकार की कंपनियों में से 105 कंपनियों ने कुल ₹3,900 करोड़ का लाभ कमाया है। लेकिन 102 कंपनियों को कुल ₹1,700 करोड़ की हानि भी झेलनी पड़ी है। इसलिए कुल लाभ सिर्फ ₹2,183 करोड़ का ही है।

यहाँ यह बताना जरूरी होगा कि पेट्रोलियम क्षेत्र में ₹2,200 करोड़ का लाभ हुआ है। इसका मतलब ये भी हुआ कि अगर हम पेट्रोलियम से जुड़ी कंपनियों को हटा दें तो बाकी सभी कंपनियों को घाटा हुआ है। लाभ करने वाली कंपनियों में पेट्रोलियम सेक्टर ने ₹2,200 करोड़ काय एमटीएनएल और विदेश संचार निगम लिमिटेड ने ₹336 करोड़; नेशनल थर्मल पॉवर कारपोरेशन ने ₹75 करोड़, इंटरनेशनल एअरपोर्ट अथॉरिटी और इंडियन एयरलाइन्स ने ₹50 करोड़; एसटीसी और एमएमटीसी ने ₹110 करोड़ का लाभ अर्जित किया है। इसमें सब्सिडी का भी योगदान महत्वपूर्ण है। इनमें से कई मोनोपोली इकाइयां हैं जहाँ उपभोक्ता को अधिक कीमत अदा करनी पड़ रही है। लेकिन इन सबके बावजूद लाभ हुआ है जिसका योगदान इन संयंत्रों के प्रबंधकों को कतई नहीं दिया जाना चाहिए।

लेकिन कौन–कौन–से संयंत्रों को हानि झेलनी पड़ी है? इंडियन आयरन एंड स्टील को ₹116 करोड़, नेशनल टेक्सटाइल कारपोरेशन को ₹200 करोड़, स्कूटर्स इंडिया को ₹27 करोड़–इस बात के बावजूद कि भारत में कई स्कूटर कंपनियां जबरदस्त मुनाफा कमा रही हैं इस संयंत्र ने ₹27 करोड़ की हानि झेली है। सीमेंट कारपोरेशन को ₹32 करोड़ की हानि, तब जबकि देश की अन्य सीमेंट कंपनियों को मुनाफा हो रहा है। फर्टिलाइजर कारपोरेशन ऑफ इंडिया और हिन्दुस्तान फर्टिलाइजर को कुल ₹150 करोड़ की हानि हुई है।

निजीकरण को समाप्त कर देना चाहिए:

मैं इस बात को स्पष्ट कर देना चाहूँगा कि हमें निजीकरण को समाप्त कर देना चाहिए। यह भारत के लिए बिलकुल ही अप्रासंगिक है। प्रेस में निजीकरण को लेकर कई तरह की चर्चाएँ हो रही हैं। लेकिन भारत में निजीकरण कहाँ हो रहा है? क्या आपका मानना है कि कोई भी व्यक्ति इस क्षेत्र की कंपनियां खरीद सकता है? अगर वो खरीद भी ले, तो क्या वो उसका भुगतान कर रहा है? इस देश में निजीकरण का भविष्य उज्जवल नहीं है। लेकिन हम निश्चित रूप से सार्वजनिक क्षेत्र में बेहतर

और गुणी प्रबंधकों की नियुक्ति कर इस क्षेत्र के संयंत्रों को सही तरीके से नियंत्रित कर सकते है।

अभी हमारे पास ऐसे प्रबंधक हैं जिन्होंने अपने संयंत्रों को मुश्किल में डाल दिया और इसके बावजूद जिन्हें कई अच्छे संयंत्रों के प्रबंधन का जिम्मा दिया गया है। हमें इससे कोई लाभ नहीं होने वाला है क्यूंकि चालीस वर्षों और ₹70,000 करोड़ के निवेश के बाद भी हमें अभी भी सही नतीजे मिलने बाकी हैं। सही और प्रभावी नेतृत्व स्थापित करने के अलावा हमारे पास दूसरा कोई रास्ता नहीं है। हम टिस्को का उदाहरण ले सकते हैं जिसका प्रबंधन टाटा नहीं बल्कि अच्छी तनख्वाह पर नियुक्त किये गए पेशेवर प्रबंधक करते हैं। अगर टाटा ऐसा कर सकने में सक्षम है तो फिर सरकार ऐसा क्यूँ नहीं कर सकती है?

दुर्भाग्य से सार्वजनिक क्षेत्र के संयंत्रों का ध्यान दीर्घकालिक योजना बनाने के बजाय छोटी–छोटी समस्याओं पर ही केन्द्रित है। इस्पात संयंत्रों के आधुनिकीकरण का काम भी विदेशी मदद के दम पर ही हो रहा है। इस्पात मंत्री का इस मुद्दे पर जाना–पहचाना बयान आता है कि चूँकि हमारे पास जरूरी धनराशि नहीं है, इसलिए हम विदेशी सहायता पर आश्रित हैं। हम अपनी आन्तरिक कमी को विदेशी ऋण में तब्दील कर रहे हैं। मैं वित्त मंत्री से निवेदन करूँगा कि इस दिशा में ध्यान दें। उन्हें इस्पात, कोयले, टेक्सटाइल और फर्टिलाइजर के क्षेत्र में ध्यान देना होगा। ये वो क्षेत्र हैं जो कुल मिला कर ₹1,000 करोड़ का घाटा सह रहे हैं।

अंत में राजस्व से जुड़े कुछ सुझावों पर मैंने संशोधन का प्रस्ताव दिया है जिस पर शायद कल चर्चा हो। इसमें से एक सुझाव निम्न आय वर्ग (₹18,000–25,000) से जुड़ा हुआ है। वित्त मंत्री ने आयकर की दर को 25 प्रतिशत से घटाकर 20 प्रतिशत कर दिया है। इसमें छूट की बड़े पैमाने पर मांग की जाती रही है। मुझे लगता है कि दो कारणों से इसे घटा कर 10 प्रतिशत कर दिया जाना चाहिए। पहला तो यह कि इससे मंहगाई के दिनों में राहत मिलेगी। दूसरा यह कि ₹18,000 तक की वार्षिक आय वाले व्यक्ति को कर नहीं देना होता है। जैसे ही वो ₹20,000 तक की आय कमाने लगता है, उसे इसकी 20 प्रतिशत राशि, यानी कि ₹2,000 कर के रूप में देने पड़ते हैं। इसका तात्पर्य हुआ कि ₹25,000 की आय पर ₹7,000 का कर देना पड़ता है। उस व्यक्ति को प्रतिवर्ष ₹1,400 की राशि का भुगतान कर के तौर पर करना पड़ता है

जो उसके लिए निश्चय ही एक बहुत बड़ी राशि है। एंट्री पॉइंट पर हमें न्यूनतम कर वसूलना चाहिए। हमें आयकर के भुगतान का आधार और अधिक विस्तृत करने पर ध्यान देना चाहिए। कर चोरी की संभावनाएं उच्च आय वर्ग में अधिक हैं। इसलिए आयकर सम्बन्धी नियमों के सही पालन के लिए हमें करों की दर में कमी करनी ही होगी।

दूसरा संशोधन जो मैंने सुझाया है वो सेवानिवृत हो रहे कर्मचारियों से जुड़ा हुआ है। इन कर्मचारियों के लिए आपने जिस स्कीम की घोषणा की है वो निश्चय ही काबिलेतारीफ है। इसे सार्वजनिक क्षेत्र के कर्मियों के साथ–साथ निजी क्षेत्र में भी लागू कर देना चाहिए। सभी क्षेत्रों को इस स्कीम का लाभ मिलना चाहिए और इसमें कोई हर्ज नहीं है। आखिर यह बचत से जुड़ी हुई स्कीम ही तो है।

मेरा अंतिम बिंदु कर चोरी के मसले से जुड़ा हुआ है। पिछले कई वर्षों में हमें इस देश में एक समानांतर अर्थव्यवस्था के होने की रिपोर्ट मिलती रही है। मुझे वित्त मंत्रालय की धरपकड़ और जब्ती से जुड़े आंकड़े मिले हैं और मुझे खुशी है कि वर्ष 1988–89 में कुल 7,505 खोजबीन अभियानों को अंजाम दिया गया है। औसत जब्ती भी ₹203,000 की हो चुकी है जो कि एक सही सूचक है। लेकिन बड़े पैमाने पर अर्थव्यवस्था को देखते हुए यह आंकड़ा ₹5 लाख से ₹10 लाख का होना चाहिए था। यह कोई बड़ी बात नहीं है।

मंत्रालय को अपनी जानकारी चुस्त रखते हुए मुस्तैदी से आयकर चोरी करने वालों को पकड़ना चाहिए। किसी मंत्रालय का होना और उसके पास करने के लिए कुछ काम का होना, इस बात को सुनिश्चित नहीं करता है कि उसके पास धरपकड़ और जब्ती के अधिकार हैं। उसे एक न्यूनतम स्तर की जानकारी भी देनी चाहिए। ऐसा नहीं होने पर हमें इसका खामियाजा भुगतना पड़ सकता है। करदाता जब तक कुछ ले–दे कर मामला रफादफा करने को राजी नहीं हो जाता, हमारे देश में कोई भी धरपकड़ पूरी नहीं होती।

राज्यों के राजस्व में इजाफा

उस दौरान, अगर कोई संवेदनशील मुद्दा था, तो वो था केंद्र और राज्यों के बीच का सम्बन्ध। इस सन्दर्भ में, 12 मई 1989 को हो रही चर्चा में बोलते हुए मोरारका राज्यों के पक्ष में अपनी बात रख रहे हैं। उनका कहना था कि राज्य सरकारों के पास केंद्र जितना राजस्व पैदा करने की क्षमता नहीं है। वो कहते हैं कि 'आखिरकार केंद्र और राज्य, दोनों का एक ही मूल उद्देश्य है–सबसे शांतिप्रिय तरीके से राजस्व का संग्रहण।

सदन के समक्ष नौवें वित्त आयोग के सिफारिशों के बाद आज दो विधेयकों पर चर्चा होनी है: पहला यूनियन ड्यूटीज ऑफ एक्साइज (डिस्ट्रीब्यूशन) संशोधन विधेयक, 1989 और दूसरा एडिशनल ड्यूटीज ऑफ एक्साइज (गुड्स ऑफ स्पेशल इम्पोर्टेंस) संशोधन विधेयक, 1989। इस चर्चा की शुरुआत में ही मैं यह कहना चाहूँगा कि राज्य सरकारें संसाधनों के अभाव की समस्या से जूझ रही हैं। वित्त आयोग ने अपनी पेश की गई रिपोर्ट में कहा है कि उसके द्वारा प्रस्तुत किये जाने वाली दूसरे रिपोर्ट में राज्यों द्वारा पेश किये गए प्रस्तावों पर विचार किया जाएगा। इससे पहले कि मैं राज्यों की मांग और वित्त आयोग को दी गयी उनकी सलाहों पर विस्तार से चर्चा करूँ, मैं समग्र वित्तीय व्यवस्था और राज्यों तथा केंद्र की संसाधन सम्बन्धी समस्याओं पर प्रकाश डालना चाहूँगा।

यह सातवें योजना वर्ष की अवधि है और यह इस पंचवर्षीय योजना का आखिरी वर्ष भी है। वित्त आयोग ने कहा है कि वे बेहद भारी–भरकम प्रस्ताव इसलिए भी नहीं दे रहे हैं क्यूँ योजना काल के आखिरी वर्ष में वो कोई बड़ा परिवर्तन लाने के पक्ष में नहीं हैं। सच्चाई ये है कि इस सातवीं पंचवर्षीय योजना के दौरान देश की वित्तीय परिदृश्य में बहुत बड़ा

परिवर्तन आया है। हमने ऋण लेकर अपने कुल योजना व्यय को पूरा किया है। मैं फिलहाल आंकड़ों पर बहुत अधिक बात नहीं करना चाहूँगा क्यूंकि बजट और वित्त विधेयक पर चर्चा के दौरान इस पर काफी बातें हो चुकी हैं। सच्चाई यह है कि केंद्र की सरकार ने योजना मद में खर्च के लिए आन्तरिक तथा विदेशी ऋण का सहारा लिया है। साथ ही साथ मूल्य निर्धारण तथा इनडायरेक्ट टैक्स में वृद्धि के कारण संसाधन भी तीव्र गति से बढ़े हैं।

राज्य सरकारों की मुश्किल हालत के पीछे दो कारक हैं। पहला तो ये कि राजस्व के स्रोत सीमित हैं और दूसरा ये कि उनके पास मूल्य नियंत्रण का अधिकार नहीं है।

अगर हम पिछले पांच वर्षों में प्रत्यक्ष और अप्रत्यक्ष करों के अनुपात को देखें तो हम पायेंगे कि कुल संसाधन निर्माण में 87 प्रतिशत हिस्सेदारी अप्रत्यक्ष कर की है। सिर्फ यही नहीं बल्कि हम ये भी पाते हैं कि विभिन्न राज्यों के द्वारा सेल्स टैक्स में भारी वृद्धि की गयी है। जिन वस्तुओं पर अब तक 2 से 3 प्रतिशत सेल्स टैक्स लगाया जाता था, उन पर अब 8 से 15 प्रतिशत टैक्स लगाया जा रहा है जिसका मुख्य कारण यह है कि सरकारों के लिए राजस्व का सबसे बड़ा स्रोत सेल्स टैक्स ही होता है। पुराने फार्मूले के अनुसार कुल बेसिक एक्साइज ड्यूटी में सिर्फ 40 प्रतिशत हिस्सा राज्य सरकारों का होता है।

इस सारे परिदृश्य को मद्देनजर रखते हुए वित्त मंत्री को अब इस बात को मान लेना चाहिए कि केंद्र तथा राज्य सरकार के कर्मचारियों के जीवनयापन भत्ते में वृद्धि के बाद सरकार के राजस्व व्यय में वृद्धि हुई है जिसके कारण संसाधनों की कमी होने वाली है।

जहाँ तक केंद्र सरकारों की बात है उनके पास इस इस तरह की स्थिति से निपटने के लिए डेफिसिट फाइनेंसिंग और विदेशी ऋण के उपाय हैं। राज्य और केंद्र सरकार के बीच एक असमानता यह भी है कि केंद्र अन्य तरीकों से भी अपने लिए राजस्व संग्रहीत करने में सक्षम है।

दूसरी समस्या तह है कि मूल्यों में अस्थिरता के कारण राज्य सरकारों का बजट संकट में आ जाता है। राज्य सरकारों की मुश्किल हालत के

पीछे दो कारक हैं। पहला तो ये कि राजस्व के स्रोत सीमित हैं और दूसरा ये कि उनके पास मूल्य नियंत्रण का अधिकार नहीं है।

राज्य राजस्व व्यय भी प्राप्त कर पाने में हैं असमर्थः

मैं पाता हूँ कि कई राज्य अपने राजस्व व्यय को भी पूरा कर पाने में असक्षम हैं। यही कारण है कि उन राज्यों में विकास नहीं हो सका है। यह एक गंभीर मुद्दा है जिसके बारे में वित्त मंत्री ही कोई दीर्घकालिक समाधान दे सकते हैं। मेरे विचार से अब समय आ गया है जब हमें राज्य सरकारों के वित्त मंत्रियों, वित्त मंत्रालय और अन्य विभागों के साथ मिल–बैठकर इस मसले पर कुछ साझा कार्यक्रम बनाना चाहिए।

इन दो विधेयकों में सन्निहित कुछ विशेष बिन्दुओं पर मैं अपनी बात रखूँगा। पहली बात जो नोट करने के लायक है वो ये है कि ये दोनों विधेयक ही 1989–90 में राज्यों को आवंटित की गई राशि को दिखाते हैं। नौवें वित्त आयोग ने इसके अधिकार अपने पास सुरक्षित रखे हैं। अपनी दूसरी रिपोर्ट में वो शेयर के हिस्सों में बदलाव कर सकते हैं। मैं सरकार से चाहूँगा कि वो हमें आश्वस्त करे कि जैसे ही उसे ये रिपोर्ट मिलेगी, वो इन शेयर के प्रतिशत में तुरंत बदलाव करेगी।

नौवें वित्त आयोग द्वारा दिया गया एक सुझाव राज्य सरकार द्वारा उपकर वसूलने से भी सीधा जुड़ा हुआ है। एक्साइज ड्यूटी को केंद्र और राज्य दोनों आपस में बांटते हैं। उदाहरण के तौर पर कच्चे तेल पर लगने वाले विशेष उपकर को ही ले लें। अगर यह उपकर वितरण के लिए होता तो कुछ राज्यों के राजस्व में इससे भारी वृद्धि होती। गुजरात के लिए यह मुद्दा कई बार संसद में उछला है। बॉम्बे हाई कोर्ट में महाराष्ट्र के लिए भी इस मसले पर चर्चा हुई है। लेकिन कुछ सामग्रियों पर एक्साइज ड्यूटी के अलावा भी उपकर लगाया जाता रहा है जैसे कि चीनी, चाय, बीड़ी, टेक्सटाइल, कागज, जूट और ऑटोमोबाइल। लेकिन इसमें से सिर्फ और सिर्फ एक्साइज ड्यूटी का ही राज्यों और केंद्र के बीच वितरण होता है न कि उपकर का। इसके बाद कुछ ऐसी सामग्रियां भी हैं जिन पर एक विशेष प्रकार का उपकर लगाया जाता है जैसे कि लौह अयस्क और कोयला।

गरीब किन्तु अमीर राज्यः

बिहार, बंगाल जैसे अन्य राज्य जहाँ कोयला पाया जाता है, वो इस पर लगने वाले उपकर को नहीं प्राप्त कर पाते हैं। नौवें वित्त आयोग के समक्ष ऐसे कई कारकों को सामने लाया गया है और ये पाया गया है कि सरकार को जहाँ तक हो सके, उपकरों में कटौती करनी ही होगी। लेकिन उन्होंने ये सुझाव नहीं दिया है कि इस उपकर को वितरण की श्रेणी में लाना चाहिए या नहीं। मैं यहाँ यह बताना चाहूँगा कि आपकी सरकार के द्वारा 1985 में लायी गयी दीर्घकालिक वित्तीय नीति में उपकरों को हटाने या इसमें बड़े स्तर पर कटौती करने की बात की गई थी। अभी तक ऐसा नहीं हुआ है। मैं वित्त मंत्रालय से निवेदन करना चाहूँगा कि इस वर्ष या तो इस उपकर को वितरण श्रेणी में लाया जाए अथवा इसमें और अतिरिक्त करों में कटौती की जाए। इससे राज्यों के राजस्व में और अधिक क्षरण पर रोक लगेगी।

मेरा दूसरा सुझाव प्रशासित मूल्यों से जुड़ा हुआ है। इसके सम्बन्ध में वित्त आयोग ने स्पष्ट सुझाव दिए हैं। उनका सुझाव है कि–'अगर प्रशासित मूल्यों में फेरबदल सरकार के राजस्व में वृद्धि करने के उद्देश्य से किया गया है तो इसे एक्साइज ड्यूटी बढ़ाकर करना चाहिए जिससे कि राज्य सरकारों को भी लाभ हो। ये स्पष्ट है कि इस प्रक्रिया में मूल्यों में बड़े पैमाने पर वृद्धि हो सकती है।'

अब ये प्रतीत होता है कि जिस समय नौवें वित्त आयोग द्वारा इस मुद्दे पर चर्चा हो रही थी, तभी केन्द्रीय वित्त मंत्रालय ने इस मुद्दे पर अपना नकारात्मक रुख स्पष्ट कर दिया था क्यूंकि अगर प्रशासित मूल्यों में एक्साइज ड्यूटी बढ़ा कर वृद्धि करने के साथ–साथ इसे वितरण श्रेणी में भी रखना है, तो ऐसे में दाम बहुत अधिक बढ़ सकते हैं। वित्त आयोग और वित्त मंत्रालय इस मामले पर अभी भी टकराव की स्थिति में हैं। ये स्पष्ट है कि अगर किसी सामग्री की लागत को प्राप्त करने के लिए प्रशासित मूल्य में वृद्धि की जायेगी तो ये एक अलग मुद्दा होगा। लेकिन अगर इससे केंद्र सरकार के राजस्व में वृद्धि होगी, तो फिर निश्चित रूप से राज्य सरकारों को भी इसका फायदा मिलना चाहिए।

मेरा दूसरा प्रश्न बेसिक एक्साइज ड्यूटी शेयर से जुड़ा हुआ है। आठवें वित्त आयोग ने इसे 40 प्रतिशत रखा था जिसमें से 5 प्रतिशत अतिरिक्त

राशि गरीब राज्यों को देने की बात थी। 1989–90 में नौवें वित्त आयोग ने इस वर्ष को सातवीं पंचवर्षीय योजना का आखिरी वर्ष होने के कारण इसमें कोई फेरबदल नहीं किया। लेकिन कई राज्य सरकारों ने इस बात की मांग की है कि यह 45 प्रतिशत शेयर अब बढ़ाकर 50 प्रतिशत कर दिया जाना चाहिए। कुछ राज्यों ने तो इसे 60 प्रतिशत कर दिए जाने की भी मांग की है। मेरा मानना है कि अगर हम उपकरों में कमी नहीं कर रहे हैं अथवा इसे एक्साइज ड्यूटी के साथ नहीं जोड़ रहे हैं, तो अब वक्त आ गया है जब हम बेसिक एक्साइज ड्यूटी को बढ़ाकर 50 प्रतिशत कर दें। इसके लिए शायद हमें नौवें वित्त आयोग की सिफारिशों का इंतजार करना पड़ेगा।

एक्साइज अब केंद्र के लिए राजस्व का एक महत्वपूर्ण स्रोत बन चुका है और सेल्स टैक्स राज्यों के लिए। राज्यों में कई तरह की सामग्रियों पर अभी भी सेल्स टैक्स लगाया जा रहा है।

मुझे विश्वास है कि वित्त मंत्रालय इस शेयर को बढ़ाने पर विचार करेगा। दूसरा प्रश्न टेक्सटाइल, तम्बाकू और चीनी पर अतिरिक्त ड्यूटी लगाने से जुड़ा हुआ है। जैसा कि आप जानते हैं ये बहुत पहले किया जाता था। इसके पीछे का तर्क यह था कि इस ड्यूटी को वसूलना प्रशासनिक रूप से आसान है। लेकिन पिछले कुछ वर्षों में हमने पाया है कि ऐसा करना अब आसान नहीं रहा। एक्साइज अब केंद्र के लिए राजस्व का एक महत्वपूर्ण स्रोत बन चुका है और सेल्स टैक्स राज्यों के लिए। राज्यों में कई तरह की सामग्रियों पर अभी भी सेल्स टैक्स लगाया जा रहा है। कई राज्यों ने सुझाव दिया है कि इन तीन सामग्रियों पर कर वसूलने का अधिकार राज्य सरकारों को ही दे देना चाहिए। मैं ऐसा करने के पक्ष में नहीं हूँ। सेल्स टैक्स के बदले एक्साइज कर टैक्स रेंटल एग्रीमेंट का हिस्सा है। मुझे लगता है कि अब समय आ गया है जब हमें इस एग्रीमेंट में बदलाव लाने होंगे। यह समझौता नेशनल डेवलपमेंट कौंसिल ने 1956 में करवाया था। इस बाबत शायद हमें एक नई बैठक करनी होगी जिससे वर्तमान परिदृश्य में राज्यों की स्थिति पर भी चर्चा हो सके।

समान लक्ष्यः राजस्व संग्रहण

मेरे कहने का तात्पर्य यह है कि केंद्र और राज्य दोनों के ही लक्ष्य समान हैं–सबसे आरामदायक तरीके से राजस्व संग्रहण करना। विकास से जुड़े कई कार्य चल रहे हैं जिसको लेकर राज्य और केंद्र के बीच कहीं कोई विरोध नहीं है। केंद्र और राज्य दोनों ही प्रोजेक्ट्स चाहते हैं। लेकिन अगर ऐसी स्थिति आ गयी है जहाँ राज्यों को लगने लगा है कि उन्हें उनके हक से वंचित किया जा रहा है, तो हमें अतिरिक्त ड्यूटी को बेसिक ड्यूटी के साथ मिला देना चाहिए। केंद्र इस बात पर अडिग है कि यह सीमा 45 प्रतिशत से अधिक की नहीं होनी चाहिए। राज्यों का कहना है कि इसमें वृद्धि होनी चाहिए। मेरा मानना है कि हमें इस समस्या का समाधान मिलबैठकर करना होगा। नौवें वित्त आयोग का कहना है कि अगर ऐसा उनकी फाइनल रिपोर्ट से पहले किया गया, तो राजस्व सम्बन्धी बंटवारे पर सहमति बनाने में मुश्किल हो सकती है। वित्त आयोग ने राज्य सरकारों द्वारा उठाये गए दो मुद्दों पर अपनी गंभीरता प्रकट की है। उनमें से एक केंद्र सरकार के द्वारा उन वस्तुओं पर दी गई छूट है जिन पर नियमतः अतिरिक्त ड्यूटी लगने वाली थी। केंद्र सरकार के पास ऐसी स्थिति में छूट देने का अधिकार है।

दूसरा मुद्दा अतिरिक्त ड्यूटी के विस्तार से जुड़ा हुआ था जिससे वो सभी वस्तुएं जिन पर राज्य सेल्स टैक्स लगा सकता है उनकी संख्या में कटौती हो रही थी। नीतिगत तौर पर इसमें किसी तरह का कोई भी नियंत्रण नहीं किया जा सकता है और ऐसी कई सामग्रियां हैं जिन पर राज्य सरकार एक्साइज के अलावा भी सेल्स टैक्स लगा सकता है। किसी भी वस्तु पर एक नियत सीमा से ज्यादा कर लगाने पर उसकी मांग घटने लगती है। इसलिए अगर केंद्र सरकार अतिरिक्त एक्साइज ड्यूटी वाली वस्तुओं की सूची में विस्तार करेगी तो निश्चय ही राज्य सरकारों की सेल्स टैक्स सूची में संकुचन होगा। इससे राज्य सरकारों के राजस्व संग्रहण में समस्या होगी। केंद्र ने इन समस्याओं के हल ढूँढने में कोई खास प्रतिबद्धता नहीं दिखाई है जिसके कारण राज्य सशंकित हैं।

बीपीएल के अन्दर बढ़ती जनसँख्याः

नेशनल सैंपल सर्वे ने अपने अड़तीसवें राउंड में काफी काम किया है लेकिन इसके बाद भी हमारे पास कोई ठोस आंकड़े उपलब्ध नहीं हैं। इसलिए आठवें वित्त आयोग ने स्टेट डोमेस्टिक प्रोडक्ट (एसडीपी) और पापुलेशन इक्वल वेटेज का प्रावधान बनाया है। नौवें वित्त आयोग ने भी इसी फार्मूले को अपनाया है लेकिन उन्होंने इसमें एक संशोधन किया है और वो ये कि जिन राज्यों में गरीबी रेखा के नीचे जनसंख्या का बड़ा हिस्सा गुजरबसर कर रहा है, उनके पक्ष में उन्होंने एक छोटा–सा वेटेज दिया है।

मेरा ऐसा मानना है कि हमारे पास संसाधनों की कमी है और पिछड़े राज्यों, और खासकर उनके आदिवासी तथा गरीबी बहुल इलाकों में अतिरिक्त धन देने के लिए हमें कड़े प्रयास करने होंगे। हालांकि अभी उनके लिए वितीय सहायता का प्रावधान है लेकिन मेरा मानना है कि जैसे ही वित्त आयोग के द्वारा राज्यों के साथ संसाधनों के बंटवारे पर कोई युक्ति निकाल ली जाती है, हमें गरीबी रेखा से नीचे जीवनयापन कर रहे लोगों को आर्थिक मदद पहुंचानी होगी। पुनः इस सन्दर्भ में हमारे पास ठोस आंकड़ों का अभाव है लेकिन मुझे पूरी उम्मीद है कि इन आंकड़ों के संग्रहण के लिए वित्त मंत्रालय कोई न कोई कदम अवश्य उठाएगा।

मैं बुनियादी तौर पर नौवें वित्त आयोग की सिफारिशों का समर्थन करता हूँ और ये उम्मीद करता हूँ कि सरकार इस सदन की भावनाओं को भी ध्यान में रखेगी। मैं इस बात के लिए आश्वस्त हूँ कि मेरे मित्र भी इस बात का ध्यान रखेंगे। और अंत में मैं आशा करता हूँ कि वित्त मंत्री भी इन विषयों पर सहानुभूतिपूर्वक ठोस कदम उठाएंगे।

देश में ड्यूटी-पेड सोना आने दो

इस बात की तरफ इशारा करते हुए कि इस देश के एंटी-स्मगलिंग अभियान के द्वारा गैर कानूनी तरीके से आ रहे सोने का सिर्फ 4 प्रतिशत हिस्सा पकड़ा गया है, मोरारका सुझाव देते हैं कि ड्यूटी अदा कर लोगों को देश में सोना लाने की आधिकारिक छूट दे देनी चहिये। 28 मई 1990 को हो रही परिचर्चा में भाग लेते हुए उन्होंने सोने के आयात पर रंगराजन समिति की सिफारिशों को लागू करने की अनुशंसा की थी। संयोग से, ऑल इंडिया जेम्स एंड ज्वेलरी ट्रेड फेडरेशन द्वारा मीडिया में जारी किये गए आंकड़ों के अनुसार 2012 में भारत में 950 टन सोना आयातित किया गया था और 250 टन सोना स्मगलिंग के जरिये लाया गया था।

दुर्भाग्यवश वित्त मंत्री श्री मधु दंडवते यहाँ उपस्थित नहीं हैं लेकिन मैं उनका ध्यान देश में हो रही सोने की स्मगलिंग की तरफ आकृष्ट कराना चाहूँगा जो कि अब एक खतरनाक शक्ल ले चुका है। गोल्ड कण्ट्रोल एक्ट में बदलाव करने के लिए सरकार ने रिजर्व बैंक ऑफ इंडिया के डिप्टी गवर्नर श्री रंगराजन की अध्यक्षता में एक उच्च-स्तरीय समिति का गठन किया है जिसने अपनी रिपोर्ट दे दी है।

इस समिति की सिफारिशें काफी सौम्य हैं। वित्त मंत्री से मेरा पहला निवेदन यह होगा कि इस समिति की सिफारिशों को तुरंत लागू किया जाए। सरकार के आंकड़ों के अनुसार देश में सोने की कुल वार्षिक मांग 150 टन की है। दो खानों से हमारा खुद का उत्पादन 1.7 टन का है। अंतर्राष्ट्रीय अध्ययनों के अनुसार इस देश में करीब 90 से लेकर 100 टन तक सोना तस्करी के माध्यम से लाया जा रहा है जिसका बाजार मूल्य करीब ₹3000 करोड़ है। पिछले वर्ष तस्कर विरोधी अभियानों के बावजूद

सिर्फ 2.26 टन सोना ही पकड़ा जा सका था। यह इस देश में हो रही कुल तस्करी का तीन से चार प्रतिशत भी नहीं है। सोने की तस्करी के साथ ही ड्रग्स, हशीश और अन्य सामग्रियों की तस्करी का मामला भी जुड़ा हुआ है। इसलिए सोने की तस्करी का मामला हमारी अर्थव्यवस्था के विभिन्न पहलुओं से जुड़ा हुआ है। वित्त मंत्री को मेरी सलाह होगी कि वो सरकार की स्वर्ण नीति के सम्बन्ध में पुनर्विचार करें। विदेशों से वापस आ रहे भारतीयों को आधिकारिक तौर पर ड्यूटी अदा कर सोना लाने की छूट देनी चाहिए। अप्रवासी भारतीयों को भी देश में आधिकारिक रास्ते से सोना भेजने की छूट होनी चाहिए लेकिन ये सोना ड्यूटी कर की अदायगी के बाद ही आना चाहिए और इसमें किसी भी तरह का विदेशी विनिमय नहीं होना चाहिए।

जब तक इस देश में सोने की उपलब्धता में वृद्धि नहीं होगी, इस समस्या को तस्कर विरोधी और कोस्टल कस्टम के द्वारा नहीं सुलझाया जा सकेगा क्यूंकि मांग–आपूर्ति की बुनियादी समस्या बनी ही रहेगी। इस समस्या का अन्य आर्थिक मानकों पर भी दुष्प्रभाव होगा। वित्त मंत्री से मेरा निवेदन होगा कि इस मसले पर तुरंत ही विशेषज्ञों की एक टीम बुला कर रंगराजन समिति की रिपोर्ट पर त्वरित कार्यवाही करें जिससे सोने की तस्करी पर लगाम लगे।

विदेशों से वापस आ रहे भारतीयों को आधिकारिक तौर पर ड्यूटी अदा कर सोना लाने की छूट देनी चाहिए। अप्रवासी भारतीयों को भी देश में आधिकारिक रास्ते से सोना भेजने की छूट होनी चाहिए लेकिन ये सोना ड्यूटी कर की अदायगी के बाद ही आना चाहिए और इसमें किसी भी तरह का विदेशी विनिमय नहीं होना चाहिए।

सोने की तस्करी से निडर होकर निपटें:

चीन के आक्रमण के समय जनवरी 1963 में डिफेन्स ऑफ इंडिया रूल्स, और 1968 में बने वर्तमान गोल्ड (कण्ट्रोल) एक्ट, जिसे हम हटाना चाह रहे हैं, के द्वारा ही सोना हमारे नियंत्रण मे आया। इस विधेयक के तत्कालीन उद्देश्य और कारणों के अनुसार उसका मकसद देश के सोने

की सुरक्षा के द्वारा सोने की तस्करी में रोक लगाने के साथ–साथ देश में तस्करी से लाये सोने के वितरण को रोकना भी था। तब की ऐसी सोच थी कि ऐसा करने से तस्करी में रोक लगेगी और यह घट जायेगी। सोने का निर्माण सिर्फ चौदह कैरट तक ही सीमित था जिससे की तस्करी से आयातित स्वर्ण आभूषणों के द्वारा तस्करी से लाये गए सोने को पकड़ा जा सकेगा।

भारत के कानूनों का दुर्भाग्य कुछ ऐसा रहा है कि उनके क्रियान्वयन पर चर्चा नहीं की जाती है। इस केस में भी कुछ ऐसा ही हुआ, जैसे कि इसे भी दो–तीन साल के बाद हटा दिया जाना चाहिए था। सरकार की इस नीति पर श्री एनकेपी साल्वे ने बिलकुल सही फरमाया है कि इसका उद्देश्य शुरू में यानी 1968 से ही शक के दायरे में था।

सिर्फ इन कानूनों को हटाने से नहीं घटेगा दामः

इस देश में सबके द्वारा गलत माने जा रहे काम को करने में, एक ऐसी व्यवस्था जो पिछले बाईस साल से चली आ रही है, को बदलने के लिए जिगर होना चाहिए। इससे भी ज्यादा साहस हमें देश के सामने इस बदलाव की घोषणा करने के लिए चाहिए होता है। इसलिए मैं वित्त मंत्री को हार्दिक बधाई दूंगा कि उन्होंने इस व्यवस्था में परिवर्तन की शुरुआत की है। जब उन्होंने बजट के अभिभाषण में इसका जिक्र किया तो कई लोगों ने यह कहा कि यह सिर्फ बजट भाषण की लफ्फाजी है, और इसका अनुपालन नहीं होगा। उनका कहना था कि सत्र के खत्म होते ही, ये सारी घोषणाएं महज घोषणाएँ बन के रह जायेंगी, और गोल्ड एक्ट नहीं हटाया जाएगा। आज मैं बहुत प्रसन्न हूँ कि इन ज्योतिषियों की भविष्यवाणी को सरकार ने गलत साबित कर दिया है।

मैं पुनः ये स्पष्ट कर दूं कि जिसे भी ये लगता है कि इस कानून से सोने के मूल्य में गिरावट आएगी, वो गलत है। क्यूँकि सोने की उपलब्धता इस कानून को हटाने से नहीं बढ़ सकती। हमें इसके साथ और भी कई कदम उठाने होंगे। इस सन्दर्भ में वित्त मंत्री को मैं कुछ सुझाव देना चाहूँगा। श्री रंगराजन समिति की समिति रिपोर्ट सरकार के पास कई दिनों से लंबित है। पिछली सरकार इस पर अमल करने के लिए राजी थी। मैंने श्री शंकरराव चव्हाण के वित्त मंत्रित्त्व काल में एक

विशेष टिप्पणी की थी। मुझे नहीं पता कि वो कहाँ जा कर अटक गयी। मुझे बताया है कि कैबिनेट उस पर विचार कर रही है।

रंगराजन समिति ने इसके साथ–साथ यह भी सिफारिश की थी कि विदेश से वापस लौट रहे अप्रवासी भारतीयों के लिए प्रति व्यक्ति 100 ग्राम सोने के निर्यात को अनुमति दे देनी चाहिए। मुझे लगता है कि इस सीमा में और बढ़ोतरी करने की जरूरत है लेकिन इसके लिए हमें लोगों को इस बात के लिए जागरूक करना होगा कि वो सोने का गैर कानूनी निर्यात नहीं करें। फिलहाल हमारे सामने स्पष्ट आंकड़े हैं। हर वर्ष इस देश में 150 टन सोना तस्करी से लाया जाता है।

तस्करी का सम्बन्ध लाभ के लालच से है:

जैसा कि टीवी में कहा गया है अभी तक कुल 5 टन सोने की धरपकड़ हुई है और भारत का कुल उत्पादन 2 टन का है। अब ये स्थिति है कि 2 टन उत्पादन, 5 टन पकड़े हुए सोने के अलावा हमारे देश में 100 से 150 टन तस्करी से लाया हुआ सोना है जिस पर ड्यूटी अदा नहीं की गई है। हमारे महान अर्थशास्त्री और वित्त मंत्रालय के ज्ञानीजन हमें ये बताएँगे कि 'हमें सोने का आयात रोक देना चाहिए, हमारे भुगतान के संतुलन में गड़बड़ी हो जाएगी और विदेशी मुद्रा का प्रवाह रुक जाएगा।'

मैं कोई अर्थशास्त्री नहीं हूँ लेकिन इस देश में आने वाला 100 से 150 टन सोने का मूल्य निर्धारित है। लेकिन इस आयात का मूल्य नहीं दिया जा रहा है। गैरकानूनी स्रोतों से इस सोने की कीमत अदा की जा रही है। पिछले बाइस सालों से हम ये देखते आ रहे हैं कि सोने के आयात में रोक लगाने से इसकी आपूर्ति में कोई कमी नहीं आ रही है। हमारे नियंत्रणों का इसपे कोई प्रभाव नहीं हो रहा है। हमें इस नियंत्रण में थोड़ी ढील देने की जरूरत है जिससे तस्करी के स्तर में कमी आये। जिस दिन इसके निर्यात से लाभ का लालच खत्म हो जाएगा, उसी दिन से इसकी कीमत में कमी आ जाएगी। और यह तब तक नहीं होगा जब तक कि सोने का आयात कानूनी तरीके से न हो। इसलिए मैं वित्त मंत्री को रंगराजन समितियों की सिफारिशों को लागू करने के अलावा, इसके आयात के स्तर को 100 ग्राम से अधिक करने के अलावा, दो तीन और सुझाव देना चाहूँगा।

हमारे पास अप्रवासी भारतीयों के विदेशी मुद्रा खाते में करीब ₹8,000 से लेकर ₹10,000 करोड़ की राशि है और हम इस पर कुल ₹800 से ₹1000 करोड़ के ब्याज का विदेशी मुद्रा में भुगतान कर रहे हैं। अगर हम उन्हें इस ब्याज के एवज में भी सोना लाने की अनुमति देंगे तो उनमें से कई लोग लाभ के लालच में सोना लेकर जरूर आयेंगे। यह आपका विदेशी धन नहीं है। इससे आपके भुगतान के संतुलन में कोई भी अंतर नहीं आएगा। किसी भी हालत में हमें विदेशी विनिमय ही करना होगा। मुझे लगता है कि उस खाते के एवज में हम 30 से 40 टन सोने का आयात कर सकते हैं।

हवाला की दरों में भी आएगी कमीः

इसी तरह से, अप्रवासी भारतीयों का विदेशी खाता भी यहीं है। पिछले तीन वर्षों से इसके आंकड़ों में कोई बदलाव नहीं हुआ है। हर वर्ष हमें इसमें ₹3000 करोड़ की राशि ही प्राप्त हो रही है। आखिर क्यूँ यह आंकड़ा जस का तस है? क्यूंकि इस देश में हवाला के माध्यम से विदेशी धन आयातीत होता है। हर कोई जनता है कि आधिकारिक विदेशी विनिमय दर और हवाला की दर के बीच में 25 प्रतिशत का प्रीमियम है। अगर आप सोने के आयात को मंजूरी देंगे तो शायद हवाला की गतिविधियों पर नियंत्रण लगे। इससे हवाला रेट में कमी होगी, सोने के मूल्य कम होंगे और देश के लोग लाभ कमा सकेंगे। निश्चित रूप से हमें एक संतुलन स्थापित करना होगा। मैं लोगों द्वारा मोटा मुनाफा कमाए जाने के बिलकुल भी पक्ष में नहीं हूँ। हमें इस बात को सुनिश्चित करना होगा कि ऐसा करने से कहीं सोने की कालाबाजारी न बढ़ जाए। लेकिन थोड़ी–सी छूट के कारण हम कई चीजों में कमी ला सकते हैं।

जिस दिन इसके निर्यात से लाभ का लालच खत्म हो जाएगा, उसी दिन से इसकी कीमत में कमी आ जाएगी। और यह तब तक नहीं होगा जब तक कि सोने का आयात कानूनी तरीके से न हो।

हमारी तटीय सीमा बहुत अधिक विस्तृत है। हमारे देश की भौगोलिक सीमा भी बहुत विशाल है। पुलिस बल से लेकर कोस्टल गार्ड्स से ये उम्मीद

रखना बेईमानी होगी कि वो सीमा के बहुत अन्दर जा कर तस्करी पर लगाम लगायें। हम ये सब कुछ पिछले बीस वर्षों से करते आ रहे हैं। हमारे पास इस तस्कारी को रोकने के लिए जरुरी तकनीक और अभियान सम्बन्धी खर्चों को रोकने के लिए खर्च हुई राशि के आंकड़े अलग से मौजूद हैं। अर्थशास्त्र के नियमों के मुताबिक जब तक लाभ के लालच को नियंत्रण में नहीं लाया जाता तब तक हमारी नीतियां सफल नहीं होंगी। पिछले बीस वर्षों में हमारे देश में सोने की तस्करी में आशातीत तरीके की वृद्धि हुई है।

अब समय आ गया है जब वित्त मंत्री इस मसले पर कोई ठोस आश्वासन दें। एक प्रश्न के जवाब में उप वित्त मंत्री श्री अनिल शास्त्री ने कहा कि इस देश में सोने की वार्षिक मांग कुल 150 टन की है। वह इस बात को मानने के लिए तैयार नहीं हुए कि ये मांग तस्करी के द्वारा पूरी की जा रही है। उन्होंने ये नहीं बताया कि कुल मांग 2 टन है और पकड़ा गया सोना 5 टन का है। बाकि सब कुछ पुनर्चक्रण के द्वारा पूरा किया जाता है।

जोरों पर है सोने की तस्करीः

मैं इस बात से इत्तेफाक नहीं रखता। चारों तरफ सोने की तस्करी हो रही है जिसे सब कोई देख सकते हैं। वित्त मंत्री ने रंगराजन समिति के बारे में कोई भी वायदे नहीं किये। उन्होंने सिर्फ इतना कहा कि अभी अप्रवासी भारतीयों को विदेश से सोना लाने की अनुमति है जैसा कि वो कर रहे हैं। मुझे लगता है कि अगर हम सभी यात्रियों को भी सोना लाने की अनुमति दे दें तो इसमें कुछ भी गलत नहीं होगा। इसमें ड्यूटी का महत्व होगा। मैं ये सुझाव नहीं दे रहा हूँ कि हमें बिना ड्यूटी लगाये सोने के आयात को अनुमति नहीं देनी चाहिए।

सोने के मूल्य से विदेशी विनिमय, काले बाजार में विदेशी मुद्रा का प्रसार, हवाला के रेट्स जैसे कई अन्य कारक जुड़े हुए हैं।

लेकिन ड्यूटी से जुड़े मुद्दों पर हमें ऐसे प्रावधान लाने चाहिए जिससे आयात का एक कानूनी ढांचा तैयार हो सके। साथ ही साथ हमारा इसके

मूल्य पर नियंत्रण हो सके। ये कुछ सुझाव हैं जो मैं वित्त मंत्री के समक्ष छोड़े जा रहा हूँ। मैं सिर्फ इतना कहना चाहता हूँ कि गोल्ड कण्ट्रोल एक्ट को निरस्त किये जाने का सभी वर्ग के लोगों द्वारा स्वागत किया जाएगा क्यूंकि अभी भी हमारे देश में प्राइमरी गोल्ड रखने पर प्रतिबन्ध है। मैं ऐसे लोगों को जानता हूँ जो ऐसा सोना खरीद कर उसी शाम इसके आभूषण बनवा लेते हैं–और आभूषणों पर किसी तरह की कोई सीमा निर्धारित नहीं की गयी है।

चाहे कोई भी मामला हो, इस कानून के क्रियान्वयन से ज्यादा इसका उल्लंघन ही किया गया है। इसलिए इसका हटाया जाना स्वागत योग्य कदम है। अन्य पूरक कदमों की घोषणा जल्द ही की जाएगी। जैसा कि प्रो. ठाकुर ने अभी कहा, इस देश की आम जनता की वर्तमान सोच यही है कि इस कानून के हटाये जाने से सोने के मूल्य में गिरावट आएगी। लेकिन वास्तव में इस बिल के पास होने के बाद इसकी कीमतों में उछाल आएगा और चूँकि हमारे देश में सोना रखने की अधिकतम सीमा निर्धारित नहीं है, इसकी कीमतों में बहुत ज्यादा इजाफा होगा।

उप वित्त मंत्री ने कहा है कि चूँकि सोना कोई आवश्यक वस्तु नहीं है इसलिए सरकार इसकी कीमत को लेकर बहुत चिंतित नहीं है। लेकिन उन्हें यह समझना होगा कि सोने के मूल्य से विदेशी विनिमय, काले बाजार में विदेशी मुद्रा का प्रसार, हवाला के रेट्स जैसे कई अन्य कारक जुड़े हुए हैं। इसलिए मेरा मानना है कि वित्त मंत्री को सिर्फ अपने स्तर पर इस मसले पर गंभीरता से ध्यान देना चाहिए। मैं उन्हें आश्वस्त कर दूं कि बहुत सारे अर्थशास्त्री और अफसरशाह उन्हें इस बात का सुझाव देंगे कि ऐसा नहीं करना चाहिए। उन्हें सदन के अन्य सदस्यों की सही सलाह मान कर कुछ साहसिक तथा बुद्धिमत्तापूर्ण कदम उठाने ही होंगे।

दूर रहे कश्मीर से कांग्रेस

कश्मीर के सन्दर्भ में कांग्रेस की दोमुंही नीतियों और वी.पी सिंह सरकार द्वारा कश्मीर के विषय में लिए गए फैसलों के सम्बन्ध में मोरारका कांग्रेस को कश्मीर से दूर रहने के लिए कहते हैं। ये पाखंड श्री फारूख अब्दुल्ला और वहां के राज्यपाल जगमोहन से कांग्रेस के दोतरफे रवैय्ये को देख कर स्पष्ट हो जाता है। जम्मू और कश्मीर की स्थिति पर हो रही चर्चा में भाग लेते हुए वो कहते हैं कि कांग्रेस को मुश्किल में पड़ी जगहों पर हाथ–पाँव मारने की कोई जरूरत नहीं और कश्मीर निश्चित रूप से परेशान राज्य है। इसकी आधी से अधिक समस्याओं की जनक भी कांग्रेस ही है।

शुरुआत में ही मैं श्री पी. शिव शंकर की बात से सहमति जताना चाहूँगा कि कश्मीर एक राष्ट्रीय समस्या है और हमें राजनीतिक फायदे से ऊपर उठ कर इसका समाधान ढूँढने की कोशिश करनी होगी। उनके द्वारा कही हुई बहुत–सी बातें कश्मीर मुद्दे पर राष्ट्रीय सोच में परिलक्षित होती है। वो कहते हैं कि इन समस्याओं के पीछे सांप्रदायिक उग्रवाद और संकीर्ण राजनीतिक सोच है। इससे जनता दल के सदस्य उनकी बात से शत–प्रतिशत सहमत हैं।

इससे पहले कि मैं कश्मीर समस्या की ऐतिहासिक पृष्ठभूमि के बारे में अपनी बात शुरू करूँ, मैं स्पष्ट कहना चाहूँगा कि हम श्री पी.शिव शंकर की बात से पूरी तरह असहमत हैं। मुझे यह बात समझ में नहीं आती कि कांग्रेस इस बात को कैसे नकार सकती है कि सन 1984 में जोड़तोड़ से फारूख सरकार को हटा कर और किसी अलगाववादी संगठन के साथ सरकार बना कर उन्होंने कश्मीर के सन्दर्भ में ऐतिहासिक गलती कर दी है। यही कश्मीर की सभी वर्तमान समस्याओं का मूल कारण है।

एक मुस्लिम बहुल इलाका जो भारत के साथ बना रहाः

अगर हम 1984 से थोड़ा पहले की भी बात करें तो कश्मीर में कोई विशेष समस्या नहीं थी। कश्मीर का बड़ा ही मिला–जुला इतिहास रहा है। हमें कुछ तारीखों पर भी गौर फरमाना चाहिए। अक्टूबर 1947 में कश्मीर भारत का हिस्सा बना था और परिग्रहण के मसौदे पर हस्ताक्षर किया गया था। दूसरे रजवाड़ों के मुकाबले ये परिग्रहण बहुत देर से हुआ था। यह भारत के धर्मनिरपेक्ष और लोकतान्त्रिक मूल्यों का सबसे बड़ा परिचायक है। जब सभी रजवाड़ों को अपनी स्वेच्छा से भारत और पाकिस्तान में से किसी एक मुल्क को चुनने का विकल्प दिया गया तो पाकिस्तान की तमाम कोशिशों के बावजूद यह मुस्लिम बहुल इलाका भारत का हिस्सा बना रहा। मैं इस बात के लिए पूरी तरह से आश्वस्त हूँ कि अगर हमने उस दौर में भारत की परिकल्पना हिन्दू राष्ट्र अथवा धार्मिक देश की तरह की होती, तो कश्मीर भारत का हिस्सा नहीं होता।

कश्मीर भारत के साथ इसलिए बना रहा क्यूंकि भारत की सरकार ने यह घोषणा की थी कि हम एक लोकतान्त्रिक और धर्मनिरपेक्ष राष्ट्र बने रहेंगे। मैं यहाँ यह भी बताना चाहूँगा कि कश्मीर का भारत में अधिग्रहण सिर्फ इसलिए नहीं हुआ था कि वहां के महाराज ऐसा चाहते थे, ऐसा इसलिए भी हुआ था कि उन्हें जनता के बीच लोकप्रिय, नेशनल कांफ्रेंस के नेता शेख अब्दुल्ला का पूर्ण समर्थन भी प्राप्त था। 1953 की घटनाओं ने पंडित नेहरू सहित सभी धर्मनिरपेक्ष भारतीयों को आघात पहुंचाया था। हमें हमारे हकों के लिए उन्हें मुंहतोड़ जवाब देना था जो कि दिया गया। अपनी मृत्यु के कुछ ही दिन पहले मार्च 1964 में नेहरू और शेख अब्दुल्ला के बीच स्थिति सामान्य करने के लिए एक गुप्त वार्ता हुई थी। पंडित नेहरू के आकस्मिक निधन के कारण यह वार्ता पटरी से उतर गयी।

पाकिस्तान ये चाहता है कि हम धारा 370 के साथ छेड़छाड़ करें जिससे कश्मीर का मुद्दा एक बार फिर खुल कर उभर जाए।

हालांकि किसी देश के आन्तरिक मामलों में घुसना हमारा काम नहीं है लेकिन पाकिस्तान में हुई तात्कालिक गतिविधियों के कारण इसके विभाजन का 1975 में शेख अब्दुल्ला और इंदिरा गांधी के बीच हुए समझौते पर

व्यापक असर पड़ा था। इस समझौते के कारण ही शेख साहब फरवरी 1975 में कश्मीर के मुख्यमंत्री नियुक्त किये गए। मैं यह बात सदन के पटल पर रखना चाहूँगा कि पूर्व में चाहे जो कुछ हुआ हो लेकिन फरवरी 1975 में हुए इस समझौते के बाद कोई भी इस बात पर प्रश्नचिह्न नहीं लगा सकता था कि कश्मीर भारत का अभिन्न अंग है। वही पाकिस्तान जो अब तक संयुक्त राष्ट्र में यह कहता था कि शेख अब्दुल्ला के बिना कश्मीर में किसी भी चुनाव का कई महत्व नहीं है, वही पाकिस्तान जो यह रट लगाये फिरता था कि कश्मीरी अवाम की इकलौती आवाज शेख अब्दुल्ला हैं, फरवरी 1975 के बाद उसके पास कहने को कुछ नहीं बचा था क्यूंकि ये वही शेख अब्दुल्ला थे, ये कश्मीरी अवाम की वही बुलंद आवाज थे जिन्होंने कश्मीर के भारत में अधिग्रहण को मंजूरी दी थी।

धर्मनिरपेक्ष कश्मीरः

मुझे यह नहीं समझ में आता है कि कैसे कांग्रेस जैसी पार्टी, जो उस समय देश के तमाम राज्यों में शासन कर रही थी, उसे इस सरकार में हिस्सेदारी और तीन मंत्रिपद चुनने के लिए बाध्य होना पड़ा था। इस एक गलती की छोटी–सी कीमत अदा करना न केवल कांग्रेस बल्कि पूरे देश के लिए घाटे का सौदा साबित हुआ है। हर दिन हम ये बात करते हैं कि वहां पाकिस्तान के झंडे लहराए गए। इसके लिए हमें कश्मीर के इतिहास को जानने की जरूरत है। कश्मीर एक मात्र ऐसी जगह है जहाँ कभी भी सांप्रदायिक दंगे नहीं हुए थे। न केवल कश्मीर बल्कि वहां का संविधान भी धर्मनिरपेक्ष था। यहाँ मैं जम्मू कश्मीर संविधान के कुछ हिस्सों को पढ़ना चाहूँगा जिनमें से संविधान की धारा 25 में लिखा गया हैः 'अतः राष्ट्र इस बात को सुनिश्चित करेगा कि वह अज्ञानता, अंधविश्वास, धर्मान्धता, साम्प्रदायिकता, नस्लभेद, सांस्कृतिक पिछड़ेपन से युद्धस्तर पर निपटे जिससे वहां एक धर्मनिरपेक्ष राज्य के अधीन सभी समूहों के बीच भाईचारे और बराबरी की स्थापना हो पाए।'

फिर हमसे गलती कहाँ हुई है? यह गलती वर्ष 1986 में हुई जब श्री जी.एम. शाह की सरकार के दौरान कश्मीर के इतिहास में पहले सांप्रदायिक दंगे हुए थे। ये बड़ी अजीब बात है कि आपके द्वारा जब श्री जगमोहन को वहां का राज्यपाल बनाया जाता है तो वो एक अच्छे

राज्यपाल कहलाते हैं लेकिन जब हम उन्हें नियुक्त करते हैं तो वे बुरे हो जाते हैं। जब डॉक्टर फारूख अब्दुल्ला चुनाव जीतते हैं तो वो राष्ट्रविरोधी और राष्ट्रद्रोही थे। लेकिन जैसे ही उन्होंने आपके साथ करार कर लिया, वो देशप्रेम के प्रतीक बना दिए गए।

मुझे श्री जगमोहन पर कुछ कहना नहीं है लेकिन उनके सन्दर्भ में मैं दूसरे सदन में राजीव गाँधी द्वारा की गई टिप्पणी पर कहना चाहूँगा जिसमें उन्होंने कहा था कि 'ये वही व्यक्ति हैं जिन्होंने तुर्कमान गेट के मकानों को गिराने का भी आदेश दिया था।' मुझे उनकी इस बात को मानना ही होगा। मुझे लगता है कि मुझे इस सन्दर्भ में उनकी बात से पूर्ण सहमति है। उनके कहने का आशय ये है कि वो इस तरह के अभियानों के लिए जगमोहन को सही व्यक्ति समझते हैं। वो किस तरह के अभियानों को करवाना चाहते थे? वो वहां फारूख अब्दुल्ला की सरकार को नेस्तनाबूद करना चाहते हैं। वो हर हाल में वहां की सत्ता अपने हाथ में चाहते हैं और इस कार्य के लिए वो श्री जगमोहन को सबसे उचित समझते हैं। मैं उस व्यक्ति के विचारों का सम्मान करता हूँ जो ये समझता है कि श्री जगमोहन को वहां नहीं जाना चाहिए था। लेकिन, हमारे संविधान के मुताबिक, किसी व्यक्ति के चयन का मुद्दा संसदीय चर्चा का विषय नहीं बन सकता है।

जैसा कि मुझे ज्ञात है वहां इस राज्यपाल की नियुक्ति 19 जनवरी, 1990 को हुई थी। अगर मैं कांग्रेस पार्टी की बात पर विश्वास करूँ, तो 2 दिसम्बर 1989 तक वहां की उथलपुथल की स्थिति थी। जैसे ही श्री वी.पी. सिंह की सरकार आई, ये स्थिति इस हद तक नियंत्रण के बाहर हो गई और वहां की जनता इस हद तक 'देशद्रोही' हो गई कि उन्होंने गृह मंत्री की बेटी का अपहरण कर लिया और एक सप्ताह पहले तक देशप्रेमी बने रहे लोग सिर्फ जगमोहन के राज्यपाल बनने के विरोध में सड़कों पर उतर आये। क्या वो ये सोचते हैं कि हम उनकी बात का विश्वास कर लेंगे?

तीसरी क्लास का बच्चा भी ये जानता है कि किसी जगह के सांप्रदायिक रिश्तों में एक सप्ताह के भीतर दरार नहीं पैदा की जा सकती है। सांप्रदायिक समरसता लाने में कई वर्षों का समय लगता है। कश्मीर में जो हुआ है वो कई वर्षों से अधिकारियों द्वारा की हुई गलतियों का नतीजा है। यही वहां के हालातों की वजह है। हम सभी भारतीय हैं और कश्मीर भारत का अक्षुण्ण अंग बना रहे, इस बात को सुनिश्चित करना

हम सबों के हित में होगा लेकिन इसके साथ–साथ हमें वहां के लोगों का भी दिल जीतना होगा। हमें वहां की वर्तमान जनता का विश्वासपात्र बनना होगा।

सांप्रदायिक बनाम धर्मनिरपेक्ष तमाशाः

1987 के चुनावों में 32 प्रतिशत मतदाता क्षेत्रों में मुस्लिम यूनाइटेड फ्रंट के लिए मतदान हुआ। उसके बाद नेशनल फ्रंट द्वारा बनायी गयी समितियों की तरह आपको भी एक सर्व–दलीय समिति बनानी चाहिए थी। लेकिन आप इतिहास से कुछ सीखना ही नहीं चाहते हैं अगर आपको सिर्फ इस बात में रुचि है कि आपके तीन मंत्री वहां के मंत्रिमंडल में बोली लगाने के लिए शामिल हो जाएँ, तो मुझे फिर ये समझ नहीं आता कि आप करना क्या चाहते हैं?

कश्मीर आंध्र नहीं है। आंध्र प्रदेश में भी यही किया गया था। लेकिन वहां की विपक्षी पार्टियों ने एकजुट होकर उनके प्रयासों को धता बता दिया था।

कश्मीर में हमारे हाथ इसलिए भी बंधे हुए हैं क्यूंकि यह एक संवेदनशील विषय और सीमावर्ती इलाका है। तब हमें मुस्लिम यूनाइटेड फ्रंट को समर्थन देना चाहिए था लेकिन हमारे हाथ तंग थे। अगर अब आप यह कहना चाहते हैं कि सांप्रदायिक गठजोड़ और धर्मनिरपेक्ष गठजोड़ में कोई अंतर होता है, तो इस मुद्दे पर मुझे कुछ नहीं बोलना है।

अगर हम इस देश को पुलिस और सैन्य बलों के दम पर एकजुट रखना चाहते हैं तो सभी राजनीतिक दल अपनी प्रासंगिकता खो बैठेंगे। हमारी प्रासंगिकता इसी बात में है कि हम वहां की जनता के हितों और महत्वाकांक्षाओं को राष्ट्र के साथ समाहित कर सकें।

सच्चाई यह है कि वहां की जनता, कश्मीर सरकार से हाथों से कब की बाहर निकल चुकी है। इसके लिए कौन जिम्मेदार है यह एक लम्बा–चौड़ा मसला है। इसके लिए हम विपक्ष को जिम्मेदार नहीं ठहरा सकते हैं, 2 दिसम्बर के पहले तो बिलकुल ही नहीं! ठीक वैसे ही जैसे आज आप इसकी जिम्मेदारी नहीं ले सकते हैं। आज यह कहना कि पिछले तीन

महीनों में कश्मीर सरकार की गतिविधियों के कारण अलगाव की स्थिति में आया है किसी को भी मंजूर नहीं होगा। आप सरकार की नियुक्तियों के बारे में बोल सकते हैं आपको इस विषय पर बोलने का पूरा अधिकार है।

इसके जवाब में हमने एक सर्व–दलीय समिति का गठन किया है। हम खुद चाहते हैं कि ऐसा हो। सच तो ये है कि हमें ये जान लेना चाहिए कि अगर हम इस देश को पुलिस और सैन्य बलों के दम पर एकजुट रखना चाहते हैं तो सभी राजनीतिक दल अपनी प्रासंगिकता खो बैठेंगे। हमारी प्रासंगिकता इसी बात में है कि हम वहां की जनता के हितों और महत्वाकांक्षाओं को राष्ट्र के साथ समाहित कर सकें। चाहे वो जनता दल हो, या फिर कांग्रेस या नेशनल फ्रंट, अगर हम समस्या को सही तरीके से समझ कर उसके निदान में एक साथ जुट सकते हैं, तो ये इस देश के लिए बड़ी अच्छी बात होगी।

क्या होती है एक खुली सरकार?

आप इस राज्यपाल की नियुक्ति को लेकर भी शिकायतें करते हैं कि ये सबसे अच्छा राज्यपाल नहीं है। आप उसे वापस हटा लिए जाने की मांग से भी पीछे हट रहे हैं। यह मेरे लिए आश्चर्य की बात है। अगर यही आपकी मांग है तो कम से कम खुल कर तो मांगें। अब सरकार इस मसले पर आपकी बात मानेगी या नहीं, यह सरकार की नीतिगत सोच पर निर्भर करता है।

इस मसले पर मैं दो बिन्दुओं पर प्रकाश डालना चाहता हूँ। खुली सरकार यानी 'ओपन गवर्नमेंट'–ये एक ऐसा शब्द है जिसे सुनते–सुनते मेरा दिमाग खराब हो गया है। 'ओपन गवर्नमेंट' का ये मतलब नहीं होता है कि हम संविधान के दायरे से बाहर चले जाएँ। ये खुलापन भी संविधान सम्मत दायरों में ही आता है। हमारा देश संविधान की बुनियाद पर काम करता है। इस देश के घरेलू मामलों को नियंत्रित करने के लिए एक गृहमंत्री होता है। सर्व–दलीय समिति की रिपोर्ट में कहा गया कि कश्मीर में ध्यान केन्द्रित कर हमें वहां की वर्तमान समस्याओं का हल ढूंढना होगा और इसके लिए जरूरी है कि ये जिम्मेदारी किसी मंत्री को दे दी जाये। वह राज्यपाल, राज्य प्रशासन और केंद्र के साथ जुड़ कश्मीर की समस्या पर ध्यान दे सकता है। जैसा कि कुछ सदस्यों ने

इस बात पर आपत्ति की, इसका मतलब यह नहीं है कि हम उसे गृह मंत्री पर लाद रहे हैं या फिर वो गृह मंत्री की छत्रछाया में कार्य करेगा। वह हमारे मंत्रिमंडल का ही कोई सदस्य होगा। इस मामले पर कैबिनेट की भी जिम्मेदारी बनती है। जैसा कि हम जानते है कश्मीर समस्या कैबिनेट के हाथ से बाहर निकल गयी है। यह एक राष्ट्रीय समस्या है। हम सभी को इसका समाधान एक साथ मिलकर करना होगा। और हम सभी इसके लिए प्रतिबद्ध हैं। मुझे इस बात का पूरा विश्वास है कि श्री जॉर्ज फर्नान्डिस को विपक्ष का पूरा सहयोग मिलेगा। इसलिए मैं नहीं सोचता कि हमें छोटे–मोटे राजनीतिक फायदे के लिए इस राष्ट्रीय विषय पर असहयोग करना चाहिए। कश्मीर सम्बन्धी मामलों के लिए एक मंत्री होना जरूरी है।

उनकी सरकार के द्वारा भी आशातीत तरीके से पश्चिम बंगाल से जुड़े मामलों के लिए मंत्रीपद का गठन किया गया था। इस गठन के कारण ों से मुझे घोर असहमति है। ऐसा वहां की सत्ता हथियाने के उद्देश्य से किया गया था, इस बात को शायद हम सभी मानते होंगे। उस समय किसी ने भी ये नहीं पूछा था कि श्री सिद्धार्थ शंकर राय गृह मंत्री के नियंत्रण में थे या उनके बाहर। कुछ विषय ऐसे होते हैं जिन पर सरकार को गंभीरता के साथ सोचना चाहिए। कश्मीर एक ऐसा मुद्दा है जिससे हम कतई छेड़छाड़ नहीं कर सकते हैं। इस समस्या को सुलझाने के लिए गृह मंत्री और कश्मीर मामलों से जुड़े मंत्री भी हैं। इस मसले पर एक सर्व–दलीय समिति गठित की जाएगी। और तब हमें इस समस्या से डरना नहीं होगा।

डॉ. फारूख अब्दुल्ला मेरे पारिवारिक मित्र हैं। उन्होंने यह बयान दिया है कि जनता दल को धारा 370 के विषय में अपना रुख स्पष्ट कर देना चाहिए। मेरा उनसे कहना है कि जनता दल ने कभी भी धारा 370 के मसले पर संदिग्ध सोच नहीं रखी है। इस दल के अधिकांश नेता चाहे वो वी.पी. सिंह, श्री देवी लाल, श्री चन्द्रशेखर या फिर श्री चरण सिंह के पुत्र अजीत सिंह ही क्यूँ न हों–उन सभी के भीतर आजादी की लड़ाई के उच्च आदर्श आज भी मौजूद हैं। वे सभी गाँधी और नेहरू के नेतृत्व में इसमें सम्मिलित हुए थे। वे सभी इंदिरा गाँधी के समकालीन हैं।

भारत में बुनियादी तौर पर एक बहुभाषीय, बहुधार्मिक समाज के निर्माण की बात से सभी सहमत होंगे। लोकतंत्र– धर्मनिरपेक्षता। और समाजवाद

के सिद्धांत से कांग्रेस और हमारा दल, दोनों सहमत हैं। नेशनल फ्रंट की घोषित नीति में एक बहुभाषीय, बहुधार्मिक भारत के निर्माण की बात कही गयी है। भारत जिसकी पहचान अनेकता में एकता है। इन लोगों को गाँधी जी ने यही शिक्षा दी थी।

कांग्रेस के द्वारा इस देश के संघीय ढाँचे को तोड़ने की कोशिश की जा रही है और कश्मीर उसका जीता–जागता नमूना है।

कांग्रेस के छूते ही सोना कीचड़ हो जाता है:

इस मसले से हमारे भागने का कोई तुक नहीं बनता है। ये सब कुछ संविधान में लिखा हुआ है। मुझे बहुत प्रसन्नता होगी कि इस सदन का कोई भी व्यक्ति यहाँ खड़ा हो कर यह कहे कि इस मसले पर जनता दल का गलत रुख है। लेकिन यहाँ नजारे ही बिलकुल उलट हैं। एक दल जो मेरठ और भागलपुर दंगों से जुड़ा हुआ है, वह हम पर सांप्रदायिक ताकतों के साथ मिलने का आरोप मढ़ता है। मैं इस बात से आश्चर्यचकित हूँ। राष्ट्रपति के अभिभाषण पर चल रही चर्चा के दौरान मैंने ये कहा था कि कांग्रेस के द्वारा इस देश के संघीय ढाँचे को तोड़ने की कोशिश की जा रही है और कश्मीर उसका जीता–जागता नमूना है। मेरी इस बात से श्री देवा प्रसाद राय को गंभीर आपत्ति हुई थी। लेकिन सच तो ये है कि फारूख अब्दुल्ला की सरकार को हटा कर कांग्रेस ने वहां पहली गलती की थी। अब फिर से उनके साथ जुड़ कर उन्हें सरकार में आने का लालच देकर कांग्रेस ने शेख अब्दुल्ला द्वारा स्थापित परंपरा का अपमान किया है। यह फारूख अब्दुल्ला और देश, दोनों के लिए ही एक बहुत बड़ी हानि है।

पहले लोग कहते थे कि अगर महात्मा गांधी कीचड को भी छू देते थे तो वो सोने में तब्दील हो जाता था। उन्होंने जवाहरलाल नेहरू, सरदार पटेल जैसे कई महान नेताओं के सिर पर अपना हाथ रखा था। उनके चरणों के तले कई महान नेताओं ने पैदा लिया। इन सब का उलट कांग्रेस पर लागू होता है। कांग्रेस के छूते ही सोना कीचड हो जाता है। फारूख अब्दुल्ला को कश्मीर की जम्हूरियत ने शेख अब्दुल्ला

के सच्चे उत्तराधिकारी के रूप में चुना था। शेख अब्दुल्ला का सन् 1931 से कश्मीर में इतिहास रहा है। शेख अब्दुल्ला देश की आजादी के लिए लड़े थे। वे कश्मीरी हितों के लिए लड़े थे। और उसके बाद क्या हुआ? जैसे ही आपने कश्मीर को छुआ आपने फारूख अब्दुल्ला को खत्म कर दिया, आपने कश्मीर को खत्म कर दिया और आज वहां की समस्याओं की सबसे बड़ी वजह भी आप ही हैं।

ये कहा जाता है कि हमारी समस्याएँ 2 दिसम्बर 1989 के बाद की समस्याएँ हैं। मुझे इस बात को समझने में परेशानी होती है कि सिवाय एक राज्यपाल की नियुक्ति के अलावा 2 दिसम्बर के बाद ऐसा क्या हुआ कि वहां इतनी समस्याएँ हो गई हैं।

अपहरण एपिसोडः

अपहरण के मामले पर बहुत कुछ कहा जा चुका है। श्री पी शिवशंकर ने कहा कि लड़की का अपहरण कर के यह इशारा करने की कोशिश हुई कि वहां का प्रशासन कमजोर पड़ चुका है। मुझे ऐसा नहीं लगता है। यह एक निजी और संवेदनशील मुद्दा है। चूँकि वह हमारे गृह मंत्री की बेटी है तो मैं इस बारे में कुछ अधिक नहीं कहना चाहता हूँ। मेरी मित्र श्रीमती जयंती नटराजन द्वारा दिए गए बयान से मैं अपना ऐतराज जताना चाहूँगा। मैं सदन के सामने यह कहना चाहूँगा कि अपनी पुत्री, रुबैय्या को उनके चंगुल से मुक्त किये जाने के लिए बनी निर्णय प्रक्रिया में गृह मंत्री का कोई भी हस्तक्षेप नहीं था। ये एक ऐसा बिंदु है जिसे मेरे मित्र समझ नहीं पाते हैं। श्री उमर अब्दुल्ला का सिर्फ इतना कहना है कि उनकी पुत्री के पांच के बजाय एक आतंकवादी के भी प्रत्यर्पण करने से भी छूट सकती थी। लेकिन वे भूल जाते हैं कि हम किसी बनिये की दूकान पर खड़े नहीं हैं। हमे राष्ट्र से जुड़े मामलों की बात कर रहे हैं। और ऐसे में इस अपहरण के मूल्य को अधिक और कम बता कर वो क्या दिखाना चाह रहे थे। मुझे यह समझ में नहीं आता है।

मैं अपना सारा जोर देकर ये कहना चाहता हूँ कि हमारे स्वाधीनता संग्राम के आदर्श हमें उन पांच निरर्थक आतंकवादियों के एवज में उस बेगुनाह बच्ची की जान बचाने की ही सीख देते हैं। मैं अपने मित्रों के बीच इस मुद्दे का जल्द से जल्द राजनीतिकरण करने की खलबली को

समझ सकता हूँ। चूँकि यह सरकार अभी सत्ता में आई है और विपक्ष के पास राजनीति करने के लिए कोई और मुद्दा नहीं है, इसलिए इस मुद्दे पर सरकार को घेरा जा सकता है। इसलिए मैं इस बात का समर्थन करता हूँ कि अन्य किसी भी मुद्दे की नामौजूदगी के चलते रुबैय्या एपिसोड इतना महत्वपूर्ण बन गया।

विरोधाभासी आलोचनाः

मैं यहाँ स्पष्ट करना चाहूँगा कि यह सरकार रुबैय्या प्रकरण के महत्व को कहीं से भी नकार नहीं रही है। उस प्रकरण से हमें कई चीजें सीखने को मिली हैं। उन आतंकवादियों को रिहा करने के बाद लाखों लोग सड़कों पर उतर जायेंगे, यह हमारे लिए भी हिला देने वाली घटना थी। मुझे सत्ता में आने के बाद जॉन एफ केनेडी का दिया हुआ यह बयान याद आता है जब लोगों ने उनसे पूछा था कि आप चीजों को कैसा पाते हैं? उन्होंने जवाब दिया था–'चीजें उतनी ही खराब हैं जितना हम कुछ दिनों पहले उन्हें खराब बता रहे थे।'

कश्मीर में भी ऐसा ही कुछ हुआ है। हमें मालूम था कि कश्मीर में चीजें पहले से ही खराब हैं। लेकिन हमने कभी सपने में भी नहीं सोचा था कि उन्होंने कश्मीर की ऐसी हालत कर दी होगी।

अब वो कह रहे हैं कि इस प्रकरण के द्वारा आतंकवादियों के बीच ये सन्देश गया है कि हम एक कमजोर सरकार हैं। मैं इस बात को नहीं समझ पा रहा हूं। एक तरफ तो वो कह रहे हैं कि हमने वहां श्री जगमोहन को भेज कर चीनी मिट्टी की दूकान में सांड घुसाने जैसा काम किया है। दूसरी तरफ वो हमारी सरकार को कमजोर घोषित भी कर रहे हैं। जहाँ तक पाकिस्तान का सवाल है तो प्रधानमन्त्री दिन–रात इस बात को कहते आ रहे हैं कि उसे अब कश्मीर को भूल जाना चाहिए। अगर उन्होंने कोई सैन्य गतिविधि करने का दुस्साहस किया तो उन्हें माकूल जवाब दिया जाएगा। मैं इस बात के लिए आश्वस्त हूँ कि इस मसले पर सभी हमारे साथ होंगे।

अगर आपकी सरकार को पंजाब और कश्मीर में पिछले कुछ वर्षों के आतंकवाद का अनुभव है और आप इसे तीन महीनों में उखाड़

देने की हमसे उम्मीद करते हैं, तो आपके द्वारा हमारे प्रति विश्वास से हम बेहद खुश हैं।

जहाँ तक आतंकवादियों का प्रश्न है, हमें इस समस्या से भागना नहीं चाहिए। अगर वो आतंकवादी भारतीय हैं तो यह पाकिस्तान की नहीं बल्कि हमारी समस्या है। पाकिस्तान सीमा पार से जारी घुसपैठ की गतिविधियों में संलिप्त है। वह गलत जगह हाथ–पैर मार रहा है। वह यही काम पंजाब में भी कर रहा है। मैं इस बात को स्पष्ट कर देना चाहता हूँ। पंजाब में धारा 370 लागू नहीं है। लेकिन इसके बावजूद हमें पंजाब में समस्या झेलनी पड़ रही है। जहाँ तक रुबैय्या के मामले का प्रश्न है, सरकार बेगुनाहों के अपहरण को होने देना नहीं चाहती है। ऐसा विपक्ष से राजनीतिक बढ़त लेने के लिए नहीं कहा जा रहा है। नहीं! यह एक राष्ट्रीय समस्या है। हमें अपना कार्य समझदारी और कौशल के साथ करना होगा। आतंकवाद को नियंत्रित और नष्ट करने के लिए हमें सावधानी से तमाम तरीके के कदम उठाने होंगे। लेकिन अगर आपकी सरकार को पंजाब और कश्मीर में पिछले कुछ वर्षों के आतंकवाद का अनुभव है और आप इसे तीन महीनों में उखाड़ देने की हमसे उम्मीद करते हैं, तो आपके द्वारा हमारे प्रति विश्वास से हम बेहद खुश हैं। जो आपके द्वारा इतने वर्षों में नहीं किया जा सका वह हमारे द्वारा इन तीन महीनों में नहीं हो सकेगा।

आपने पंजाब में एक राज्यपाल भेज कर हमें यह बताया कि वह इन आतंकवादियों को तीन महीने के अन्दर अपने नियंत्रण में कर लेगा। हमें इस मुद्दे पर और अन्दर जाने की जरूरत नहीं है। यह एक ऐसी समस्या है जिसका निदान हमें राष्ट्रीय स्तर पर भी करना होगा। ऐसे में सबसे महत्वपूर्ण है कश्मीरियों का दिल जीत पाना। उन्हें इस बात का भरोसा दिलाना ही होगा कि भारत एक धर्मनिरपेक्ष और लोकतान्त्रिक राष्ट्र है जहाँ सही तरीके से चुनाव आयोजित किये जाते हैं। इस चुनाव में जीते हुए उम्मीदवार को ही सत्ता चलाने का ही पूरा हक प्राप्त है और किसी भी स्थिति में जोड़तोड़ के द्वारा उसकी सरकार को गिराने जैसा काम नहीं किया जाता है।

एक ठोस और जरूरी कदम के रूप में मैं यह सुझाव देना चाहूँगा कि कांग्रेस (आई) को कश्मीर से तुरंत निकल लेना चाहिए। हमें वहां

फारूख अब्दुल्ला को राजनीतिक बागडोर सँभालने देनी चाहिए। इससे कश्मीर के अवाम के बीच विश्वास पैदा होगा और हम उनका समर्थन प्राप्त करने में सक्षम होंगे।

अगर आप इस सम्बन्ध में सरकार की किसी भी नीति से असहमति जताना चाहते हैं तो आप बेशक अपनी बात सदन के समक्ष रख सकते हैं लेकिन कृपा कर के इस मुश्किल समस्या के साथ और छेड़खानी नहीं करें। कश्मीर निश्चित रूप से एक परेशान जगह है।

अब नहीं रहा बजट पवित्र

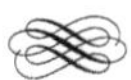

5 मई 1988 को वित्त विधेयक पर चर्चा करते हुए, मोरारका इस बात पर दुःख प्रकट करते हैं कि बजट से तुरंत पहले आयकर अदा करना पड़ता है। वो इस मामले से जुड़े हर बिंदु पर प्रकाश डालते हैं कि कैसे उच्च वर्ग से अधिक आयकर वसूलने के चक्कर में अंततोगत्वा गरीब इसके चंगुल में आ जाते हैं, कैसे मूल्य वृद्धि हो रही है, इन करों से प्राप्त धन के खर्चे पर ध्यान नहीं दिया जा रहा है। पब्लिक सेक्टर के संयंत्रों को और जिम्मेदार बनाने, बढ़ते आयकर के बीच सरकार द्वारा व्यय में कमी को रोक न पाने पर बोलते हुए उन्होंने एक आम करदाता की सोच पर प्रश्न किया जिसके अनुसार सबसे ज्यादा कर देने वाला कर की सबसे अधिक चोरी करता है। जैसा कि वो कहते हैं 'हमें कुछ इस तरह से अपने कानून बनाने होंगे जिससे ईमानदार को बेईमान से पहले प्राथमिकता दी जाए। अगर कानून के द्वारा कर नहीं अदा करने को आसान बना दिया जाएगा, तो फिर कौन कर देगा? करों को अदा न कर पाने की स्थिति अधिक खर्चीली होनी चाहिए।

आज इस सदन के समक्ष रखा गया वित्त विधेयक उसमें निहित उद्देश्यों को पूरा करने में कहीं से भी सक्षम नहीं जान पड़ा और इस वर्ष का बजट भी आशाओं के मुताबिक नहीं था। पिछले कुछ वर्षों तक बजट और वित्त विधेयक को बेहद महत्वपूर्ण दस्तावेज माना जाता था क्यूंकि उसमें न केवल सरकार के राजस्व और व्यय का ब्यौरा और आयकर प्रणाली में परिवर्तन का जिक्र रहता था, बल्कि अगले वर्ष के सामाजिक दर्शन का ज्ञान रहता था। मुझे बड़े दुःख के साथ कहना पड़ रहा है कि पिछले कुछ वर्षों में संसद में लाया कोई भी बजट पहले जितना पवित्र नहीं रह गया है। अब सरकारें पहले के मुताबिक कई गुना ज्यादा कर वसूल

रही हैं। हमने देखा कि बजट से एक माह पहले लोगों पर आयकर की जबरदस्त मार पड़ी है, हमने यह भी देखा कि कैसे अब नियमित मूल्यों के अलावा पेट्रोलियम, पोस्ट और टेलीग्राम पर भी कर लगाया जा रहा है।

घाटे में है हमारी अर्थव्यवस्थाः

हमारे देश की अर्थव्यवस्था के प्रबंधन के क्षेत्र में एक बुनियादी बदलाव आया है। हालांकि जब भी विपक्ष बार–बार कर के बोझ का विरोध करता है तो हर बार आम आदमी इससे प्रभावित होता है। जब भी रोजमर्रा में प्रयोग की जाने वाली वस्तुओं पर कर लगाया जाता है, इस देश में कीमतें बढ़ जाती हैं। बजट के अनुमान के साथ–साथ इस वित्त विधेयक के द्वारा किसी तरह के भी सुधारात्मक उपायों को करने में सफलता नहीं मिली है।

इन प्रावधानों पर मेरी पहली सलाह बढ़ते घाटे से जुड़ी हुई है। हमारी अर्थव्यवस्था घाटे में चल रही है। ₹8,000 से ₹9,000 करोड़ के घाटे को कुछ सप्ताह या महीनों में नहीं समझा जा सकता है। बजट अथवा वित्त विधेयक पर कुछ महीनों तक चर्चा की जाती है। इस सदन के पास किये जाने पर, यह आखिर में राष्ट्रपति के पास मंजूरी के लिए जाता है। उसके बाद ही यह विधेयक कानून बन जाता है। लेकिन इस देश की जनता को इसका असर आने वाले कई वर्षों तक झेलना पड़ता है। इसलिए मेरी समझ से वित्त मंत्री को सबसे पहले इस घाटे को न्यूनतम स्तर पर लाने की कोशिश करनी चाहिए। अब जबकि उस स्तर पर पहले से ही घाटे की बात को मान लिया गया है तो मुझे दो सिफारिशें करनी हैं।

पहली ये कि इस वर्ष भी कर प्रस्ताव नहीं लाया जाएगा और घाटे में किसी तरह की कोई भी वृद्धि नहीं करने दी जायेगी। ये दोनों चीजें आपस में विरोधाभासी जान पड़ सकती हैं। लेकिन वास्तव में ऐसा नहीं है, क्यूंकि एक तरीका है करों की दर में बिना कोई फेरबदल किये घाटा कम करने का। और ये तरीका है राजकीय खर्चे में नियंत्रण।

हम देखते हैं कि जिस व्यक्ति पर कर लगाया जाता है वो करों की दर को लेकर सबसे ज्यादा चिंतित है और इस बात को सुनिश्चित करने की कोशिश में है कि उस पर कम से कम टैक्स लगाया जा रहा है। लेकिन कर से प्राप्त आमदनी कैसे खर्च की जा रही है इस पर हमारा

बेहद कम ध्यान है। मेरा मानना है कि रक्षा, भोजन और फर्टिलाइजर सब्सिडी से जुड़ी वस्तुओं पर कर घटाना उचित नहीं होगा हालांकि हमें ये जरूर लगता है कि इस तरह की अर्थव्यवस्था संभव तो है, लेकिन मुझे नहीं लगता कि रक्षा सम्बन्धी खर्चे सही से नहीं किये जा रहे हैं। जब हम रक्षा व्यय की बात करते हैं तो इसका सीधा सम्बन्ध इस देश की सुरक्षा के साथ भी है। हमें बताया गया है कि इस सम्बन्ध में उचित निर्णय लिये जायेंगे। रक्षा और उर्वरक सब्सिडी के अलावा इस बजट का बड़ा हिस्सा गैर योजना मद में हुए खर्चों के लिए भी प्रयोग होता है।

अगर सरकारें गैरजरूरी खर्चों को रोकने के लिए छोटा–सा भी कदम उठाती हैं तो इससे आम आदमी पर अतिरिक्त खर्चों का बोझ जरूर कम होगा।

बजट पहले जितना पवित्र नहीं रह गया है। अब सरकारें पहले के मुताबिक कई गुना ज्यादा कर वसूल रही हैं, हमने देखा कि बजट से एक माह पहले लोगों पर आयकर की जबरदस्त मार पड़ी है।

आखिरकार श्रमजीवियों पर ही पड़ती है कर की मारः

यह अर्थशास्त्र का जाना–माना सिद्धांत है कि अत्यधिक कर की मार श्रमजीवी वर्ग पर ही पड़ती है। हम ये जरूर कह सकते हैं कि हमने अमीरों पर कर लगा दिए हैं। हम ये कह सकते हैं कि हमने उच्च आय संवर्ग पर कर लगाये हैं। हमने अपने आयकर कानून श्री निकोलस कल्डोर के अध्ययन के आधार पर बनाये हैं जो भारत में सन् 1956 में आये थे। पिछले 32 सालों में भी हमने यही पाया है कि आयकर का बोझ आम आदमी के कन्धों पर आ गया है। उच्च वर्ग को यह बोझ जरा भी महसूस नहीं होता है। यह वो सुनिश्चित आय का तबका है, वो गरीब तबका है, जो हर एक रुपये पर बढ़ते कर के बोझ तले दबा हुआ रहता है। वित्त मंत्री से मेरा नम्र निवेदन होगा कि वो इस बात को सुनिश्चित करें कि सरकार आम आदमी पर इस वर्ष कम से कम बोझ डाले, सरकारी घाटे में कमी हो और इस वर्ष किसी तरह के भी नए कर प्रावधान नहीं लाये जाएँ।

अब मैं मुद्रास्फीति जैसे महत्वपूर्ण और रोचक मुद्दे पर अपनी बात रखना चाहूँगा जो कि हमारी दलगत राजनीति से ऊपर की बात है। यह देश का पैसा है। 1980 से लेकर अब तक जनता सरकार सत्ता में नहीं है। आइये हम इन आठ वर्षों के आंकड़ों को देखते हैं। ये आंकड़े हमें इन आठ वर्षों की पूरी कहानी बयान करते हैं। मूल्य वृद्धि एक ऐसी चीज है जिसका सीधा असर सबसे पहले आम आदमी पर होता है। जब श्रीमती इंदिरा गाँधी द्वारा सन् 1969 में बैंकों का राष्ट्रीयकरण किया गया था, इस देश के सभी बैंक खातों में कुल ₹4,338 करोड़ की धनराशि जमा थी। 1980 आते–आते, ग्यारह वर्षों में ये जमाराशि बढ़ कर ₹31,759 करोड़ हो गई थी। 1980 से लेकर 1987 ये राशि बढ़कर ₹102,127 करोड़ हो गई है। इन राष्ट्रीयकृत बैंकों में जमा राशि को देख कर भी आम आदमी ये मान सकता है कि हमारा देश अमीर होता जा रहा है। लेकिन ऐसा नहीं है।

वास्तव में ये ₹102,000 करोड़ की राशि क्या है? यह वो धन है जो सर्कुलेशन में है। अब सवाल यह उठता है कि यह धनराशि इतना अधिक कैसे हो गई? यही वो वजह है जिसके चलते मुद्रास्फीति की दर में वृद्धि हो रही है। इन आंकड़ों को एक आम आदमी नहीं जान पाता है। लेकिन वित्त मंत्री इस बात से भलीभांति वाकिफ होंगे कि मुद्रास्फीति की दर बढ़ने का सीधा प्रभाव आम आदमी पर पड़ता है।

गैर योजना मद में हुए खर्चे के लिए ये आंकड़े 1980 से लेकर 1987 के बीच के हैं–मैं उससे पहले की समयावधि की बात नहीं कर रहा हूँ। तब गैर योजना मद में व्यय कुल ₹3,112 करोड़ का था, जो कि वर्तमान वित्त विधेयक में बढ़ कर ₹9.091 करोड़ हो गया है। इसका ये मतलब नहीं है कि गैर योजना मद में किया गया हर खर्च मूल्य वृद्धि का कारण नहीं होता है। इस खर्च का एक हिस्सा मुद्रास्फीति बढ़ाने के पीछे का कारक होता है क्यूँकि हम जिन प्रोजेक्ट्स को इस मद से स्थापित करने में लगे हैं उन्हें पूरा होने में लम्बा समय भी लग सकता है। अभी हम विशाखापत्तनम इस्पात संयंत्र, सालेम इस्पात संयंत्र और अन्य कई प्रोजेक्ट्स पर काम कर रहे हैं। विशाखापत्तनम में अभी उत्पादन शुरू भी नहीं हुआ है। इसलिए, इसका एक हिस्सा अभी इन्फलेशनरी इन्वेस्टमेंट की श्रेणी में आएगा। इस गैर योजना व्यय के आंकड़े में आम आदमी पर पड़ने वाले बोझ से निपटने के लिए 20 प्रतिशत के कट का प्रावधान रखा गया है।

लेकिन ऐसा करना कहने से कहीं ज्यादा मुश्किल है। सरकार को इस मोर्चे पर अपनी प्रतिबद्धता दिखानी होगी। वित्त मंत्री को अपने मंत्रियों के साथ काफी कठोर रुख अख्तियार करते हुए खर्चों में कटौती करनी होगी।

रोजमर्रा के खर्चे पूरे करने के लिए उधार लेनाः

अब मैं इस वित्त विधेयक के एक और महत्वपूर्ण पक्ष की तरफ आप सब का ध्यान आकृष्ट कराना चाहूँगा। वो ये है कि पिछले दो वर्षों से कैपिटल अकाउंट में आ रहे धन को हम राजस्व सम्बन्धी व्यय में खपाए जा रहे हैं। यह सबसे गंभीर बात है। बीस–पच्चीस साल पहले, श्री सी.डी.देशमुख और श्री टी.टी. कृष्णामचारी के नेतृत्व में हमारे राजस्व खाते में सरप्लस होता था और कैपिटल खाते में डेफिसिट। वो इसे उचित ठहराते हुए कहते थे कि इस धन का उपयोग संयंत्रों, डैम, फैक्टरियों और देश में विकास से जुड़े अन्य कामों को करने में करेंगे।

मैं समझ सकता हूँ कि यह एक वैध बात है और ऐसा करने के लिए हमें धन की जरूरत होगी। लेकिन अब एक ऐसी स्थिति आ गयी है जब हमें अपने रोजमर्रा के खर्चे चलाने के लिए पैसे उधार लेने पड़ रहे हैं। अगर हमें अपने घरों को चलाने के लिए पैसे उधार लेने होंगे तो मुझे नहीं लगता कि हम ऐसा बहुत दिनों तक कर पाने में सक्षम होंगे। यह इस देश का बजट है और अगर इसमें साल दर साल घाटा होता जाएगा तो इससे हमें भविष्य के लिए कोई भी उम्मीद नहीं मिलेगी। तो फिर वो कौन–सा तरीका है जिससे खर्च कम नहीं कर पाने और आयकर के निश्चित स्तर पर पहुँचने के बाद की स्थिति में भी सरकार इस घाटे को पूरा करने की बात कर रही है?

इसके केवल दो ही तरीके हैं: एक तो ये कि हम करेंसी नोट्स को और अधिक संख्या में छापें जिससे मुद्रा आपूर्ति में वृद्धि हो। दूसरा ये कि हम बाजार से उधार लें। हर सात से दस वर्षों में हमने श्रमजीवी वर्ग पर दबाव डाला है। हम अभी भी यही कर रहे हैं। हम अपने घाटे को पूरा करने के लिए आन्तरिक और बाहरी दोनों ही जगह से पैसे उधार ले रहे हैं। इस आन्तरिक उधार का सीधा असर गरीब आदमी पर पड़ने वाला है। आज हम क्या कर सकते हैं? हम आज की तारीख में फंड्स उगाह सकते हैं। हम देखते हैं कि पब्लिक सेक्टर, सरकारी और

आईडीबीआई के बांड्स बहुत जल्द ही खरीद लिए जाते हैं। लेकिन इनका ब्याज और पुनर्भुगतान सिर्फ और सिर्फ आम आदमी की कीमत पर ही किया जा सकता है।

क्या सभी तरीके खत्म हो चुके हैं:

यहाँ एक और रोचक बिंदु यह है कि क्या इस स्थिति से निपटने के सभी तरीके खत्म हो चुके हैं। मान लिया जाए कि यह इस देश की समस्या है और यह इस देश का कुल व्यय है। प्रश्न उठता है कि वित्त मंत्री ने इस खर्चे को रोकने के लिए कौन–से कदम उठाये हैं? पश्चिम के देशों जैसे कि अमेरिका और इंग्लैंड में हर वर्ष खर्चे इसलिए बढ़ते हैं कि वहां लोगों की आय और उनके अन्य खर्चों में प्रतिवर्ष वृद्धि होती है। लेकिन इन देशों में राजस्व में वृद्धि का ये भी कारण है कि वहां निजी क्षेत्र में भी हर साल मुनाफा कमाया जा रहा है और उन्हें अपने लोगों से कर के रूप में धनराशि प्राप्त होती है। समाजवादी अथवा कम्युनिस्ट देशों में ऐसे किसी भी निजी क्षेत्र की कोई अवधारणा नहीं है।

हमारे निर्माण के शुरुआती वर्षों में ही पंडित नेहरू ने भारत में मिश्रित अर्थव्यवस्था को चुना था। हालाँकि उनके कार्यकाल के अंतिम तीन वर्षों में कई तरह के नीतिगत परिवर्तन किए गए थे। लेकिन इसके बावजूद मैं ये मानता हूँ कि वर्तमान सरकार अब भी इंडस्ट्रियल पालिसी रेसोल्यूशन 1956, और 1956 के औद्योगिक कानून (विकास और नियंत्रण) और सबसे अधिक नेहरू की नीतियों के प्रति प्रतिबद्ध है। नेहरू की आर्थिक नीति मिश्रित अर्थव्यवस्था से जुड़ी हुई थी जहाँ पब्लिक तथा प्राइवेट दोनों ही सेक्टर मौजूद थे। बाद में श्रीमती इंदिरा के समय, पब्लिक सेक्टर को महत्वपूर्ण अधिकार दे दिए गए थे ताकि इसका सबसे अधिक विकास हो सके। लेकिन इसके बावजूद इस बात पर सहमति बनी थी कि पब्लिक और प्राइवेट दोनों ही क्षेत्र साथ–साथ काम करेंगे। इसका मतलब हुआ कि जब प्राइवेट सेक्टर लाभ कमाएगा तो यह सरकार को कर अदा करेगा जिसका उपयोग सरकार जनकल्याण के लिए करेगी।

लेकिन असल में हो यह रहा है कि निजी क्षेत्र से प्राप्त धन की एक निश्चित सीमा है क्यूँकि हम पूरी तरह से खुली हुई अर्थव्यवस्था नहीं हैं और यहाँ कुछ विशेष नियम हैं जिनका अनुपालन करना जरूरी है। इस

तरह से प्राप्त धन से हमारे खर्चे पूरे नहीं हो सकते हैं। इसके अलावा हमें इस धन का एक हिस्सा और अपने संसाधन पब्लिक सेक्टर के उन संयंत्रों को देना पड़ता है जो घाटे में चल रहे हैं। हमारी औद्योगिक नीति संकल्प अथवा संविधान में कहीं भी यह नहीं कहा गया है। लेकिन सार्वजनिक क्षेत्रों का अपना महत्व है।

कल्याणकारी राज्य चलाने का नहीं है ये तरीकाः

मैं समझ सकता हूँ कि अगर आप स्कूल, अस्पताल और मेडिकल सेण्टर चला रहे हैं तो घाटा होना लाजमी है। लेकिन कोई यह नहीं चाहता है कि आप एक इस्पात संयंत्र चलाने में हानि का सामना करें। एक कल्याणकारी राज्य को चलाने का यह कोई तरीका नहीं है। यह नेहरू द्वारा स्थापित नीतियों का हिस्सा नहीं हो सकता है। इसलिए इस घाटे को पूरा करने का सबसे सही तरीका यह है कि हम पब्लिक सेक्टर के उपक्रमों से आय के स्रोतों में विस्तार करें। मैं दिसम्बर 1985 में सरकार द्वारा घोषित दीर्घकालिक वित्तीय नीति के बारे में अपनी बात रखना चाहूँगा।

पहला सवाल जो खड़ा होता है वो यह है कि क्या इस नीति का अनुपालन अब भी किया जा रहा है? जब तक सरकार यह नहीं कहती कि यह नीति वैध नहीं है अथवा वो कोई नयी नीति लाने वाली है तब तक यह नीति कारगर रहेगी क्यूंकि यह पिछले तीन साल से मौजूद है और इस नीति का एक प्रावधान यह भी है कि तीन वर्षों तक आयकर की दर में कोई बदलाव नहीं किया जाएगा। जब भी इसकी दरों में कटौती की मांग की जाती है तो वित्त मंत्रालय यह दलील देता है कि दीर्घकालिक वित्तीय नीति के कारण वो ऐसा नहीं कर सकता है और वो ऐसा करने के लिए प्रतिबद्ध है। मैं यहाँ इस नीति के निहित उद्देश्यों के बारे में बात करना चाहूँगा।

यह कहा जाता है कि करंट रेवेन्यू बैलेंस सातवें योजना वर्ष में नकारात्मक स्तर पर होगा। इसके पिछले आंकड़े मौजूद हैं और इस नीति का स्पष्ट कहना है कि करंट रेवेन्यू का सबसे अधिक बैलेंस 1978–79 में था। ये सभी सरकारी आंकड़े हैं। और यह सकल घरेलू उत्पाद का 2 प्रतिशत है।

किसी भी समय पब्लिक सेक्टर ने सरकार को एक खास राशि से

अधिक आय नहीं दी है। लेकिन चूँकि हमारा तात्कालिक करंट रेवेन्यू बैलेंस नेगेटिव है, इसलिए दीर्घकालिक वित्त नीति में यह कहा गया है कि वो 1986–87 में इसकी दर को 3.4 प्रतिशत पर बनाये रखना चाहते हैं।

आने वाली पीढ़ियां हमें माफ नहीं करेंगी:

अब जबकि सार्वजनिक क्षेत्र हमें इस पैसे का भुगतान नहीं कर रहे हैं तो मैं वित्त मंत्री से ये जानना चाहूँगा कि वो संसाधन निर्माण के लिए कौन–से वैकल्पिक कदम उठा रहे हैं। अगर कुछ महीनों के बाद आपके पास धन नहीं आएगा तो आप फिर लोगों से ही यह राशि कर के माध्यम से वसूलेंगे।

इसलिए अर्थव्यवस्था का मूल प्रबंधन सार्वजनिक क्षेत्र के इर्द–गिर्द ही घूमता है। इस वर्ष रक्षा सम्बन्धी व्यय पिछले वर्ष के ₹12,000 करोड़ की राशि की अपेक्षा बढ़ कर ₹13,000 करोड़ हो गया है। श्रीलंका में चलाये जा रहे अभियान के सन्दर्भ में मुझे यह समझ में नहीं आता कि इस मद में सिर्फ ₹1,000 करोड़ की वृद्धि कैसे हुई है? इस वर्ष की अनुमानित राशि पिछले वर्ष की अपेक्षा कम है। यह एक खतरनाक प्रस्ताव है। एक आम आदमी जिसे अर्थशास्त्र के भारी–भरकम फॉर्मूलों का ज्ञान नहीं है, वह भी इस बात को नहीं मान सकता है। अंततोगत्वा रक्षा सम्बन्धी व्यय बढ़ जाएगा जो कि राष्ट्र के हितों के मुताबिक एक जरूरी चीज है।

आप गैर योजना मद के व्यय में कोई कटौती नहीं करेंगे। सार्वजनिक क्षेत्र के संयंत्र पैसे नहीं कमाएंगे। घूम–फिरकर हम गरीब आदमी की तरफ रुख करते हैं। हम उसके कन्धों पर और अधिक बोझ डालते हैं। यह बोझ प्रत्यक्ष रूप से नहीं डाला जाता है। इसलिए यह डेफिसिट फाइनेंसिंग, बाजार से उधार लेने जैसे अप्रत्यक्ष तरीकों से डाला जाता है। यह गरीब के लिए धीमे जहर की तरह है। दीर्घकालिक वित्त नीति में वित्त मंत्री से इस बात पर ध्यान देने के लिए निवेदन करना चाहूँगा।

उधार के सम्बन्ध में मेरा कहना है कि इस वर्ष हमारा आन्तरिक बोझ बढ़कर ₹14,000 करोड़ हो चुका है। 1980–87 के बीच में हमारे ऊपर ब्याज का बोझ ₹2,600 करोड़ से बढ़कर ₹14,000 करोड़ हो चुका है। ऐसी सम्भावना है कि यह बोझ बढ़ता ही चला जा सकता है और हमारी हालत मेक्सिको और ब्राजील के जैसी हो जाएगी जहाँ मुद्रा का

कोई महत्व नहीं होगा। आने वाली पीढ़ियां हमें इस बात के लिए कभी माफ नहीं करेंगी।

निर्यात में वृद्धि का कार्यक्रम बुरी तरह असफल हो चुका है:

मेरी दूसरी बात विदेशी ऋण से जुड़ी हुई है। इससे पहले आन्तरिक उधार पहले से ही एक बड़ी समस्या है। इस विदेशी ऋण को चुकता कैसे किया जाये। इसका पुनर्भुगतान दो तरीकों से किया जा सकता है। पहला तो ये कि हम ऐसा करने के लिए फिर से उधार लें और दूसरा ये कि विदेशी विनिमय के द्वारा प्राप्त धन का उपयोग इस ऋण को चुकता करने में किया जाए। वर्तमान वित्त मंत्री श्री नारायण दत्त तिवारी पहले वाणिज्य मंत्री रह चुके हैं। मैं उनकी प्रशंसा करना चाहूँगा। जब से वो इस पद पर आसीन हुए हैं उन्होंने निर्यात में वृद्धि के लिए सभी तरह के प्रयास किये हैं। लेकिन हमारा निर्यात का आधार बहुत ही कमजोर है।

हम इस बात को कहते हुए कभी नहीं अघाते कि हमारे पास विश्व का तीसरा सबसे बड़ा बुद्धिमान मानव संसाधन है। यह एक तथ्य भले ही हो सकता है। लेकिन इस संसाधन का तब तक कोई फायदा नहीं है जब तक हम अपने देश के वाणिज्य में एक्सपोर्ट सरप्लस स्थापित न कर पायें।

पिछले तेईस वर्षों में निर्यात वृद्धि से जुड़ी हुई हमारी सभी नीतियाँ बुरी तरह से असफल हुई हैं। अब हम इसमें वृद्धि के लिए हर तरीके के प्रयास कर रहे हैं। ये कोई बहुत बड़ी चीज नहीं है। जब भी हम वाणिज्य और विनिमय में ढील देने की कोशिश करते हैं, चैम्बर ऑफ कॉमर्स एंड इंडस्ट्री इसमें दस प्रतिशत अथवा इससे ज्यादा की ढील देने की बात करता है। अब ये सब कुछ बेहद मामूली चीजें हैं। बुनियादी बात यह है कि भारत जैसे देश में जहाँ बजट का आकार इतना विशाल है, हमें और अधिक निर्यात करने की जरूरत है। हम इस बात को कहते हुए कभी नहीं अघाते कि हमारे पास विश्व का तीसरा सबसे बड़ा बुद्धिमान मानव संसाधन है। यह एक तथ्य भले ही हो सकता है। लेकिन इस संसाधन का तब तक कोई फायदा नहीं है

जब तक हम अपने देश के वाणिज्य में एक्सपोर्ट सरप्लस स्थापित न कर पायें। कोरिया और ताइवान जैसे छोटे देशों ने भी अपने निर्यात में वृद्धि करने में सफलता प्राप्त की है। उन्होंने हमें हमारे स्थापित बाजार से बाहर निकाल फेंका है। इसलिए हमें युद्ध स्तर पर अपनी निर्यात नीति में बदलाव करने की जरूरत है। हमारा काम इसमें 10 या 20 प्रतिशत की वृद्धि से नहीं चलने वाला है। हमें निर्यात में कम से कम 500 प्रतिशत की वृद्धि करनी होगी।

हमें अपने सभी उद्योगपतियों को एक जगह इकठ्ठा करना होगा। हमें उनके साथ एक बैठक करनी चाहिए। हमें उन्हें यह बताना होगा कि इस देश की कुल आय कितनी है। यह किसी एक खास व्यक्ति के मुनाफे से जुड़ी हुई बात नहीं है। देश को विदेशी धन की प्राप्ति होनी ही चाहिए। लेकिन पिछले दस–पंद्रह वर्षों में हमने क्या देखा है? सरकार से औद्योगिक लाइसेंस प्राप्त करने के बाद किसी भी बड़े औद्योगिक घराने ने उसे विदेशी धन कमा कर नहीं दिया है। ये हमारे कुशल कामगारों, पेंटरों और कारीगरों की देन है जिन्होंने मिडिल ईस्ट जा कर हमारे देश में विदेशी धन भेजा है। देश की सबसे बड़ी ताकत इन्हीं आम आदमियों में है। हमें ऐसी नीतियाँ बनानी होंगी जिससे अधिक से अधिक विदेशी मुद्रा कमाई जा सके।

फोरेक्स रेगुलेशन पूरी तरह विफल रहा है:

फॉरेन एक्सचेंज रेगुलेशन एक्ट (फेरा) के बारे में हमें तभी सुनने को मिलता है जब किसी उद्योगपति को इस सिलसिले में गिरफ्तार किया जाता है। एक समय था जब हमरी वैचारिक प्रतिबद्धता के कारण हमने विदेशी कंपनियों को 40 प्रतिशत से अधिक निवेश का अधिकार नहीं दिया था। अब इन कंपनियों ने भारतीय बाजार में अपने 60 से लेकर 100 प्रतिशत शेयर बेच दिए हैं। इन कंपनियों में जनता का बहुत अधिक पैसा गया है जिसे इन्होंने विदेश भेज दिया है। इससे देश के विदेशी विनिमय पर प्रतिकूल प्रभाव पड़ा है और कंपनी पर उन्हीं विदेशियों का नियंत्रण बना हुआ है।

हर पंद्रह दिन पर हमें किसी न किसी हवाला रैकेट के पकड़ाने की खबर मिलती है जिसमें करोड़ों का विदेशी धन पकड़ा जाता है। जब

तक विदेशी विनिमय के ये कृत्रिम दर बरकरार रहेंगे तब तक हवाला रैकेट का कारोबार बदस्तूर जारी रहेगा। इसमें कोई शक नहीं कि प्रवर्तन मशीनरी अपना काम कर रही है। हमें उन्हें सभी तरह से प्रोत्साहित करना चाहिए। लेकिन विदेशी विनिमय की समस्या का समाधान कहीं और है। ये समाधान सरकार की वित्तीय नीतियों में निहित है। सरकार को अपने समूचे नीतिगत ढाँचे पर पुनर्विचार करना चाहिए जिससे आपूर्ति, मुद्रास्फीति, आयकर, निर्यात और पब्लिक सेक्टर से जुड़ी समस्याओं का त्वरित निदान हो सके।

अफसरशाह कर देंगे सार्वजनिक क्षेत्रों को पूरी तरह से बर्बादः

मेरे दिमाग में दूर–दूर तक ये बात नहीं है कि इस देश में पब्लिक सेक्टर को बंद कर देना चाहिए। अगर आज हम इसे बंद कर दें, तो हम डूब जायेंगे। अब हम जिस स्थिति में हैं वहां यह विकल्प कहीं से भी कारगर नहीं है। हमें इसे चलाना है और सफलतापूर्वक चलाना है। हम इसे सिर्फ कुछ लोगों के लिए पैसे बनाने का स्रोत बना कर नहीं छोड़ सकते हैं। इससे हम जनता को यह नहीं समझा सकेंगे कि सार्वजनिक क्षेत्र का मुख्य उद्देश्य सामाजिक कल्याण है।

किसी भी सार्वजनिक संयंत्र के प्रबंध निदेशक को यह पहले ही बता दिया जाना चाहिए कि उसे तीन–चार वर्षों से पहले उसके पद से नहीं हटाया जाएगा। अपना काम शुरू करने से पहले वो अपनी गोपनीय रिपोर्ट देखने के लिए उत्सुक होता है, उसे इस बात की परवाह होती है कि उसके विरुद्ध इसमें कोई टिप्पणी न की गई हो। अगर उसका संयंत्र घाटे में जा रहा है तो ऐसी स्थति में वह इस बात की परवाह क्यूँ करेगा। जब तक पब्लिक सेक्टर के भीतर प्रतिबद्धता के साथ काम करने वाले लोग नहीं होंगे, हम इसका विकास नहीं कर सकते हैं। एक और भ्रामक तर्क जो लोग अक्सर पब्लिक सेक्टर के बारे में देते हैं वो ये है कि पब्लिक सेक्टर में लाभ के लिए ललक नहीं होती जबकि प्राइवेट सेक्टर में लाभ को महत्वपूर्ण माना जाता है।

निश्चित तौर पर आप ये कह सकते हैं कि ओएनजीसी लाभ कमाने वाला सार्वजनिक उपक्रम है लेकिन आपको यह जान लेना चाहिए

कि तेल के क्षेत्र में लाभ कमाने के लिए कोई खास प्रयास अथवा बुद्धिमत्ता की जरूरत नहीं है।

टाटा आयरन उद्योग कैसे काम करता है? उसको संचालित करने के लिए एक अधिकारी नियुक्त किया गया है, जिसे इस काम के लिए एक खास तनख्वाह मिलती है। वह स्टील अथॉरिटी ऑफ इंडिया भी संचालित कर सकता है। हमें इस तरह के लोगों का एक समूह चाहिए, जो कंपनियों का संचालन कर सके। अगर हमने सार्वजनिक क्षेत्र की कम्पनियों को संचालित करने का जिम्मा अफसरशाहों को दे दिया तो वो इसे बर्बाद कर देंगे। चूँकि अफसरों को लगता है कि उनका काम सिर्फ नियंत्रण तथा नियमन करना है इसलिए वो उत्पादन बढ़ाने में किसी तरह से सहभागी नहीं होंगे। इसके लिए अधिकारियों को एक दूसरे तरीके की ट्रेनिंग की जरूरत पड़ेगी।

दुर्भाग्य से पिछले चौंतीस वर्षों में सार्वजनिक क्षेत्रों में कुल ₹28,317 करोड़ कैपिटल का निवेश किया गया है जिसमें मैं रेलवे को नहीं जोड़ रहा हूँ। इस मद में कुल ₹33,286 करोड़ का सरकारी ऋण है। मैं यहाँ वाणिज्यिक बैंकों से लिए गए बांड्स की बात भी नहीं कर रहा हूँ। यह जनता से प्राप्त ₹61,600 करोड़ के उस धन से भी बहुत अधिक है जिसे वित्त मंत्री और उनके पूर्ववर्तियों ने बड़े ही कष्ट से संग्रहित किया है। और इन सब का नतीजा क्या है? पूरे पब्लिक सेक्टर द्वारा इस वर्ष में ₹1,450 करोड़ का मुनाफा कमाया गया है।

दूर से देखने में ₹1,450 करोड़ का यह मुनाफा सही प्रतीत होता है लेकिन कुल मुनाफे में से ओएनजीसी का कुल हिस्सा ₹1,484 करोड़ का है। असल में यह एक घाटे का सौदा है। निश्चित तौर पर आप ये कह सकते हैं कि ओएनजीसी लाभ कमाने वाला सार्वजनिक उपक्रम है लेकिन आपको यह जान लेना चाहिए कि तेल के क्षेत्र में लाभ कमाने के लिए कोई खास प्रयास अथवा बुद्धिमत्ता की जरूरत नहीं है। जब तक सार्वजनिक क्षेत्र के द्वारा लाभ नहीं कमाया जाएगा, वित्त मंत्री द्वारा हमारी अर्थव्यवस्था में परिवर्तन के तमाम प्रयास धरे के धरे रह जायेंगे। साल दर साल हम इसी समस्या पर चर्चा करते रहेंगे और अमीर आदमी के नाम पर हम यह बोझ हमेशा गरीबों पर ही डालते रहेंगे। हम बस इतना ही कर सकते हैं।

आधुनिक समय के प्रतिकूल है हमारे आयकर का ढांचाः

वित्त विधेयक और उसमें प्रस्तावित नियंत्रणों के आलोक में मैं ये कहना चाहूँगा कि ऐसा करना एक मुश्किल काम है। इस मामले में वित्त मंत्री अधिक कुछ नहीं कर सकते हैं। लेकिन कमी फिर भी बरकरार रहेगी। उदाहरण के तौर पर आयकर को देखें। अगर मैं कहूं कि इस देश के ज्यादातर लोग अपने आयकर रिटर्न में हेरफेर करते हैं तो मैं गलत नहीं होऊंगा। पंद्रह साल पहले एक दौर था जब हम कुछ ही व्यापारिक घरानों और व्यक्तियों पर कर चोरी का इल्जाम लगा सकते थे। आयकर का सारा ढांचा आधुनिक समय के हिसाब से प्रासंगिक नहीं है। यह लोकतंत्र की त्वरित जांच है। जहाँ तक सरकार का प्रश्न है तो उसके पास खोने के लिए कुछ भी नहीं है। अगर हम एक अध्ययन पर गौर करें तो पायेंगे कि अगर आयकर के दायरे से 60 प्रतिशत करदाताओं को हटा भी दिया जाए तो बाकी 40 प्रतिशत दाताओं के होने से भी सरकार के राजस्व में कोई हानि नहीं होगी।

हर वर्ष हमारे देश में आयकर अधिकारियों की वृद्धि हो रही है। यह एक निहायती गैरजरूरी काम है। उच्च आय वर्ग से जुड़े मसलों पर भी हमें एक तार्किक निर्णय लेने की जरूरत है। दीर्घकालीन वित्त नीति में ये कहा गया था कि आप डायरेक्ट टैक्स विधेयक लेकर जल्द ही आयेंगे। अपने वायदे के अनुसार सरकार इस डायरेक्ट टैक्स (संशोधन) विधेयक को लेकर आई। यह आसान नहीं था लेकिन फिर भी ये विधेयक लाया गया। सबसे बड़ी बात यह है कि इस विधेयक के कानून बनने से पहले ही इसमें संशोधन हो गया। मैं सरकार से उसकी मंशा जानना चाहता हूँ। आखिर हम क्या कर रहे हैं? क्या हम लोगों के बीच हंसी का पात्र बनना चाहते हैं। मैं वित्त मंत्री से अनुरोध करूँगा कि वो फिलहाल इस विधेयक पर कोई निर्णय न लें और इसे चयनित समिति के पास चर्चा करने के लिए भेज दें। संसद को इस विधेयक पर ठीक से चर्चा करनी चाहिए।

मेरे पास 1956 में पंडित नेहरू के आग्रह पर निकोलस कल्डोर द्वारा भारत की आयकर व्यवस्था पर किये गए अध्ययन की कॉपी है। मैं उद्धृत करना चाहूँगाः

'इस बात से सभी सहमत होंगे कि भारत में टैक्स चोरी की

> प्रचलित वजहों के अलावा आय के स्रोतों और कुल आय को छुपा कर भी आयकर से बचने की परिपाटी है। यह परिपाटी आखिर युद्ध के बाद से जोर पकड़ रही है। मूल प्रश्न यह है कि आयकर की आय के सन्दर्भ में आय का कितना हिस्सा कर के दायरे से बाहर छुपा लिया जाता है। व्यापारियों, राजस्व अधिकारियों और एकाउंटेंट्स से हुई मेरी बातचीत में यह पता चला है कि यह राशि आयकर आधारित आकलित आय का 10–20 से लेकर 200 प्रतिशत भी हो सकती है।'

1956 में श्री कल्डोर ने यह बताया था कि कुल संग्रहीत आय की दुगुनी राशि आयकर के घेरे से छुपी हुई है। मुझे सदन को यह बतलाने की जरूरत नहीं है क्यूंकि आज की तारीख में हर कोई टैक्स चोरी से वाकिफ है। इसलिए जब तक हम एक आसान और सुदृढ़ आयकर विधेयक लेकर नहीं आयेंगे, तब तक मुझे डर है कि हम एक ऐसी जटिल व्यवस्था के अधीन रहेंगे जहाँ भ्रष्टाचार अपने चरम पर होगा।

सिर्फ अमीरों के लिए हैं विवेकाधीन शक्तियांः

मुझे दुःख है कि हमारे कानून कुछ इस तरह बनाये जाते हैं कि विवेकाधीन शक्तियां सिर्फ कुछ लोगों के लिए ही बनी हुई हैं। मैं एक सामान्य तर्क से इस बात को साबित कर सकता हूँ कि किसी भी सरकारी अधिकारी को प्राप्त विवेकाधीन शक्तियों का प्रयोग अमीर और शक्तिशाली लोगों के अधिकारों की रक्षा करने में होता है। एक गरीब आदमी कभी भी उस अधिकारी तक अपनी पहुँच बना पाने में सक्षम नहीं हो पाता है। इसलिए हमें ऐसे कानून बनाने की जरूरत है जिससे किसी भी अधिकारी की विवेकाधीन शक्तियों में अधिकतम कटौती की जा सके।

खुद प्रो. कल्डोर का कहना है कि एक कुशल आयकर व्यवस्था के निर्माण में हमें तीन चीजों पर ध्यान देना चाहिए—समानता, आर्थिक प्रभाव और प्रशासनिक कुशलता। लेकिन हमारी वर्तमान आयकर व्यवस्था इन तीनों स्तरों पर प्रदर्शन करने में नाकाम साबित हुई है। इसके आर्थिक प्रभाव हमारे लिए घातक हो सकते हैं। इस स्थिति में सरकार को मेरा नम्र सुझाव होगा कि वित्त मंत्री के प्रस्ताव द्वारा ही इस डायरेक्ट टैक्स

(संशोधन) बिल को बनाया जाए। मैं आपको आश्वस्त करना चाहूँगा कि इससे हमें किसी भी तरह की हानि नहीं होगी।

महोदय, कारपोरेशन टैक्स को लेकर भी हमें बहुत अधिक उम्मीदें थीं। लेकिन इस मसले पर भी हमें निराशा झेलनी पड़ी है क्यूंकि आयकर अधिकारियों द्वारा इस मसले पर कई गड़बड़ियां की गयी थीं। आपकी दीर्घकालिक वित्त नीति में कहा गया था कि हम एक सरल आयकर विधेयक पास करेंगे। हम जिस बिल को पास किया वह सरल नहीं था। अब पुनः हमें ये बताया जा रहा है कि इस बिल में संशोधन किया जा रहा है। ये स्पष्ट है कि कारपोरेशन टैक्स में अवैध पाबन्दी लगाने से टैक्स चोरी में वृद्धि होगी। पिछले चालीस वर्षों से इस सन्दर्भ में यहाँ कुछ भी नहीं बदला है। अगर इस सरकार का उद्देश्य नैतिकता, बेहतर टैक्स रिटर्न और करों के आसान संग्रहण की व्यवस्था को बहाल करना है तो यह कोई तरीका नहीं है। कंपनी करों के बारे में बोलते हुए प्रो. कल्डोर ने कहा थाः

> 'मैं इस बात से पूरी तरह सहमत हूँ कि पिछले पंद्रह बीस सालों की गतिविधियों के कारण जनता पर आयकर की अत्यधिक दर की मार पड़ी है और साथ ही साथ कर चोरी के विभिन्न आयामों को भी प्रश्रय मिला है। जैसा कि युद्ध से पहले हेनरी सिमंस ने कहा थाः 'ये पूरा विश्व ही घनघोर नैतिक तथा बौद्धिक बेईमानी में संलिप्त नजर आता है।' प्रथम दृष्टया यह धोखाधड़ी का विशद कारोबार नजर आता है जहाँ हमने कई गैरजरूरी और अप्रभावी नियमों को बनाया है। इसलिए एक तरफ तो राजनेता बड़े गर्व से आयकर की दर के बारे में बात करते हैं और दूसरी तरफ अपने अमीर तबके को चुपके से इस व्यवस्था की कमजोरियों के बारे में भी बताते हैं।'

ये सब कुछ 1956 में कहा गया था जब हमारे समाज में नैतिकता बची हुई थी। आज हम कुछ ऐसे कानून बना रहे हैं जिनको लागू नहीं किया जा सकता है। आज हम ऐसे आयकर अधिकारियों को निर्णय लेने की शक्ति दे रहे हैं जो रातोंरात करोडपति बन बैठते हैं। उस व्यक्ति के पास उपलब्ध शक्ति और समाज में उसके स्तर में साम्यता नहीं है। एक एक्साइज अधिकारी को करोड़ों का फैसला लेना होता है? क्या ऐसे में हम व्यवस्था सही ढंग से चला सकते हैं?

अगर कर नहीं देना सस्ता है, तो फिर क्यूँ दें आयकर?

आयकर व्यवस्था में परिवर्तन करने से पहले हमें इन सभी चीजों को मद्देनजर रखना होगा। सरकार के पास प्रो. कल्डोर की रिपोर्ट है। हमारे पास उपलब्ध कोड नंबर, जीआईआर नंबर जैसी चीजें इस रिपोर्ट से मिलती हैं। हमने प्रो. कल्डोर के द्वारा सुझाए गए सभी बिन्दुओं और अनुशंसाओं पर विचार किया है। लेकिन हमने इसकी गलतियों पर ध्यान नहीं दिया है। प्रो. कल्डोर का कहना है कि 90 प्रतिशत की आंशिक आयकर दर पर टैक्स चोरी से किसी भी राशि पर 900 प्रतिशत का रिटर्न प्राप्त होता है। लेकिन 45 प्रतिशत आंशिक रेट पर सफल हुई आयकर चोरी से केवल 82 प्रतिशत रिटर्न मिलता है।

आयकर की दरों में आंशिक परिवर्तन करने से ही बेईमान करदाताओं के लाभ में बहुत अधिक कटौती की जा सकती है। अंततोगत्वा कोई भी नागरिक बेईमान नहीं होता है। लेकिन हमें ऐसे कानून बनाने होंगे जहाँ ईमानदारों को बेईमानों के ऊपर प्राथमिकता दी जा सके। अगर हमारे कानून ऐसे होंगे जहाँ कर अदा नहीं करना सस्ता सौदा साबित होगा तो फिर कोई क्यूँ आयकर अदा करेगा।

अब मैं एन्फोर्समेंट वालों के द्वारा की गई धरपकड़, जिसे चर्चित भाषा में 'रेड' कहा जाता है, के बारे में बात करूँगा। 1960 के दशक में कर चोरी को रोकने के लिए आयकर अधिकारियों को किसी भी आदाता के घर के भीतर घुसकर धरपकड़ और जांच–पड़ताल करने का अधिकार देने के लिए इस आयकर विधेयक में एक नया प्रस्ताव जोड़ा गया था। मैं वित्त मंत्री से ये जानना चाहूँगा कि इन 'रेड्स' को करने में कितना खर्च किया गया और इस खोजबीन के चलते सरकार को कितने राजस्व की प्राप्ति हुई।

अच्छा और बुरा, दस साल पहले इस देश में ऐसा माहौल था जहाँ लोगों को लगता था कि सभी मोनोपोली व्यावसायिक संयंत्र खराब होते हैं। इसलिए जब भी किसी मोनोपोली हाउस पर रेड होती थी, तो यह एक बड़ी खबर का शक्ल ले लेती थी। लेकिन आज हम क्या देख रहे हैं? आज कल किसी सुबह अखबार में हम पढ़ते हैं कि फलाना व्यक्ति के घर पर 'रेड' हुई और उसके पास से फलाना राशि जब्त की गई। ऐसा करके हम उसकी सारी सामाजिक इज्जत को मिट्टी में मिला देते हैं।

इसके बाद अगली खबर जो हम पढ़ते हैं वो ये होती है कि वही उद्योगपति अगले ही सप्ताह सरकार के साथ मिलकर ₹1,000 करोड़ की लागत से कोई संयंत्र बना रहा है। वित्त राज्य मंत्री का बयान आता है कि इस प्रोजेक्ट पर उन 'रेड्स' का कोई असर नहीं होगा। आप एक ही सांस में किसी व्यक्ति को सही और गलत दोनों नहीं ठहरा सकते हैं।

आयकर अधिकारियों को इस तरह की मनमानी का अधिकार देना कहीं से भी जायज नहीं है। अगर हम इन लोगों को और अधिक उद्योग खोलने देना चाहते हैं तो ऐसा करने के कई और उपाय हैं। हमें उन्हें ब्लैकलिस्ट कर देना चाहिए और उन्हें लाइसेंस से वंचित भी कर देना चाहिए।

अगर आप किसी आयकर चोर को पकड़ कर उसकी धनराशि जब्त करेंगे तो मैं इस बात का समर्थन करने वाला शायद पहला व्यक्ति होऊंगा। लेकिन आप लोगों ने वो धनराशि कभी नहीं प्राप्त की। इकलौती चीज जो आप करते हैं वो ये हैं कि आपके दफ्तरों में कुछ फाइलें बढ़ा दी जाती हैं और एक जटिल प्रशासनिक व्यवस्था के तले पूरा मुद्दा दब जाता है। इस दौरान दोषी दस गुना बड़ा आदमी बन जाता है। जब सदन में यह प्रस्ताव पारित हुआ था तो आयकर देने वालों के बीच कुछ ही गिने चुने रंगे सियार थे और ऐसी उम्मीद थी कि आयकर अधिकारियों को उनसे निपटने के लिए पर्याप्त शक्तियां दी जानी चाहिए।

आज ये शक्तियां बड़े और रसूखदार लोगों के विरुद्ध प्रयोग नहीं की जा रही हैं बल्कि इनके दम से छोटे और मझोले लोगों को परेशान किया जा रहा है। आपकी रेड के बाद एक लाख के आभूषणों की धरपकड़ होती है। मैं श्री नारायणस्वामी से पूछना चाहूँगा कि एक ऐसे दौर में जब एक तोला सोना ₹4,000 में बिकता हो, एक लाख के आभूषणों का क्या महत्व है? ये पच्चीस तोला सोना है। मैं उनसे पूछना चाहता हूँ, कि भारत अथवा तमिलनाडु के किस घर में पचास से सौ तोला सोना नहीं मिलता है? यह हमारी भारतीय संस्कृति का हिस्सा है। आज आप कहते है कि धरपकड़ में ₹1 लाख के आभूषणों की जब्ती हुई— जैसे कि सामने वाले व्यक्ति ने कोई कत्ल कर दिया हो। मुझे इस बात का पूरा भरोसा है कि रेड पर गए हुए लोगों के पास पकड़ाए हुए व्यक्ति से अधिक अवैध संपत्ति होगी।

बड़ी मछलियों को पकड़ें:

आयकर अधिकारियों के पास असली कर चोरों को पकड़ने का माद्दा नहीं है। उन्हें दिल्ली से दिशानिर्देश दिए जाते हैं। जब वी.पी सिंह प्रधानमन्त्री थे तो उन्होंने बड़ी मछलियों को पकड़ने की बात की थी। लेकिन आयकर के प्रधान आयुक्त ने इस सम्बन्ध में क्या किया? आयकर कप्तान की तरफ से बड़े आयकर चोरों को पकड़ने का फरमान तो जारी होता है लेकिन इससे पहले उन्होंने इन 'चोरों' की अपनी लिस्ट तैयार कर रखी हुई है। वे इसी लिस्ट के आधार पर लोगों की धरपकड़ करते हैं।

आपकी व्यवस्था कुछ इस तरह बनी हुई है कि हम ये मान लेते हैं कि जो भी व्यक्ति अधिककर अदा कर रहा है वो कर की बड़ी चोरी में भी संलिप्त है। इस पूरी व्यवस्था में बदलाव की जरूरत है। अगर मैं व्यवस्था के खिलाफ कुछ बोलूँगा तो इसका अभिप्राय यह निकाला जाएगा कि मैं बेईमान व्यक्तियों के पक्ष में बोल रहा हूँ। मेरे हिसाब से पूरा आयकर विभाग ही भ्रष्टाचार की खान है। इस बात को कौन नकार सकता है? इस व्यवस्था में एक तरफ जहाँ छोटे स्तर के अधिकारियों को बहुत अधिक फायदा होता है, छोटे और मझोले लोग हमेशा परेशानी में रहते हैं, वहीं आयकर अधिकारियों की जद में आये अमीर लोग कभी भी प्रधानमन्त्री, वित्त मंत्री या किसी उच्चाधिकारी से मिल सकते हैं। उन्हें कुछ भी नहीं होता है। क्यूंकि राष्ट्रहित में सरकारों को उनके साथ सहयोग करना ही होता है क्यूंकि सिर्फ वही बड़े प्रोजेक्ट्स करने में सक्षम हैं।

सरकारी संपत्ति को न कहें अलविदा

12 दिसम्बर 1991 को संसद में विशेष उल्लेख के दौरान मोरारका ने सरकार द्वारा सेंटूर ग्रुप ऑफ होटल को निजी हाथों में सौंपने की रिपोर्ट पर अपनी बात कही। उन्होंने सरकार से आग्रह किया कि वो ऐसी उच्चस्तरीय संपत्ति को बेचें नहीं बल्कि निजी समूहों के साथ ऐसी व्यवस्था कायम करें जिससे उन्हें इस जमीन का उपयुक्त मूल्य प्राप्त हो सके। ऐसा करने से ही जनता को भी लाभ होगा। संयोग से, भारत सरकार के नियंत्रक और महालेखाकार द्वारा 6 मई 2005 को संसद के पटल पर प्रस्तावित रिपोर्ट में तत्कालीन सरकार द्वारा होटल कारपोरेशन ऑफ इंडिया (एचसीआई) के दो होटलों को बेचने के तरीकों पर कटु आलोचना की गई थी। ये पांच सितारा होटल मुंबई, एअरपोर्ट सेंटूर और जुहू सेंटूर पर अवस्थित थे जिन्हें मार्च–अप्रैल 2002 में तत्कालीन एनडीए की सरकार द्वारा प्राइवेट कंपनियों को बेच दिया गया था।

मैं सरकार का ध्यान होटल कारपोरेशन ऑफ इंडिया के निजीकरण की तरफ आकृष्ट करना चाहूँगा। जैसा कि हम सभी जानते हैं कि होटल कारपोरेशन ऑफ इंडिया के तहत देश के चार होटल दो सेंटूर होटल बॉम्बे, एक सेंटूर होटल दिल्ली और एक श्रीनगर में स्थित हैं। एचसीआई और आईटीडीसी (इंडिया टूरिज्म डेवलपमेंट कारपोरेशन) होटल उद्योग में सार्वजनिक क्षेत्र की दो इकाइयां हैं जिनके कुल बीस–तीस होटल देश भर में मौजूद हैं। सार्वजनिक उपक्रमों पर बनी समिति ने कम से कम दो बार इन दोनों उपक्रमों के गठजोड़ की बात की है। एचसीआई एयर इंडिया के द्वारा नियंत्रित की जाती है। इसके पीछे की सोच थी कि विदेशी एयरलाइन्स की तर्ज पर एयर इंडिया के पास भी होटलों का समूह

होना चाहिए जो एयर इंडिया की बदौलत व्यवसाय कर सके। लेकिन एयर इंडिया के खराब प्रदर्शन के कारण ऐसा नहीं हो सका।

एक भारी भूलः

स्वयं एयर इंडिया का एक मिलाजुला इतिहास रहा है। इसलिए एचसीआई आशा के अनुरूप प्रदर्शन नहीं कर सका। इसके प्रदर्शन के सभी पक्षों का आकलन करने के बाद सार्वजनिक उपक्रमों पर बनी समिति (COPU) ने यह निर्णय लिया कि इसका विलय आईटीडीसी के साथ कर देना चाहिए। आईटीडीसी के पास तीस से चालीस होटलों के संचालन के लिए उपयुक्त ढांचा मौजूद है। दिल्ली का अशोका होटल, बॉम्बे एअरपोर्ट और जुहू के पास के सेंटूर होटल इसकी सबसे महत्वपूर्ण संपत्तियों में से एक हैं और इनकी जमीनों का भाव हर दिन बढ़ता ही जा रहा है। इसलिए इनको निजी क्षेत्रों को बेचना एक बड़ी भारी भूल है।

सरकार को अपनी उन संपत्तियों को नहीं छोड़ना चाहिए जिस पर उसे कभी हानि नहीं हो सकती। ये एक ऑपरेशनल लॉस है लेकिन अगर हम इस घाटे की तुलना डीटीसी (दिल्ली ट्रांसपोर्ट कारपोरेशन), फर्टिलाइजर कारपोरेशन और हैवी इंजीनियरिंग कारपोरेशन, रांची (एचईसी) में हुए घाटे से करेंगे, तो ये बेहद मामूली प्रतीत होंगे।

इस सत्र में मैंने संसद में एक प्रश्न पूछा था—क्या होटल कारपोरेशन को निजी हाथों में देने के लिए निविदाएँ आमंत्रित की गई थीं या नहीं? अगर हाँ, तो फिर हमारे पास उसकी विस्तृत जानकारी है? मुझे मंत्री जी का उत्तर मिला था कि नहीं महोदय, इसकी जरूरत नहीं समझी गयी थी।

मेरे पास अभी द *इकोनोमिक टाइम्स* (11 दिसम्बर) में छपी खबर है जिसमें कहा गया है कि 'एचसीआई के कर्मचारियों ने सेंटूर होटल के लिए मनु छाबरिया के दावे का किया विरोध'। अखबार ने अपने पहले पन्ने पर लिखा है कि मनु छाबरिया, जो कि एक अप्रवासी भारतीय हैं, एचसीआई को खरीदने का प्रस्ताव रखा है। होटल के कर्मचारियों ने उनके विरोध में एक निविदा डाली है। सरकार ने भी इस बात से इनकार नहीं किया है। सरकार ने मुझे यह बताया है कि उन्होंने किसी तरह की भी निविदाएँ आमंत्रित नहीं की थीं। मुझे शक है कि यह एक तकनीकी उत्तर है। शायद ऐसा हो सकता है कि सरकार ने निविदाएँ आमंत्रित नहीं की

हों लेकिन इसके बावजूद लोगों ने भेज दिया हो।

सरकार की संपत्ति को रहने दें सरकार के पासः

हम सरकार से कुछ बातों पर स्पष्ट उत्तर चाहते हैंः (क) क्या इन महंगी संपत्तियों को निजी हाथों अथवा अप्रवासी भारतीयों को दिए जाने का कोई प्रस्ताव पास हुआ है? (ख) अगर सरकार इस तरह का कोई भी निर्णय लेने का मन बना रही है तो क्या इसके लिए उसने कुछ नियम स्थापित किये हैं और इस मसले पर वो किस तरह से निर्णय लेने वाली है? और अंत में, (ग) मैं सरकार को ये सलाह देना चाहूँगा कि ऐसा न करें। दिल्ली का ताज होटल दरअसल न्यू डेल्ही म्युनिसिपल कारपोरेशन (NDMC) के अधीन आता है और यह ताज होटल की संपत्ति नहीं है। ताज होटल इसका प्रबंधन जरूर करता है। इसके एवज में लाभ का वितरण किया जाता है।

सरकार को सभी होटल संपत्तियों के सम्बन्ध में ऐसी ही नीति बनानी चाहिए। हमें इन संपत्तियों को सरकार के अधीन ही रखना चाहिए, इनके प्रबंधन के लिए निजी क्षेत्र के साथ करार करना चाहिए और लाभ आपस में बांटना चाहिए जिससे हमें और अधिक हानि न हो। जब इस संपत्ति के मूल्य में वृद्धि होगी तब इसका लाभ पब्लिक सेक्टर, सरकार और जनता को मिलेगा।

पैसा उधार लेना है समस्या को टालना

अप्रोप्रियेशन बिल (संख्या 4) 1988, पर अगस्त 1988 में बोलते हुए मोरारका ने कहा था–'हमारे द्वारा अनुपालन की जा रही वित्तीय और राजस्व नीतियों के कारण एक आम आदमी को अपनी रोजमर्रा की जरूरतों को पूरा करने के लिए अधिक खर्च करना पड़ रहा है। उन्होंने कहा था कि ये बेहद सोचनीय है कि बजट के पांच महीने बाद ही वित्त मंत्री अतिरिक्त मांग के आंकड़े प्रस्तुत कर रहे हैं। वो कहते हैं कि 'मुद्रास्फीति में वृद्धि के कारण हमें दैनिक भत्तों और मजदूरों की तनख्वाह में वृद्धि करनी होगी। इसके लिए हमें धन की आवश्यकता होगी। इस धन के लिए हमें ढेर सारी मुद्रा छापनी होगी। अब समय आ गया है जब सरकार को किसी भी हाल में अपने खर्चों में कटौती करनी ही होगी।'

इस चर्चा की शुरुआत में ही मैं इन पूरक अप्प्रोप्रियेशन बिलों के लगातार प्रस्तावित किये जाने पर अपनी गंभीर आपत्ति जताना चाहूँगा। जैसा कि माननीय वित्त मंत्री ने बताया कि खर्च करने के लिए अभी ₹1,593.18 करोड़ की राशि की आवश्यकता है। उन्होंने यह भी बताने की कृपा कि इस राशि में से ₹925.47 करोड़ की राशि सेविंग्स अथवा प्राप्त संसाधनों के माध्यम से प्राप्त की जायेगी और कुल अंतर ₹667.71 करोड़ का होगा। उन्होंने आगे बताया कि इस राशि के द्वारा उनकी चुनी हुई वस्तुओं पर काम किया जाएगा। इस सम्बन्ध में हमें संभवतः उनसे इत्तेफाक रखना होगा क्यूंकि इस राशि का उपयोग सतलज–यमुना लिंक के लिए किया जा सकता है जिसका सम्बन्ध पंजाब और हरियाणा से है।

लेकिन इस तर्क का भ्रामक पक्ष यह है कि अगर ₹1,593.18 करोड़ की कुल राशि में से कुल अंतर सिर्फ ₹600 करोड़ का है तो फिर हम

सिर्फ एक परियोजना पर ₹667 करोड़ खर्च नहीं कर सकते हैं। हमें इस बात को सुनिश्चित करना होगा कि हम ₹1,593 करोड़ की इस राशि को इसकी सम्पूर्णता में देखें और अपनी जेबों पर लगाम लगा कर ₹600 करोड़ की अतिरिक्त जरूरत पर नियंत्रण करें। क्यूंकि ₹1,593 करोड़ की राशि में वित्तीय संस्थानों को किया गया ₹6 करोड़ का कुल भुगतान और औद्योगिक विकास मंत्रालय को दी गई ₹100 करोड़ की सब्सिडी भी है। अन्य कई वस्तुएं हैं जिन पर ध्यान देने की जरूरत है लेकिन मुझे सिर्फ पांच महीने पहले लाये गए बजट में दिए हुए आंकड़ों से विचलन का तर्क समझ में नहीं आ रहा है।

एक दुखद परंपराः

ये एक बेहद दुखद परंपरा की शुरुआत है कि बजट पेश करने के दौरान प्राप्त डेफिसिट के बावजूद पांच महीने हमें अतिरिक्त राशि की मांग करनी पड़ रही है जिसमें से 40 प्रतिशत से भी अधिक राशि की प्राप्ति नहीं हो सकी है। अभी तक यह ज्ञात नहीं है कि हम इस ₹667 करोड़ की राशि को किस तरीके से प्राप्त करने वाले हैं। मैं इस बात को मान रहा हूँ कि यह राशि डेफिसिट फाइनेंसिंग के द्वारा ही प्राप्त की जाएगी जिसका मतलब मूलतः यह होता है कि मुद्रा आपूर्ति में वृद्धि होगी। मैं सदन के समक्ष कुछ आंकड़े प्रस्तुत करना चाहता हूँ। इस वर्ष (1988–89) के पहले 16 सप्ताहों में से सिर्फ पहले चार महीनों के आंकड़े मौजूद हैं। इस दौरान रिजर्व बैंक द्वारा केंद्र सरकार को ₹8,171 करोड़ की राशि दी है जो कि पिछले वर्ष के ₹3,909 करोड़ से काफी अधिक है।

यह हमारे बजटीय घाटे का सही आंकड़ा है। दूसरे शब्दों में, बजट पेश होने के चार महीनों के अन्दर ही ₹8,000 करोड़ से अधिक का बजटीय घाटा हमारे समक्ष मंडरा रहा है। हमारी अर्थव्यवस्था के वर्तमान स्वरूप को देखा जाए तो अगले आठ महीने में इस राशि में कमी लाना संभव दिखाई नहीं पड़ता। पिछले वर्ष के ₹6,493 करोड़ की रकम के अनुपात में इस वर्ष बैंकों द्वारा सरकार को दिया गया कुल क्रेडिट ₹10,481 करोड़ का है जिनमें रिजर्व बैंक समेत सभी बैंकों का योगदान है। पुनः यह एक बेहद गंभीर आंकड़ा है। हमारे वित्तीय उधारों में भी किसी तरह की कोई कमी नहीं आ रही है। बैंकों से लिए गए वित्तीय उधार की राशि पिछले

वर्ष के ₹1,851 करोड़ की राशि की तुलना में बढ़ कर ₹3,103 करोड़ हो गयी है। यहाँ तक कि मनी सप्लाई के भी स्तर पर कोई ढील नहीं है। पिछले वर्ष की तुलना में नेट मनी सप्लाई ₹7,230 करोड़ की राशि से बढ़ कर ₹10,000 करोड़ हो गयी है।

कीमतों में उछाल का कारणः मनी सप्लाई में वृद्धि

वित्त विधेयक पर चर्चा के दौरान हमने ये कहा था कि मुद्रास्फीति की दरों में वृद्धि के सबसे बड़ा कारणों में से एक मनी सप्लाई का बढ़ना है। उस समय हमारे कुछ मित्रों ने इस बात को निराशावाद का सूचक बताया था लेकिन अगर हम पिछले चार महीनों के प्रदर्शन को देखें तो हमें मालूम होगा कि स्थिति भयावह होती जा रही है।

इस स्थिति के बावजूद मैं उन दो कारकों का जिक्र करना चाहूँगा जो मुद्रा आपूर्ति अथवा लिक्विडिटी पर रोक लगा सकने में सक्षम साबित हुए हैं। हालाँकि इनके कारण लिक्विडिटी पर लगाम तो लगा था लेकिन इसके कुछ नकारात्मक परिणाम भी देखने को मिले थे। इनमें से पहला विदेशी विनिमय से जुड़ा हुआ है। इन चार महीनों में हमारे विदेशी मुद्रा कोष में ₹1,264 करोड़ की हानि हुई है जो कि 23.1 प्रतिशत की हानि है। पिछले वर्ष इसी मद में कुल ₹381 करोड़ की हानि हुई थी। यह एक बड़ा घाटा है। लेकिन इस घाटे के दौरान हमारे मनी सप्लाई में जबरदस्त उछाल आया है।

बैंकिंग सेक्टर का कुल उधार पिछले वर्ष के ₹1,160 करोड़ के मुकाबले इस वर्ष बढ़कर ₹2,860 करोड़ हो गया है। ये सभी आंकड़े सिर्फ एक ही चीज दर्शाते हैं कि हमारी अर्थव्यवस्था में मुद्रा के प्रसार में जरूरत से अधिक वृद्धि हुई है। आखिरकार मुद्रास्फीति का सीधा सम्बन्ध मनी सप्लाई से है।

मैं मंहगाई से जुड़े भी कुछ आंकड़े सदन के समक्ष रखना चाहूँगा। इस वर्ष, 30 जून को, देश के श्रमिक वर्ग के लिए जेनरल इंडेक्स 433. 8 था। इस वर्ष होलसेल प्राइस इंडेक्स पिछले वर्ष के 401.5 के आंकड़े से बढ़कर 433.8 हो गया है। यह वृद्धि 8.5 प्रतिशत की है जो कि 32 पॉइंट्स की वृद्धि है। पिछले वर्ष यह वृद्धि सिर्फ 5.8 प्रतिशत यानी 22 पॉइंट्स की थी। होलसेल प्राइस इंडेक्स मूल्य वृद्धि का मुख्य सूचकांक

है और इसका प्रभाव अन्य सभी सूचकांकों पर पड़ता है। पुराने तरीके से भी देखा जाए तो होलसेल प्राइस इंडेक्स में एक प्रतिशत की वृद्धि का मतलब रिटेल इंडेक्स में 1.5 प्रतिशत की वृद्धि होता है। अतः मुद्रास्फीति की दर 13 प्रतिशत के इर्द–गिर्द है। आम आदमी को ये आंकड़े समझ नहीं आते हैं। पिछले वर्ष के 3.7 प्रतिशत की अपेक्षा इस वर्ष खाद्यान्न के मूल्य में 13.8 प्रतिशत की बढ़ोतरी हुई है। पिछले वर्ष के 6.5 प्रतिशत के मुकाबले दलहन के दाम में 36.7 प्रतिशत की वृद्धि हुई है। हमारे द्वारा अनुपालन किये जा रहे वित्तीय और राजस्व नीतियों के कारण एक आम आदमी को अपनी रोजमर्रा की जरूरतों को पूरा करने के लिए अधिक खर्च करना पड़ रहा है।

एक अच्छे मानसून के कारण नहीं पालनी चाहिए खुशफहमीः

मैं सदन के सामने हमारी अर्थव्यवस्था के दो–तीन और पहलुओं को रखना चाहूँगा। मेरा पहला बिंदु कृषि से जुड़ा हुआ है जो कि एक बेहद महत्वपूर्ण क्षेत्र है। इस क्षेत्र का कंज्यूमर प्राइस इंडेक्स 572 की तुलना में बढ़कर अब 661 हो गया है जो कि 15.5 प्रतिशत की वृद्धि है। हमारे सामने उम्मीद की एकमात्र किरण इस वर्ष अच्छे मानसून का होना है। विभिन्न समाचारपत्रों और बयानों के द्वारा यह ज्ञात हुआ है कि इस वर्ष बेहतर मानसून के होने की उम्मीद है और इस कारण हमारी सारी समस्याओं का निदान हो जायेगा। मैं वित्त मंत्री को चेताना चाहता हूँ कि एक अच्छे मानसून के होने के कारण हमें खुशफहमी नहीं पालनी चाहिए।

मुद्रा आपूर्ति पर अपनी सोच को लेकर हमें सावधान रहने की जरूरत है। हमारे पास इससे जुड़े सही आंकड़े सिर्फ 15 जुलाई तक के ही हैं। पिछले वर्ष के ₹1,150 करोड़ की तुलना में इस वर्ष इसमें ₹8,335 करोड़ तक की वृद्धि हुई है। चर्चित कानूनविद और आर्थिक विचारक नानी पालखीवाला ने इस मसले पर काफी कड़ा रुख अपनाया है। उन्होंने बम्बई में मुद्रा के प्रसार के बारे में एक बयान दिया है जिसमें उन्होंने कहा है कि हमारी अर्थव्यवस्था में व्याप्त मुद्रा का प्रसार किसी भी सही आर्थिक सूचकांक के द्वारा सही नहीं ठहराया जा सकता है। मैं ऐसे कठोर शब्दों का प्रयोग नहीं करना चाहता हूँ।

लेकिन सच्चाई यह है कि अगर हमारी मुद्रा का प्रसार इसी दर से

बढ़ता रहा तो हम एक ऐसे आर्थिक दलदल में फंस जायेंगे जिससे कि हम शायद ही कभी बाहर निकल सकें।

अगर हम बचत की नीयत दिखा कर, अपने सरकारी खर्चे पर लगाम लगा सकें तो मुझे आशा है कि हम ₹600 करोड़ की इस अतिरिक्त राशि की पूर्ति कर सकते हैं। सभी विभागों के खर्चों में 5 प्रतिशत की बात हुई थी। लेकिन अब हमें इसके बारे में सुनने को कुछ नहीं मिलता है। मैं वित्त मंत्री से यह अनुरोध करना चाहूँगा कि वो सभी मंत्रालयों को यथाशीघ्र अपने खर्चे में कम से कम 5 प्रतिशत कटौती करने का आदेश दें। उससे हमारी अर्थव्यवस्था को काफी फायदा होगा। दूसरी बात यह कि उपलब्ध संसाधनों से धनार्जन के लिए यह जरूरी है कि हम पब्लिक सेक्टर उपक्रमों के प्रदर्शन को सुधारें। सरकार के पास उपलब्ध अपने संसाधनों के निर्माण का एकमात्र स्रोत इस क्षेत्र द्वारा कमाया गया लाभ ही है। इस अप्प्रोप्रियेशन विधेयक में दुर्भाग्य से इस चीज का कोई जिक्र नहीं किया गया है। मैं वित्त मंत्री से पब्लिक सेक्टर के संयंत्रों के प्रदर्शन के सम्बन्ध में जानकारी मांगना चाहता हूँ। दीर्घकालिक वित्तीय नीति के अंतर्गत इस योजना अवधि में सरकार के सरप्लस में खासी वृद्धि होने की उम्मीद की गयी थी।

आम आदमी सबसे ज्यादा झेल रहा है:

मैं वित्त मंत्री से अनुरोध करना चाहूँगा कि वो हमें ये बताने का कष्ट करें कि क्या सार्वजनिक क्षेत्र के संयंत्र लाभ कम रहे हैं या हमें अभी भी उन्हें वित्तीय सहायता देने की जरूरत है। ऐसा इसलिए कि आपने अपने बजट में वित्तीय संस्थानों को भी जगह दी है। हमें यह जरूर जानना है कि इस ₹600 करोड़ में से कितनी राशि नेशनल टेक्सटाइल कारपोरेशन और इसके जैसे अन्य सफेद हाथियों को दी जा रही है। अगर इस पैसे का उपयोग हम सार्वजनिक क्षेत्रों की हानि की क्षतिपूर्ति करने के लिए कर रहे हैं, तो यह हमारे लिए निश्चय ही एक गंभीर स्थिति है। इस सन्दर्भ में संसद में चर्चा का अनुरोध करता हूँ। सरकार को सार्वजनिक क्षेत्रों के मामले में एक श्वेत पत्र जारी करना चाहिए। जब तक हम अपने संसाधनों में बढ़ोतरी नहीं करेंगे तब तक हम इस स्थिति से निपटने में सक्षम नहीं होंगे। और हमें देश में ब्याज रहित धन की वृद्धि करनी है।

नहीं! उधार लेने का मतलब संसाधनों में बढ़ोतरी करना कतई नहीं होता है। यह समस्या को भविष्य के लिए टालने जैसा है। इसलिए मैं वित्त मंत्री से निवेदन करना चाहूँगा कि अभी भी हमारे पास सात महीनों का समय बचा हुआ है। प्राप्त आर्थिक सूचकों और आंकड़ों के आधार पर मैं यह सोच कर ही थर्रा उठता हूँ कि आने वाले सात–आठ महीनों में हमारी अर्थव्यवस्था कैसी भयानक स्थिति में होगी। जैसा कि मैंने पहले भी कहा है कि जब भी आर्थिक संकट आता है, आम आदमी को सबसे अधिक मूल्य अदा करना पड़ता है। कहीं ऐसा न हो कि जब तक इस मामले की सही स्थिति को लेकर हमारी नींद खुले, तब तक बहुत देर हो जाए।

बुरी तरह से असफल हो चुका है सेबी

10 अगस्त 1992 को, डिसअप्रूवल ऑफ कैपिटल इशू (कण्ट्रोल) रिपील आर्डिनेंस, 1992 और कैपिटल इशू रिपील बिल पर हो रही चर्चा में भाग लेते हुए हुए मोरारका ने कहा था कि सेबी सरकार के द्वारा लिया गया एक ऐसा अधपका निर्णय है, जो अभी तक इस देश में हो रहे एक भी घोटाले पर घंटी बजाने में सक्षम नहीं रहा है। मोरारका कहते हैं –'कर्मचारियों की कमी से जूझता, असक्षम अध्यक्ष के अधीन, बिना संसद में चर्चा किये हुए केवल एक अध्यादेश के जरिये स्थापित की गई ये संस्था अपनी पूर्ववर्ती संस्था कंट्रोलर और कैपिटल इश्यूज का निकृष्ट रूप है'।

अपनी बात को शुरू करने से पहले मैं कहना चाहूँगा कि यह पूरी चर्चा ही गलत दिशा में जा रही है। इस चर्चा की शुरुआत करते हुए डॉ जैन ने सही कहा है कि सिक्योरिटीज एंड एक्सचेंज बोर्ड ऑफ इंडिया (सेबी) ने सिर्फ कंट्रोलर ऑफ कैपिटल इश्यूज को अपदस्थ करने का काम किया है। उनकी कार्यशैली और नियंत्रण क्षमता में कोई अंतर नहीं है। सरकार के उद्देश्यों के उलट इसमें किसी तरह की ढील नहीं दी गयी है। सेबी सीसीआई का ही दूसरा रूप है।

उनके द्वारा इंगित किए गए मुद्दों पर मैं बाद में अपनी बात रखूँगा। दूसरी तरफ श्री दीपेन घोष इस बात की शिकायत करते हैं कि इस तरह से अविनियमन जाने से अर्थव्यवस्था का नियंत्रण सरकार के हाथों से निकल भी सकता है और ऐसा करने से कई गैरजरुरी चीजें भी हो सकती हैं। लेकिन मैं श्री विश्वजीत सिंह की बातों से सहमत नहीं हूँ। वो हमें ये समझाने की कोशिश कर रहे हैं कि सेबी की नियंत्रण क्षमता सीसीआई से अधिक होगी। सरकार का ऐसा कोई इरादा नहीं है। मैं

उन्हें बताना चाहूँगा कि सरकार का इरादा ढील देने का है। मेरे जैसा व्यक्ति अविनियमन से असहमत नहीं है। लेकिन ऐसा करने के लिए हमें काफी सावधानी बरतने की जरूरत है। हमें यह सब कुछ नियंत्रित तरीके से करना होगा। हमें इस मामले पर बाजार से मिल रही सलाहों पर ही ध्यान देना होगा।

सिर्फ नाम ही बदला है:

मुझे सरकार के अविनियामन के तरीके से आपत्ति है क्यूंकि हमारी अर्थव्यवस्था, मुद्रास्फीति की दर और सब कुछ नियंत्रण से बाहर हो चुका है। यह एक अलग विषय है। मैं इस चर्चा के प्रक्षेत्र में और अधिक विस्तार नहीं करना चाहूँगा। लेकिन इस मसले पर मेरे मित्र श्री विश्वजीत बिलकुल ही गलत हैं। उन्होंने बड़े ही विस्तार से सेबी के उद्देश्यों और बाध्यताओं पर प्रकाश डाला है। उन्होंने ब्रोकरों का भी जिक्र किया है। हमें इन बातों को समझ कर सरकार को पुनः पटरी पर आने में मदद करनी चाहिए। ऐसा करने के पीछे सरकार का मूल उद्देश्य यह था कि वो ऐसी संस्था का निर्माण करना चाहते थे जो कैपिटल से जुड़े मुद्दों के अलावा स्टॉक मार्किट का भी नियंत्रण करेगी क्यूंकि जैसा श्री विश्वजीत ने बताया कि सीसीआई सिर्फ कैपिटल से जुड़े मुद्दों पर अपनी मुहर लगाती है और उसका विभिन्न बाजारों पर कोई भी नियंत्रण नहीं है।

सेबी एक विशिष्ट संस्था के रूप में स्थापित की गई थी। पिछली बार जब सेबी अधिनियम चर्चा के लिए सदन में पेश हुआ था तो श्री रामेश्वर ठाकुर यहीं थे और तब मैंने कहा था–'हमेशा की तरह आप एक अधपका काम कर रहे हैं। आपने कर्मचारियों की उचित संख्या बहाल किये हुए बिना ही बम्बई में सेबी की इकाई स्थापित कर दी है। आपने एक ऐसे व्यक्ति को इसका अध्यक्ष बनाया है जिसे कैपिटल मार्किट का ए–बी–सी–डी भी नहीं मालूम है। ऐसा करने की क्या जरूरत है? अभी तक इन संस्थाओं का नाम बदल दिए जाने के अलावा विशेष कुछ भी नहीं हुआ है। सिर्फ नियंत्रण बिंदु दिल्ली से उठकर बम्बई चला गया है।

कुल शेयर–मार्किट गतिविधियों का 62 प्रतिशत हिस्सा बम्बई में होता है। मुझे इससे कोई आपत्ति नहीं है कि सरकार ने नियंत्रण बिंदु बम्बई में स्थापित कर दिया है। लेकिन आइये हम जान लें कि हम आखिर

क्या कर रहे हैं। हाल–फिलहाल में सेबी को निवेशकों की करीब 103,000 शिकायतें प्राप्त हुई हैं। अगर उन्होंने इन शिकायतों पर काम करना शुरू कर दिया तो उनके पास फिर करने को कुछ नहीं रहेगा।

जिस समय हम ये कहते हैं कि इस संस्था को देश में हो रहे घोटालों की रोकथाम के लिए बनाया गया है, हम घोटाला निरोधी कार्यों पर अपने रुख को ही कमजोर कर रहे हैं। सत्तारूढ़ दल का इस सम्बन्ध में अपनाया रुख काफी आपत्तिजनक है। आजादी के बाद से मैंने किसी भी प्रधानमंत्री को अपने मंत्रिमंडल के सदस्यों को निजी तौर पर पत्राचार के माध्यम से यह बताते हुए नहीं सुना कि किसी भी घोटाले में अपनी संलिप्तता की स्थिति में वो उन्हें रिपोर्ट करेंगे। इस बयान के आधार पर प्रधानमन्त्री ने लोक सभा में कहा है कि उन्होंने व्यक्तिगत तौर पर इस सम्बन्ध में प्राप्त जानकारियों की पड़ताल की है। उन्होंने अपने मंत्रिमंडल के नेताओं की कोई जिम्मेदारी नहीं ली है।

मुझे यह समझ नहीं आता है कि हम किस तरह की व्यवस्था में रह रहे हैं जहाँ भारत सरकार के केन्द्रीय मंत्रिमंडल के सदस्य भी शक के घेरे में आ रहे हैं। मैं सत्तारूढ़ दल के सदस्यों को इस समस्या को दबाने के लिए जिम्मेदार ठहराना चाहूँगा।

अगर सरकार वास्तव में सेबी को सक्षम बनाना चाहती है तो उन्हें इस दिशा में त्वरित कार्यवाही करनी चाहिए। सबसे पहले तो उसे एक ऐसे व्यक्ति को इसका अध्यक्ष बनाना चाहिए जो कैपिटल मार्किट के बारे में जानकारी रखता है। मुझे यह कहते हुए बेहद दुःख हो रहा है कि सेबी के वर्तमान अध्यक्ष को इसके बारे में कोई जानकारी नहीं है। यूनिट ट्रस्ट ऑफ इंडिया भारत सरकार की एक शक्तिशाली संस्था है। सेबी का इसके साथ कैसा सम्बन्ध है? अगर आपने किसी संस्था को बनाया है तो आपको इसे समुचित अधिकारों और शक्तियों से लैस करना ही होगा। हमें यह देखना होगा कि वह संस्था सही तरीके से अपने कार्य को कर पा रही है। अभी जिस तरीके से सेबी का गठन किया गया है, यह सीसीआई का बदतर रूप बन कर रह जाएगा। मंत्री ने इस बाबत 1969 में जारी किए गए एक्सेम्प्शन आर्डर का हवाला दिया था। आज मूल्य वृद्धि में रोकने के लिए सिर्फ ये किया जाना था कि हमें इस एक्सेम्प्शन आर्डर में ₹10,000 करोड़ और अधिक बढ़ाना चाहिए था जिससे कि हम यह कह सकें कि यह मुक्त हो गया है। इससे हमारी आधी समस्याएं

सुलझ सकती थीं। लेकिन नहीं लगता है कि हमारी सरकार किसी तरह का आर्थिक सुधार लाना चाहती है।

मुझे नहीं है, लेकिन अगर आपको खुली बाजार अर्थव्यवस्था में विश्वास है, अगर आपको लगता है कि यह देश इस अर्थव्यवस्था को झेल सकता है: तो आपको समझना होगा कि अगर विनियमन नहीं हुआ तो बेईमानी होगी और भ्रष्टाचार होगा। ऐसी स्थिति में निवेशक लूटे जायेंगे। अमेरिका में ऐसी लाखों कंपनियां हैं जो हर साल दिवालिया हो जाती हैं। क्या आप सब इस चीज के लिए तैयार हैं? अगर हम इस चीज के लिए तैयार नहीं हैं तो हमें अपने चेहरे से नकाब उतार देना चाहिए।

हम खुली अर्थव्यवस्था की बात कर रहे हैं। वित्त मंत्री हमें इस बात का विश्वास दिलाना चाहते हैं कि सेबी का उद्देश्य अविनियमन है। कि इसके आने से नियमों में ढील मिलेगी। और उनकी पार्टी के सदस्य हमें ये बताना चाहते हैं कि नियमों में कड़ाई होगी। मैं इस बात पर अपनी कड़ी आपत्ति जताना चाहता हूँ कि ये सारा कुछ दो अलग–अलग अध्यादेशों को जारी कर के हो रहा है। संसद में कई चर्चाएँ हुई हैं। अपने कार्यकाल में नेहरू ने इस बात को साफ कर दिया था कि ऐसा करना बेहद जरूरी है और अगर मुद्दा इतना संवेदनशील है कि इसे तुरंत लागू करना जरूरी है और इसके लिए हम संसद में चर्चा का इंतजार नहीं कर सकते, तो इस पर अध्यादेश नहीं जारी किया जा सकता है। लेकिन इस सरकार ने अध्यादेश जारी करने का रिकॉर्ड बनाने की ठान ली है। जब एक अध्यादेश द्वारा जनवरी में सेबी का गठन किया गया और इस सदन में यह बिल आया, तब भी मैंने यही कहा था।

इस अध्यादेश की क्या जरूरत थी? इसके जवाब में वित्त मंत्री ने कहा था कि 'नहीं नहीं, हमारी अर्थव्यवस्था की हालत बुरी है'। इन दिनों 'शेयर मार्किट फैल रहा है'। उन्होंने सोचा था कि अभी हमारी अर्थव्यवस्था तेजी से विकास कर रही है, इसलिए हम और इंतजार नहीं कर सकते। इसलिए उन्होंने अध्यादेश जारी कर दिए और अब सेबी हमारे सामने है। हमें सेबी को और अधिक शक्तिशाली बनाना होगा। ये शक्तियां सेबी को जनवरी में दी गई हैं और इसके बाद ही ये घोटाला हुआ था। इसलिए हम सबों को समस्या से भागने की जरूरत नहीं है। सेबी अपने उद्देश्यों में बुरी तरह असफल रही है। अगर इसका मतलब सिक्योरिटी मार्किट का नियंत्रण करना था, तो सिर्फ उसी विषय पर इसे तत्काल निरस्त कर

देना चाहिए क्यूंकि इसे मालूम था कि बाजार हर रोज तेजी से आगे फैल रहा था। सेबी को ये पता था कि एक बैंक से दूसरे बैंक में सिक्योरिटी भेजी जा रही थी, उन्हें पता था कि एक बड़ी रकम वैसे स्रोतों से आ रही थी जिसका पता करना बेहद मुश्किल था।

इन स्रोतों का पता करना सेबी का काम था और ये इसका पता बहुत पहले कर भी लेते। अगर सेबी ठीक तरीके से अपना काम कर रही होती तो मार्च या अप्रैल तक ये उन स्रोतों का पता कर वित्त मंत्रालय को इस चोरी के बारे में बता सकते थे। इस मुद्दे पर सेबी पहले भी असफल साबित हुई है। सेबी के अध्यक्ष भी असफल हुए हैं। इस सरकार में हर कोई जानता है कि कौन–कौन–से ईमानदार लोग वित्तीय बैंकिंग के जानकार हैं।

पुनः सीसीआई को भी एक अध्यादेश के द्वारा हटा दिया गया था। क्यूँ? मुझे नहीं मालूम। इसे संसद के द्वारा भी हटाया जा सकता था। लेकिन ऐसे अध्यादेश जिनका जारी किया जाना अत्यावश्यक नहीं है, उन्हें जारी किये जाने की परिपाटी का स्पष्ट शब्दों में विरोध किया जाना चाहिए। मैं वित्त मंत्री को बताना चाहता हूँ कि हमारा स्टॉक मार्किट अभी पूरी तरह से अस्त–व्यस्त है। चूँकि वे सेबी को लेकर बहुत चिंतित हैं इसलिए उन्हें स्टॉक एक्सचेंज के चेयरमैन के साथ बैठकर बात करनी चाहिए और इस विषय से जुड़े विशेषज्ञों को इस बात को सुनिश्चित करना चाहिए कि स्टॉक एक्सचेंज का कारोबार सुचारु रूप से चलता रहे, जहाँ किसी तरह का भी नकली बूम अथवा तबाही न हो। नियंत्रण की सही व्यवस्था होनी चाहिए। अगर आप टैक्स में ढील देंगे तो बाजार जरूर ही ऊपर जाएगा। लेकिन इसमें बार–बार उछाल नहीं हो सकता है।

जिम्मों और जिम्मेदारियों से मुक्ति

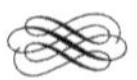

1992 में हुए सिक्योरिटी घोटाले (चर्चित रूप से हर्षद मेहता घोटाला) ने न सिर्फ बैंकिंग और राजनीतिक दुनिया में हलचल मचा दी बल्कि यह कई वर्षों तक जनता के बीच चर्चा का मुद्दा भी बना रहा। 9 जुलाई 1992 को हुई इस संक्षिप्त चर्चा में मोरारका ने धारदार तरीके से सवाल करते हुए ये जानने की कोशिश कि 'क्यूंकि सरकार का कोई भी अधिकारी इस घोटाले के लिए जिम्मेदार नहीं है, तो क्या कोई घोटाला हुआ था भी या नहीं?' उन्होंने यह भी कहा कि एक ओर तो स्टॉकब्रोकर्स को जिम्मेदार ठहराया जा रहा है, वहीं दूसरी ओर बैंक और सरकार के अन्य अधिकारियों को किसी भी गलती के लिए जिम्मेदार नहीं ठहराया जा रहा है।

जहाँ तक मुझे समझ में आता है हमारे वित्त मंत्री को इस मुद्दे पर इस्तीफा देने की कोई जरूरत नहीं है क्यूंकि हमारी–आपकी तरह ही उन्हें इस घोटाले के बारे में पता ही नहीं था, क्यूंकि हमारी–आपकी तरह ही उन्होंने भी इसके बारे में अखबारों से ही पता चला है। रिजर्व बैंक के गवर्नर को इस्तीफा देने की जरूरत इसलिए नहीं है क्यूंकि उन्होंने ही इस चोरी का पता लगाया है। बैंकों के चेयरमैन को इस्तीफा देने की इसलिए जरूरत नहीं है क्यूँकि उनके दफ्तर के किसी निचले कर्मचारी ने ये घोटाला किया है। मैं ये जानना चाहूँगा कि क्या कोई घोटाला हुआ भी है या नहीं! मुझे नहीं मालूम कि क्या जनता के ₹3,000 करोड़ की चोरी हुई है या नहीं? मैं ये नहीं समझ पा रहा कि कोई इसकी जिम्मेदारी लेने के लिए तैयार है भी या नहीं।

महोदय हममें से जो कोई भी इस घोटाले की जिम्मेदारी लेने के लिए तैयार नहीं है उसे अपने सार्वजनिक जीवन को त्याग देना चाहिए।

किसी ने भी किसी को संसद आने के लिए बाध्य नहीं किया है। यह एक स्वयंसेवी कार्य है। मैं वित्त मंत्री के बयान के तीसरे पैरे में कही गई बात को दुहराना चाहता हूँ। उन्होंने कहा था:

'समिति के अनुसन्धान से इस बात का पता चला है कि कई भ्रष्ट ब्रोकर्स ने कुछ बैंक अधिकारियों के साथ मिल कर बैंकों के सिक्योरिटी कारोबार के साथ छेड़खानी की है।'

इस 'भ्रष्ट' विशेषण का प्रयोग सिर्फ स्टॉकब्रोकरों के लिए किया गया है। बैंक अधिकारी पाक–साफ हैं। अगर यह मामले को दबाना नहीं है तो फिर क्या है? जहाँ तक मैं समझता हूँ स्टॉक ब्रोकर्स इस देश के स्वतंत्र नागरिक हैं। उनकी गलती का फैसला स्थापित कानूनी प्रक्रिया के तहत होगा। अगर उनमें से किसी ने भी गलती की होगी तो वह न्यायालय के प्रति उत्तरदायी है। लेकिन बैंक अधिकारी जनता के पैसों के रखवाले होते हैं जिनकी संसद के प्रति जिम्मेदारी बनती है। हमने इस बात को मान लिया है कि बैंक पब्लिक एकाउंट्स समिति के अधीन नहीं आते हैं लेकिन हमें बताया गया है कि रिजर्व बैंक ऑफ इंडिया इस देश में बैंकों की सर्वोच्च निगरानी संस्था है। रिजर्व बैंक के पास मौजूद शक्तियों का दायरा इतना बड़ा है कि यह बैंकों के साथ कुछ भी कर सकता है–यह बैंकों का विलय करवा सकता है, यह बैंकों का अधिग्रहण कर सकता है, यह बैंकों पर पूरी तरह नियंत्रण कर सकता है और उन्हें लिक्विडेट भी कर सकता है। और आज हमसे कहा जा रहा है–'कि रिजर्व बैंक कर ही क्या सकता है?' सुप्रीम कोर्ट ने रिजर्व बैंक को एक विशेषज्ञ नियंत्रण संस्था कहा है।

मैं आगे उद्धृत करना चाहूँगा; 'स्थापित नियमों, दिशानिर्देश और स्पष्ट व्यापार की खुली अवहेलना हुई है।' ये एक आपराधिक मामला है लेकिन बड़ी ही सफाई से उन्होंने बैंक अधिकारीयों को बचाने की कोशिश की थी। मैं समझ सकता हूँ कि संसद में कई बार आपको अपने अधीनस्थ कर्मचारियों को बचाने की जरूरत पड़ती है लेकिन इस बार ऐसा करने की कोई जरूरत नहीं है। इसके बावजूद कि इस मामले में जानकीरमण समिति बना दी गई है, इसके बावजूद कि सीबीआई ने सरकार को अपनी रिपोर्ट सौंप दी है, इसके बावजूद कि यह इतना गंभीर मामला है कि सरकार को अभी इस मसले पर एक संयुक्त संसदीय समिति का गठन कर देना चाहिए, हमारे सदन के कई सदस्य इस मसले पर लीपापोती

करने का प्रयास कर रहे हैं। मेरी आपत्ति इस बात से नहीं है कि जेपीसी इस मुद्दे पर क्या करेगी, क्या नहीं अथवा सरकार इस मुद्दे पर क्या कर रही है, क्या नहीं। मेरी आपत्ति इस सरकार, इसके मंत्रियों और कांग्रेस पार्टी के सदस्यों द्वारा इस मामले में अपनाए गए रुख से है। पिछले एक वर्ष में इन्होंने देश में लाइसेंसीकरण का जंजाल ठेल दिया है। हमारी उदार आर्थिक नीतियों पर भले ही बहस की जा सकती है। किसी भी आर्थिक नीति को उदार नहीं बनाया गया है। आपने सिर्फ लोगों के मन से जिम्मे और जिम्मेदारी को निकालने का काम किया है। रिजर्व बैंक के गवर्नर यहाँ मौजूद नहीं हैं। उन्होंने 'द वीक' पत्रिका में एक इंटरव्यू दिया है। उनका बयान लम्बा है लेकिन मैं उसके सार को आपके सामने उद्धृत करना चाहूँगाः 'मैंने ही इस चोरी को पकड़ा है, मैंने ही इसका भांडा फोड़ा है फिर आप मुझे ही क्यूँ इस्तीफा देने को कह रहे हैं?' वो आगे कहते हैं कि 'राजनेताओं का इस मामले में आलोचना करना सही नहीं है। उन्होंने इस व्यवस्था को पनपने दिया है। वे पूरी तरह से इस घोटाले के लिए जिम्मेदार हैं।'

इस 'भ्रष्ट' विशेषण का प्रयोग सिर्फ स्टॉकब्रोकरों के लिए किया गया है। बैंक अधिकारी पाक–साफ हैं। अगर यह मामले को दबाना नहीं है तो फिर क्या है?

इस घोटाले की जिम्मेदारी कौन लेगा? कौन है जिसे इस्तीफा देना चाहिए? वित्त मंत्री, रिजर्व बैंक के गवर्नर, बैंकों के चेयरमैन को तो कतई नहीं। मैंने इस मामले का अध्ययन किया है। मेरे हिसाब से कोई भी राजनेता इस घोटाले में संलग्न नहीं था। आप मुझसे इसका कारण पूछेंगे। इसका कारण यह है कि पिछले एक वर्ष से जब से यह सरकार आई है, अगर आप सड़क पर चलते हुए आदमी से पूछेंगे कि इस देश को कौन चला रहा है तो वो या तो श्री नरसिम्हा राव या फिर श्री मनमोहन सिंह या फिर श्री चिदंबरम का ही नाम लेंगे। उन्होंने किसी चौथे मंत्री का नाम नहीं सुना है। वित्त मंत्री के अलावा अगर राज्य मंत्री भी किसी बैंक के अध्यक्ष को किसी अधिकारी के हस्तांतरण के लिए फोन करता है तो वो उसकी बात नहीं सुनते हैं। शायद मैं गलत भी हो सकता हूँ। उस सड़क पर के आदमी ने शायद दो और मंत्रियों के नाम सुने होंगेः श्री

अर्जुन सिंह और श्री शरद पवार। और उसने मानव संसाधन और रक्षा विभाग में इन मंत्रियों के प्रदर्शन के कारण इनका नाम नहीं सुना होगा। जनता सोचती है कि ये वो मंत्री हैं जिन्होंने प्रधानमन्त्री के लिए मुश्किलें खड़ी की होंगी। मुझे प्रधानमन्त्री से कोई शिकायत नहीं है। लेकिन इस तरह के बयानों से उनके सभी किये–धरे पर पानी फिर जाता है। इन बयानों में किसी तरह का भी दुःख अथवा ग्लानि नहीं दिखाई पड़ती है। इसके ठीक उलट वो इस बात का इशारा कर रहे हैं कि बैंकिंग व्यवस्था बिलकुल ठीक है।

सभी को अपदस्थ करें:

वित्त मंत्री ने छापा मारी गई जगहों और गिरफ्तार किये गए अधिकारियों की संख्या बताई है। अब वो कहते हैं कि नेशनल हाउसिंग बैंक के चेयरमैन ने अपने पद से इस्तीफा दे दिया है। अब जबकि जानकीरमण समिति की पहली रिपोर्ट आ चुकी है तो वो ये बोल रहे हैं कि यूको बैंक और एसबीआई के अध्यक्ष छुट्टी पर जाना चाहते हैं। स्टेट बैंक में क्या हुआ था? वहां का प्रबंध निदेशक कार्यकारी अध्यक्ष बन बैठता है। अब ये संसद उन फंड्स को कैसे वापस ले पाएगी? मैं नहीं जानता। क्या सरकार ने इस बार किसी बेदाग छवि वाले अधिकारी को स्टेट बैंक का जिम्मा दिया है? नहीं।

किसी भी आर्थिक नीति को उदार नहीं बनाया गया है। आपने सिर्फ लोगों के मन से जिम्मे और जिम्मेदारी को निकालने का काम किया है।

सत्ता के गलियारों में हो रही चर्चाओं से जितना मैं समझ पाया हूँ कि इनमें से एक प्रबंध निदेशक चेयरमैन बनने की कोशिश में है। अगर ऐसा होता है तो मुझे लगता है कि जेपीसी का गठन भी एक छलावा ही है। इस संयुक्त संसदीय समिति का कोई तुक नहीं होगा जब तक सरकार इस बात को लेकर अपना मन नहीं बना लेती है कि उसे किसे सजा देना है: घोटाले में शामिल लोगों को अथवा वित्तीय अनियमितता से जुड़े लोगों को। जब हमें यह मालूम है कि लोग जनता का पैसा गबन कर

खुद को और अपने परिवार के लोगों को अमीर बना रहे हैं, तो फिर यह व्यवस्था की असफलता नहीं है। यह बेईमानी है। कृपया उन सभी को अपदस्थ करें। इन बैंकों के कम से कम पच्चीस–तीस उच्चाधिकारियों को छुट्टी पर भेज देना चाहिए अथवा उनकी सेवाओं को तत्काल निलंबित किया जाना चाहिए। हमें ये सब बिना समय गँवाए करना होगा।

क्या सरकार इस मामले में कदम उठाने से हिचक रही है:

मुझे सिर्फ एक बात का डर है। उन्होंने जेपीसी के गठन की घोषणा कर दी है। अब वो कहेंगे कि इस मामले में कोई भी कदम इस समिति की रिपोर्ट आने के बाद ही उठाएंगे। यह सही बात नहीं है। जेपीसी आपको और अधिक आंकड़े देगी। जानकीरमण इस मामले के भीतर जितनी बार जाते हैं, उतनी बार वो दो और अधिक बैंकों के नाम के साथ वापस आते हैं। रिपोर्ट संख्या एक में उन्होंने कुछ राशि के आंकड़े दिए हैं। रिपोर्ट संख्या दो में उन्होंने दो और बैंक, एक रत्नाकर कंपनी और ₹500 करोड़ का जिक्र किया है। हमें उन्हें इस मामले में आगे काम करने देना चाहिए। इन आंकड़ों में वृद्धि होती रहेगी। असली मुद्दा यह नहीं है। असली मुद्दा यह है कि क्या सरकार इस दिशा में कोई निर्णय लेने के लिए गंभीर है या नहीं।

वित्त मंत्री के इस्तीफा देने की मांग को मेरे कई साथियों ने जोर–शोर से उठाया है। मैं ऐसी कोई मांग नहीं कर रहा हूँ। क्यूँ? क्यूंकि वो इस मामले में किसी तरह से भी शामिल नहीं हैं और नैतिक मूल्यों पर इस्तीफा देना एक निजी मामला है। नैतिकता एक व्यक्तिगत मामला है। जो लाल बहादुर शास्त्री ने उस रेल दुर्घटना के बाद इस्तीफा दिया था। मुझे नहीं लगता कि उन्होंने इस दुर्घटना का आदेश दिया होगा या वो उस दिन अरियालुर में ट्रेन चला रहे थे। लेकिन फिर भी इस घटना की नैतिक जिम्मेदारी लेते हुए उन्होंने इस्तीफा दे दिया था। अगर आज की तारीख में कोई लाल बहादुर शास्त्री के उच्चादर्शों का पालन करना चाहता है तो यह उसका नितांत निजी मामला है।

दूसरी चीज जिसकी तरफ मैं आप सबका ध्यान आकृष्ट करना चाहता हूँ वो इस मुद्दे पर इस सरकार का रुख है। सरकार ने अपने बयान में स्पष्ट तरीके से नरसिम्हन समिति की रिपोर्ट और इसके क्रियान्वयन

का जिक्र किया है और कहा है कि अगर इस धांधली में कंप्यूटर का इस्तेमाल किया जाता तो ये घोटाला नहीं होता। मुझे ये नहीं समझ में आता है कि एक कंप्यूटर के द्वारा बेईमानी पर कैसे रोक लगायी जा सकती थी। महोदय, अगर फायर अलार्म काम नहीं करता है, हम उसमें सुधार की बात कर सकते हैं। लेकिन तब जबकि किसी ने जानबूझ कर आग लगाई हम कैसे उसे छोड़ सकते हैं।

यह एक ऐसा घोटाला है जो स्पष्ट रूप से व्यवस्था की विफलता के कारण हुआ है। कुछ लोगों ने जान बूझ कर इस फ्रॉड को अंजाम दिया है। क्या आपने उनको जेल के भीतर डाला? नहीं। क्या आपने उन्हें उनके पद से हटाया नहीं।

जब हमें यह मालूम है कि लोग जनता का पैसा गबन कर खुद को और अपने परिवार के लोगों को अमीर बना रहे हैं, तो फिर यह व्यवस्था की असफलता नहीं है। यह बेईमानी है। कृपया उन सभी को अपदस्थ करें।

क्या वो अब भी आपसे जुड़े हुए हैं? हाँ। आप इन सब का जवाब कैसे दे पाते हैं, जब सीबीआई भी इस मसले पर कुछ भी करने में सफल नहीं हो पायी है। जब से ये मामला सामने आया है सभी उधार लेने और देने वाले दोनों वर्ग के लोगों में शोक व्याप्त है। इसलिए सरकार से मेरा पहला निवेदन यह होगा कि वो भाषण देते समय खुद पर थोड़ा नियंत्रण रखें। अब यह वित्त मंत्री और रिजर्व बैंक के गवर्नर को देखना है कि गुनहगारों को कैसे पकड़ना है। यह उनका काम है। लेकिन मेरा कहना है कि हमें प्रेस को ऐसे बयान देने ही नहीं चाहिए जिससे यह प्रतीत हो कि इस मामले में कुछ किया ही नहीं गया है।

दिखाएँ कि आप कठोर हैं:

आरबीआई के गवर्नर का कहना है कि उन्होंने इस मामले में वाचडॉग की भूमिका अदा की है। ये ठीक वैसा ही है जैसे एक चौकीदार ये कहे कि चोर घर में घुस, कुछ चोरी कर के भाग गया। आप मुझे क्यूँ मेरी नौकरी से हटा रहे हो? मैंने तो चोर को भागते हुए देखा है।'

समस्या यह है कि जब चोर घर में घुसा था, चौकीदार सो रहा था। हम यह नहीं कह रहे हैं कि आप इस चोरी में शामिल थे। हम बस इतना कहना चाह रहे हैं कि आप उस कर्तव्य को पूरा करने में असमर्थ रहे जिसके लिए आपको नियुक्त किया गया था। अब इस गवर्नर का कार्यकाल समाप्त होने वाला है। ये वित्त मंत्री पर निर्भर करता है कि वो इन्हें हटाना चाहते हैं या नहीं। लेकिन मैं चाहता हूँ कि वो रिजर्व बैंक के गवर्नर के तौर पर एक कठोर व्यक्ति को पदस्थापित करें। इस देश में ऐसे कई कठोर छवि के व्यक्ति हैं जिनके पदस्थापन मात्र से ही बारह बैंक चेयरमैन अपने पद से इस्तीफा दे सकते हैं। आप चाहें तो मैं इनके नाम भी दे सकता हूँ।

कौन ईमानदार है और कौन बेईमान, इस बात को जानने के लिए हमें सीबीआई के पास जाने की कोई जरूरत नहीं है। आप उद्योग भवन जाएँ। वहां का चपरासी आपको यह बता देगा कि कौन–सा अधिकारी ईमानदार है और कौन बेईमान। बम्बई में हर कोई जानता है कि किस बैंक का चेयरमैन घूस लेता है और किस बैंक का चेयरमैन ईमानदार है। अगर सरकार सच में इस मामले के निपटारे के लिए प्रतिबद्ध है तो वह बिना समय गँवाए ही दोषियों को पकड़ सकती है। लेकिन अगर सरकार इस पूरे मुद्दे पर लीपापोती करना चाहती है तो क्लिष्ट संसदीय भाषा में एक उत्कृष्ट बयान जारी करने की जरूरत है, जिसमें वो इस बात की घोषणा करे कि उसने अखबार पढ़ते ही इस मामले की जांच के लिए सीबीआई और जानकीरमण समिति का गठन कर दिया है। उसके रिपोर्ट के तुरंत बाद ही सरकार जेपीसी के गठन के लिए राजी हो गई है। अब एक सरकार इससे अधिक और क्या कर सकती है?

इस मामले में अपने कठोर रुख और प्रतिबद्धता को दिखाने के लिए तथा यह सुनिश्चित करने के लिए कि ऐसी घटनाएं अब नहीं होंगी, सरकार और भी बहुत कुछ कर सकती है। हम नेशनल फ्रंट की सरकार का हिस्सा नहीं हैं। दरअसल हम उस दल से टूट कर अलग हुए हैं। लेकिन आज श्री वीपी सिंह के पुत्र के सिटीबैंक में होने को लेकर ऐसे दुखद बयान कतई नहीं बरदाश्त किये जायेंगे। हाँ अगर कोई व्यक्ति इस मामले में ठोस सबूत दे कि श्री वी.पी सिंह के पुत्र के सिटीबैंक में होने के कारण उन्हें तत्कालीन सरकार से फायदे मिले थे तब बात कुछ और है।

हमें कोई न कोई गठजोड़ स्थापित करना होगा। मैं ये जानकर

आश्चर्यचकित हूँ कि हर्षद मेहता नार्थ ब्लॉक आए हुए हैं। श्री कृष्णमूर्ति ने इस बात को स्वीकार किया है कि वो उन्हें वहां लेकर आए थे। अगर ऐसा हुआ था तो यह आपत्तिजनक है। जब उस व्यक्ति पर एन्फोर्समेंट और रेवेन्यू इंटेलीजेंस से जुडी अथॉरिटी ने नोटिस जारी किया हुआ था ऐसे में उस व्यक्ति के नार्थ ब्लॉक आने का कोई तुक नहीं बनता था।

26 जुलाई 1991 को रिजर्व बैंक के तत्कालीन डिप्टी गवर्नर श्री अमिताव घोष ने इस बारे में एक चिट्ठी लिखी थी जिसका जिक्र जानकीरमण समिति की पहली रिपोर्ट में किया गया है। उन्होंने ऐसे लेन–देन होने की जानकारी दी थी और ये गुजारिश की थी कि सरकार इन पर रोक लगाये। इसलिए सत्ता में आने के एक महीने बाद ही उन्हें इस बात का पता चल गया था कि कुछ बैंक सही तरीके से काम नहीं कर रहे हैं। रिजर्व बैंक ऑफ इंडिया की जद में ये बात नहीं आई थी। स्टेट बैंक ऑफ इंडिया के खाते में मौजूद ₹1,000 करोड़ की कुल राशि दस–ग्यारह महीनों में ही बढ़ कर ₹9,000 करोड़ हो गई थी?

आज श्री जगेश देसाई हमें ये बताना चाहते हैं कि यह राशि ₹22,000 करोड़ से भी अधिक की थी। आपने इसमें वृद्धि होने दी है। यह आपके संरक्षण में हुआ है। आपने ही इसे छिपाने की कोशिश भी की है। आपने ही उन अधिकारियों को इशारों में बताने की कोशिश की है कि जब तक वो पैसे कमाते रहेंगे उन्हें कुछ नहीं होगा और आप जितना ज्यादा अधिक पैसे कमाएँगे, आप उतने महान भारतीय हैं। हर्षद मेहता ने कुछ ऐसा ही किया है। मैं फिर से दुहरा दूं, हमें इस समूचे सामाजिक–आर्थिक दर्शन में परिवर्तन लाना होगा। हमारे जैसे देश में जहाँ 90 प्रतिशत लोग गरीब हैं, जहाँ सिर्फ 1 प्रतिशत लोग कर अदा करते हैं, इस तरह के गोरखधंधे नहीं चलेंगे।

डॉ. मनमोहन सिंह द्वारा मंत्रियों से किये गए आह्वान को बैंक के अध्यक्ष के कार्यालय में दखलंदाजी नहीं करनी चाहिए। वित्त मंत्री ने अपने बजटीय अभिभाषण में किसानों के ₹1,500 मूल्य के कर्ज को माफ कर देने की बात की है। जब हमने किसानों का ₹10,000 करोड़ का ऋण माफ किया था तब इसे फिजूलखर्ची कहा गया था। यहाँ पांच लोगों ने मिल कर जनता को ₹3,500 करोड़ का चूना लगा दिया है और आप इस सन्दर्भ में संसद में चर्चा कराना चाहते हैं। आप इस मामले में अड़ियल रुख इसलिए भी दिखा सकते हैं क्यूँकि आप अभी बहुमत में हैं, अलबत्ता

काल्पनिक बहुमत में हैं, लेकिन इसके बाद आप जनता के बीच अपना चेहरा दिखाने के काबिल नहीं रहेंगे।

मुझे सरकार के बचने या जाने की कोई चिंता नहीं है। हम यहाँ एक नयी सरकार चुनने के लिए ही हैं। लेकिन अगर हमारी बैंकिंग व्यवस्था एक बार ठप हो गयी तो हम सब मिल कर भी उसे पुनः ठीक नहीं कर पायेंगे।

चार विदेशी बैंकों ने किनारे किया दो-तिहाई धनः

मेरा आखिरी बिंदु थोड़ा संवेदनशील है। यह विदेशी बैंकों से जुड़ा हुआ है। इंटरनेशनल मोनेटरी फण्ड और वर्ल्ड बैंक के साथ ताजा–ताजा स्थापित हुए हमारे संबंधों के आलोक में मैं सरकार द्वारा उनके खिलाफ कदम उठाने में हो रही हिचकिचाहट को अच्छी तरह समझ रहा हूँ। लेकिन जानकीरमण समिति की रिपोर्ट के बाद, ऐएनजेड ग्रिंडलेज बैंक के लाइसेंस को निश्चय ही रद्द कर देना चाहिए था। पिछले चौदह महीने में कुल ₹9 लाख करोड़ की सिक्योरिटी का लेनदेन किया गया था। और इस लेन–देन का दो तिहाई हिस्सा चार विदेशी बैंकों के द्वारा किनारे कर लिया गया था।

विदेशी बैंकों को सिक्योरिटी के लेन–देन के कारोबार का इतना बड़ा हिस्सा इतिहास में कभी नहीं मिला था। ₹9 लाख करोड़ का दो तिहाई इस देश की जीडीपी की दुगुनी राशि है। इनमें से एक बैंक जो अब मुश्किलों में फंसता दिख रहा है, उसने भुगतान करने से मना कर दिया है। फिर ऐसे में हमारा रिजर्व बैंक और वित्त मंत्रालय किस काम का है? ग्रिंडलेज बैंक को भारत से निकलने के लिए कहना चाहिए। हमें इससे कोई नुकसान नहीं होगा। पंद्रह वर्षों पहले मैं यूरोप में था। वहां एक बैंक कर्मचारी ने मुझे वो सिखाया जो मैं यहाँ शायद कभी नहीं सीख पाता। उन्हें सबकुछ मालूम है। स्टैण्डर्ड चार्टर्ड बैंक अथवा ग्रिंडलेज बैंक में जो हुआ, उनमें से कोई भी उस घटना का समर्थन नहीं करता है। अगर उन्होंने ये सब कुछ अमेरिका में किया होता तो अब तक वो जेल में होते। वहां उन्हें कोई भी माफ करने वाला नहीं होता।

लेकिन जैसा कि मैंने सदन को पहले ही बताया यह किसी भी तरह का उदारीकरण नहीं है। वे सिर्फ मन से उदार हुए हैं। उन्होंने खुद को हर तरीके के जिम्मे और जिम्मेदारियों से मुक्त कर लिया है। बारह पन्नों के बयान में विदेशी बैंकों का सिर्फ एक बार जिक्र हुआ है। इस मौके पर मैं वित्त मंत्री से अनुरोध करना चाहूँगा कि वो नरसिम्हन समिति को तत्काल निरस्त करें। कृपया इसके बारे में दोबारा बात नहीं करें। इस समिति की सिफारिशों को लागू करना बैंकों के अध्यक्षों को स्वायत्त बनाने की दिशा में पहला कदम होगा। वो सोचते हैं कि बहुत जल्द बैंकिंग का कोई विभाग नहीं होगा, कि आने वाले समय में कोई भी प्रायोरिटी सेक्टर नहीं होगा, कोई लीड बैंक स्कीम नहीं होगी; और बहुत जल्द कोई सर्विस एरिया एप्रोच नहीं होगा।

अगर बैंकिंग सेक्टर ढह जाए...

इंदिरा गाँधी के द्वारा लिए गए हर निर्णय, जिसके लिए राष्ट्रीयकरण का महत्व था, को इस सरकार के पिछले एक साल ने बड़ी तेजी से धो कर रख दिया है। जितनी जल्दी वो अपने तौर–तरीकों में बदलाव लायेंगे, इस देश के लिए उतनी ही अच्छी बात होगी। मुझे सरकार के बचने या जाने की कोई चिंता नहीं है। हम यहाँ एक नयी सरकार चुनने के लिए ही हैं। लेकिन अगर हमारी बैंकिंग व्यवस्था एक बार ठप हो गयी तो हम सब मिलकर भी उसे पुनः ठीक नहीं कर पायेंगे। यह एक ऐसी व्यवस्था है जो कि वर्तमान सरकार से कहीं मुश्किल से स्थापित हुई है। उन्हें अपनी सीमाओं को समझना ही होगा। मैं श्री ठाकुर से अनुरोध करना चाहूँगा कि कृपा करके प्रेस में दिए अपने बयानों से ही यू–टर्न मार लें क्यूंकि ये वहां बहुत ही गलत सिग्नल दे रहे हैं। सरकार के बयान धूर्तों को प्रोत्साहित करते हैं और गरीब–ईमानदार व्यक्ति आज इस व्यवस्था में डरा हुआ–सा महसूस कर रहा है।

पंजाब में कैसे जीता जाए दिल

पंजाब विनियोग विधेयक (संख्या 2) पर 6 सितम्बर 1991 को चर्चा करते हुए श्री मोरारका यह स्पष्ट कर देते हैं कि वहां की समस्याओं का राजनीतिक समाधान ढूँढने की जरूरत है न कि प्रशासनिक। वह इस बात को दुहराते हैं कि चुने हुए स्थानीय और लोकप्रिय नेताओं के साथ वार्ता हर हाल में करनी होगी, तब भी जब वो अलगाववादी राजनीति कर विजयी होते हैं।

पंजाब अभी केंद्र–शासन में है और यह समस्या कई वर्षों से चलती हुई आ रही है। मैं इस समस्या की पृष्ठभूमि में जा कर सदन का अधिक समय नहीं लेना चाहूँगा। मैं इस बारे में भी बात नहीं करना चाहता हूँ कि पिछली सरकारों ने इस मुद्दे को कैसे और अधिक पेचीदा बना दिया है। मैं यह भी नहीं बताना चाहता हूँ कि विपक्ष की तरफ से हम लोगों ने पंजाब समस्या को सुलझाने के लिए कौन–सी सलाह दी थी।

मैं सीधा वहां के वर्तमान हालात और उसमें बदलाव के लिए उठाने जाने वाले जरूरी कदमों पर अपनी बात रखना चाहूँगा।

राजनीतिक समस्याओं का राजनीतिक हलः

सबसे पहले मैं इस बात को दुहराना चाहूँगा कि हमारी पार्टी राजनीतिक समस्याओं के राजनीतिक हल के लिए पूरी तरह से प्रतिबद्ध है। हम राजनीतिक समस्याओं के प्रशासनिक हल का किसी तरह से भी समर्थन नहीं करते हैं। इसकी कोई जरूरत नहीं है। इस देश के किसी भी हिस्से के राजनीतिक संकट को अगर आपने प्रशासनिक तरीके से निपटाने की कोशिश की होगी, तो आपने पाया होगा कि तात्कालिक सफलता के बाद

ये समस्या पुनः सर उठा लेती है।

आतंकवाद न केवल इस देश के लिए बल्कि पूरे विश्व के लिए एक भयानक समस्या बन चुका है। हमें ऐसी धारणा कतई नहीं बनानी चाहिए कि हर आतंकवादी किसी राजनीतिक दल से सम्बद्ध है, जैसे कि पंजाब में अकाली दल या फिर अकाली दल का हर सदस्य आतंकवादियों का ही समर्थन कर रहा है। इस तरह के सरलीकरण बेहद घातक साबित हो सकते है। पिछले दस सालों में पंजाब की हर समस्या को हिन्दू बनाम मुस्लिम के चश्मे से ही देखा जाता रहा है। इसे पूरी तरह से हटाने की जरूरत है। हम लोग जिन्हें इस सम्मानित सदन में हमारी जनता का प्रतिनिधित्व करने का सौभाग्य प्राप्त हुआ है उन्हें इस बात को समझना चाहिए कि इस देश में कई धर्मों को मानने वाले लोग निवास करते हैं और पंजाब में किसी तरह की भी धार्मिक समस्या नहीं है।

पंजाब की अपनी खास समस्याएं हैं और उनका निदान विशेष तरीके से ही किया जाना चाहिए। दिल्ली के दंगों में शामिल अपराधियों को जल्द से जल्द सजा दी जानी चाहिए। दूसरी प्राथमिकता हमें उन सिख भाइयों के पुनर्वास को देनी चाहिए जो सेना छोड़ कर आये हैं। यह राजीव गाँधी और लोंगवाल के बीच हुए समझौते का एक महत्वपूर्ण बिंदु है। इस समझौते पर दस्तखत हुए पांच वर्ष होने को आये हैं लेकिन अभी तक इस विषय में कुछ भी नहीं किया गया है। अगर हम उनके लिए कुछ भी कर पाने में असमर्थ हैं तो प्रश्न उठता है कि क्या केंद्र अथवा पंजाब सरकार वहां के लोगों की समस्याओं को हल करने और उनके पहले के घावों पर मरहम लगाने के लिए प्रतिबद्ध है भी या नहीं।

मुझे बड़े दुःख के साथ यह कहना पड़ रहा है कि इस सरकार के भी सत्ता में आने से, पंजाब की हालत गंभीर बनी हुई है। वहां पर गवर्नर को बदला गया है। लेकिन दुर्भाग्य से राज्य सरकार द्वारा वहां की जमीनी सच्चाई से मुंह मोड़ा जा रहा है। वहां की एक सबसे महत्वपूर्ण जमीनी हकीकत वहां के डायरेक्टर जनरल ऑफ पुलिस हैं जो कि वहां पर की जा रही पुलिसिया बर्बरता के लिए कुख्यात हैं। जब तक आप उस व्यक्ति को वहां से नहीं हटाते, वहां पर किसी तरह की कोई भी वार्ता होने की कोई उम्मीद नहीं है।

पंजाब सरकार के द्वारा वहां की पुलिस व्यवस्था में कोई बदलाव नहीं लाने का कारण स्थिति हाथ से फिसलने का खतरा बना हुआ है। अगर

हमें अलगाववादियों के साथ किसी तरह की भी वार्ता करनी है, अगर हम वहां विश्वास का माहौल पैदा करना चाहते हैं तो इसके लिए हमें न केवल वहां के युवाओं से साथ बैठक करनी होगी बल्कि इसके लिए हमें वहाँ के सभी वर्गों के साथ (अकाली दल के नेतृत्व के साथ भी) भी वार्ता करनी होगी। लेकिन ये सब कुछ तभी संभव है जब हम वहां से इस तरह की सभी अड़चनों को दूर कर दें।

अगर हम पंजाब की राजनीति की बात करें तो हम देखेंगे कि जनता दल और नेशनल फ्रंट के पास पंजाब में राजनीतिक रोटियां सेंकने का कोई खास अर्थ नहीं है क्यूंकि हमारा वहां जनाधार काफी कम है। वहां अकाली और उनके ढेर सारे उपदल हैं। मैं एक बात साफ कर देना चाहूँगा। किसी राजनीतिक दल के विभिन्न उप्दलों को आपस में बाँट कर राजनीतिक फायदे के लिए की गई गतिविधि भले ही राजनीतिक तौर पर उचित हो, लेकिन कुछ जगहों पर इसका अंत होना चाहिए। पंजाब एक ऐसी जगह है जहाँ पर एक स्थिर, सक्षम और सर्वमान्य राजनीतिक नेतृत्व का होना बेहद जरूरी है।

लोकप्रिय तरीके से चुने नेताओं से बात करें:

जब तक आपके पास स्थानीय लोगों के समर्थन से उभरा राजनीतिक नेतृत्व नहीं होगा, कोई भी नेतृत्व वहां की समस्याओं का निदान नहीं कर सकता है। लोक सभा चुनाव के बाद अकाली दल (मान ग्रुप) के नेता श्री सिमरनजीत सिंह मान से उम्मीदें जुड़ी थीं। उस समय चुनाव में धांधली की चर्चा हुई थी। ये सब प्रपंच है क्यूंकि अगर ऐसा होता तो पांच कांग्रेस वालों के साथ–साथ जनता दल का एक उम्मीदवार उस चुनाव में नहीं जीतता। पंजाब में भारत के दूसरे किसी हिस्से की तरह ही स्वच्छ चुनाव आयोजित किये गए थे। लेकिन अब उसी बात के सहारे लोग यह बात फैला रहे हैं कि चूँकि वहां के चुनाव आतंक के साए में होते हैं तो वहां कभी भी निष्पक्ष चुनाव आयोजित नहीं किये जा सकते हैं। मैं इस बात से जरा भी इत्तेफाक नहीं रखता हूँ। मैं चाहता हूँ कि सरकार इस सम्बन्ध में कोई फैसला ले। सरकार को एक सर्व दलीय बैठक बुला इस बात पर निर्णय लेना चाहिए कि वहां कब चुनाव आयोजित किये जाएँ। मेरे विचार से, हम जितना जल्दी ऐसा करेंगे उतना ही अच्छा होगा।

चाहे हम इस बात को मानें या न मानें, राजनीतिक हस्तियाँ उभर ही जाती हैं और वो हमारे दयाभाव के कारण नहीं उभरते। वो उभरते हैं तो सिर्फ इसलिए कि हम उन्हें छत्रछाया देते हैं।

हम फिर से उसी तरह की राजनीति करने की जुगत में हैं और ये सोच रहे हैं कि श्री सिमरनजीत सिंह जी के साथ हुई वार्ता देश के हित में नहीं है। चाहे हम इस बात को मानें या न मानें, राजनीतिक हस्तियाँ उभर ही जाती हैं और वो हमारे दयाभाव के कारण नहीं उभरते। वो उभरते हैं तो सिर्फ इसलिए कि हम उन्हें छत्रछाया देते हैं। उदाहरण के लिए कश्मीर में शेख अब्दुल्ला का ही मामला देख लें अथवा नागालैंड में श्री फिजो को देखें। विभिन्न समय पर इन जगहों पर कई ऐसे संकट व्याप्त थे जो सरकार को न ही मान्य थे और न ही संविधान के दायरे में थे। इन सभी व्यक्तियों को वहां की स्थानीय जनता का भरपूर सहयोग मिला हुआ था और इस बात को हम नकार नहीं सकते हैं। इस बात को नकारना वहां की सच्चाई को नकारने के जैसा होगा।

पंजाब से प्राप्त हो रही खबरों के अनुसार हम यही समझते हैं कि श्री सिमरनजीत सिंह मान वहां की राजनीति में किनारे किये जा रहे हैं और ऐसे में अन्य अकालियों के साथ वार्ता करना एक मूर्खतापूर्ण कदम साबित होगा। निश्चित रूप से श्री मान के राजनीतिक दल का निर्माण करना हमारी समस्या नहीं है और ये उनकी जिम्मेदारी है। लेकिन हमें बड़ी ही समझदारी से राजनीतिक और प्रशासनिक स्तर पर इस बात को सुनिश्चित करना होगा कि पंजाब में एक ऐसे दल का उदय हो जो लोगों का विश्वास जीत कर वहां शासन करने में सक्षम हो। हमारी लोकतान्त्रिक व्यवस्था में चुनी हुई सरकार और एक चुना हुआ सदन ही नतीजे लाने में सफल साबित होता है। इस हालत में मुझे कोई दूसरा उपाय नहीं सूझ रहा है।

बेहद जरूरी है अकाली एकताः

इसलिए पंजाब की समस्या के निपटारे के लिए वहां की अकाली इकाई का राजनीतिक तौर पर सक्रिय होना बेहद जरूरी है। मुझे मालूम है कि कोई भी मुझसे ये तकनीकी सवाल पूछ सकता है कि अकाली एकता

के बारे में बात करने वाले आप कौन होते हैं? यह उनकी समस्या है। लेकिन जैसा कि मैंने आपको बताया हमारे इतिहास में ऐसे भी मौके आये हैं जब किसी एक व्यक्ति ने बहुत महत्वपूर्ण भूमिका निभाई है। लेकिन कालांतर में इतिहास सबको अपने में समाहित कर लेता है। एक बार अगर पंजाब की समस्या का निदान हो जाए और यह लोकतंत्र के रास्ते पर आ गया तो वहां लोकतान्त्रिक तरीके से सत्ता परिवर्तन में कोई दिक्कत नहीं होगी। लेकिन फिलहाल हम जब तक पंजाब में एक लोकप्रिय सरकार को सत्ता की चाभी थमाने में मदद नहीं करते हैं हम वहां की हिंसा और उन्माद को नहीं रोक सकेंगे। मुझे डर है कि ऐसा नहीं कर पाने की स्थिति में हम पंजाब के लोगों के दिलोदिमाग को देश से जोड़ नहीं पायेंगे।

लेकिन हमें निश्चित ही उनसे वार्ता करनी होगी। हम यह भी नहीं कह सकते कि चूँकि उन्होंने अजीबोगरीब मांगें रखी हैं इसलिए वो अप्रासंगिक हो गए हैं। चाहे हम इस बात को मानें या न मानें, राजनीतिक हस्तियाँ उभर ही जाती हैं और वो हमारे दयाभाव के कारण नहीं उभरते। वो उभरते हैं तो सिर्फ इसलिए कि हम उन्हें छत्रछाया देते हैं।

अब समय आ गया है कि हम इस बात को समझें कि किसी स्थान विशेष की समस्याओं का निदान सिर्फ वहां के चयनित नेता और स्थानीय जनता द्वारा ही किया जा सकता है। ये हमारी जिम्मेदारी है कि हम इस बात को सुनिश्चित करें कि ये लोग देश की राष्ट्रीय सोच के साथ समाहित हों। और ऐसा करने के लिए दोनों ही तरफ से एक दूसरे को समझने की जरूरत है–न सिर्फ कर्म और बातचीत के स्तर पर बल्कि आपसी समझदारी और संवेदना के स्तर पर भी। जब तक हम ऐसा नहीं करेंगे, तब तक हमें इस समस्या का निदान नहीं मिलेगा।

एक कानून उनके लिए जिन्हें सुरक्षा की जरूरत ही नहीं

दिल्ली रेंट कण्ट्रोल विधेयक (संशोधन), 1988 पर 29 अगस्त 1988 को बोलते हुए मोरारका कहते हैं कि प्रस्तावित विधेयक की सीमा में वो 25 से 40 प्रतिशत गरीब आते ही नहीं जिन्हें सच में आवास की जरूरत है। न ही इसकी सीमा में पुरानी बदहाल हो चुकी बिल्डिंग अथवा मध्यम वर्गीय तबका आता है। ऐसा लगता है कि यह कानून उन लोगों के लिए बनाया गया है जिन्हें किसी तरह की सुरक्षा की जरूरत नहीं है। वो उस समय एक ऐसे विषय पर बात कर रहे थे जो आज की मुंबई में बड़े ही जोर–शोर से क्रियान्वित किया जा रहा है–निम्न मध्यम वर्ग को किराये पर देने के लिए भवन निर्माण की परिपाटी।

महोदय, सदन के समक्ष एक लम्बी चर्चा और वाद–विवाद के बाद प्रस्तुत किया गया यह विधेयक बेहद निराशाजनक है। इसमें समस्या का सतही समाधान करने की भी क्षमता नहीं है।

इस विधेयक के तीन उद्देश्य हैं–पहला मकान मालिक और किरायेदार के बीच तार्किक सम्बन्ध बनाना। दूसरा भवन सम्बन्धी कार्यों को प्रोत्साहित करना। और तीसरा किरायेदारों और मकान मालिकों के बीच कानूनी झगड़ों में कमी। इस विधेयक द्वारा इनमें से किसी भी उद्देश्य को पूरा करने का माद्दा नहीं था। अधिक से अधिक, यह मकान मालिक और किरायेदारों के बीच संबंधों को और अधिक तार्किक बनाने की दिशा में पहला कदम था। इस बिल की सबसे बड़ी खामी है कि इसमें केवल उन मकानों को रेंट कण्ट्रोल से बाहर रखने की बात की गई है जिनका मासिक किराया

₹3,500 से अधिक हो।

चूँकि इस बिल का सम्बन्ध दिल्ली से है, मैं यह जानना चाहता हूँ कि वहां कितने ऐसे मकान हैं जिनका किराया ₹3,500 से अधिक है? ऐसे मकानों का प्रतिशत बेहद कम है। और इनके किरायेदार कैसे लोग हैं? वो व्यक्ति जो मकान के किराये के मद में प्रतिमाह ₹3,500 खर्च कर सकता है, उसकी मासिक आय कम से कम ₹20,000 होगी। और एक ऐसा घर जिसका प्रतिमास का किराया ₹3,500 है, निश्चय ही किसी अमीर आदमी का होगा। इस कारण मकान मालिक और किरायेदार के बीच सम्बन्ध युक्तिसम्मत ही होता है। लेकिन हमें देखना होगा कि ये कैसे मकान मालिक और किरायेदार हैं? ये बेहद अमीर हैं। इसलिए जिस बुनियादी कारण से इस बिल को लाया गया था, ये बिल दूर–दूर तक उसे छूता भी नहीं है।

अमीरों को घर मुहैय्या कराना:

इस मामले में जांच कर रही एल.के. झा समिति ने सुझाव दिया है कि ₹1,500 या उससे अधिक के किराए वाले मकानों को रेंट कण्ट्रोल की सीमा से बाहर कर देना चाहिए। मुझे नहीं मालूम कि फिर यह सीमा बढ़ा कर ₹3,500 क्यूँ कर दी गई है। शायद इसके लिए हमारे पास कोई ठोस कारण होंगे। लेकिन सच्चाई यह है कि ऐसा करने से बहुत कम मकान ही रेंट कण्ट्रोल एक्ट के बाहर आ सकेंगे और इससे कानूनी झंझटों में कोई कमी नहीं आएगी।

यहाँ तक कि इससे मकान से जुड़ी व्यावसायिक गतिविधियों में भी बढ़ोतरी होने की कोई उम्मीद नहीं है। मुझे नहीं मालूम कि इस विधेयक के आने से किस तरह की गतिविधि को बल मिलेगा। हाँ इतना जरूर है, कि इस विधेयक के आने के बाद अमीर लोगों को, अमीरों को किराये पर देने के लिए मकान बनवाने में मदद मिलेगी। मुझे नहीं लगता कि यह इस बिल का सामाजिक उद्देश्य था। अगर हमें भारत के मकान व्यवसाय में विकास करना है, तो यह गरीबों को ध्यान में रख के करना होगा। मुझे ज्ञात नहीं है कि भारत में कोई भी कंपनी या कारपोरेशन गरीबों को किराए पर देने के उद्देश्य से मकान निर्माण कर भी रही है या नहीं। मुझे नहीं लगता कि ऐसी कोई संस्था काम भी कर रही है।

किसी भी कानून के द्वारा हम भारत में लोगों को गरीबों को किराए पर देने के मकान बनाने के लिए आकर्षित नहीं कर रहे हैं। ऐसा तब तक नहीं होगा जब तक हम रेंट पर से सीलिंग नहीं हटा देते, और ऐसा होने पर गरीबों को बहुत अधिक किराया अदा करना पड़ेगा।

इसलिए इस मामले पर हम चाहे जितने कानून बना लें, इससे मकान व्यवसाय में कोई उछाल आने की उम्मीद नहीं है। ये उद्देश्य इस व्यवसाय के लिए कहीं से भी प्रासंगिक नहीं हैं।

मकान मालिकों से अधिक अमीर किरायेदारः

मुझे आश्चर्य है कि इस बिल के एक प्रमुख उद्देश्य पर सरकार का ध्यान ही नहीं गया है। वो उद्देश्य पुराने बदहाल मकान से जुड़ा हुआ है। दिल्ली के एक बड़े हिस्से, जिसे हम पुरानी दिल्ली कहते हैं, वहां मकान ढहने और शहरी अनियमितता के कई मामले सामने आये हैं। भारत के हर पुराने शहर में ऐसी समस्या है। दिल्ली में भी है। विधेयक में इस समस्या के समाधान के लिए कोई भी कदम नहीं उठाए गए हैं।

अच्छा होता कि अगर आप इस बिल के उद्देश्यों में ये लिखते कि इसका उद्देश्य सरकारी कर्मचारियों को रिटायरमेंट के बाद उनकी संपत्ति का पुनः मालिकाना हक दिलाना है। यह एक उद्देश्य है जो इस बिल के द्वारा पूरा किया जाता है।

चांदनी चौक में एक दुकान का रेंट ₹36 है। इस विधेयक के द्वारा इसमें हर वर्ष 10 प्रतिशत वृद्धि का प्रावधान किया गया है। ये कुछ भी नहीं है। उस दूकान का मालिक हर वर्ष करोड़ों रुपयों का मुनाफा कमा रहा है। ऐसे में क्या किया जाना चाहिए? सभी वाणिज्यिक परिसर को इस रेंट कण्ट्रोल एक्ट की जद से बाहर निकाल देना चाहिए। जो भी व्यक्ति अपने परिसर को दुकान की तरह किराये पर लगाने में सक्षम है, उसे रेंट कण्ट्रोल एक्ट की सुरक्षा की जरूरत नहीं है। इस विधेयक का मूल मकसद गरीबों को अमीरों से बचाना था। एक समय था जब मकान मालिक अमीर होते थे और किरायेदार गरीब। आज ऐसा नहीं है। आज कई किरायेदार मकान मालिकों से अधिक अमीर हैं। सरकार और

कानून कमजोर की हिफाजत करने के लिए बने हुए हैं। जिस स्थिति में मकान मालिक कमजोर पाया जाएगा, कानून उसे सुरक्षा देगा। यही बात किरायेदार के लिए भी लागू है। करोड़ों का बिजनेस करने वाले लोगों को सरकार का संरक्षण दिए जाने की कोई जरूरत नहीं है।

सरकारी सेवक अपनी संपत्ति को वापस पा सकते हैं:

दूसरी समस्या यह है कि दिल्ली, बम्बई, कलकत्ता और मद्रास की करीब 25 से 40 प्रतिशत आबादी झुग्गियों में निवास करती है। यह आबादी आज भी रेंट कण्ट्रोल एक्ट के सुरक्षा घेरे में नहीं है। वहां झुग्गी के अघोषित दादा, मकान मालिक, पुलिसकर्मी और स्थानीय नेता की साँठगाँठ से सारा कारोबार चलता है। वे अपनी ही बनाई दुनिया में रह रहे हैं। हमें उनकी स्थिति में सुधार करने की जरूरत है। ऐसा कैसे किया जाएगा?

यह एक बेहद जटिल समस्या है। हमारे द्वारा पेश किये विधेयक के द्वारा इसके एक भी हिस्से का समाधान नहीं किया जा सकता है। इस विधेयक की जद में न तो दिल्ली डेवलपमेंट अथॉरिटी आती है, न ही यहाँ का श्रमिक वर्ग और न ही मध्यम वर्ग। इसके प्रभावक्षेत्र में कुछ गिने–चुने लोग आते हैं जिन्हें किसी प्रकार की सुरक्षा की जरूरत ही नहीं है। अच्छा होता कि अगर आप इस बिल के उद्देश्यों में ये लिखते कि इसका उद्देश्य सरकारी कर्मचारियों को रिटायरमेंट के बाद उनकी संपत्ति का पुनः मालिकाना हक दिलाना है क्यूंकि यही एक उद्देश्य है जो इस बिल के द्वारा पूरा किया जाता है।

मेरी बात का यह आशय बिलकुल नहीं है कि सरकारी कर्मचारियों को उनकी संपत्ति का मालिकाना हक नहीं मिलना चाहिए। लेकिन अपने मौजूदा स्वरूप में यह बिल सिर्फ एक ही बड़ा रिफॉर्म करने में सक्षम है और वो ये है कि इस बिल के आने से दिल्ली प्रशासन और यहाँ के केन्द्रीय कर्मियों को अपने रिटायरमेंट के एक साल पहले या बाद, उनकी संपत्ति का मालिकाना हक प्राप्त हो जाएगा। अब उन्हें इस चीज के लिए जटिल कानूनी प्रक्रिया से नही उलझना होगा। अगर इस चीज में कोई भी बदलाव नहीं किया गया, तो हम अधिक से अधिक इसमें बस ये प्रावधान ही जोड़ सकते हैं कि साठ वर्ष से अधिक के सभी लोगों को यह सुविधा प्राप्त होगी। आखिर एक रिटायर्ड स्कूल शिक्षक और प्राइवेट

सेक्टर का एक कर्मचारी, किसी भी रिटायर्ड सरकारी कर्मचारी से कैसे अलग है? ऐसे सरकारी सेवक, जिसके पास तीन तीन बंगले हैं, उन्हें इस कानून की कोई जरूरत नहीं है।

इस विधेयक के मसले पर कुछ वर्ष पूर्व की अपनी दिशा से हम कोसों दूर भटक चुके हैं। मुझे सरकारी कर्मचारियों, सेना के अधिकारियों और उनकी विधवाओं को उनकी संपत्ति वापस दिए जाने से कोई आपत्ति नहीं है लेकिन हमें इसका दायरा अन्य विधवाओं तक भी बढ़ा देना चाहिए। मुझे खुशी है कि माननीय मंत्री ने इस सम्बन्ध में एक संशोधन भी पारित किया है। हमें ऐसे प्रावधान भी बनाने होंगे जिससे साठ से अधिक उम्र के सभी लोगों को बिना किसी जटिल प्रक्रिया को अपनाए हुए उनकी संपत्ति वापस दी जा सके।

महोदय, एल.के झा समिति ने इस सन्दर्भ में ₹1,500 की राशि निर्धारित की है। क्यूँ? क्यूँकि उन्होंने पाया है कि अगर हम इससे अधिक राशि को रेंट कण्ट्रोल के दायरे से बाहर कर देंगे तो गरीब आदमी पर इसका प्रभाव नहीं पड़ेगा। ऐसा करने से रेंट कंट्रोलर को कई तरह की कानूनी अड़चनों का सामना नहीं करना पड़ेगा। आज हम इस रेंट कण्ट्रोल एक्ट को फास्ट ट्रैक का नाम दे रहे हैं। लेकिन ऐसा नहीं है। रेंट कंट्रोलर के द्वारा भी इन मामलों के निपटारे में कई वर्षों का समय लिया जा रहा है। इस विधेयक का मूल उद्देश्य कानूनी अड़चनों में कमी लाकर और काम में कमी लाना था जिससे कि ₹1,500 रेंट का ये स्तर बना रह सके।

सरकार को अपने विवेक से इसमें संशोधन कर इस राशि को घटाकर ₹2,000 कर देने की जरूरत है क्यूँकि ₹3,500 के स्तर पर भी कानूनी मामलों और इस कानून से लाभ प्राप्त करने वाले लोगों की संख्या में वृद्धि होगी।

मेरा दूसरा बिंदु अनुबंध से जुड़ा हुआ है। पुराना कानून अब अप्रासंगिक हो चुका है। आज के दौर में संपत्ति किराये पर देने वाला और लेने वाला–दोनों ही व्यक्ति साक्षर हैं, तो फिर ऐसा क्यूँ है कि अनुबंध पर हस्ताक्षर के बाद भी रेंट कण्ट्रोल लागू किया जाता है। ₹1,500 से अधिक के किरायों की स्थिति में कानूनी तरीके से इस अनुबंध का नियंत्रण करना होगा। इस आर्थिक सीमा के अलावा इस सम्बन्ध में हम क्षेत्रवार सीमा भी निर्धारित कर सकते हैं। ऐसा कोई भी व्यक्ति जो 2,000 से 3,000 स्क्वायर फीट क्षेत्रफल में बने मकान में रहता है, उसे हमारी

सुरक्षा की जरूरत नहीं है। वह इस मामले को अपने मकान मालिक के साथ निपटा सकता है। इसलिए हमें ₹1,500 किराये अथवा एक सुनिश्चित क्षेत्रफल की सीमा का निर्धारण करना चाहिए। लेनदार और देनदार के बीच किया गया अनुबंध ही उन्हें सुरक्षित करने के लिए सक्षम है। मकान मालिक आज के समय में एक भ्रामक शब्द है क्यूंकि आज के किरायेदार पब्लिक सेक्टर कंपनियों, बहुराष्ट्रीय कंपनियों और निजी क्षेत्र की कंपनियों में कार्य करते हैं।

पट्टादाता और पट्टेदार न कि किरायेदार और मकान मालिकः

मैं एयर इंडिया और अन्य पब्लिक सेक्टर कंपनियों में काम कर रहे कई ऐसे लोगों को जानता हूँ जिन्होंने अपने मकान किराए पर लगा रखे हैं। जब भी उन्हें अपने मकान वापस चाहिए होते हैं तो उन्हें कोई समस्या नहीं होती है क्यूंकि उनके किरायेदार भी किसी बहुराष्ट्रीय कंपनी में काम करने वाले अमीर लोग होते हैं। इसलिए किरायेदार और मकान मालिक जैसे शब्दों का प्रयोग करना भ्रामक है। इसकी जगह हमें पट्टादाता और पट्टेदार शब्द का प्रयोग करना चाहिए। उनके बीच किये गए अनुबंध का सम्मान किया जाना चाहिए। दो शिक्षित लोगों के बीच हुए अनुबंध को कानून का बल प्राप्त होना चाहिए।

मेरा आखिरी बिंदु आयकर से जुड़ा हुआ है। हमारे द्वारा लागू किये गए प्रावधान में कहा गया है कि असल लागत पर 10 प्रतिशत रिटर्न वसूला जाएगा। तार्किक तौर पर यह फिक्स्ड कॉस्ट का 10 प्रतिशत हिस्सा होता है। पुराने किराए पर आपने हर तीन वर्ष पर दस प्रतिशत वृद्धि का प्रावधान बनाया हुआ है। लेकिन प्रश्न यह है कि यह कौन–सा पुराना किराया है। दस प्रतिशत वृद्धि किस आधार पर की गई है, ये स्पष्ट नहीं है। इस फार्मूले को लागू करने के लिए हमें पहले सभी पुराने रेंट को एक स्तर पर लाना होगा। ऐसा नहीं करने से इस प्रावधान का कोई लाभ नहीं होगा। हालांकि सरकार द्वारा ऐसा किये जाने की मंशा मुझे बिलकुल स्पष्ट है।

खतरनाक है पश्चिम से याराना

9 मार्च 1994 को GATT करार पर हो रही चर्चा में मोरारका कहते हैं कि 'भारत को वैश्विक सत्ता के गलियारों में इधर से उधर घसीटा जा रहा है'। वो सरकार को याद दिलाते हैं कि 'जिन–जिन क्षेत्रों में भारत आत्म–निर्भर रहा है, उन सभी क्षेत्रों में उसने सफलता प्राप्त की है'।

जनरल अग्रीमेंट ऑन टैरिफ एंड ट्रेड (GATT) और डंकेल प्रस्ताव के बारे में पर्याप्त चर्चा हो चुकी है। मैं इस सम्बन्ध में दो–तीन बुनियादी सवालों पर ध्यान देना चाहूँगा। कई वक्ताओं ने यह कहा है कि गैट की यह नयी व्यवस्था भारत के लिए पिछली सभी व्यवस्थाओं में से सबसे उपयुक्त है। इससे देश के निर्यात में वृद्धि होगी और वैश्विक कारोबार में भारत की हिस्सेदारी भी बढ़ेगी।

मैं उन्हें सितम्बर 1986, जब उरुग्वे राउंड की शुरुआत हुई थी, की याद दिलाना चाहता हूँ। उस समय इस विशय पर भारत की नीति, वर्तमान सरकार की सभी नीतियों से बिलकुल ही अलग थी। उस समय श्री राजीव गाँधी भारत के प्रधानमन्त्री थे। कांग्रेस पार्टी के 400 सदस्य लोक सभा में थे। यह एक मजबूत सरकार थी जो भारतीयों की आकांक्षाओं का प्रतिनिधित्व कर रही थी। किसी भी विरोधाभास से डरे बिना मैं यह कहना चाहूँगा कि इस मुद्दे पर सितम्बर 1986 में पुन्टा–डेल–इस्टे में सरकार का रुख जनता के सरोकारों के अनुकूल था। उस समय तीसरी दुनिया के सभी देश भारत के साथ खड़े हुए थे। ब्राजील, अर्जेंटीना, मिस्र और इनके जैसे अन्य दस राष्ट्र भारत के साथ इस मसले पर मजबूती से खड़े हुए थे।

हमने अमेरिका और अन्य देशों को इस बात के लिए राजी कर लिया

था कि गैट के असली प्रारूप में कोई भी बदलाव नहीं किया जाएगा और मेरे अनुसार, इसमें व्यापार से इतर अन्य मुद्दे जैसे कि कृषि, बौद्धिक संपत्ति का अधिकार, निवेश और सर्विस जैसे विषयों पर भी कोई परिवर्तन नहीं होगा। 1986 के बाद व्यापार से जुड़े बौद्धिक संपत्ति के अधिकारों के मसले पर (TRIPS) के विषय पर एक विश्वव्यापी विवाद शुरू हो गया है। 1988 तक कई लोगों का मानना था कि वार्ता का यह दौर इस सन्दर्भ में असफल रहेगा कि अमेरिका और अन्य देश गैट के प्रारंभिक मसौदे में बदलाव नहीं कर पायेंगे।

बुनियादी समस्या यह नहीं है कि हम वैश्विक स्तर पर अल्पसंख्यक की कतार में हैं। समस्या यह भी नहीं है कि भारत एक कमजोर देश है। अब भारत को एक कमजोर सरकार द्वारा शासित देश के रूप में जाना जाने लगा है। जिसके कारण देश को वैश्विक सत्ता के गलियारों में इधर से उधर घसीटा जा रहा है।

लेकिन दिसम्बर 1988 से लेकर अप्रैल 1989 के बीच में इस पूरे परिदृश्य में बदलाव आ चुका है। हमारी सरकार ने भी 1989 में इन सभी प्रावधानों के लागू किये जाने के प्रस्ताव को मान लिया। आखिर सितम्बर 1986 से लेकर अप्रैल 1989 के बीच ऐसा क्या हुआ था? सबसे पहले तो हुआ ये था कि अमेरिका ने सुपर 301 और स्पेशल 301 जैसे द्विपक्षीय तरीकों के इस्तेमाल से तीसरी दुनिया के उन सभी देशों पर दबाव डाल कर उन्हें अपने पक्ष में कर लिया था, जो अब तक इस मुद्दे पर भारत के साथ खड़े थे। दूसरी तरफ भारत में जहाँ सितम्बर 1986 में एक शक्तिशाली सरकार थी, वहीं अप्रैल 1989 आते आते वहां एक बेहद कमजोर सरकार सत्ता में थी। हमारा सदन तब भी ऐसा ही था। लेकिन सरकारें सिर्फ संख्या बल के दम पर नहीं चलायी जाती हैं। सरकारें इच्छाशक्ति के बदौलत चलती हैं।

कमजोर माना जा रहा है भारत सरकार कोः

मुझे बड़े दुःख के साथ यह कहना पड़ रहा है कि बुनियादी समस्या यह नहीं है कि हम वैश्विक स्तर पर अल्पसंख्यक की कतार में हैं। समस्या

यह भी नहीं है कि भारत एक कमजोर देश है। अब भारत को एक कमजोर सरकार द्वारा शासित देश के रूप में जाना जाने लगा है। जिसके कारण देश को वैश्विक सत्ता के गलियारों में इधर से उधर घसीटा जा रहा है। जब हमने आजादी प्राप्त की थी उस वक्त अमेरिका विश्व का सबसे अमीर देश था; और भारत–चीन जैसे देश गरीब देशों की कतार में थे। तीसरी दुनिया के देशों ने भी हमारा साथ इसलिए छोड़ दिया है क्यूंकि उन्हें भी लगता है कि हमारे देश की सरकार मजबूत नहीं है। मुझे नहीं मालूम कि क्यूँ हम इस समस्या से भागने की कोशिश कर रहे हैं।

आज सुबह संसद के प्रश्नकाल में कश्मीर पर एक छोटी–सी चर्चा हुई थी। यही बात कश्मीर पर भी लागू होती है। क्या हम इस बात से इनकार करने की कोशिश कर रहे हैं कि पिछले छह महीनों से इस मुद्दे को पाकिस्तान सभी अंतर्राष्ट्रीय मंच पर उछाल रहा है? कश्मीर का मुद्दा बिलकुल समान है। हम किस पर चर्चा कर रहे हैं? विलय, धारा 370, 1948 की घटनाएं–कुछ भी तो नहीं बदला! भारत के बारे में वैश्विक सोच अब बदल चुकी है। उन्हें अचानक से ये लगने लगा है कि भारत को वैश्विक मंच पर वश में किया जा सकता है। उन्हें हमारी कमजोरियों की बू आ रही है। ऐसा क्यूँ हुआ है? आप फिर हम पर इस मुद्दे का राजनीतिकरण करने का आरोप लगायेंगे। लेकिन सच्चाई यही है कि हाथों में कटोरा लिए हुए, आईएमएफ और वर्ल्ड बैंक के पास भीख मांगने के लिए भी हम ही गए थे। हमने अपनी कमजोरियों का पिटारा खुद ही खोला है।

सच्चाई यही है कि जिन क्षेत्रों में हमने अपनी स्वदेशी नीति अपनाई है, उन क्षेत्रों में हमें सफलता मिली है। यही हमारा गौरव है। जिन क्षेत्रों में भी हमने पश्चिम का अनुसरण करने की कोशिश की है, वहां हमें मुंह की खानी पड़ी है।

जब तक हम पंडित नेहरू और इंदिरा गाँधी के रास्ते पर वापस नहीं लौटेंगे, तब तक हमारी मुश्किलें बनी रहेंगी। ये दुनिया बेहद क्रूर है और यहाँ कोई भी आपको आपका हक तब तक नहीं देता है जब तक आपकी रीढ़ में उसे मांगने की ताकत न हो। ये कहना सही नहीं है कि हम अल्पसंख्यकों की कतार में शुमार हैं। हम इस विश्व की दूसरी

सबसे बड़ी आबादी हैं। अगर हम चीन की जनसँख्या को अपने साथ मिला कर देखें तो हम इस विश्व की एक चौथाई आबादी हैं। हमें कतई नजरंदाज नहीं किया जा सकता है। यह मनोविज्ञान से जुड़ा हुआ प्रश्न है। मुझे इस बात का आश्चर्य है कि प्रतिपक्ष के सदस्यों ने इन सभी तर्कों का हवाला देने के बाद भी गैट का समर्थन करने का फैसला लिया है। मैं इस सन्दर्भ में सिर्फ इतना कहना चाहूँगा कि हमने उन सभी क्षेत्रों में विकास किया है जहाँ हमने खुद को पश्चिम के अधीन नहीं होने दिया है। हमारा विकास हमारे एकांतवास में ही संभव है। कृषि, नाभिकीय ऊर्जा, मिसाइल तकनीक और अन्य कई क्षेत्र ऐसे हैं जहाँ हमने पश्चिम के किसी भी सहयोग के बिना बहुत बड़ी सफलताएं अर्जित की हैं। हमारी अपनी कृषि व्यवस्था है, फिर चाहे वह सब्सिडी पर ही क्यूँ न आश्रित हो। हमने अपने आर्थिक पैमाने स्वयं ही निर्धारित किये हैं। कृषि का हमारा स्वदेशी तरीका सफल रहा है। लेकिन आज हमें इस बात को मानने में शर्म क्यों आ रही है?

ऐसा इसलिए है कि कुछ विदेशी लोग हमें आकर यह बता रहे हैं कि हमने अंतर्राष्ट्रीय नियमों का पालन नहीं किया है। हम इस विश्व की दूसरी सबसे बड़ी जनसँख्या को भोजन उपलब्ध करा रहे हैं। उनमें से कोई भी भूखा नहीं है। हमने नाभिकीय प्रसार करार पर आज तक हस्ताक्षर नहीं किया है। इन वैश्विक शक्तियों के अनुसार हमें हैवी वाटर और प्लूटोनियम नहीं दिया जाएगा। लेकिन वो भूल जाते हैं कि अभी तक हमने हर काम अपने दम पर किया है। हमें किसी तरह की भी विदेशी सहायता की जरूरत नहीं है। हमने उनकी मिसाइल टेक्नोलॉजी कण्ट्रोल रिजीम का अनुपालन नहीं किया है। इसलिए अग्नि मिसाइल की हमारी सफलता से वे डरे हैं। हम सत्य से मुंह क्यों मोड़ रहे हैं?

आत्म-निर्भरता ही सफलता है:

कई लोगों के लिए 'एकांत' एक डरावना शब्द है। यह एक ऐसी मनोस्थिति है जब कोई व्यक्ति खुद को अकेला समझता है। लेकिन सच्चाई यही है कि जिन क्षेत्रों में हमने अपनी स्वदेशी नीति अपनाई है, उन्हीं क्षेत्रों में हमें सफलता मिली है। यही हमारा गौरव है। जिन क्षेत्रों में भी हमने पश्चिम का अनुसरण करने की कोशिश की है, वहां हमें मुंह की खानी

पड़ी है। उदाहरण के तौर पर भारतीय उद्योगों को ही देख लें। इस देश के टॉप बीस बिजनेस घरानों को साल दर साल विदेशी विनिमय के क्षेत्र में नुकसान झेलना पड़ रहा है। वो तकनीक और यंत्रों का आयात करते हैं इसके बावजूद वो विश्व स्तर पर सफल नहीं हो पा रहे हैं।

आज मैं उनका ही सवाल दुहराना चाहता हूँ। उनका कहना है कि हम अलग–थलग पड़ चुके हैं। हमें विदेशी धन की आवश्यकता है। हमें इसकी आवश्यकता क्यूँ है? क्या हमें तेल के लिए इस धन की जरूरत है? मुझे ऐसा नहीं लगता है क्यूंकि हमारे पास तेल के पर्याप्त भंडार हैं जिनका अगर सही तरीके से विकास किया जाए तो हमें उनके पास तेल मांगने के लिए नहीं जाना होगा। हमें विदेशी धन क्यूँ चाहिए? क्या कैपिटल गुड्स और कच्चे माल के लिए इसकी जरूरत है? हमें ये जरूरत किसके लिए है? क्या एक ऐसे उद्योग के लिए जो अपना प्रबंधन कर पाने में असफल रहा है? हमें कृषि के लिए इन सभी चीजों की कोई जरूरत नहीं है। हमारे पास उर्वरकों के लिए घरेलू कंपनियां हैं। बीज के उत्पादन के लिए हमने अपना देशी तरीका ईजाद किया है। इस मामले में हम अच्छे तरीके से आत्म–निर्भर हैं। मेरा आशय ये नहीं है कि हमें पूरी तरह से दुनिया से कट जाना चाहिए। हम इस विश्व की दूसरी सबसे बड़ी जनसँख्या हैं। उन्हें भी हमारी उतनी ही जरूरत है जितनी कि हमें उनकी।

लेकिन हमें अपनी राष्ट्रीय स्वाभिमान की एक रेखा निर्धारित कर लेनी चाहिए। अंतर्राष्ट्रीय कूटनीति का तकाजा ही यही है कि हर राष्ट्र अपने हित की रक्षा करना चाहता है। वर्ल्ड ट्रेड आर्गेनाइजेशन के साथ हो रहे करार में हर देश अपने इन्हीं हितों की रक्षा करने के लिए कुछ नियमों को मानता है और कुछ से बच कर निकलना चाहता है। यह बिलकुल उचित है। यह हमारी कूटनीतिक क्षमता पर निर्भर करता है कि हम अपना कितना हित साध सकते हैं। इस सदन और सरकार से मेरी ये शिकायत है कि तीन वर्षों से सरकार में होने के बावजूद क्यूँ ये सरकार इस देश की जनता को अपने विश्वास में नहीं ले सकी है? मुझे जयपाल रेड्डी द्वारा गैट 1947 का फिर से अध्ययन किये जाने के सुझाव पर हमारे वाणिज्य मंत्री की क्रोधित टिप्पणी को सुन कर थोड़ा आश्चर्य हुआ है। उन्होंने कहा था 'कि इसके लिए आप किसी लाइब्रेरी भी जा सकते हैं।'

मैं उनकी बात से सहमत हूँ लेकिन सदन में किसी विधेयक को लाने

से पहले उसके उद्देश्यों और कारणों का मसौदा पेश किया जाता है। मंत्री जी यह जरुर कह सकते हैं कि चूँकि यह विधेयक संसद की लाइब्रेरी में है इसलिए सदस्य वहां जाकर इसका अध्ययन कर सकते हैं। लेकिन ये मुद्दा ही नहीं है। मुद्दा यह है कि जब सदन में ऐसे राष्ट्रीय महत्व के विषय पर चर्चा की जा रही है, जिसका आने वाले दो–तीन दशक तक इस देश पर सीधा प्रभाव होगा, तो हमें इस सम्बन्ध में अधिक से अधिक जानकारी देनी चाहिए। मैं इस बात के लिए आश्वस्त हूँ कि सरकार यह कहीं से नहीं मान कर चल रही है कि इस व्यापारिक संगठन का हमारे आन्तरिक मामलों के लिए सिर्फ दो–तीन वर्षों तक के लिए ही असर होगा।

इस मसले पर संसद और उसके सदस्यों को पहले से विश्वास में क्यूँ नहीं लिया गया? आज इस देश में कितने व्यक्ति डंकेल ड्राफ्ट के बारे में जानते हैं? मैं इस देश के आला उद्योगपतियों, अर्थशास्त्रियों और बैंकर्स के साथ मिला हूँ लेकिन उनमें से किसी को भी इस मसौदे के बारे में कोई भी जानकारी नहीं है। हम सभी सिर्फ हवा–हवाई बातें ही कर रहे हैं। मैं इस सरकार से इस सम्बन्ध में एक प्रश्नोत्तरी जारी करने का अनुरोध करता हूँ जिसके कारण देश की आम जनता को भी इसके सम्बन्ध में जानकारी मिल सके। उदाहरण के लिए किसानों को मिलने वाले बीज से जुड़ा मसला है जिसके बारे में प्रश्न करने पर मंत्री जी हर बार यही कहते हैं कि 'नहीं! ऐसा कुछ भी नहीं होने जा रहा है और इस देश के किसानों पर इसका कोई प्रभाव नहीं पड़ेगा।' क्या गैट से जुड़े प्रावधानों में इस विषय को भी जोड़ा गया है? हम नहीं जानते हैं। इसलिए सरकार को इस मामले में आसान भाषा में एक आलेख जारी करना चाहिए। जिस मसौदे पर हम हस्ताक्षर करने वाले हैं, आम आदमी को उसके हर पक्ष की जानकारी होनी चाहिए।

मैंने ये बात अपने पूर्व के अभिभाषणों में भी कही है और मैं फिर से इसे दुहराना चाहता हूँ कि कोई भी समझौता जिसका सीधा प्रभाव इस देश की व्यवस्था पर आने वाले कई दशकों तक पड़ेगा, उसे बिना संसद में चर्चा किये हुए, कानून नहीं बनाया जाना चाहिए। आप अपनी मर्जी से ही आने वाली पीढ़ियों के सर पर ये कानून थोप रहे हैं।

दवा के दामों में उछाल आएगा। इस बात को हर कोई जानता है। सरकार ये दलील देती है कि सिर्फ कुछ चुनी हुई वस्तुओं के दाम में वृद्धि होगी लेकिन ये 'चुनी' हुई वस्तुएं कौन–सी होंगी, इसके बारे में ये हमें कुछ भी नहीं बताती है। क्यूँ नहीं आप एक लिस्ट के साथ जनता के सामने आते हैं? इस विषय पर सरकार को मेरी सलाह होगी कि वो डॉ अशोक मित्रा के सुझावों का पालन करे जिन्होंने इस विषय को बड़े ही वैज्ञानिक और विस्तृत तरीके से समझा है। मुझे मालूम नहीं है कि क्या हम ऐसी स्थिति में हैं जहाँ विधायिका को इस बिल को पास करने की प्रतिबद्धता है, मुझे मालूम नहीं कि इस विषय पर हम अभी तक कोई निर्णय लेने में सक्षम हैं या नहीं। मेरी समझ से यह हमारे संविधान का एक कमजोर पक्ष है। किसी भी कानून को बनाने के लिए अमेरिका अथवा अन्य पाश्चात्य देशों को उनकी संसद के पास जाना पड़ता है। यहाँ आप किसी भी मसौदे पर बिना संसद में आये हस्ताक्षर कर देते हैं। मैं इन संवैधानिक संशोधनों के बारे में ज्यादा नहीं जानता।

सुनें सबकी, करें अपने मन की

मैंने ये बात अपने पूर्व के अभिभाषणों में भी कही है और मैं फिर से इसे दुहराना चाहता हूँ कि कोई भी समझौता जिसका सीधा प्रभाव इस देश की व्यवस्था पर आने वाले कई दशकों तक पड़ेगा, उसे बिना संसद में चर्चा किये हुए, कानून नहीं बनाया जाना चाहिए। आप अपनी मर्जी से ही आने वाली पीढ़ियों के सर पर ये कानून थोप रहे हैं। मुझे नहीं लगता कि यह तर्कसंगत है। जहाँ तक कृषि के क्षेत्र में उनकी दखलंदाजी का प्रश्न है, इस गैट की मसौदे में कुछ भी अच्छा नहीं है। जाने–माने अर्थशास्त्री और भारत में अमेरिका के राजदूत रह चुके, प्रो. गालब्रेथ ने भी खुले तौर पर कहा है कि 'भारतीय कृषि ने अच्छा प्रदर्शन किया है। आप आईएमएफ के सुझावों को सुनें जरूर लेकिन उन पर अमल करने की कोई जरूरत नहीं है।'

उन्होंने आगे कहा कि हर देश का अपना एक अलग आर्थिक मॉडल होता है। इस सन्दर्भ में लोग चीन और रूस का उदाहरण देते हैं। चीन की स्थिति भी भारत के जैसी ही है। वह भी उन्ही क्षेत्रों में प्रगति कर रहा है जहाँ उसने पश्चिम के देशों का अनुकरण करने की कोशिश नहीं

की है। उसने अपने तरीके का मॉडल विकसित किया है। रूस का भी कुछ ऐसा ही हाल है।

सरकार को मेरा सुझाव होगा कि हमें उनकी वैसी ही सलाहों पर ध्यान देने की जरूरत है जो हमारे लिए फायदेमंद हो। पश्चिम की सलाहों पर कान न दें। उससे दोस्ती विनाशकारी साबित हो सकती है। मेरा इस मसले पर बेहद स्पष्ट मत है। मैं अमेरिका को दोष नहीं दे रहा हूँ। वह एक महान देश है। वो इतने महान हैं कि पिछले चालीस वर्षों से गैट करार के नाम पर वो हमें गेंद समझ कर हमारे साथ बल्लेबाजी करते हुए आये हैं। अब जब दूसरे देशों ने अपना हक मांगना शुरू कर दिया है तो वो क्रिकेट से फुटबॉल खेलने पर उतर आये हैं। अब उनका कहना है कि हर किसी को गेंद पर लात जमाने का पूरा हक है। उन्होंने पूरा खेल ही बदल दिया है। क्यूँ? क्यूँकि वो घाटे में नहीं रहना चाहते हैं, क्यूँकि वो हमारी तरह फील्डिंग नहीं करना चाहते हैं। वो हमेशा बल्लेबाजी करते रहना चाहते हैं।

इसके लिए मैं किसी और को नहीं बल्कि हम सबों को जिम्मेदार ठहराना चाहूँगा। अभी भी हमारा मजबूत पक्ष ये है कि हम कम उत्पादन में ही संतोष करने वाले लोग हैं। हमें अपने उपभोग के स्तर में वृद्धि कर इस संतुलन को नहीं बिगाड़ना चाहिए।

मैं गेहूं और चीनी के निर्यात के निर्णय पर प्रश्नचिह्न उठाता हूँ। इस देश को गेहूं और चीनी का निर्यात करने की क्या जरूरत है? हमें इनकी जरूरत है। इस देश के लोग कुपोषण से पीड़ित हैं। ऐसा करना हमारे दिमागी दिवालियापन की निशानी है। अगर आप विनिर्मित वस्तुओं का निर्यात कर रहे होते तो बात कुछ और होती। अगर आप कहते हैं कि इस देश की प्रगति के लिए गेहूं और चीनी का निर्यात किया जाना बेहद जरूरी है और इसके लिए हमारे लोगों को भूखा रहना पड़ सकता है, तो इस बात का कोई मतलब नहीं बनता है। मैं इसकी बारीकियों पर प्रश्न नहीं उठा रहा हूँ। वो आप मुझसे बेहतर समझते होंगे।

मैं आपके सारे नीतिगत दर्शन पर प्रश्न उठा रहा हूँ। 85 करोड़ लोगों के इस देश में जहाँ 40 प्रतिशत आबादी गरीबी रेखा के नीचे गुजर–बसर करने को मजबूर हो, वहां आप खाद्यान्नों के निर्यात के बारे में सोच भी कैसे सकते हैं? क्या हमारे लोगों को दो–जून की रोटी नसीब हो रही है? क्या हमारे पास गेहूँ और चीनी का भंडार है? आप इनका निर्यात

सिर्फ और सिर्फ विदेशी धन कमाने के लालच से कर रहे हैं जिसका उपयोग कुछ गिने–चुने घाटा सहते उद्योगों को चलाने में किया जाएगा। मेरे विचार से यह एक अनैतिक आर्थिक नीति है जिसके बारे में सरकार को अवश्य ही विचार करना चाहिए।

फूड कारपोरेशन–ताकि इनका घाटा जनता सहे

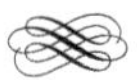

खाद्य सुरक्षा अधिकार और इससे जुड़े कानून तथा योजनाएँ पिछले कुछ दिनों से एक विवादित विषय रहा है। फूड कॉर्पोरेशन (संशोधन) बिल, 1988, पर 16 अगस्त 1988 को हुई चर्चा में श्री मोरारका कहते हैं कि इसका इकलौता उद्देश्य ये सुनिश्चित करना है कि किसान को अपने उत्पाद का उचित मूल्य प्राप्त हो और ये उत्पाद उपभोक्ताओं को सही दाम में बेचे जाएँ अगर इसकी कार्यप्रणाली और खर्चे इतने ही भारी–भरकम तरीके से चलते रहे, तो इस निगम का कोई प्रयोजन नहीं रह जाएगा।

खाद्य निगम (संशोधन) विधेयक 1988, सदन के समक्ष चर्चा के लिए प्रस्तुत है जिसमें निगम के सुचारू क्रियाकलाप के लिए और अधिक संसाधन उपलब्ध कराने जैसे सीमित विषयों पर विमर्श किया जाना है। इस कार्य के लिए संसाधनों का जुगाड़ करने का तरीका एक गंभीर प्रश्न है जिसके कैपिटल कॉस्ट पर चर्चा किये जाने की जरूरत है। अगर हम फूड कॉर्पोरेशन ऑफ इंडिया के पिछले पांच–छह वर्षों के कामकाज पर नजर डालेंगे तो हमें पता चलेगा कि कुल खर्चे में से सेल्स के मद में खर्च 1981–82 के ₹2,800 करोड़ की राशि से बढ़ कर 1986–87 में ₹5,200 करोड़ हो गया है। यह एक जबरदस्त वृद्धि है। इसके कामकाज के लिए जरूरी खर्च में इतनी वृद्धि का होना निश्चय ही खतरे की घंटी है।

जब भी बिक्री में वृद्धि होती है तब परिचालन खर्च में वृद्धि होना तय है। आमतौर पर किसी भी वाणिज्यिक संस्थान में खर्चों के प्रतिशत में गिरावट आती है क्यूँकि उस संस्थान की निश्चित लागत टर्नओवर के समानुपातिक नहीं बढ़ती है। खाद्य निगम के सन्दर्भ में यही सबसे दुर्भाग्यपूर्ण पक्ष है कि इसी समयावधि में इसके खर्चों का अनुपात 27.86

प्रतिशत से बढ़कर 35 प्रतिशत हो गया है। 1984–85 में खर्चों के अनुपात का प्रतिशत 38.9 प्रतिशत के आँकड़े को छू रहा था जिसके चलते खाद्य और नागरिक आपूर्ति विभाग ने इस विषय पर गंभीरता से कार्यवाही की थी। 1986–87 की वार्षिक रिपोर्ट में यह कहा गया था कि खर्चों को कम करने के लिए एक योजनाबद्ध रणनीति बनाई गयी थी। 1986–87 के लिए ये लक्ष्य ₹195 करोड़ का था लेकिन उन्होंने इससे कहीं ज्यादा ₹232 करोड़ की कटौती करने में सफलता प्राप्त की। वर्ष 1987–88 के लिए यह लक्ष्य ₹232 करोड़ का था लेकिन इससे जुड़े आँकड़े अभी हमारे पास उपलब्ध नहीं हैं।

एफसीआई की स्थापना का आधारः

मैं इस बात को स्पष्ट कर देना चाहूँगा कि एफसीआई जैसी संस्था जिसका देश में एक भी उत्पादन संयंत्र नहीं है और जो कि मोटे तौर पर एक वाणिज्यिक इकाई है, उसकी स्थापना के पीछे सिर्फ एक लक्ष्य था और वो ये कि किसानों को उसकी पैदावार के बदले उचित मूल्य का भुगतान किया जा सके। साथ ही साथ, इस उत्पाद को उपभोक्ताओं तक उचित मूल्य पर पहुँचाने का भी जरिया एफसीआई ही है। लेकिन अगर इसकी कार्यप्रणाली और खर्चे इतने ही भारी–भरकम तरीके से चलते रहे, तो इस निगम का कोई प्रयोजन नहीं रह जाएगा। इसका उद्देश्य खाद्यान्नों के निजी व्यापार पर रोक लगाना था। इस संस्था के निर्माण के पीछे का तर्क यह था कि तत्कालीन स्थिति में खाद्यान्न के व्यापार से जुड़े थोक और खुदरा व्यापारी मोटा मुनाफा कमा रहे थे और एक आम उपभोक्ता को अधिक राशि खर्च करनी पड़ रही थी।

इसकी वार्षिक रिपोर्ट में यह स्पष्ट लिखा है कि यह निगम नो प्रॉफिट–नो लॉस के नियम पर काम करेगा। इसका मतलब क्या है? इसके खर्चे कहाँ से पूरे किये जाएँगे? ऐसा करने के लिए या तो आप उपभोक्ताओं से अधिक पैसे वसूल रहे हैं या फिर आप उत्पादकों को कम मूल्य अदा कर रहे हैं। दोनों ही स्थिति में ये आर्थिक बोझ उपभोक्ता को ही उठाना है।

अभी हम सरकार द्वारा स्थापित निश्चित दर पर गेहूँ और चावल की खरीद कर रहे हैं जो कि इस संस्था के लिए दो सबसे महत्वपूर्ण वस्तुएँ हैं और इन्हें पब्लिक डिस्ट्रीब्यूशन सिस्टम के तहत पुनः सरकार द्वारा स्थापित दरों पर जनता के बीच वितरित किया जा रहा है। ऐसा करने से क्या होगा? दो बातें हो सकती हैं। अगर खर्चे यूँ ही बढ़ते रहे तो निगम को घाटा होगा। वार्षिक रिपोर्ट में यह स्पष्ट लिखा है कि यह निगम नो प्रॉफिट–नो लॉस के नियम पर काम करेगा। इसका मतलब क्या है? इसके खर्चे कहाँ से पूरे किये जाएंगे? ऐसा करने के लिए या तो आप उपभोक्ताओं से अधिक पैसे वसूल रहे हैं या फिर आप उत्पादकों को कम मूल्य अदा कर रहे हैं। दोनों ही स्थिति में ये आर्थिक बोझ उपभोक्ता को ही उठाना है।

अनियंत्रित खर्चों का बढ़ना है एक गंभीर समस्याः

इससे पहले कि यह संसद एफसीआई को बांड्स और डिबेंचर जारी करने की अनुमति दे दे, जिस के लिए लोक सभा की मंजूरी के बाद यह विधेयक लाया गया है, हमें इस बात का गहन विश्लेषण करना होगा कि खाद्यान्नों के कुल अधिग्रहण के 25 प्रतिशत हिस्से का नियंत्रण करने की जिम्मेदारी का वहन करने की स्थिति में निगम के खर्चों में किसी तरह का भी अनियंत्रण एक बेहद गंभीर समस्या है। अपने देश में ऐसे निगमों की स्थापना के बाद वैचारिक स्तर पर हम इनकी आलोचना से बचते रहे हैं। आखिरकार इस तरह के निगमों का उद्देश्य किसानों के आर्थिक हितों की रक्षा करना ही तो है–हम ये मान कर इनके प्रदर्शन का आकलन करने से बच निकलते हैं। हमारी व्यवस्था में मौजूद बुनियादी कमियों के बावजूद भी इस निगम से उपभोक्ता को लाभ पहुँचाने की उम्मीद की जाती है।

लेकिन ये आंकड़े वाकई खतरे की घंटी बजा रहे हैं। मैं मंत्री जी से इस मामले पर निजी तौर पर ध्यान देने का अनुरोध करूँगा क्यूँकि खर्चों में कटौती करना, खास कर सार्वजनिक क्षेत्रों में, अपने आप में एक बेहद मुश्किल काम होता है। ऐसा करने के लिए हमें उस इकाई में काम कर रहे कर्मचारियों, ऊपरी व्यय और वृद्धि के चक्रों पर भी ध्यान देना होता है। लेकिन इन सबके बावजूद निगम के बढ़ते काम की तुलना में खर्चों

के प्रतिशत में कटौती करने की जरूरत है।

विशेष तौर पर ब्याज से जुड़े आंकड़े चौंकाने वाले हैं। वर्ष 1981–82 में ₹2800 करोड़ की संचालन राशि के स्तर पर निगम के द्वारा कुल ₹262 करोड़ का भुगतान किया गया था। 1986 में इससे तीन गुनी अधिक राशि ब्याज के रूप में अदा की गई थी। पिछले वर्ष ये राशि ₹709 करोड़ की थी। यह बैंकों द्वारा ऋण की ब्याज दरों में वृद्धि के कारण भी हो सकता है। लेकिन जब भी हम वाणिज्यिक बैंकों के बारे में बात करते हैं, हम अक्सर उनके संचालन की इस बात के लिए आलोचना करते हैं क्यूँकि वो कृषि क्षेत्र और एफसीआई को कम ब्याज दरों पर धन देते हैं।

हमारे पास अमूल डेयरी का उदाहरण है जो कि एक सहकारी संस्था है। इसने किसान को दिए जाने वाले मूल्य और उपभोक्ता से लिए जाने वाले मूल्य के बीच एक संतुलन स्थापित किया हुआ है। मैं एफसीआई को समाप्त कर, इसे सहकारी समितियों का हिस्सा बनाने का सुझाव नहीं दे रहा हूँ लेकिन मुझे लगता है कि इसके संचालन को भी सहकारी समितियों जितना सक्षम बनाने की जरूरत पर जोर दे रहा हूँ। वर्तमान में यह सहकारी समितियों से भी नीचे के स्तर पर है।

अगर हमारी बैंकिंग व्यवस्था एफसीआई को सब्सिडी की दर पर ऋण देती है और इसके द्वारा भुगतान किये गए ब्याज की राशि में अनियंत्रित वृद्धि हो रही है तो यह खतरे का सूचक है। या तो उनके खाते में बहुत अधिक माल पड़ा हुआ है या फिर उनके पास बहुत अधिक स्टॉक उपलब्ध है या फिर वो प्रस्तावित दरों से अधिक दर पर काम कर रहे हैं। मुझे नहीं मालूम कि इस बिल द्वारा उन्हें कैसे समर्थ बनाया जाएगा। क्या वो पब्लिक फंड्स लेंगे? या फिर वो यूनिट ट्रस्ट फंड्स की तरफ देख रहे हैं? चाहे जो भी हो, कुल ऋण के सम्बन्ध में औसत ब्याज दर का निर्धारण खाद्य विभाग को ही करना चाहिए।

ताजा रिपोर्ट से मुझे यह पता चला है कि ऋण–इक्विटी का अनुपात 1:6 है। मुझे नहीं मालूम कि सरकार ने ऐसा क्या सोच कर किया है। दो वर्ष पहले ही उनके कैपिटल में वृद्धि हुई थी। 1984–85 तक यह अनुपात काफी नाजुक स्थिति में था। मूल मुद्दा यह है कि इतने बोझ के

साथ काम कर रही किसी वाणिज्यिक इकाई के लिए क्या यह अनुपात सही है? ऐसा इसलिए कि किसी भी खर्चे में ब्याज एक महत्वपूर्ण कारक होता है। इससे पहले कि हम एफसीआई को फंड्स लेने का अधिकार दें, हमें इस पक्ष की सही जांच–पड़ताल कर लेनी चाहिए।

खुद का घाटा, उपभोक्ता का कन्धाः

यह किसी भी एकाधिकृत संस्था की प्रकृति होती है। सरकार से एक बार अनुमति मिल जाने के बाद यह और अधिक धन उधार लेने लगती है जिससे इसे अधिक ब्याज का भुगतान करना पड़ता है। इसका सबसे खतरनाक पक्ष भी यही है क्यूँकि चूँकि इन निगमों का संचालन नो लॉस–नो गेन की तर्ज पर होता है, ऐसे में इनके घाटे का जिम्मा उपभोक्ता के कंधे पर लाद दिया जाता है। उनकी अकर्मण्यता की कीमत उपभोक्ता को अधिक मूल्य अदा कर करनी होगी। इसलिए कम से कम ब्याज के भुगतान के मामले में खाद्य विभाग को मानक मूल्यों का निर्धारण कर देना चाहिए जिसका सख्ती से अनुपालन होना चाहिए।

लेकिन इस देश को घाटे में पहुंचाया गया है और मैं इस बात के लिए आश्वस्त हूँ कि यह घाटा कम से कम कई करोड़ रुपयों का है। जिस तरीके से इस डील को संचालित किया गया है, मैं माननीय वित्त मंत्री से इस डील के सम्बन्ध में अखबार में छपी खबर के आधार पर एक उच्च स्तरीय जाँच आयोग गठित करने की माँग करता हूँ।

अब ऐसी नौबत नहीं आनी चाहिए कि 1985 में उठकर ये कहें कि 'कृपया अगले दो वर्षों में इस खर्चे को कम करें। हमारा लक्ष्य ₹232 करोड़ की कटौती का है।' ऐसा करना कहीं से भी उचित नहीं होगा क्यूँकि पिछले कई वर्षों में खर्च की एक बहुत बड़ी रकम जमा हो गई है और अब ऐसी स्थिति आ गयी है जिसमें हमें उस राशि में कटौती करने की जरूरत है। एफसीआई जैसा एकाधिकृत संस्थान जिसकी इस देश में कोई भी उत्पादन इकाई नहीं है, जो कि सिर्फ व्यापार से जुड़ा हुआ है, यह हमें निश्चित ही इस कटौती के लिए आश्वस्त कर सकता

है। हमारे पास अमूल डेयरी का उदाहरण है जो कि एक सहकारी संस्था है। इसने किसान को दिए जाने वाले मूल्य और उपभोक्ता से लिए जाने वाले मूल्य के बीच एक संतुलन स्थापित किया हुआ है। मैं एफसीआई को समाप्त कर, इसे सहकारी समितियों का हिस्सा बनाने का सुझाव नहीं दे रहा हूँ लेकिन मुझे लगता है कि इसके संचालन को भी सहकारी समितियों जितना सक्षम बनाने की जरूरत पर जोर दे रहा हूँ। वर्तमान में यह सहकारी समितियों से भी नीचे के स्तर पर है।

मैं निजी क्षेत्र की कार्यकुशलता के बारे में इसलिए नहीं बात करना चाहता हूँ क्यूँकि हमें उनके मार्जिन के स्तर के बारे में कोई जानकारी नहीं है। लेकिन जिस स्तर पर एफसीआई काम कर रहा है, सबसे बुनियादी निर्णय जो हम ले सकते हैं वो ये है कि हमें उन्हें पूर्ण स्वतंत्रता दे देनी चाहिए। अब मैं एक विशेष मुद्दे पर बात करना चाहता हूँ जो पिछले कुछ दिनों से अखबारों में छाया हुआ है। ये कोरियाई राइस डील का मुद्दा है जिसके बारे में बिजनेस स्टैण्डर्ड पत्रिका में 13 जून को छपा था। मुझे मालूम है कि मंत्री जी ने इसमें छपी वो हेडलाइन पढ़ी होगी जिसमें लिखा था–'एमएमटीसी ने नॉर्थ कोरियन राइस डील पर मंजूरी करवाई।'

सीधी नहीं है ये डील:

क्षमा करेंगे लेकिन एमएमटीसी के सीनियर जनरल मैनेजर की तरफ से प्रेस को दिए बयान को सुनकर लगता नहीं कि चीजें इतनी सीधे तरीके से हुई हैं। उनकी बात से यह स्पष्ट होता है कि इस सारे मामले को एमएमटीसी के हवाले कर दिया गया था। मुझे लगता है कि इस मामले में एक काउंटरट्रेड होने की सम्भावना है। मूल्य से जुड़े मुद्दे पर बड़ी ही आसानी से एक टेलीग्राम के द्वारा फ्रीऑनबोर्ड तथा सीआईएफ (कॉस्ट, इंश्योरेंस और फ्रेट) मूल्यों में हेरफेर होने की सम्भावना है। अंतरराष्ट्रीय व्यापार को समझने वाला कोई भी व्यक्ति यह बता सकता है कि इन मूल्यों में हेरफेर का मतलब दाम में करोड़ों का अंतर है। हालांकि एक आम आदमी को यह तब तक नहीं पता चलेगा जब तक अखबार इसे स्पष्ट न करे।

लेकिन इस देश को घाटे में पहुंचाया गया है और मैं इस बात के लिए आश्वस्त हूँ कि यह घाटा कम से कम कई करोड़ रुपयों का है।

जिस तरीके से इस डील को संचालित किया गया है, मैं माननीय वित्त मंत्री से इस डील के सम्बन्ध में अखबार में छपी खबर के आधार पर एक उच्च स्तरीय जांच आयोग गठित करने की मांग करता हूँ। ऐसा करना एफसीआई से जुड़ी सभी शंकाओं के निराकरण के लिए भी उचित होगा।

हमें खाद्यान्नों के निर्यात में भी हानि झेलना पड़ रही है। इसलिए मैं इस पूरे मुद्दे की जांच की मांग करता हूँ। उत्तरी कोरिया के साथ की गई राइस डील, जिसका संचालन एमएमटीसी ने किया था, उस मामले की तह तक जाने में इस उच्चस्तरीय जाँच की जरूरत है। आम तौर पर एमएमटीसी को ये करार नहीं करना चाहिए था बल्कि इसकी जिम्मेदारी खाद्य निगम को दी जानी चाहिए थी। यह मेरी पहली आपत्ति है।

इसके बाद, एफसीआई ने राजस्थान में कई लोगों से अपने लिए ओपन गोदाम बनवाने के लिए कहा था। अपनी स्टोरेज क्षमता बढ़ाने के लिए निगम की यह नीति है कि इस काम में अपने फंड्स का निवेश करने के बजाय वो निजी समूहों को गोदाम बनाने के लिए कहते हैं। निजी समूहों द्वारा इस काम को करने में थोड़ा और अधिक समय लगेगा।

वादों को तोड़नाः

राजस्थान के व्यापारी संघों ने राज्य सरकार से इस बात की शिकायत की है कि उनके द्वारा गोदामों के निर्माण में निवेश के बाद निगम ने उनसे कहा कि अब उन्हें इनकी जरूरत नहीं है। मैं इन लोगों को नहीं जानता हूँ और न ही मैं उनका वकील हूँ लेकिन मैं यह जरूर कहूँगा कि चूँकि कोई भी सार्वजनिक क्षेत्र का निगम सरकार का हिस्सा होता है, और इस मामले में न्यायालयों ने भी कई बार निर्णय दिया है, ऐसे में इन निगमों को अपने वायदों से मुकरना नहीं चाहिए। किसी भी व्यापारी, जिसने आपके लिए गोदाम बनवाया है, उसे यह कहना उचित नहीं है कि अब आपको इसकी जरूरत नहीं है। चूँकि इन गोदामों का प्रयोग सिर्फ और सिर्फ खाद्यान्नों को रखने में होता है, इसलिए वह इनका कोई दूसरा उपयोग करने में सक्षम भी नहीं है।

अंत में मैं कहना चाहता हूँ कि एफसीआई का समूचा प्रबंधन और क्रियान्वयन संतोषप्रद नहीं है। एफसीआई, स्टेट ट्रेडिंग कॉर्पोरेशन ऑफ इंडिया, एमएमटीसी जैसी संस्थाएँ सरकार द्वारा थोक व्यापार के क्षेत्र में

नियंत्रण के लिए 1960–70 के दशक में स्थापित की गई थीं। लेकिन चाहे वो पंडित नेहरू हों या इंदिरा गाँधी, किसी भी समय उपभोक्ता अथवा उत्पादक को हानि पहुँचाना अथवा उच्च स्तरीय प्रबंधन के द्वारा सारे मुनाफे को चट कर जाना–उस दौर की किसी भी कांग्रेस सरकार की यह मंशा कभी नहीं थी। सरकार न तो उस वक्त इस घाटे को सहने की हालत में थी, न ही इस वक्त।

'ऑर्डिनेंस राज' पर गहरी आपत्ति

राष्ट्रीय राजमार्ग (संशोधन) अध्यादेश पर अपनी नामंजूरी जताते हुए 25 और 26 नवम्बर 1992 को मोरारका ने कहा था–'मुझे बहुत दुःख के साथ यह कहना पड़ रहा है कि आमतौर पर हम सभी या तो संसद से बच निकलने की कोशिश करते हैं या फिर इसका महत्व नहीं समझते हैं।

मैं इस प्रस्ताव को पारित करने का निवेदन करता हूँ कि 'यह सदन 23 अक्टूबर 1992 को राष्ट्रपति द्वारा प्रख्यापित राष्ट्रीय राजमार्ग (संशोधन) अध्यादेश, 1992 (संख्या 19, 1992) को नामंजूर करता है।'

मैं सदन के पटल पर इस अध्यादेश राज के खिलाफ अपनी असहमति दर्ज कराना चाहूँगा जो कि इस सरकार के लिए रोजमर्रा का काम हो गया है। मैं सरकार का ध्यान इस बात की ओर आकृष्ट कराना चाहूँगा कि इस वर्ष तक कभी भी कोई ऐसा साल नहीं था जब एक के बाद उन्नीस अध्यादेश जारी किये गए हों। ये अध्यादेश भी 23 अक्टूबर 1992 को जारी किया था। संसद का सत्र जब इसके ठीक एक महीने बाद 24 नवम्बर से शुरू होने वाला ही था, तो ऐसे में इसे पारित करवाने की इतनी भी क्या जल्दी थी?

इस अध्यादेश के जारी किये जाने के सन्दर्भ में एक बयान जारी किया गया है। लेकिन पांच पैरे के उस बयान में कहीं भी उन परिस्थितियों का जिक्र नहीं किया गया है जिसके कारण इसे इतने त्वरित तरीके से जारी करना पड़ा था। इस बयान में राजमार्गों की बदहाल हालत, धन की आवश्यकता और संसाधनों के अभाव को मुख्य कारण के रूप में उल्लिखित किया गया है। हम सभी राजमार्गों के बेहतर रखरखाव के लिए संसाधन पैदा किये जाने का समर्थन करते हैं। लेकिन मुद्दा दरअसल ये है कि

आपको हमें इस अध्यादेश को जारी करने के ठोस कारण बतलाने होंगे।

मैं सरकार को ये याद दिला दूँ कि इंदिरा गाँधी एक बेहद शक्तिशाली प्रधानमन्त्री थीं। उनके कार्यकाल में बैंकों के राष्ट्रीयकरण से संबंधित एक अध्यादेश जारी किया गया था जिसको लेकर बहुत हल्ला–हंगामा हुआ था। उन पर आरोप था कि जब संसद का सत्र शुरू होने ही वाला था तो उन्हें इस अध्यादेश को लाने की क्या जल्दी थी? उनके पास ऐसा करने के लिए एक बेहद सटीक और राष्ट्रहित से जुड़ा हुआ कारण था। राष्ट्रीयकरण एक ऐसा निर्णय था जिसे बिना किसी को नोटिस दिए पूरा करना जरूरी था। संसद के सामने इस बिल को न लाया जाना समय की मांग थी। लेकिन वर्तमान सरकार द्वारा बात–बात पर अध्यादेश जारी कर दिए जाने के जवाब में इन कारणों को नहीं दुहराया जा सकता है।

मुझे बहुत दुःख के साथ यह कहना पड़ रहा है कि आमतौर पर हम सभी या तो संसद से बच निकलने की कोशिश करते हैं या फिर इसका महत्व नहीं समझते हैं।

इस जल्दबाजी का क्या है कारणः

उन्होंने सेबी के गठन के लिए अध्यादेश जारी किया था। पिछले और इस सत्र के बीच करीब सात अध्यादेश जारी हुए हैं जिनमें से हर एक निहायत गैरजरूरी और अप्रासंगिक है। इन सभी अध्यादेशों में से किसी का भी जारी किया जाना अत्यावश्यक नहीं था। इंडस्ट्रियल फाइनेंस कॉर्पोरेशन को निगम से बदल सार्वजनिक क्षेत्र की कंपनी बनाने के मामले में अध्यादेश निकालने के कारण को मैं अब तक समझ नहीं पाया हूँ।

राजमार्गों के सम्बन्ध में मुझे लगा था कि सरकार किसी पुल पर शुल्क लगाने सम्बन्धी कोई कारण देगी। लेकिन ऐसे किसी भी कारण की चर्चा उस बयान में नहीं की गई है। मैं मंत्री जी से पूछना चाहूँगा कि अध्यादेश की घोषणा से लेकर अभी तक क्या उन्होंने इन शक्तियों का प्रयोग किया है? अगर उन्होंने 23 अक्टूबर से लेकर आज तक उन शक्तियों का प्रयोग नहीं किया है, तो इससे मेरा कथन सिद्ध होता है कि ये अध्यादेश बिलकुल ही गैरजरूरी था।

मुझे बड़े दुःख के साथ कहना पड़ रहा है कि आमतौर पर हम सभी संसद से बच कर निकलने की कोशिश करते हैं। इस तरह के कई उदाहरण मैं गिनवा सकता हूँ जब हमने संसद की अवहेलना की है। मैं प्रधानमन्त्री से इस मामले में दखल देने का अनुरोध करता हूँ। हर मंत्रालय उनके पास अपने मामले यही कह कर भेजता है कि वे अत्यावश्यक हैं। लेकिन अध्यादेश तभी जारी किया जा सकता है जब मंत्रिमंडल उस पर अपनी मंजूरी दे। प्रधानमन्त्री को ऐसे थोक भाव में अध्यादेश जारी करने की परिपाटी को चलते रहने की अनुमति नहीं देनी चाहिए। यह मेरी पहली आपत्ति है।

मैं अपनी बात मंत्री महोदय से एक–दो और अनुरोध करने के बाद खत्म करना चाहूँगा। इस बिल के एक बड़े हिस्से से सदन सहमत है। राजमार्गों की हालत बिलकुल भी सही नहीं है। खराब हालत वाले राजमार्गों के लिए एक प्रस्ताव दिया गया था। भारत का गौरव कहे जाने वाले राष्ट्रीय राजमार्ग संख्या 1 की हालत भी दिनोंदिन खराब होती जा रही है। हम मंत्री महोदय से सहमत हैं कि इन राजमार्गों को फिर से मरम्मत की जरूरत है। इसके लिए संसाधनों की जरूरत है। इस मुद्दे पर किसी को भी आपत्ति नहीं हो सकती है।

बिना जानकारी दिए हुए शक्ति की मांगः

हम इन संसाधनों को कैसे पैदा करेंगे? इस बयान में इस बात का कोई जिक्र नहीं है। पुलों और फेरियों पर शुल्क के माध्यम से आप कितना अधिक संसाधन बनाना चाहते हैं–हमें इसके बारे में कोई भी जानकारी नहीं है। हम सरकार से यह जानना चाहेंगे कि क्या मंत्रालय द्वारा इस बात की कोई गणना की गई है कि ट्रैफिक शुल्क के माध्यम से सरकार के द्वारा कितनी धन राशि अर्जित की जा सकती है?

क्या इस तरह से अर्जित किये गए धन को सिर्फ राजमार्गों से जुड़े हुए कार्यों में खर्च किया जाएगा या इसके लिए कोई पूल बनाया जाएगा? इस साझे खाते की देखरेख कौन करेगा? अगर राष्ट्रीय राजमार्ग अथॉरिटी का निर्माण नहीं हुआ है, तो फिर इन राजमार्गों की मरम्मत कौन करेगा? क्या प्राप्त धन को राज्य सरकारों को दिया जाएगा? हम इन बारीक जानकारियों को जानना चाहते हैं। हम इस विधेयक को लाने के पीछे

आपकी सोच का समर्थन करते हैं लेकिन हम इन विवरणों को भी जानना चाहते हैं। अध्यादेश जारी करने के एक महीने बाद तक उस पर कोई काम नहीं करने की परिपाटी को हम मंजूरी नहीं देते हैं। अगर आप ने इस सम्बन्ध में कोई निर्णय लिए हैं तो हम उसके बारे में जानना चाहेंगे। आपके द्वारा दिए गए बयान में इस बात की जानकारी होनी चाहिए थी। इस अध्यादेश की घोषणा क्यूँ की गई थी? यही कुछ मेरी इस मुद्दे पर मूल आपत्तियाँ हैं। इसलिए मैं सदन से आग्रह करता हूँ कि इस अध्यादेश को निरस्त किया जाए। हालाँकि इसके पीछे के उद्देश्यों और कारणों से मुझे कोई समस्या नहीं है।

कैसे मदद करेगी नयी इस्पात नीति?

29 मई 1990 को सरकार की नयी इस्पात नीति के बारे में चर्चा करते हुए मोरारका कहते हैं कि सार्वजनिक क्षेत्र की इकाइयों को इस्पात उद्योग में क्षमता से नीचे काम करने देना और साथ ही साथ इस क्षेत्र में निजी कंपनियों को कारोबार के लिए प्रोत्साहित करना एक खतरनाक कदम है। इस मसले पर् श्वेत पत्र की मांग करते हुए वो कहते हैं कि एक ओर जहाँ पब्लिक सेक्टर ब्लास्ट फर्नेस उत्पादक संयंत्र ठप पड़े हुए हैं वहीं दूसरी ओर निजी स्टील उद्योग को उनका आयात करने की मंजूरी दे दी जा रही है।

हमारे समक्ष नयी इस्पात नीति है। इसका अध्ययन करने के बाद, मैं इसे एक बड़ी घोषणा के रूप में देख रहा हूँ। ब्लास्ट फर्नेस को अब द्वितीयक क्षेत्र में आने की अनुमति दे दी गई है। पहले ब्लास्ट फर्नेस की तकनीक को प्राथमिक क्षेत्र का हिस्सा माना जाता था और इलेक्ट्रिक आर्क फर्नेस को द्वितीयक क्षेत्र का। पहली बात तो ये कि अगर सरकार छोटी कंपनियों को भी ब्लास्ट फर्नेस का रास्ता चुनने की नीयत से ऐसा कदम उठा रही है, तो मुझे डर है कि यह द्वितीयक क्षेत्र का हिस्सा नहीं रह जाएगा। दूसरी महत्वपूर्ण बात ये है कि मुझे 250,000 टन से ज्यादा के लिए फिलहाल इस देश में कोई भी ब्लास्ट फर्नेस तकनीक उपलब्ध नहीं दिखाई देती है। एक बार जहाँ आपने इस बात की मंजूरी दे दी, यह आंकड़ा बढ़ कर एक मिलियन टन तक पहुँच जाएगा।

पिछले कई वर्षों से हमने देखा है कि कैसे मोनोपोली एंड रेस्ट्रिक्टिव ट्रेड प्रैक्टिसेज (एमआरटीपी) विधेयक को पूरी तरह से प्रभावहीन बना दिया गया है। आज यह सिर्फ नाम के लिए रह गया है। इस बार की नीति में भी, मैं इस्पात मंत्री से जो पहला स्पष्टीकरण माँगना चाहूँगा

वो इस बात से जुड़ा है कि क्या यह सिर्फ इस्पात मंत्रालय की नीति है या इस पर उद्योग और वित्त मंत्रियों के साथ मंत्रणा की गई है? क्यूंकि एक बार जब आप इस पर अपनी मंजूरी दे देंगे तो वो विभिन्न परियोजनाओं का विलय कर देंगे। इसका मतलब होगा कि हमें एमआरटीपी एक्ट, औद्योगिक लाइसेंसिंग पालिसी और अन्य नीतियों के बीच सामंजस्य स्थापित करना होगा। सरकार इस नतीजे पर भी पहुँच सकती है कि चूँकि देश में इस्पात की आपूर्ति कम है, इसलिए आपूर्ति में वृद्धि के लिए इस्पात निर्माण में निजी क्षेत्र की कंपनियों को भी प्रवेश करने का मौका दिया जाना चाहिए।

देश को और अधिक जानकारी चाहिए:

लेकिन ऐसे में हमें इस बात का ध्यान रखना चाहिए कि ब्लास्ट फर्नेस उत्पादन में निजी क्षेत्र के प्रवेश को मंजूरी देना 1956 के इंडस्ट्रियल पालिसी रेसोल्यूशन में निहित नियमों के विरुद्ध है। मैं प्रतिपक्ष की ओर से इस बात पर लगातार आपत्ति दर्ज कर रहा हूँ कि पिछले दस साल की सरकारों ने क्लिष्ट सरकारी भाषा की आड़ में कई ऐसे फैसले लिए हैं जो इस रेसोल्यूशन के बिलकुल विपरीत हैं। उदाहरण के लिए एक छोटी–सी अधिसूचना के द्वारा हमने सभी महत्वपूर्ण उद्योगों (सीमेंट, पेपर इत्यादि) को 'राष्ट्रहित' के बहाने से एमआरटीपी विधेयक के जद से निकाल दिया है। जब श्रीमती गाँधी के द्वारा यह विधेयक लाया गया था तब उन्होंने कभी नहीं कहा था कि वो ये उद्योगों के लिए ला रही हैं। इस्पात अब तक एमआरटीपी एक्ट के अंतर्गत आता है। क्या यह सरकार उसे इस विधेयक से निकाल देगी? क्या यह इस विधेयक के अंतर्गत बना रह सकेगा? यह राष्ट्र की इस्पात नीति में एक बहुत बड़ा परिवर्तन है और देश इस बारे में और अधिक जानकारी प्राप्त करने का अधिकारी है।

इसके साथ–साथ इस्पात मंत्री से मेरा दूसरा अनुरोध यह है कि इस नीति की घोषणा के साथ ही उन्हें संसद के पटल पर इस्पात उद्योग से संबंधित एक श्वेत पत्र जारी करना चाहिए क्यूँकि सभी महत्वपूर्ण इस्पात संयंत्रों का आधुनिकीकरण हो चुका है। दो साल पहले, श्री अवधेश सिंह ने सदन का ध्यान सार्वजनिक क्षेत्रों में लागू किये गए आधुनिकीकरण

कार्यक्रमों दिलाते हुए इस ओर इशारा किया था कि इनमें हुआ कुल खर्च उपलब्ध आंकड़ों से बहुत अधिक है। राँची में स्थित हैवी इंजीनियरिंग कॉर्पोरेशन का उपयोग न के बराबर ही होता है। इसके बावजूद हमें ब्लास्ट फर्नेस का निर्यात करने की जरूरत पड़ रही है।

सार्वजनिक क्षेत्र के इस्पात उपक्रमों को उनकी क्षमता के बराबर उत्पादन करने की कोशिश करनी चाहिए। इस्पात के मूल्य में कमी तभी होगी, जब ये संयंत्र ऐसा करेंगे।

टिस्को को अपने यंत्र आयात करने की अनुमति मिली हुई है जिसका निर्माण एचईसी, राँची में होता है। दुर्गापुर और बर्नपुर के प्लांट्स को ऐसे यंत्र आयात करने की अनुमति मिली हुई है जिनका निर्माण भारत में भी किया जा सकता है। न सिर्फ ये बल्कि हमारे देश में एक विदेशी कंसल्टेंसी को भी व्यवसाय करने की अनुमति दी गई है जबकि निजी और सार्वजनिक क्षेत्रों में पहले से ही भारतीय कंसल्टेंसी कार्यरत हैं। स्टील उद्योग भारतीय अर्थव्यवस्था का एक बेहद महत्वपूर्ण हिस्सा हैं। मुझे नहीं लगता कि इस बात को सिर्फ अपनी नीतियों में कह देने से बात बनने वाली है। इस्पात उद्योगों की वर्तमान हालत, उनकी स्थिति और उनके लिए अगले दस वर्षों की योजना के बारे में श्वेत पत्र निकालने की आवश्यकता है क्यूंकि कई प्रोजेक्ट्स रुके हुए हैं। इनमें विशाखापत्तनम स्टील प्लांट, कर्नाटक का विजयनगर स्टील प्लांट, तमिलनाडु का सलेम स्टील प्लांट जिसे बाद में मिश्रधातु स्टील प्लांट में तब्दील कर दिया गया था, आदि शामिल हैं। इन सभी संयंत्रों की स्थापना की नींव श्रीमती गाँधी के द्वारा 1971 में रखी गई थी।

संसाधनों के अभाव के कारण इन प्रोजेक्ट्स पर काम नहीं हो सका था। बाद में हमें ये बताया गया कि देश में स्टील की मांग में कमी आ गयी थी। आज ये स्थिति है कि हर वर्ष स्टील की मांग में जबरदस्त वृद्धि आ रही है। सार्वजनिक क्षेत्र के इस्पात उपक्रमों को उनकी क्षमता के बराबर उत्पादन करने की कोशिश करनी चाहिए। इस्पात के मूल्य में कमी तभी होगी, जब ये संयंत्र ऐसा करेंगे।

एक बुद्धिहीन फैसलाः

अभी आपने पब्लिक सेक्टर की उत्पादन क्षमता को 1 मिलियन टन तक सीमित रखा है और इसमें किसी भी तरह विस्तार की अनुमति नहीं दी गयी है। इसके साथ–साथ आप कई छोटे–छोटे ब्लास्ट फर्नेस को स्थापित करने की भी अनुमति दे रहे हैं। मैं अर्थशास्त्र का छात्र नहीं हूँ, इसलिए शायद इस मामले में मुझे आपकी मदद की जरूरत होगी। लेकिन व्यवसाय और उद्योग से जो कुछ थोड़ी–बहुत जानकारी मैं अर्जित कर पाया हूँ, उससे मुझे लगता है कि ऐसा करना एक गलत फैसला है। समूची दुनिया अब 'इकोनॉमिक्स ऑफ स्केल' के बारे में बात कर रही है।

कोरिया में पोलांग लौह और इस्पात कम्पनी के सिर्फ एक संयंत्र में 12 मिलियन टन इस्पात का उत्पादन होता है जबकि हमारे देश के सबसे बड़े इस्पात संयंत्र, बोकारो इस्पात संयंत्र द्वारा अभी भी 5 मिलियन टन इस्पात उत्पादन का आंकड़ा छुआ जाना बाकी है। इसमें अभी भी 3 मिलियन टन जितना ही उत्पादन हो पाता है। इसलिए अब समय आ गया है कि इस बारे में हम अपनी नीतियों को इकोनॉमिक्स ऑफ स्केल के तर्ज पर निर्धारित करें।

पश्चिमी तट पर इलेक्ट्रिक आर्क फर्नेस, गैस पर आधारित स्पंज आयरन की मदद से इस्पात बनाने में शायद थोड़ा कम खर्च हो। लेकिन अगर हमने इस तरीके से इस्पात का उत्पादन करना शुरू किया तो मुझे डर है कि पब्लिक सेक्टर इस्पात संयंत्रों को पूर्णकालिक घाटा भी हो सकता है और हमारे देश को लम्बे समय के लिए घाटा झेलना पड़ सकता है। इसलिए मैं माननीय मंत्री से एक स्पष्टीकरण के जरिये ये जानना चाहता हूँ कि क्या इस नीति में इन सभी पक्षों पर गौर किया गया है?

भारत में मौजूद अधिकाँश निजी क्षेत्र के संयंत्र सरकारी पैसे पर आधारित हैं। ये पैसा आईडीबीआई, आईएफसीआई और आईसीआईसीआई बैंकों से मिलता है। निजी क्षेत्र में निवेश की गयी नब्बे प्रतिशत राशि सार्वजनिक क्षेत्र की कंपनियों की है।

यह मेरा अनुमान भी हो सकता है क्यूँकि मुझे भारत सरकार की कार्यशैली के बारे में थोड़ा–बहुत ज्ञान हो चुका है। भारत की सरकार, फिर चाहे

वो किसी भी दल की सरकार क्यूँ न हो, एक ही तरीके से कार्य करती है। हमारे यहाँ स्पंज आयरन प्लांट्स मौजूद हैं। कई दिनों से इनके निर्माता अपने माल को बेचने की मांग कर रहे हैं। इसलिए स्पष्टीकरण का मेरा तीसरा बिंदु 150 करोड़ की उस राशि से जुड़ा हुआ है जिसे सरकार ने पिछले महीने स्क्रैप के आयात के लिए दिया था। क्या उस धन की निकासी अभी तक हुई है या नहीं क्यूँकि स्पंज आयरन निर्माता स्क्रैप के आयात के पक्ष में बिलकुल ही नहीं हैं।

मैं इस बात को मानता हूँ कि अगर भारत में स्पंज आयरन का उत्पादन होगा तो हम इसे उपयोग कर सकते हैं लेकिन फिलहाल इसका उत्पादन उतना नहीं है जिससे इलेक्ट्रिक आर्क फर्नेस की मांग पूरी हो सके। इसलिए गले हुए स्क्रैप के आयात, स्पंज आयरन का उत्पादन, गैस–आधारित स्पंज आयरन संयंत्र और स्पंज इर्न के निर्यात से जुड़े कुछ मुद्दे हैं जिनका ध्यान हमें अपनी इस्पात नीति बनाते समय रखना ही होगा। नीति निर्धारण के समय हमें इस बात को भी ध्यान में रखना होगा कि हमने पहले ही स्टील अथॉरिटी ऑफ इंडिया के रूप में इस क्षेत्र में एक बहुत बड़ा निवेश कर दिया है।

सरकारी पैसे पर टिका हुआ है निजी क्षेत्रः

इंडियन आयरन और स्टील कंपनी लिमिटेड, दो पब्लिक सेक्टर प्लांट्स और विजयनगर, विशाखापत्तनम और सलेम के तीन प्लांट्स–मैं इन तीन प्लांट्स के नाम फिर से इसलिए ले रहा हूँ क्यूँकि मुझे अच्छी तरह से याद है कि विजयनगर और विशाखापत्तनम के प्लांट्स को पिछले बीस वर्षों में इसी आधार पर पीछे छोड़ा गया था। पहला आधार तो ये था कि देश में स्टील की मांग पर्याप्त नहीं है और दूसरा ये कि हमारे पास संसाधनों की कमी है। मैं ये जानना चाहूँगा कि क्या हम संसाधनों के अभाव के कारण पब्लिक सेक्टर से प्राइवेट सेक्टर की तरफ धीरे–धीरे विमुख हो रहे हैं? क्यूँकि अगर ऐसा है तो फिर हमें ये जान लेना चाहिए कि भारत में निजी क्षेत्रों के पास कोई संसाधन नहीं हैं। भारत में मौजूद निजी क्षेत्र के अधिकाँश संयंत्र सरकारी पैसे पर टिके हुए हैं। ये पैसा आईडीबीआई, आईएफसीआई और आईसीआईसीआई बैंकों से मिलता है। निजी क्षेत्र में निवेश की गयी नब्बे प्रतिशत राशि सार्वजनिक क्षेत्र की

कंपनियों की है। निजी क्षेत्र की कंपनियों में लाभ का बेहतर ट्रैक रिकॉर्ड हो सकता है क्यूँकि उनकी कार्यशैली अलग है।

हालाँकि यह एक जटिल मुद्दा है लेकिन संसाधनों के स्तर में कोई भी बदलाव न होने की सूरत में यह नीति हमें कैसे मदद करेगी? इसका राष्ट्रीय खाका मुझे स्पष्ट नहीं है। चूँकि इतना विशाल मुद्दा सिर्फ स्पष्टीकरण के द्वारा नहीं निपटाया जा सकता है, इसलिए मैं इस भारत में इस्पात उद्योग की स्थिति पर सरकार से श्वेत पत्र जारी करने की मांग करता हूँ जिससे इस क्षेत्र में सरकार की अगली दस साल की नीतिगत अवधारणा सदन के पटल पर चर्चा के लिए आ सके। तब शायद हम अगले सत्र में इस मसले पर विस्तार से चर्चा कर सकेंगे।

बंद करो उर्वरक सब्सिडी–आईएमएफ; क्या सरकार सुन रही है?

'हमारी सरकार आईएमएफ के उर्वरक सब्सिडी को बंद कर दिए जाने के तर्क से सहमत नजर आ रही है'–उर्वरक सब्सिडी पर श्वेत पत्र की जरूरत पर 17 सितम्बर 1991 को हो रही चर्चा में बोलते हुए मोरारका ने कहा था। वो आगे कहते हैं–'अगर इसका मतलब ये है कि देश में खाद्यान्न का उत्पादन कम हो जाए, तो यह आम जनता के कभी भी अच्छी खबर नहीं है।'

मैं सरकार का ध्यान उर्वरक सब्सिडी से जुड़े विवादास्पद मुद्दे की ओर आकृष्ट करना चाहता हूँ जो कि फिलहाल बेहद तूल पकड़े हुए है। वर्ष 1980–81 में जब हम आखिरी बार आईएमएफ से ऋण लेने के लिए प्रयासरत थे, तब उनकी बेहद कठोर शर्तों के कारण हमने उर्वरकों के दाम में सबसे पहले चालीस, फिर 25 प्रतिशत की वृद्धि की थी। इसके तीन साल बाद तक भारत में खाद्यान्न उत्पादन के स्तर में कोई बढ़ोतरी नहीं हुई थी क्यूँकि उर्वरक की खपत और खाद्य उत्पादन में काफी कमी हुई थी।

मैं भुगतान संतुलन से जुड़ी हुई समस्याओं को समझ सकता हूँ, मैं आईएमएफ के ऋण के लिए सरकारी जोड़तोड़ की मजबूरियों को भी समझ रहा हूँ, मैं समझ सकता हूँ कि इस ऋण का लिया जाना अनिवार्य है लेकिन साथ ही साथ मैं सरकार को यह याद दिलाना चाहूँगा कि खाद्यान्न के क्षेत्र में देश पहले भी काफी कठिन दिनों से गुजर चुका है। हम कई वर्षों तक अमेरिका द्वारा प्रदत्त खाद्यान्न यूएस पीएल 480 के बोझ तले रह चुके हैं। आज के लोग शायद इस शब्द को भूल चुके

होंगे। आज की नयी पीढ़ी शायद उस दौर को जानती भी नहीं होगी जब आज से बीस साल पहले देश खाद्य संकट से जूझ रहा था।

सौ बातों की एक बात यह है कि अंतर्राष्ट्रीय मानकों के अनुसार भारत में उर्वरकों का मूल्य बहुत अधिक है। दरअसल हम आज जो सब्सिडी दे रहे हैं वो हम किसानों को नहीं दे रहे हैं बल्कि हम उर्वरक संयंत्रों की अकर्मण्यता, भ्रष्टाचार और उनकी शुरुआती लागत की ऊँची रकम के बदले दे रहे हैं।

1977 में उर्वरक सब्सिडी के आने के बाद से ही हमारे देश के खाद्यान्न उत्पादन में स्थिरता और वृद्धि होनी शुरू हुई। मैं यहाँ सिर्फ दो आंकड़े प्रस्तुत करना चाहूँगा। 1976–77 में जब सब्सिडी की शुरुआत हुई, तो हमारा कुल उत्पादन 111.2 मिलियन टन का था। यह 1977–78 में बढ़कर 126.4 मिलियन टन और 1978–79 में 131.9 मिलियन टन हो गया था। इसके बाद उर्वरकों की मीमत में वृद्धि हुई और उत्पादन स्थिर हो गया। 1983–84 में जब पुनः फर्टिलाइजर सब्सिडी की शुरुआत की गई, तब हमारे उत्पादन में वृद्धि हुई और ये बढ़कर 132.4 मिलियन टन हो गया। इसके बाद से फर्टिलाइजर सब्सिडी में वृद्धि के कारण, जो भले ही वित्त मंत्रालय के लिए सिर दर्द साबित हो, हमारे खाद्यान्न उत्पादन में लगातार वृद्धि होती रही है। आज हम वर्ष में 170 मिलियन टन खाद्यान्न पैदा कर रहे हैं।

अगर हम घरेलू उर्वरकों का सही से प्रयोग कर सके तो हमें किसी तरह का निर्यात करने की जरूरत नहीं पड़ेगी।

अकर्मण्यता के लिए सब्सिडीः

इस सन्दर्भ में कोई भी विश्लेषक एक सीधा–सा सवाल पूछेगा कि सब्सिडी की जरूरत के बावजूद कोई भी देश असीमित सब्सिडियां नहीं दे सकता है। सौ बातों की एक बात यह है कि अंतर्राष्ट्रीय मानकों के अनुसार भारत में उर्वरकों का मूल्य बहुत अधिक है। दरअसल हम आज जो सब्सिडी दे रहे हैं वो हम किसानों को नहीं दे रहे हैं बल्कि

हम उर्वरक संयंत्रों की अकर्मण्यता, भ्रष्टाचार और उनकी शुरुआती लागत की ऊँची रकम के बदले दे रहे हैं। यह बेहद आश्चर्य की बात है कि भारत के हरेक उर्वरक संयंत्र की स्थापना में, विश्व के अन्य हिस्सों में मौजूद ठीक उसी तरह के संयंत्रों की तुलना में ₹400 करोड़ अधिक राशि खर्च हुई है। अगर किसी उर्वरक संयंत्र का कैपिटल कॉस्ट ₹400 करोड़ अधिक है, तो फिर इतने सालों में उसके उत्पादन का खर्च भी अधिक होगा।

यह एक राष्ट्रीय समस्या है और मैं सरकार से इस मसले पर सभी आंकड़ों और विवरण के साथ श्वेत पत्र जारी करने का अनुरोध करता हूँ। साथ ही साथ इस समस्या से निपटने के लिए उठाये जाने वाले कदमों का पता करने के लिए हमें एक राष्ट्रीय परिचर्चा भी आयोजित करनी चाहिए। भारत और पूरे विश्व में ख्याति प्राप्त, कृषि मामलों के विशद जानकार श्री एम.एस स्वामीनाथन ने भी कहा है कि हालांकि आईएमएफ का ऋण हमारे लिए जरूरी है, देश में भुगतान संतुलन बनाये रखना जरूरी है लेकिन अगर इन सब के कारण हमारे देश में खाद्यान्न के उत्पादन में कमी हो जाती है तो यह हमारे लिए एक घाटे का सौदा साबित होगा। ऐसा करना किसी भी विकासशील अर्थव्यवस्था के लिए घातक साबित हो सकता है। उन्होंने आगे कहा कि खाद्यान्न के उत्पादन का उर्वरक की खपत से सीधा सम्बन्ध नहीं भी हो सकता है क्यूँकि इस मामले में उर्वरक की क्षमता मायने रखती है।

अगर किसी उर्वरक संयंत्र का कैपिटल कॉस्ट ₹400 करोड़ अधिक है, तो फिर इतने सालों में उसके उत्पादन का खर्च भी अधिक होगा।

भारत के छोटे किसान जल प्रबंधन कर पाने में असक्षम हैं। भारत के जमीन की उर्वरक क्षमता हजारों सालों की खेती के बाद अब खत्म हो गयी है। श्री स्वामीनाथन के अनुसार, एनपीके (नाइट्रोजन, फॉस्फोरस, पोटैशियम) के अनुसार किसी भी देश में खाद्यान्न उत्पादन के नियत स्तर को बनाये रखने के लिए 9 मिलियन टन घरेलू उर्वरक की जरूरत होती है। अगर हम घरेलू उर्वरकों का सही प्रयोग कर सकें तो हमें किसी तरह का निर्यात करने की जरूरत नहीं पड़ेगी। सरकार को मेरी सलाह यह होगी कि चूँकि ये समस्या हर वर्ष आती रहेगी, इसलिए हर

वर्ष सब्सिडी में उतार–चढ़ाव करने के बजाय उन्हें कायदे से इस मुद्दे पर एक राष्ट्रीय चर्चा करनी चाहिए।

एक गंभीर मुद्दाः

श्री स्वामीनाथन के अनुसार 1985–86 से लेकर 1989–90 की अवधि के बीच एनपीके के उपलब्ध स्तरों पर खाद्यान्न उत्पादन 30 मिलियन टन बढ़ना चाहिए था लेकिन इसमें 20 मिलियन टन की ही वृद्धि हुई है। इन सभी तथ्यों को ध्यान में रखते हुए मुझे लगता है कि सरकार को इस मुद्दे पर एक विशद श्वेत पत्र जारी करना चाहिए। भारत सरकार आईएमएफ के द्वारा अप्रैल 1981 में दिए गए तर्क को मान कर चल रही है जिसमें उन्होंने उर्वरक सब्सिडी को बंद करने की बात की थी। शायद उनका यह तर्क सरकार को पसंद आया है। लेकिन दीर्घकालिक परिस्थिति में अगर इसके कारण हमारे खाद्यान्न उत्पादन में कमी आती है, तो यह बेहद गंभीर मुद्दा बनकर उभर सकता है।

सभी दलों को मिलाकर एक कृषि परामर्श समिति का गठन किया गया है। कई और भी अन्य समितियाँ हैं। इस मसले पर गंभीर चर्चा होनी चाहिए और तभी हमें राष्ट्रहित में कोई सर्वमान्य निर्णय लेना चाहिए।

तेल के क्षेत्र में आत्म-निर्भरता

लम्बे समय की बात की जाए तो देश की अर्थव्यवस्था में स्थिरता खाद्यान्न को छोड़ कर सिर्फ एक क्षेत्र में आत्म–निर्भर होने के कारण आ सकती है और वो क्षेत्र है ऊर्जा–ऐसा मोरारका ने सदन में 3 मार्च 1992 के दौरान हो रहे विशेष उल्लेख के दौरान कहा था।

मैं सरकार का ध्यान देश में लगातार घट रहे तेल उत्पादन की ओर खींचना चाहूँगा। पिछले सात–आठ महीनों में हमें सरकार की तरफ से देश की अर्थव्यवस्था में किये जा रहे 'मैक्रो–इकोनोमिक एडजस्टमेंट' की बात सुनने में आ रही है।

हाल में ही पेश किये गए बजट में हमने देखा कि सरकार ने भुगतान संतुलन की स्थिति और फॉरेन एक्सचेंज रिजर्व पर खास ध्यान दिया है। पिछले चार वर्षों के आंकड़ों से यह साफ स्पष्ट है कि हमने कच्चे तेल और अन्य पेट्रोलियम उत्पाद पर अपनी विदेशी मुद्रा कोष का एक बड़ा हिस्सा खर्च किया है। 1988–89 में हमारा तेल का खर्च ₹4,000 करोड़ था जो कि 1991–92 में तीन गुना बढ़ कर ₹12,000 करोड़ हो गया है।

तोड़ो या जोड़ो:

तेल एक ऐसा उत्पाद है जो किसी भी देश के भविष्य का निर्धारण करता है। लेकिन जब भी बजट का समय आता है, तब हमारी तात्कालिक चिंता किसी टैक्स से जुड़ी होती है। बजट में किसी को आयकर में राहत दे दी जाती है। कुछ एक्साइज ड्यूटी बढ़ा दी जाती है। कुछ कस्टम ड्यूटियों में बढ़ोतरी कर दी जाती है। अखबार इसी के आधार पर किसी

बजट को अच्छा या खराब बताते हैं। लम्बे समय की बात की जाए तो देश की अर्थव्यवस्था में स्थिरता खाद्यान्न को छोड़ कर सिर्फ एक क्षेत्र में आत्म–निर्भर होने के कारण आ सकती है और वो क्षेत्र है ऊर्जा।

खाद्यान्न के क्षेत्र में 1970 के दशक में हुई हरित क्रांति और स्वर्गीय इंदिरा गाँधी द्वारा बनायी गयी नीतियों के कारण हम अभी इस स्थिति में हैं कि हमें विदेश से खाद्यान्न का आयात करने की कोई जरूरत नहीं है। मैं विषयांतर नहीं करना चाहता हूँ। लेकिन मुझे विश्वास है कि हम इन नीतियों से विमुख नहीं होंगे चाहे इसके लिए हमें उर्वरकों पर दी जा रही सब्सिडी को जारी ही क्यूँ न रखना पड़े। लेकिन ऊर्जा के क्षेत्र में सरकार को युद्ध स्तर पर कार्य करने की जरूरत है।

तेल एक ऐसी चीज है जो किसी भी देश के भविष्य को बना भी सकती है और बिगाड़ भी। लेकिन जब भी बजट पेश किया जाता है, तो हमारी तात्कालिक चर्चा सिर्फ और सिर्फ किसी टैक्स तक ही सीमित रहती है।

देश में तेल के खनन और खोज के लिए विदेशी कंपनियों के निवेश के लिए तीसरे दौर की नीलामी हो चुकी है। इस मामले में सरकार द्वारा विदेशी बहुराष्ट्रीय कंपनियों को आमंत्रित करने पर मुझे आपत्ति है। हमारे देश में पहले से ही शीतल पेय की दो बहुराष्ट्रीय कंपनियां–पेप्सी और कोका कोला मौजूद हैं।

लेकिन जब सवाल तेल का हो, तो ऐसे में हम विदेशी कंपनियों को अपने यहाँ व्यापार करने के लिए यूँ आमंत्रित नहीं कर सकते हैं। हमें अगले पांच सालों के लिए अपनी औद्योगिक नीति कुछ इस तरीके से बनानी होगी कि घरेलू तेल उत्पादन में हम जबरदस्त वृद्धि कर सकें। अभी हाल में ही इसका उत्पादन 33 मिलियन टन से घट कर 30 मिलियन टन हो गया है। ऐसे समय में जब तेल की खपत में जबरदस्त उछाल देखा जा रहा है, हम ऐसा होने नहीं दे सकते हैं। जैसा कि आप जानते होंगे कि खाड़ी में आये हुए संकट की वजह से तेल की कीमतों में इजाफा हुआ है। अब ऐसी स्थिति आ गयी है जब हमारे व्यापार का सारा संतुलन तेल पर ही आधारित है। बेशक हमने एक नयी औद्योगिक नीति बनायी है जिसके बारे में विवरण दिया जाना बाकी है। लेकिन तेल

के निर्यात के लिए सरकार ने 40 प्रतिशत राशि को अलग रख लिया होगा। मैं इस बात को लेकर सशंकित हूँ कि अगर सिर्फ तेल का खर्चा ₹12,000 करोड़ का है तो फिर 40 प्रतिशत की यह राशि भी काफी नहीं होगी। इसके अलावा वो इस राशि का उपयोग उर्वरक और जरूरी आयात के लिए भी करना चाहते हैं।

राष्ट्रीय ऊर्जा नीति का मसौदा करें तैयारः

सरकार को मेरी सलाह होगी कि उसे तुरंत ही राष्ट्रीय ऊर्जा नीति की घोषणा कर देनी चाहिए। हमारे पास समयबद्ध तेल कार्यक्रम होना चाहिए। हमें एक ऊर्जा कार्यक्रम की भी आवश्यकता है। हमारे विद्युत संयंत्रों के प्लांट लोड फैक्टर में 1 प्रतिशत की भी वृद्धि से 500 मेगावाट अतिरिक्त बिजली का उत्पादन किया जा सकता है। हम सभी जानते हैं कि देश में पेट्रोलियम उत्पाद का एक बड़ा हिस्सा किसानों के द्वारा डीजल के प्रयोग के कारण होता है। ऐसा इसलिए है कि हम उन्हें बिजली मुहैय्या नहीं करा पाते हैं। डीजल बिजली से ज्यादा महंगा है। अगर हम उन्हें बिजली दे सकेंगे तो हमारा डीजल बचेगा। इसलिए इस दिशा में ठोस कदम उठाने की जरूरत है।

ओएनजीसी को तेल उत्पादन में वृद्धि के लिए एक कॉर्पोरेट प्लान बनाना चाहिए। देश में तेल का वर्तमान उत्पादन 33 मिलियन टन है। हमें अगले कुछ वर्षों में इसे बढ़ाकर 40 मिलियन टन करने की सोचना चाहिए। मैं इस बात से सहमत हूँ कि ऐसा करने के लिए हमें प्रचुर संसाधनों और विदेशी मुद्रा की आवश्यकता होगी लेकिन यह एक ऐसा क्षेत्र है जहाँ आप एक उच्च स्तरीय समूह को अमेरिकी कंपनियों से वार्ता पर उन्हें इस क्षेत्र में निवेश करने के लिए आमंत्रित करने को कह सकते हैं। इसके उलट हम अधिसूचनाएं जारी कर रहे हैं, हम उदारीकरण में रमे हुए हैं। तेल और ऊर्जा के मामलों से जुड़ी एक कैबिनेट समिति का गठन किया जाना चाहिए और उन्हें इस काम को गंभीरता से करना चाहिए। मैं प्रधानमन्त्री से इस मामले में निजी स्तर पर ध्यान देने का अनुरोध करता हूँ।

तो उठ जाएगा बोफोर्स के रहस्य से पर्दा

13 मई 1992 को बोफोर्स जाँच पर हो रही चर्चा में भाग लेते हुए मोरारका ये स्पष्ट कर देते हैं कि वे न तो बोफोर्स–'मैनिया' से ग्रसित हैं और न ही बोफोर्स 'फोबिया' से। लेकिन जाँच प्रक्रिया को प्रभावित करने और साक्ष्य मिटाने की घटना पहली बार हुई है। मोरारका कहते हैं कि इस मामले की छानबीन करने से हमें बेहद महत्वपूर्ण साक्ष्य मिल सकते हैं।

पिछले पाँच वर्षों में जब से बोफोर्स के मुद्दे ने इस देश का ध्यान अपनी तरफ आकृष्ट किया है, ये पहली बार है कि किसी तरह का 'कवर–अप' प्रकाश में आया है। इसलिए यह चर्चा बोफोर्स मुद्दे पर की गई पूर्व की अन्य चर्चाओं से बेहद अलग है। मैं उन सदस्यों में से हूँ जो न तो बोफोर्स 'मैनिया' से ग्रसित हैं, न ही बोफोर्स 'फोबिया' से।

इस केस में पहली बार हमें सही साक्ष्य मिले हैं। एक व्यक्ति है जिसने जांच–प्रक्रिया को बंद कराने की कोशिश की थी। पुलिस को इस व्यक्ति का पीछा करना चाहिए और किसी भी तरह धर दबोचना चाहिए।

मेरी समझ से यह एक ऐसा मुद्दा है जब देश के सबसे बड़े रक्षा समझौते में किसी बिचौलिए के माध्यम से खरीद–फरोख्त का मामला सामने आया है। सीबीआई को इसकी जांच की जिम्मेदारी मिली है। सदन में बार–बार यह मुद्दा चर्चा के लिए उछला है। हमारा दुर्भाग्य है कि इस मुद्दे से जुड़े कई अहम दस्तावेज अखबार में लीक होते रहे हैं, हालांकि उनमें कई की सत्यता संदिग्ध है।

अब श्री पीवी नरसिम्हा राव प्रधानमंत्री है और उनका इस घोटाले से कोई लेनादेना नहीं है। ये तब घटित हुआ था जब वो न तो रक्षा मंत्री थे और न ही प्रधानमंत्री। पूर्व विदेश मंत्री श्री माधवसिंह सोलंकी को इस मामले की जाने–अनजाने तरीके से लीपापोती करने का दोषी पाया गया है। वह हमारे सहयोगी हैं और मुझे कोई कारण नजर नहीं आता कि मैं उनका अविश्वास करूँ। उन्हें चालाकी से एक दस्तावेज दिया गया था, जिसे उन्होंने स्विस विदेश मंत्री को सौंप दिया। सरकार ने इस हानि से निपटने के लिए स्विस अधिकारियों से अपनी जाँच चलते रहने देने के लिए लिखा है।

मौका-ए-वारदात पर बार-बार लौटता है खूनीः

मेरा मुद्दा दूसरा है। सीबीआई इस मामले की छानबीन कर रही है। उन्हें एक लीड की तलाश है। अभी तक उन्हें प्राप्त सबसे बड़ा लीड वो व्यक्ति है, जिसने इन दस्तावेजों को प्लांट किया था। कौन हैं वे लोग जो इस पर लीपापोती करना चाहते हैं? निश्चित तौर पर ये वो लोग हैं जिन्हें इसके बदले पैसे दिए गए होंगे। किसी भी पुलिसिया जाँच का ये पहला मंत्र होता है कि खूनी मौका–ए–वारदात पर बार–बार लौटता है। पुलिस हमेशा सुराग के पीछे रहती है क्यूँकि खूनी हमेशा वहां आ कर उन साक्ष्यों को मिटाना चाहता है।

इस केस में पहली बार हमें सही साक्ष्य मिले हैं। एक व्यक्ति है जिसने जाँच–प्रक्रिया को बंद कराने की कोशिश की थी। पुलिस को इस व्यक्ति का पीछा करना चाहिए और किसी भी तरह धर दबोचना चाहिए। इस व्यक्ति के शिकंजे में आते ही समूचे बोफोर्स घोटाले के रहस्य पर से पर्दा उठ जाएगा। हमें सरकारी पैसे के बेलगाम खर्च पर पाबन्दी लगानी ही होगी। हमें स्विस न्यायालयों में अपनी कानूनी लड़ाई को समाप्त कर देना चाहिए। आप वकील को क्यूँ नहीं दबोचते हैं? श्री सोलंकी हममें से एक हैं। देश के प्रति उनका यह कर्तव्य बनता है कि वो अपने पास मौजूद सभी जानकारी दें। अगर उन्हें उस वकील का नाम नहीं मालूम है तो उन्हें इतना तो जरूर बताना चाहिए कि उनकी उस व्यक्ति के साथ मुलाकात कैसे हुई थी? किस व्यक्ति ने उन्हें उनका परिचय उस वकील से करवाया था? उन्हें हमें कोई सुराग देना होगा। तब ही पुलिस

उस व्यक्ति को धर दबोच, उससे पूछताछ करने के बाद उस पर कानूनी कार्यवाही कर सकती है।

श्री सोलंकी को अपनी याददाश्त का इस्तेमाल कर हर संभव साक्ष्य, अपने पास मौजूद हर जानकारी दे देनी चाहिए, क्यूँकि ये सारा घोटाला भी इसी व्यक्ति के इर्द–गिर्द हुआ था। मैं अपनी बात समाप्त करने से पहले प्रधानमन्त्री को चेताना चाहूँगा कि जब तक इस घोटाले का पर्दाफाश नहीं होगा तब तक उनके ऊपर भी संशय के बादल मंडराते रहेंगे। उन्हें प्रेसिडेंट निक्सन का मामला याद करना चाहिए, जब वो घोटाले में संलिप्त नहीं होने के बावजूद सिर्फ मामले की लीपापोती और उसे छुपाने के कारण अपने पद से हटा दिए गए थे। कृपया किसी को भी बचाने की कोशिश न करें। उस व्यक्ति की पहचान सार्वजनिक करें। मामले का समाधान इसी बात में है।

न करें दमन इन आन्दोलनों का

23 मई 1990 को असम में उल्फा और बोडो आन्दोलन के कारण उपजे संकट पर घोषणापत्र जारी करने के दौरान मोरारका कहते हैं कि इस देश के कई अलगाववादी आन्दोलनों के पीछे वहाँ पनपे विवाद से निपटने और अलग सोच को पचाने में हमारा असक्षम होना तथा वहाँ किसी तरह के भी राजनीतिक नेतृत्व का नहीं होना मूल कारण हैं। हमें 'संघर्ष की अनुपस्थिति में शांति की उम्मीद नहीं करनी चाहिए।' मोरारका कहते हैं कि 'संघर्षों से निपटने की हमारी क्षमता में ही शांति सन्निहित है।'

वर्तमान राष्ट्रीय सन्दर्भ में संसद के सामने पेश किया गया प्रस्ताव बेहद महत्वपूर्ण है। मैं सदन के दोनों पक्षों से इन विवादों के कारणों पर गंभीरतापूर्वक चिंतन करने का अनुरोध करता हूँ। ये सिर्फ असम में नहीं हुआ है। हमारे पास पंजाब का इतिहास है। हमारे पास कश्मीर में ऐसी घटनाओं का इतिहास है। हमें समस्या से भागने की कोई जरूरत नहीं है क्यूँकि ऐसे आन्दोलन देश के अन्य हिस्सों में भी हो सकते हैं।

मैं इस सोच का व्यक्ति नहीं हूँ कि महज एक तेल कारखाने अथवा स्टील प्रोजेक्ट की शुरुआत कर दिए जाने से ऐसे आन्दोलनों पर काबू पाया जा सकता है। ऐसा करने से हम अपने देश के लोगों की बुद्धिमत्ता पर प्रश्नचिन्ह लगा रहे हैं। हमारे देश की बुनियाद रखने वाले नेताओं द्वारा ऐसे संघर्षों की उम्मीद की गई थी। अगर आप गाँधी, नेहरू अथवा जयप्रकाश नारायण के भाषणों से गुजरेंगे तो आपको मालूम होगा कि उन दिनों भी समाज में भाषाई, जातीय और स्थानीय मुद्दों पर विवाद होते रहे थे। मुझे नहीं लगता कि केंद्र या राज्य किसी भी सरकार को इन संघर्षों की अनुपस्थिति में शांति ढूँढने का प्रयास करना चाहिए। संघर्षों

से निपटने की हमारी क्षमता में ही शांति सन्निहित है।

विवादों से निपटने में असमर्थताः

आज इस देश में चारों तरफ आग इसलिए नहीं लगी हुई है कि लोग गलत हैं। ऐसा इसलिए है कि विवादों से निपटने की हमारी क्षमता का ह्रास हुआ है। अंतर्विरोधों का सहन करने की हमारी क्षमता दिनों दिन घटती जा रही है और यह पूरे देश की समस्या बन गयी है। आज कॉलेजों और यूनिवर्सिटी से पढ़कर निकलने वाले युवाओं की तादाद आजादी के समय पढ़ने वाले युवाओं की तादाद से कहीं अधिक है। इसे और स्पष्ट करने के लिए मैं एक आंकड़ा गिनाना चाहूँगा–आज के दिन यूनिवर्सिटी से पढ़कर निकल रहे अनुसूचित जाति के युवाओं की संख्या आजादी के समय मौजूद कुल ग्रेजुएट्स की संख्या के बराबर है। वर्षों से नजरंदाज किये जाते रहे अनूसूचित जातियों, जनजातियों, पहाड़ी आबादी के लोगों की वर्तमान सोच, उनके विवेक के स्तर, उनके शिक्षा के स्तर को बारीकी से समझने की जरूरत है। आज उनके बीच में बेचैनी बढ़ रही है और अगर वो राष्ट्रीय विकास में अपनी हिस्सेदारी मांग रहे हैं तो हमें इस बात से परेशान नहीं होना चाहिए।

केंद्र और राज्य की सरकारों की सबसे बड़ी समस्या यही रही है कि उन्होंने उनके बारे में ज्यादा जानने–समझने की कोशिश नहीं की है। प्रतिपक्ष के मेरे एक मित्र ने कहा कि असोम गण परिषद् की सरकार हमारी सरकार का हिस्सा है। वे पिछले चार साल से सत्ता में हैं।

शायद वे एक और प्रश्न पूछना भूल गए कि ये लोग सत्ता में कैसे आ गए जबकि वो एक राजनीतिक दल भी नहीं है? वे सत्ता में इसलिए आये क्यूँकि कांग्रेस (आई) की सरकार ने असम की जनता के मन के मुताबिक कार्य नहीं किया। अगर असोम गण परिषद् की सरकार भी ऐसा ही करेगी तो वे भी इसी लोकतान्त्रिक चक्की में पिस कर इतिहास बन जायेंगे। सत्ता किसी का एकाधिकार नहीं है। आज की तारीख में जो भी सत्ता में बने रहना चाहता है उसे ये जान लेना चाहिए कि आज सत्ता का स्वरूप 1947 या 1952 के जैसा नहीं है।

राजनीतिक नेतृत्व की असफलताः

1990 के बाद अगर आप सत्ता में बने रहना चाहते हैं तो आपके पास समाज में मौजूद अंतर्विरोधों से लड़ने की काबिलियत होनी चाहिए। यहाँ मैं पश्चिम बंगाल सरकार को दार्जीलिंग विवाद–जिसमें राष्ट्र की एकता और अखंडता तथा स्थानीय जनता की आकांक्षाओं के बीच अंतर्विरोध था–को शांतिपूर्वक तरीके से सुलझाने के लिए साधुवाद देना चाहूँगा। ऐसे अंतर्विरोध हर जगह देखने को मिलते हैं। इस तरह के विवादों के निपटारे में हमें हर बार केंद्र सरकार की भूमिका देखने को मिलेगी लेकिन हमें इसकी सीमाओं को भी समझना होगा। मुझे बेहद खुशी हुई जब श्री पचौरी ने देर से ही सही असम समझौते को लागू करने की बात की। मुझे मालूम नहीं कि क्यूँ इसे आज तक लागू नहीं किया गया था? यह केंद्र सरकार की जिम्मेदारी है। मुझे नहीं लगता कि यह कोई ऐसा मुद्दा है जिस पर हमें दलगत राजनीति करनी चाहिए। यह देश की एकता से जुड़ा हुआ मामला है। एक वाक्य में कहा जाए तो इस तरह के सभी आन्दोलनों के पीछे का मूल कारण राजनीतिक नेतृत्व की असफलता है। जब तक हमारा राजनीतिक नेतृत्व और अधिक उन्नत नहीं होगा तब तक इस देश में बाल्कनीकरण का खतरा मंडराते रहेगा। मेरे पास इस समस्या का कोई तैयार समाधान नहीं है लेकिन फिर भी मेरे पास समाधान का एक मसौदा है। हमें क्या नहीं करना चाहिए–इसके बारे में मैं बता सकता हूँ। हमें कभी भी इन आन्दोलनों का दमन नहीं करना चाहिए। इन्हें दबाया नहीं जा सकता है। जिस भी आन्दोलन को हमने शक्ति प्रयोग से दबाने की कोशिश की है, वो उससे कहीं अधिक वेग से कुछ वर्षों के बाद पुनः उभर गया है।

आन्तरिक सुरक्षा संस्थान का माउंट आबू से तबादला

29 अगस्त 1991 को संसद में विशेष उल्लेख के दौरान बोलते हुए मोरारका ये अनुरोध करते हैं कि आन्तरिक सुरक्षा संस्थान का तबादला माउंट आबू से बैंगलोर नहीं किया जाए। आज भी यह संस्थान माउंट आबू में ही है।

मैं सदन का ध्यान सरकार द्वारा आन्तरिक सुरक्षा संस्थान के माउंट आबू से बैंगलोर स्थानांतरण के प्रस्ताव या फिर धमकी की तरफ आकृष्ट करना चाहूँगा। इस मुद्दे को सबसे पहले श्री मुफ्ती मोहम्मद सईद ने अपने गृह–मंत्रित्व काल में उठाया था।

जैसा कि बताया गया है, इस संस्थान के विस्तार के लिए और अधिक जमीन की जरूरत है। चूँकि माउंट आबू एक पहाड़ी इलाका है इसलिए वहां जमीन की त्वरित उपलब्धता नहीं थी। लेकिन राजस्थान सरकार ने आसपास के इलाकों में, सिरोही जिले में ही, जरूरत के मुताबिक जमीन देने का प्रस्ताव दिया था। लेकिन जुलाई 1991 में गृह मंत्रालय की तरफ से राज्य सरकार को अचानक से ये सूचना दी गई कि अगर इस महीने के अंत तक इस काम के लिए जमीन का अधिग्रहण नहीं हुआ तो केंद्र सरकार इस संस्थान को बैंगलोर स्थान्तरित कर देने के फैसले के साथ आगे बढ़ जायेगी। राजस्थान के मुख्यमंत्री ने तुरंत सीआरपीएफ के महानिदेशक के साथ संपर्क कर इस मामले पर चर्चा की जिसमें यह तय हुआ संस्थान के निदेशक उपलब्ध जमीनों का मुआयना करने के लिए उन जगहों का दौरा करेंगे।

दुर्भाग्य से 16 अगस्त, जिस दिन निदेशक को दौरा करना था, किसी

कारणवश वो ऐसा नहीं कर सके। इसके बाद सिरोही के कलेक्टर ने माउंट आबू जा कर निदेशक और उप निदेशक से मुलाकात करने की कोशिश की। लेकिन वो वहां नहीं थे। इसके बाद पुनः राजस्थान सरकार को गृह मंत्रालय की तरफ से एक टेलीफैक्स प्राप्त हुआ है जिसमें कहा गया है कि अगर 31 अगस्त तक 150 एकड़ जमीन माउंट आबू में मुहैय्या नहीं करायी जाती है तो संस्थान का तबादला कर दिया जाएगा।

राजस्थान का गर्वः

मैं भारत सरकार और उसके गृह मंत्री, जो अभी संयोग से यहाँ मौजूद हैं, से आग्रह करूँगा कि इस मामले में कोई कदम उठाया जाए। आन्तरिक सुरक्षा संस्थान कई दशकों से वहां माउंट आबू में स्थित है और यह राजस्थान की जनता के लिए गर्व की बात है। इस मामले को लेकर वहां काफी आक्रोश है और इसे स्थानांतरित कर दिए जाने पर पूरा प्रदेश शोक में डूब जाएगा। अगर इसे हटाने की एकमात्र वजह जमीन है, तो मैं आश्वस्त हूँ कि इस मामले में कोई निर्णय जल्द ही लिया जाएगा और जमीन की अनुपलब्धता की स्थिति में राजस्थान और केंद्र सरकार आपस में किसी समझौते पर पहुँचेगी।

मैं गृह मंत्री से आग्रह करना चाहूँगा कि वो अपने अधिकारियों को राजस्थान के मुख्य मंत्री के साथ बैठ कर इस मसले को हल करने का दिशानिर्देश दें ताकि इस संस्थान के तबादले का आदेश निरस्त किया जा सके।

उच्चतम न्यायालय और राजनीति

27 मई 1991 को मेघालय में लगाये गए राष्ट्रपति शासन की मंजूरी पर संसद में हो रही चर्चा में बोलते हुए मोरारका ने कहा था–'ये हमारा खुद का पैदा किया हुआ दुर्भाग्य है कि अब उच्चतम न्यायलय भी विधायिका की गतिविधियों में हस्तक्षेप कर रहा है।

इस सदन में हमने कई बार उन राज्यों के बारे में चर्चा की है जहाँ धारा 356 को लागू किया गया है लेकिन हमारे देश के राजनीतिक इतिहास में आजादी के बाद शायद ऐसा पहली बार हो रहा है कि यह सदन अभी तक के सबसे हैरतंगेज मुद्दे पर चर्चा कर रहा है। ज्यादातर मामलों में विधायकों के ईमान पर प्रश्न उठ खड़ा होता है कि वो किस तरफ हैं। इसलिए स्पीकर और राज्यपाल दोनों ही परेशान होते हैं। लेकिन ये अब तक का सबसे मजेदार संवैधानिक मामला है जब किसी एक भी विधायक ने दलबदल का कारनामा नहीं किया है; एक भी दिन के लिए मुख्य मंत्री ने अपना बहुमत नहीं खोया है। पाँच मिनट के लिए भी श्री लिंगदोह की सरकार ने सदन में अपना बहुमत नहीं खोया था। लेकिन इसके बावजूद कहा जा रहा है कि वहां का संवैधानिक ढांचा टूट गया है। हुआ ये है कि वहां के स्पीकर के पद पर बैठे हुए व्यक्ति के मन में मुख्य मंत्री बनने की जबरदस्त महत्वाकांक्षा ने जन्म ले लिया है। राजनीति में ये सब कुछ चलता है। कोई भी व्यक्ति जो मुख्य मंत्री बनना चाहता है, मेरा उससे कोई सैद्धांतिक विवाद नहीं है लेकिन ऐसी स्थिति में उन्हें कम से कम स्पीकर का पद छोड़ देना चाहिए। वहां क्या हुआ है? इस मामले के तथ्य क्या हैं? हर कोई नैतिकता के प्रश्न पर हो–हल्ला करने में लगा हुआ है। मैं यहाँ कांग्रेस पार्टी की राजनीतिक

नैतिकता के बारे में तत्काल कोई चर्चा नहीं करना चाहता हूँ। मैं तथ्यों पर बात करना चाहूँगा।

राज्यपाल की रिपोर्ट जिसके आधार पर केंद्र ने वहां राष्ट्रपति शासन की घोषणा की है, मेरे हिसाब से स्वीकार्य है। इस रिपोर्ट में कहा गया है कि राज्यपाल इस नतीजे पर पहुँचे हैं कि तीस विधायक एक तरफ हैं और छब्बीस विधायक दूसरी तरफ। लेकिन स्पीकर ने उनमें से चार विधायकों को अयोग्य घोषित करने का मन बना लिया है। यहाँ मैं यह कहना चाहूँगा कि सदन के बाहर विधायकों की प्रतिबद्धता को लेकर कई तरह के कयास लगाये जा रहे हैं। इसलिए हम सभी इस बात के लिए तैयार हैं कि इन कयासों पर विराम लगाने के लिए सदन के पटल पर इसके लिए शक्ति परीक्षण कर लेना चाहिए।

यह एक ऐसा मामला है जहाँ राज्यपाल को पहले से पता था कि सदन में भ्रान्ति फैलेगी ही। सदन के बाहर किसी तरह की कोई भ्रान्ति नहीं थी। राज्यपाल को भी ये ज्ञात था कि मुख्य मंत्री को तीस विधायकों का समर्थन प्राप्त था और छब्बीस विधायक दूसरे दल को समर्थन दे रहे थे। उन्हें स्पीकर के उद्देश्यों के बारे में जानकारी थी। उन्होंने स्वयं ही कहा था कि वहां के स्पीकर को मुख्य मंत्री पद की लालसा है। मैंने आज तक किसी भी राज्यपाल की ऐसी कोई रिपोर्ट नहीं पढ़ी है। स्पीकर के आचरण को देखें। सदन में चर्चा होती है और वो दसवीं अनुसूची के आधार पर सदन से चार सदस्यों को बर्खास्त कर देता है। ऐसा करने से पहले उन्हें किसी तरह का भी कारण बताओ नोटिस अथवा कारण नहीं जारी किया गया था। इन चार विधायकों ने किसी पार्टी से त्यागपत्र नहीं दिया है। उन्हें स्पीकर के द्वारा बर्खास्त किया गया है। एक सांसद के तौर पर मैं इस महान कांग्रेस पार्टी से सहमत हूँ कि ऐसी स्थिति में संशय का लाभ स्पीकर को ही मिलता है। अगर उसे ऐसा लगता है कि ये चार व्यक्ति अयोग्य हैं तो वो उन्हें अयोग्य घोषित कर बर्खास्त कर सकता है।

इसके बाद जब स्पीकर महोदय ने सदन में मतगणना की तो मामला छब्बीस बनाम छब्बीस पर जा कर अटका हुआ था। अपने बारे में सभी संशयों को त्यागते हुए उन्होंने विपक्ष के लिए वोट डाला। वह अपना पक्ष स्पष्ट करना चाहते हैं। उनके अनुसार कोई भी उन्हें इस निष्पक्षता के लिए जिम्मेदार नहीं ठहरा सकता है। उन्होंने अपना पक्ष स्पष्ट कर दिया है। उनका पक्ष बस इतना है—मैंने चार सदस्यों को अयोग्य घोषित किया

और मैं इस सरकार को अल्पमत में लाने के लिए कितने ही सदस्यों को अयोग्य घोषित कर सकता हूँ।

कृत्रिम गठजोड़ः

मेघालय का संवैधानिक ढांचा कभी टूटा ही नहीं था। कृत्रिम जोड़तोड़ के बाद यह साबित किया गया था कि वहां के संवैधानिक ढाँचे में कोई दिक्कत है। मैं यहाँ कहना चाहूँगा कि राज्यपाल को सदन की बैठक करनी ही नहीं चाहिए थी। बजाय इसके उन्हें अपने तरीके से स्पीकर साहब को अनुशासित करना चाहिए था। उन्हें मुख्यमंत्री को सिर्फ इतना कहना था कि आप अपने कार्यालय में बने रहें।

लेकिन किसी भी सरकार के बहुमत को परखने के लिए सैद्धांतिक रूप से सदन का पटल सबसे उपयुक्त जगह होती है। उस वक्त भी जब उन चार विधायकों की सदस्यता रद्द की गई थी तब सुप्रीम कोर्ट ने एक अंतरिम आदेश जारी कर के उन चारों के वोट को सरकार के बहुमत निर्धारण में जोड़ने की बात की थी। लेकिन तब स्पीकर महोदय ने खुल कर कहा था कि मैं विधायिका के मामलों में सुप्रीम कोर्ट की घुसपैठ की इजाजत नहीं दूंगा।' मैं, व्यक्तिगत तौर पर विधायिका बनाम न्यायपालिका की स्थिति का समर्थन नहीं करता हूँ। लेकिन अगर हमें अपनी स्वायत्तता बचाए रखनी है, तो इसके लिए हमें अपना स्वानुशासन भी बरकरार रखना होगा। आप निरंकुश व्यवहार नहीं कर सकते हैं। स्पीकर के पद पर बने रहते हुए वो खुद को विपक्ष का नेता घोषित कर देते हैं और सरकार बनाने की पेशकश भी कर देते हैं। इसका मतलब यह है कि वहां की व्यवस्था में दरार आ गयी है। ये हमारी खुद की काली करतूतों का नतीजा है कि आज न्यायपालिका को विधायिका के मामले में घुसपैठ करनी पड़ रही है। इस मसले पर सरकार का क्या रुख है? इसके जवाब में आप कहते हैं कि छब्बीस बनाम छब्बीस जैसे आंकड़ों के सूरतेहाल में केंद्र सरकार क्या कर सकती है? इसके पास कोई विकल्प नहीं है। लेकिन सच्चाई ये है कि सुप्रीम कोर्ट के अंतरिम आदेश के आलोक में वो राज्यपाल को यह निर्देश दे सकते थे कि वो स्पीकर को फिर से वोटों की गिनती करने को कहें। लेकिन आपने ऐसा नहीं किया। आपके द्वारा वहां धारा 356 का लगाया जाना सुप्रीम कोर्ट के अंतरिम आदेश की अवमानना है।

मेघालय विधानसभा के स्पीकर की नीयत सभी जानते हैं। अभी किसी ने यहाँ राजनीतिक नैतिकता की बात की। मैं इस विषय पर विशेष कुछ भी नहीं कहना चाहूँगा। कांग्रेस की सरकार को वहां जोड़तोड़ करने का पूरा अधिकार है। यही राजनीति का असली खेल है। श्री राजीव गाँधी के द्व ारा लाया गया एंटी–डिफेक्शन कानून हमारी देन नहीं है। अपने भाषणों के माध्यम से वो राजनीति को साफ करना चाहते थे। महोदय, वहां कांग्रेस ने जो किया, उस पर ध्यान देने की जरूरत है। क्या उन्होंने वहां के स्पीकर को पार्टी की सदस्यता से निलंबित किया है? क्या उन्होंने स्पीकर को यह कहा कि उसे मुख्य मंत्री पद के लिए अपनी दावेदारी त्याग देनी चाहिए। उन्होंने वहाँ से कैसा संकेत भेजा है? इस घटना का संकेत कुछ ऐसा है कि 'हम किसी भी लोकप्रिय सरकार को तब तक वापस नहीं आने देंगे जब तक कांग्रेस पार्टी पूर्ण बहुमत न प्राप्त कर ले।' इसके बाद हमें ये भी देखने को मिलेगा कि जहाँ कहीं भी सरकार धारा 356 लगाएगी, वहां सुप्रीम कोर्ट की दखलंदाजी होगी। एक दिन ऐसा भी आ सकता है जब इस धारा को लगाने पर सुप्रीम कोर्ट ही निर्णय लेगा। हमारे कारनामों के चलते सुप्रीम कोर्ट को राजनैतिक मामलों में दखल देने की जरूरत पड़ रही है। ऐसा हमारे व्यवहार के कारण ही हो रहा है। गोवा में क्या हुआ था? अन्य जगहों पर भी यही हुआ है। इस देश के स्पीकर्स निरंकुश होते जा रहे हैं। दसवीं अनुसूची उनके विवेकाधीन है। मैं इतने स्पष्ट और पारदर्शी मामले में उनकी नीति और निर्णयों को देख कर अवाक हूँ। मुझे श्री जैकब से उम्मीद थी कि वो उठकर इस बात की घोषणा करेंगे कि श्री लिंगदोह को फिर से मेघालय का मुख्यमंत्री बनाया जा रहा है। मैं इस बदलाव के खिलाफ नहीं हूँ। अगर श्री लिंगदोह अपना बहुमत नहीं साबित कर सके तो आपका आदमी मुख्य मंत्री बन जाएगा। मैंने बड़ी हैरानी के साथ श्री जैकब को यह कहते हुए सुना कि सुप्रीम कोर्ट का विस्तृत फैसला आने में अभी देर है। ये फैसला कहीं से भी प्रासंगिक नहीं है। ऑपरेटिंग आर्डर की कोई प्रासंगिकता नहीं होती है।

सच्चाई यह है कि आपके खिलाफ ऑपरेटिंग आर्डर दिया जा चुका है और सेक्शन 7 को निरस्त कर दिया गया है। इन पाँचों विधायकों को मतदान करने का हक है और श्री लिंगदोह का बहुमत कहीं से भी संदिग्ध नहीं है। अब वो जितनी जल्दी श्री लिंगदोह को उनके पद पर पुनः स्थापित करेंगे, इस देश की लोकतान्त्रिक व्यवस्था पर उतना कम कुठाराघात होगा। धन्यवाद।

सभी को अदा करनी पड़ती है असफलता की कीमत

अप्रोप्रियेशन बिल (संख्या 2) पर सदन में 7 मई 1992 को हो रही चर्चा में भाग लेते हुए मोरारका ने तत्कालीन वित्त मंत्री श्री मनमोहन सिंह से अनुरोध करते हुए कहा था–'जब तक आप मुद्रास्फीति की दर को सिंगल डिजिट में नहीं लायेंगे, तब तक आपके नियंत्रण कार्यक्रम, ढाँचागत समायोजन कार्यक्रम को कोई दिशा नहीं मिलेगी। अपनी एग्जिट पॉलिसी और नरसिम्हन समिति की रिपोर्ट को तत्काल रोक दें। हमें आईएमएफ और वर्ल्ड बैंक के साथ जरूरत से अधिक दोस्ताना बढ़ाने की कोई आवश्यकता नहीं है।

संसद में बजट पास हुए अब ढाई महीने से भी अधिक का समय हो गया है। मैं वित्त राज्य मंत्री से इस दौरान की गतिविधियों पर अपनी कुछ टिप्पणियों को नोट करने का अनुरोध करूँगा। हमने उस समय भी ये चेतावनी दी थी कि महंगाई के कारण आपके सभी किये–धरे पर पानी फिर सकता है। जब तक आप मुद्रास्फीति की दर को सिंगल डिजिट में नहीं लायेंगे, तब तक आपके नियंत्रण कार्यक्रम, ढाँचागत समायोजन कार्यक्रम को कोई दिशा नहीं मिलेगी। सरकार की काफी कोशिशों के बात भी मुद्रास्फीति की दर अभी भी 13.3 प्रतिशत पर बनी हुई है। यह एक गंभीर समस्या है। मुझे वित्त मंत्रालय के गेम प्लान के बारे में कोई जानकारी नहीं है। लेकिन मैं इतना जरूर कहना चाहूँगा कि उनके द्वारा बनायी गयी कोई भी योजना उसी समय सफल होगी जब महंगाई दर दहाई के आँकड़ों से घट कर 9 प्रतिशत पर आ कर स्थिर हो जाए। ऐसा नहीं होने पर हमारे देश में गंभीर आर्थिक संकट

आ सकता है। हमें सरकार को असफल होते हुए देख कर प्रसन्नता नहीं होगी। क्यूँकि, आखिरकार असफलता की कीमत हम सभी को अदा करनी पड़ती है।

बजट डेफिसिट से जुड़े मुद्दे पर बजट पेश होने के बाद कुछ आंकड़े सामने आये हैं। 20 दिसम्बर 1991 को हमारे देश का बजटीय घाटा करीब ₹15,547 करोड़ था और एक सप्ताह के दौरान ही, 31 दिसम्बर को यह घाटा घट कर ₹11,503 करोड़ हो गया था। एक सप्ताह में उस घाटे में ₹4,000 करोड़ की कमी आ गयी थी। मैं चाहूँगा कि कोई मुझे ये समझाए कि ऐसा कैसे हुआ। पुनः एक सप्ताह के बाद यह घाटा ₹16,000 करोड़ का हो गया था। मैं ये नहीं कहता कि आंकड़ों में कोई हेर फेर किया गया है लेकिन इन आंकड़ों के सम्बन्ध में स्पष्टीकरण की जरूरत अवश्य है। 31 दिसम्बर एक महत्वपूर्ण तारीख है। वित्त मंत्री के लिए 29 फरवरी भी एक महत्वपूर्ण तारीख है इसलिए उस दिन के आंकड़ों में और भी अधिक कमी देखने को मिलती है। मेरे पास पिछले चार–पांच साल के बजटीय घाटे का तिमाही आंकड़ा मौजूद है। आपको यह जानकर आश्चर्य होगा कि इन दो वर्षों में, (1989–90, 1990–91) वर्ष जिसे इस सरकार द्वारा बदनाम कर दिया गया है, साल के अंत का बजटीय घाटा इन तिमाही घाटों से थोड़ा अधिक है। ऐसा ही होना चाहिए। तिमाही के आंकड़े अनुमान के आधार पर बनाये जाते हैं और साल के अंत में आपको मजबूती से कार्य करने के क्रम में घाटे को बढ़ाना होता है। इस वर्ष तिमाही के आंकड़े पिछले वर्षों की अपेक्षा काफी अधिक हैं और साल के अंत में ये घाटा नाटकीय तरीके से, अचानक ही घट जाता है।

कोई भी योजना उसी समय सफल होगी जब महंगाई दर दहाई के आंकड़ों से घट कर 9 प्रतिशत पर आ कर स्थिर न हो जाए। ऐसा नहीं होने पर हमारे देश में गंभीर आर्थिक संकट आ सकता है। हमें सरकार को असफल होते हुए देख कर प्रसन्नता नहीं होगी। क्यूँकि, आखिरकार असफलता की कीमत हम सभी को अदा करनी पड़ती है।

घाटे का मुद्रीकरणः

मेरी आशंका है कि 29 फरवरी के बाद इन आंकड़ों में फिर से उछाल आया होगा। मैं ऐसा सांख्यिकी के तरीकों पर प्रश्न उठाने की नियत से नहीं बोल रहा हूँ। मैं इससे कहीं अधिक गंभीर समस्या–घाटों के मुद्रीकरण के बारे में बात कर रहा हूँ।' 1990–91 में मुद्रीकरण की दर 23 प्रतिशत थी, 1991–92 में यह बढ़कर 28 प्रतिशत हो गई थी। वित्त मंत्री ने 20 प्रतिशत का टारगेट निर्धारित किया था।

हमें मंहगाई के कारणों का पता लगाने के लिए कहीं बहुत दूर जाने की जरूरत नहीं है। यही है मंहगाई का असली कारण। जब तक बजटीय घाटे और रिजर्व बैंक द्वारा उस घाटे के मौद्रिकीकरण पर नियंत्रण नहीं किया जाएगा, तब तक हम मंहगाई पर नियंत्रण करने में असफल रहेंगे। इसलिए मैं वित्त मंत्री का ध्यान इस ओर आकृष्ट कराना चाहता हूँ और उनसे अनुरोध करता हूँ कि वो इस दिशा में कुछ सकारात्मक कदम उठाएँ। जब तक हमारे अर्थव्यवस्था में मुद्रा की आपूर्ति बढ़ती रहेगी, तब तक मंहगाई को नियंत्रण करना मुश्किल होगा।

एग्जिट पालिसी और नरसिम्हन समिति की रिपोर्ट को तत्काल रोक दें। दूसरी स्वतंत्रता के लिए अभी थोड़ा और अधिक इंतजार किया जाना चाहिए। हमें अभी आईएमएफ और वर्ल्ड बैंक के चंगुल में आर्थिक स्वायत्तता को बचाने के नाम पर और अधिक नहीं फंसना चाहिए।

मेरा दूसरा प्रश्न इसी से जुड़ा हुआ है। आपने आईएमएफ से मनी सप्लाई को 11–13 प्रतिशत तक नियंत्रित करने का वायदा किया था। यह अभी भी 19 प्रतिशत के आसपास मंडरा रहा है। मुझे आईएमएफ द्वारा उधार की दूसरी किश्त देने में आनाकानी करने का कारण स्पष्ट दिख रहा है। हमने उनकी शर्तों को नहीं माना। वो एग्जिट पॉलिसी और नरसिम्हन समिति की रिपोर्ट को भी जल्द से जल्द लागू होता हुआ देखना चाहते हैं। इस समय जब हमने उधार की पहली किश्त ले ली है तो मेरा सरकार से अनुरोध होगा कि वो उधार की दूसरी किश्त लेने से इनकार कर दे। अभी जबकि हमारे भुगतान संतुलन की हालत अच्छी

है हम साथ बैठ कर इस बात का निर्धारण कर सकते हैं कि इस ऋण को लिए बिना हम अपनी आर्थिक नीति कैसे चलाएँ। मुझे नहीं लगता कि एक राष्ट्र के तौर पर हम एग्जिट पॉलिसी को मंजूरी दे सकते हैं। नरसिम्हन समिति की सिफारिशों को स्वीकार करना भी बुद्धिमान फैसला नहीं होगा क्यूंकि इससे 1969 में इंदिरा गाँधी द्वारा किये गए सभी काम पर पानी फिर जाएगा। उन्होंने कई वर्षों के अध्ययन और शोध के बाद बैंकों का राष्ट्रीयकरण किया था। मैं इस बात को जरूर मानता हूँ कि बैंकों में सुधार की बहुत अधिक जरूरत है। लेकिन हमें सुधार से जुड़े फैसले लेने चाहिए।

आप अपनी उपलब्धियों पर इतरा सकते हैं:

मेरे हिसाब से अब समय आ गया है जब आप अपनी उपलब्धियों पर इतरा सकते हैं। हमारे देश के भुगतान संतुलन में सुधार हुआ है। इसलिए अभी सरकार के पास कुछ साहसिक फैसले लेने का समय है। एग्जिट पॉलिसी और नरसिम्हन समिति की रिपोर्ट को तत्काल रोक दें। दूसरी स्वतंत्रता के लिए अभी थोड़ा और अधिक इंतजार किया जाना चाहिए। हमें अभी आईएमएफ और वर्ल्ड बैंक के चंगुल में आर्थिक स्वायत्तता को बचाने के नाम पर और अधिक नहीं फंसना चाहिए। अगर हमारा काम बिना कोई ऋण लिए चल रहा है तो हमें खुद पर ऋण का भार नहीं डालना चाहिए।

महाराष्ट्र में बम्बई से 50 किलोमीटर दूर एक जगह है–पनवेल। हम इसी अंदरूनी इलाका नहीं कह सकते हैं। मैंने पाया कि वहां ज्वार की कीमत जो पिछले वर्ष तक ₹1 प्रति किलो थी, अब बढ़ कर ₹2 प्रति किलो हो गई है। जैसा कि हम सभी जानते हैं ज्वार गरीबों का मुख्य खाद्यान्न है। अगर बम्बई के पास के इलाकों का ये हाल है तो मुझे देश के अंदरूनी इलाकों के बारे में सोच कर बेहद चिंता होती है। हमें भुखमरी की समस्या का भी सामना करना पड़ सकता है। हमारे सामने कई बड़ी समस्याएँ खड़ी हो सकती हैं। इससे मुझे याद आया कि इस वर्ष पिछले बीस वर्षों में गेहूँ का सबसे कम अधिग्रहण हुआ है। गेहूँ का खरीद मूल्य ₹280 किलो है जबकि बाजार में इसे ₹5 प्रतिकिलो की दर से बेचा जा रहा है। ऐसे में आपको कौन अपना गेहूँ देगा। भगवान् न

करे लेकिन अगर इस वर्ष ठीकठाक मानसून नहीं आता है, तो हमारे पास गेहूँ की भारी कमी होगी। चार साल पहले राजीव गाँधी की सरकार में हमने ऐसे ही हालात का सामना बफरस्टॉक में रखे हुए खाद्यान्न का उपयोग करके किया था। लेकिन अब हम क्या करेंगे? हमें चीजों को हल्के में नहीं लेना चाहिए। इस पर आपातकालीन स्तर पर कार्य करने की जरूरत है।

हम दलबदल के खिलाफ हैं

नागालैंड में उपजे कथित संवैधानिक संकट के मुद्दे पर 16 मई 1990 को सदन में बोलते हुए श्री मोरारका कहते हैं कि केंद्र में श्री वी.पी. सिंह की सरकार को न केवल कांग्रेस (आई) द्वारा पैदा किये हुए संकट को झेलना पड़ रहा है बल्कि कांग्रेस की सरकार ने उत्तर–पूर्व की समस्याओं का समाधान करने के बजाय उनसे राजनीतिक छेड़खानी करने का काम किया है।

काश मैं उस शैली में जवाब दे पाता जिस शैली में विपक्ष के नेता श्री शिव शंकर मुझसे जवाब पाना चाहते हैं। मुझे लगता है कि सैद्धांतिक तौर पर यह सदन उनकी बातों से सहमत है। पहली बात तो ये है कि लोकतंत्र में दलबदल की राजनीति हमेशा से नुकसानदायक रही है। यही वो राजनीतिक सिद्धांत हैं जिस पर नेशनल फ्रंट की स्थापना हुई, जिसके दम पर हमने चुनाव लादे और जिसके दम पर जनता ने हमें चुना। सार्वजनिक जीवन में दलबदल की राजनीति के विरोध के अपने सिद्धांत से हमारे पीछे हटने का कोई प्रश्न ही नहीं है। सैद्धांतिक तौर पर लोकतंत्र में विधायिका में बहुमत साबित करने की सबसे उपयुक्त जगह सदन का पटल है।

नागालैंड में, हमें प्राप्त जानकारी के आधार पर, सतारूढ़ दल के बारह सदस्यों के द्वारा पार्टी छोड़ने की रिपोर्ट के बाद वहां के मुख्य मंत्री श्री एस.सी.जमीर ने जनता के बीच बयान जारी किया था कि सरकार पर किसी तरह का कोई खतरा नहीं मंडरा रहा है। हालांकि उन्हें सैद्धांतिक नियमों के अनुसार राज्यपाल के पास जा कर सदन की विशेष बैठक का आदेश देने की मांग करनी चाहिए थी। उन्हें सदन में अपना बहुमत साबित करना चाहिए था।

नागालैंड में कांग्रेस (आई)

श्री शिवशंकर के द्वारा दसवीं अधिसूची, धारा 3 और पुरानी पार्टी में फूट जैसे रोचक बिन्दुओं पर प्रकाश डाला गया। मैं पूछना चाहता हूँ कि पुरानी पार्टी के क्या मायने होते हैं? कानून के अनुसार, उस दल को अब भी मान्यता मिली हुई है। यह बेहद दुर्भाग्यपूर्ण है। जब एंटी–डिफेक्शन कानून बनाये गए थे, तब मधु लिमये जैसे लोगों ने अखबारों में लिखे अपने लेख में चेतावनी दी थी–'विधानसभा की पार्टियों को उनके मूल दल से स्वतंत्र कर आपने एक बेहद खतरनाक परिपाटी की शुरुआत कर दी है।' अब नागालैंड में हमें इस बात का परीक्षण करना है कि कांग्रेस (आई) में कोई दरार आई है या नहीं।

1985 के बाद से कई लोगों ने कई राजनीतिक दलों को छोड़ा है, जिसे स्पीकर के द्वारा मंजूर भी किया जा चुका है। अगर ये व्याख्या सही है तो फिर वो सभी फैसले गैर–कानूनी थे। श्री शंकरजी के द्वारा धारा 167 के सन्दर्भ में उठाये गए दो बिन्दुओं पर मैं अपनी बात रखना चाहूँगा। समयाभाव के कारण मैं इसके कानूनी पक्ष में नहीं जाना चाहता हूँ। लेकिन मेरी बात का सार बस इतना है–कि वहां के सत्तारूढ़ दल का एक तिहाई हिस्सा बंट कर एक अलग दल बन चुका है और वह सरकार बनाने का दावा भी कर रहा है। वहां के मुख्यमंत्री ने इस मुद्दे पर सदन में कोई चर्चा नहीं की। इसलिए राज्यपाल को इस पर अपना फैसला लेना पड़ा। इसलिए मेरे विचार से इस मामले में सरकारिया समिति के सिफारिशों का कहीं से भी उल्लंघन नहीं किया गया है। इस मुद्दे पर हमारा रुख यही है और जब हम प्रतिपक्ष में थे तब भी हमने इस मुद्दे पर यही रुख अख्तियार किया था।

उत्तरपूर्व नहीं सेंक रहा है राजनीतिक रोटियाँः

श्री शिव शंकर अभी स्वस्थ राजनीतिक परम्पराओं की बात कर रहे थे। इस मामले पर हम सदन के बाहर जरूर वाद–विवाद कर सकते हैं और इस पर एक सर्व–दलीय बैठक भी बुलाई जा सकती है। उन्होंने उत्तर पूर्व का जिक्र करते हुए इसे एक संवेदनशील मुद्दा बताया। हम उनसे सहमत हैं। लेकिन उनका अपना ही दल उत्तरपूर्व में साँपसीढ़ी का खेल

खेलने में लगा हुआ है। उत्तर पूर्व की मौजूदा स्थिति के पीछे भी उन्हीं के दल की कारस्तानियाँ हैं। उत्तरपूर्व, बोडोलैंड और दार्जीलिंग में उन्ही के दल की सरकार होने के बावजूद असंतोष व्याप्त रहा है।

उत्तरपूर्व में कई वर्षों से राजनीतिक संकट की स्थिति बनी हुई है। जयप्रकाश नारायण और रेव. माइकल स्कॉट के समय से ही इन लोगों ने नागालैंड की स्थिति सुधरने की कोशिश की है। हम वहां की स्थिति में किसी तरह का भी विघ्न नहीं डालेंगे। मैं इस सदन के सदस्यों की जानकारी के लिए बता दूँ कि ये सरकार नेशनल फ्रंट की सरकार नहीं है जिसे राजनीतिक रोटियाँ सेंकने का शौक था। वे वहां की स्थानीय पार्टियाँ हैं, उनमें टूट आई है और उन्होंने वहां सरकार बनायी है। इसमें कुछ भी असंवैधानिक नहीं है।

कोई प्रभाव नहीं पड़ा है परिवार नियोजन कार्यक्रमों का

चुनावक्षेत्र परिसीमन से सम्बंधित संविधान संशोधन (1) विधेयक 1990 पर सदन में 29 अप्रैल 1992 को हो रही चर्चा में भाग लेते हुए मोरारका कहते हैं कि '1971 की जनगणना के आधार पर अनुसूचित जातियों/जनजातियों को परिवार नियोजन से जोड़ने के लिए उनके चुनावी प्रतिनिधित्व पर लगाम लगाने का कार्यक्रम असफल हो चुका है।' वो ये भी कहते हैं कि स्वास्थ्य एवं परिवार कल्याण मंत्रालय को चुनावी सुधारों के अलावा जनसँख्या नियंत्रण के लिए कुछ और कार्यक्रम बनाने होंगे।

अपने भाषण की शुरुआत में मैं सबसे पहले अपने दिवंगत मित्र श्री दिनेश गोस्वामी को भावभीनी श्रद्धांजलि अर्पित करना चाहूँगा जिनके द्वारा सदन में लाये गए सुधार कार्यक्रम को आज लम्बी प्रतीक्षा के बाद संसद ने मंजूरी दे दी है। इस कार्य के लिए सरकार बधाई की पात्र है। श्री गोस्वामी ने चुनाव सुधार कार्यक्रम के लिए सभी राजनीतिक दलों को एकजुट करने का काम किया था। सर्व–दलीय समिति की बैठक में बनी थोड़ी–बहुत राजनीतिक सहमति को श्री गोस्वामी ने इस विधेयक का रूप दिया था। मैं कानून मंत्री को भी धन्यवाद ज्ञापित करना चाहूँगा जिन्होंने 1991 की जनगणना के आधार पर चुनावी सीटों में परिसीमन से जुड़े इस संशोधन विधेयक को सदन के सामने रखा है। चूँकि इस जनगणना के आंकड़े हमारे पास उपलब्ध हैं इसलिए अब इस विधेयक में संशोधन की जरूरत थी।

जैसा कि हम सभी जानते हैं कि यह नियंत्रण बयालीसवें संशोधन के द्वारा किया गया था। इस नियंत्रण को लाने के पीछे दो कारण थे।

पहला तो ये कि चूँकि सरकार द्वारा परिवार नियोजन कार्यक्रम शुरू किये जाने वाले थे, तो ऐसा माना गया था कि वैसे क्षेत्र जहाँ इस कार्यक्रम का सही क्रियान्वयन होगा, उन्हें इसकी वजह से सीटों की संख्या में हानि न झेलनी पड़े। दूसरा ये कि इस कार्यक्रम को क्रियान्वित नहीं किये जाने का कोई बचाव मिल सके।

इस दूसरे उद्देश्य के सन्दर्भ में मेरा कहना है कि चूँकि श्रीमती इंदिरा गाँधी के कार्यकाल में बड़े ही जोर–शोर से परिवार नियोजन कार्यक्रम को चलाया जा रहा था, तो इस बात की पूरी सम्भावना है कि अनुसूचित जाति/जनजाति के हमारे बंधुओं को अधिकारियों के उत्साह का खामियाजा भी भुगतना पड़ा होगा। उस समय ऐसी सोच थी कि इन समूहों के राजनीतिक अधिकारों की रक्षा के लिए उनके रिजर्व्ड सीट्स को फ्रीज कर दिया जाना चाहिए। पिछले कुछ वर्षों की गतिविधियों से ये साफ स्पष्ट है कि परिवार नियोजन कार्यक्रम का कोई खास प्रभाव नहीं पड़ा है। मेरे मित्र श्री मुरलीधर भंडारे ने बिलकुल सही कहा है कि हमें इस कार्यक्रम को सही तरीके से क्रियान्वित करने की सख्त जरूरत है। इस सन्दर्भ में मैं श्री मधु लिमये को उद्धृत करना चाहूँगा जिन्होंने इस मुद्दे को जोरशोर से उठाया था।

विशद योजना की आवश्यकता है:

इस मसले पर श्री मधु लिमये का सीधा संपर्क, दिवंगत प्रधानमन्त्री श्री राजीव गाँधी से लगातार बना हुआ था जो उनके विश्लेषण से पूर्णतः सहमत थे। यहाँ मैं कहना चाहूँगा कि दुर्भाग्य से, उस समय कांग्रेस (आई) में कुछ ऐसे लोग थे जो चीख–चीख कर सामाजिक न्याय के नारे तो लगाते थे पर जिन्होंने राजीव गाँधी को इस मसले पर कोई अंतिम निर्णय नहीं लेने दिया था।

मैं श्री लिमये के शब्दों को फिर से उद्धृत करना चाहूँगा:

> 'सदन में लाया गया प्रस्ताव, लोक सभा और राज्य विधायिका में अनुसूचित जातियों और जनजातियों के प्रतिनिधित्व के तरीके में 1971 की जनगणना के आधार पर बदलाव से सम्बंधित है। ऐसा कहा गया है कि परिसीमन और फ्रीजिंग के कारण, इन जातियों

और जनजातियों को परिवार नियोजन योजनाओं से जोड़ने में सफलता मिल सकती है। 1971 की जनगणना के आधार पर इनके राजनीतिक प्रतिनिधित्व में नियंत्रण लाने से परिवार नियोजन में इनकी भागीदारी बढ़ सकती है। लेकिन जब तक हम एक ठोस और विशद परिवार नियोजन नीति का निर्माण नहीं करते, नीति जिसे, सभी राज्यों और वर्गों के बीच एक समान रूप से लागू किया जा सके, इस नीति का जनसँख्या की समस्या के निदान से कोई सीधा सम्बन्ध नहीं होगा।'

दुर्भाग्य से ये नहीं हो सका है। इसलिए इस मामले में मेरा पहला अनुरोध ये होगा कि सरकार को फ्रीजिंग की व्यवस्था के बारे में पुनर्विचार करना चाहिए। हमें बयालीसवें संशोधन में पुनः संशोधन कर फ्रीजिंग की व्यवस्था को हटाना होगा। जनता पार्टी द्वारा प्रस्तावित पैंतालीसवें संशोधन के द्वारा बयालीसवें संशोधन के उसी हिस्से में बदलाव का प्रावधान लाया गया था, जिस पर सर्वमान्य फैसला हो। दुर्भाग्य से उस वक्त इस पर कोई भी सर्वमान्य फैसला नहीं लिया जा सका था। लेकिन अब सरकार को इसके बारे में गंभीरता से सोचना होगा।

नहीं मिला एससी-एसटी को कोई फायदाः

फ्रीजिंग का एक और पक्ष जिसको अनुसूचित जातियों और जनजातियों के हितों की रक्षा करने के लिए बनाया गया था, आज उनके विरुद्ध काम कर रहा है। 1991 के सेन्सस पर अगर आप नजर डालेंगे और अगर संसद की कुल सीटों पर फ्रीजिंग की व्यवस्था लागू रहती है, तो भी फ्रीजिंग को रखने का कोई औचित्य नहीं है। मेरे अनुसार 1991 की जनगणना के अनुसार लोक सभा में सीटों की वर्तमान संख्या पर, अनुसूचित जाति और जनजाति के प्रतिनिधित्व में तीन से चार सीटों की वृद्धि होगी। पूरे तौर पर डी–फ्रीजिंग नहीं होने की भी स्थिति में, परिसीमन आयोग को सामान्य जनसँख्या और अनुसूचित जाति तथा जनजातियों की जनसँख्या के बीच संतुलन स्थापित करना होगा।

मेरा दूसरा बिंदु बम्बई और दिल्ली की सीटों से जुड़ा हुआ है जिस पर मुझे लगता है कि इस संशोधन में ध्यान दिया गया होगा। एक

पुरुष–एक वोट और एक–नारी–एक वोट की व्यवस्था को नकार दिया गया है। दिल्ली की बात करें तो वहां एक नयी दिल्ली चुनाव क्षेत्र है और दूसरा बाहरी दिल्ली। इन दोनों चुनाव क्षेत्रों के बीच का वोटर रेशियो 1:5 है। यही समस्या बम्बई में भी है। मैं यहाँ यह भी कहना चाहूँगा कि ग्रामीण क्षेत्रों से शहरी क्षेत्रों में पलायन की बढ़ती रफ्तार के कारण, बड़े शहरों में गरीबों की संख्या में भारी इजाफा हुआ है। इसका परिणाम यह हुआ है कि इन लोगों को पर्याप्त राजनीतिक प्रतिनिधित्व का मौका नहीं मिल पाता है क्यूंकि वे एक ही क्षेत्र में सिमटे हुए हैं।

गढ़ना कुछ और विकृतियाँः

इसलिए अगर दिल्ली, बम्बई, कलकत्ता और हैदराबाद जैसे बड़े शहरों में आप एक–पुरुष–एक वोट, एक–नारी–एक–वोट की तर्ज पर सही तरीके से प्रतिनिधित्व की व्यवस्था कायम करना चाहते हैं, तो आप पायेंगे कि इन शहरों में इस समस्या ने विकराल रूप धारण कर लिया है। इस मसले पर मैं कानून मंत्री से कार्यवाही की मांग करता हूँ और परिसीमन आयोग से भी इसे सुधरने की उम्मीद करता हूँ। मैं यह उम्मीद करता हूँ कि चुनाव क्षेत्रों का परिसीमन कुछ इस तरह से किया जाएगा कि पूरे देश में वोटरों के बीच संतुलन स्थापित होगा।

अंत में, मैं बस इतना कहूँगा कि हम इस कार्यक्रम का समर्थन करते हैं। साथ ही साथ मैं सरकार से डी–फ्रीजिंग के मुद्दे पर ध्यान देने की मांग पर ध्यान देने का अनुरोध करता हूँ। अगर आप मौजूदा कानून के तहत ऐसा नहीं कर सकते हैं तो आपको इन अनुसूचित जाति और जनजातियों को 1991 की जनगणना के आधार पर अधिक सीटें दे देनी चाहिए। और साथ ही साथ अगर आप इस कानून के माध्यम से इन जनसमूहों को परिवार नियोजन कार्यक्रम से जोड़ना चाहते हैं तो मुझे लगता है कि हमें इस कार्यक्रम में कुछ मूलभूत परिवर्तन करने होंगे। शक्ति के इस्तेमाल से जबरन परिवार नियोजन का कार्यक्रम पूरी तरह विफल हो चुका है। मुझे लगता है कि हम सब इस बात को मानते होंगे। मेरे हिसाब से इतने बड़े कल्याणकारी कार्य को इतनी छोटी–सी चीज से जोड़ कर देखा जाना अच्छी बात नहीं है क्यूँकि ऐसा करने से हम इसमें और विकृतियों को ही गढ़ रहे हैं।

न्यायालय के गलियारों से दूर रखें अधिष्ठाताओं को

24 मार्च 1993 को सदन और न्यायपालिका के बीच उभरी एक दिलचस्प स्थिति, जिसमें मणिपुर विधानसभा के स्पीकर को सुप्रीम कोर्ट में पेश होना पड़ा था, के बारे में बोलते हुए मोरारका कहते हैं कि विधायिका की गरिमा को बरकरार रखा जाना चाहिए।

मैं सदन का ध्यान एक बेहद गंभीर संवैधानिक मसले की ओर आकृष्ट करना चाहूँगा। कानून राज्य मंत्री श्री हंसराज भरद्वाज जी भी यहाँ मौजूद हैं और मैं चाहूँगा कि वो इसे अपने संज्ञान में लें। कल मणिपुर विधानसभा के स्पीकर को मणिपुर विधान सभा और सुप्रीम कोर्ट के बीच लम्बे समय से चले आ रहे विवाद के कारण निजी तौर पर सुप्रीम कोर्ट के सामने पेश होना पड़ा। मैडम, न्यायिक अधिकारियों द्वारा इस दिन को सुप्रीम कोर्ट के लिए एक महान दिन की संज्ञा दी गई।

लेकिन हम सभी सांसद हैं और मेरा मानना है कि विधायिका और न्यायपालिका के बीच किसी तरह का कोई भी टकराव हमारी संवैधानिक व्यवस्था के लिए अभिशाप से कम नहीं है। वो दिन हमारे लिए शर्मनाक होगा जब संसद अथवा राज्य विधायिकाओं के सदस्यों को न्यायालय के गलियारों में भटकना पड़े। सुप्रीम कोर्ट ने कल एक बेहद बारीक अंतर को स्पष्ट करते हुए कहा कि: 'हमने मणिपुर विधानसभा के स्पीकर को यहाँ 'स्पीकर' के तौर पर नहीं बल्कि दसवीं अधिसूची में प्राप्त अधिकारों के कारण बुलाया है।' दसवीं अधिसूची के जिक्र का मतलब स्पष्ट था कि कोर्ट एंटी–डिफेक्शन कानून की ओर इशारा कर रहा है।

अब श्री भारद्वाज जी इस बात को जरूर जानते होंगे कि एंटी–डिफेक्शन अधिनियम पहले ही पारित किया जा चुका है। इसके तहत स्पीकर को अपना निर्णय देना ही है और अगर यह निर्णय कानून के दायरे में आता है, तो फिर स्पीकर एक अजीब स्थिति में फंस जाता है।

उस समय एक इस अधिनियम में एक धारा को जोड़ कर इस बात का प्रावधान रखा गया कि दसवीं अधिसूची के तहत लिए गए निर्णयों को संसदीय दर्जा मिलेगा और ये न्यायालय के अधिकार क्षेत्र से बाहर होंगे। लेकिन पंजाब और हरियाणा के उच्च न्यायालय ने एक मामले के फैसले के दौरान धारा 7 को निरस्त कर दिया जिससे यह मामला फिर से न्यायिक अधिकार क्षेत्र में चला गया। इसी कारण से कल हुए रोचक घटनाक्रम में मणिपुर के स्पीकर को मजबूरन कोर्ट के सामने उपस्थित होना पड़ा। वे खुद इस बात से बहुत लज्जित महसूस कर रहे हैं। कल सुबह सुप्रीम कोर्ट में उनके वकील ने जिरह के दौरान कोर्ट से उन्हें निजी तौर पर आने से मुक्ति का अनुरोध किया। उन्होंने कहा कि वो दिल्ली आ गए हैं और मणिपुर भवन में हैं। लेकिन कृपया उन्हें सुप्रीम कोर्ट में पेशी से मुक्त कर दिया जाए।'

लेकिन न्यायाधीश इस बात के लिए राजी नहीं हुए। लिहाजा उन्हें दोपहर में पेश होना पड़ा। इसके बाद जजों ने कहा कि उन्हें इस बात की खुशी है कि वो पेश हुए। इसके बाद एक संभ्रांत तरीके से उन पर से न्यायालय की अवमानना का अभियोग हटा दिया गया।

लेकिन ये घटनाक्रम हमारे संविधान की कार्यशैली पर कुछ बुनियादी प्रश्न उठाता है। मैं यह सोच कर थर्रा उठता हूँ कि कल अगर लोक सभा के स्पीकर को सुप्रीम कोर्ट में एंटी–डिफेक्शन के मामले में लिए गए किसी निर्णय के लिए पेश होना पड़े, तो हम कहाँ जायेंगे? पूर्व स्पीकर श्री बलराम जाखड़ यहाँ मौजूद हैं। श्री भारद्वाज भी यहाँ हैं। उन्हें दसवीं अधिसूची के बारे में बहुत कुछ मालूम है। मेरे विचार से अगर हमारे कानून में कोई समस्या है तो हमें इसमें सुधार करना चाहिए। हमें अपने अधिष्ठाताओं को कोर्ट की छाया से दूर रखना होगा। ऐसा नहीं करने से, भविष्य में, हमारी विधायिका की गरिमा और स्वायत्तता खतरे में पड़ जायेगी।

गरीब लोगों का अमीर राज्य

'हमारे आर्थिक ढाँचे में ही कोई कमी है जिसके कारण संपूर्ण आर्थिक गतिविधियों का उपोत्पाद गरीबों तक नहीं पहुंच पाता', मोरारका ने ऐसा द सेस एंड अदर टैक्सेज ऑन मिनरल्स (सत्यापन) विधेयक, 1992 के सम्बन्ध में 2 अप्रैल 1992 को हो रहे विचार–विमर्श के दौरान इशारा करते हुए कहा। 'बैंक केवल शहरी इलाकों में और बड़े उद्योगों को ऋण दे रहे हैं। वो क्षेत्र जहाँ जनसँख्या अधिक है और जो कृषि आधारित हैं, उन पर विशेष ध्यान दिए जाने की आवश्यकता है। एक स्थिर तंत्र को तैयार किया जाना चाहिए जिससे राज्यों तक संसाधनों का उचित स्थानान्तरण हो जो कि केंद्र द्वारा बजट के माध्यम से 'दया' करने के दृष्टिकोण से नहीं बल्कि राज्यों को उनके अधिकार के रूप में दिया जाए. आप धन का एक मामूली हिस्सा उन्हें देकर ऐसे व्यक्त करते हैं जैसे फण्ड का एक बहुत बड़ा हिस्सा स्थानांतरित किया गया हो।'

यह विधेयक, भले ही काफी छोटा हो, पर यह सदन को एक महत्वपूर्ण अवसर देता है कि वह लम्बे समय से चली आ रही इस जरूरी समस्या पर अपना ध्यान केन्द्रित करे। बिहार, उड़ीसा और राजस्थान–ये सभी राज्य जहाँ खनिज की अधिकता है, गरीब राज्य नहीं हैं। ये एक गरीब लोगों के देश के अमीर राज्य हैं। और अगर लोग गरीब हैं तो वो अपनी गरीबी के लिए जिम्मेदार नहीं हैं। हमारे सम्पूर्ण तंत्र में ही ऐसी कुछ गलतियाँ हैं जिसके कारण आर्थिक गतिविधियों का उपोत्पादन उन तक पहुँच ही नहीं पाता.

बैंक केवल शहरी क्षेत्रों को ऋण देते हैंः

इससे पहले कि मैं खनिज की बात करूँ, वो मामला जो बहुत स्पष्ट है, वह क्रेडिट–डिपाजिट से सम्बन्ध रखता है। यह बात स्पष्ट है कि भले ही जमा राशि का स्तर कृषि क्षेत्र एवं राज्यों के गरीब व्यक्तियों के कारण ऊपर जा रहा है, परन्तु जमा और खर्च का अनुपात खराब है। बैंक केवल शहरी इलाकों में और बड़े उद्योगों को ऋण दे रहे हैं। वो क्षेत्र जहाँ जनसँख्या अधिक है और जो कृषि आधारित हैं, उन पर विशेष ध्यान दिए जाने की आवश्यकता है। विशेषकर खनिज के मुद्दे पे आते हुए, नौवें वित्त आयोग ने इस विषय को छुआ है, खनिज और तेल, दोनों के लिए.

महाराष्ट्र और गुजरात में तेल और गैस की समस्या लम्बे समय से चली आ रही हैं। ये एक जैसी समस्याएँ हैं। उस समय जब संविधान की रचना की जा रही थी, तब अपतटीय तेल उपलब्ध नहीं था, अतः इस समस्या से तब नहीं निपटा जा सका। यह आवश्यक हो चुका है कि एक स्थिर तंत्र को तैयार किया जाए, जिससे राज्यों तक संसाधनों का उचित स्थानान्तरण हो जो कि केंद्र द्वारा बजट के माध्यम से 'दया' करने के दृष्टिकोण से नहीं बल्कि राज्यों को उनके अधिकार के रूप में दिया जाए।

आज, जब हम बजट में राज्यों को मिलने वाली राशि के स्थानान्तरण को देखते हैं तो ये हमें साल दर साल बढ़ता हुआ दिखता है। लेकिन ये एक छलावा है। असल में स्थानांतरण इसलिए घट रहा है क्योंकि उन्हें उनकी वास्तविक संपत्ति के लिए भी धन प्राप्त नहीं हो रहा है। वास्तव में हम जो कुछ भी उन्हें हस्तांतरित कर रहे हैं वह उन्हीं की कीमत पर वसूला गया धन है। हम एक बेहद छोटा–सा हिस्सा उन्हें दे कर ये दिखाने की कोशिश कर रहे हैं कि हमने फंड्स की बहुत अधिक राशि उनके हवाले कर दी है। इस मामले में मैं सरकार और गठित किये जा रहे दसवें वित्त आयोग से अनुरोध करना चाहूँगा कि इसके लिए विशेष नियम बनाये जाएँ। इस आयोग को इस समस्या के निदान के लिए कुछ विशेष कदम उठाने होंगे।

हमेशा मुश्किल में रहते हैं राज्यः

खनिजों पर उपकर के सम्बन्ध में हमें राज्यों और केंद्र के बीच राशि के उचित वितरण के लिए कुछ नियम बना लेने चाहिए। दसवें वित्त आयोग को इन नियमों का खाका तैयार कर लेना चाहिए। मैंने अपने बजट अभिभाषण में इस बात का जिक्र किया है कि केंद्र सरकार के पास अपने बजटीय घाटे को पूरा करने के लिए डेफिसिट फाइनेंसिंग जैसी सुविधाएँ हैं लेकिन राज्य सरकारों के पास ऐसी कोई भी सुविधा नहीं है। उन्हें इस स्थिति में रिजर्व बैंक से ओवरड्राफ्ट लेना होता है और ऐसे में उन्हें केन्द्रीय वित्त मंत्रालय का कोपभाजन बनना पड़ता है।

राज्य सरकारें हमेशा मुश्किल में रहती हैं। कुछ राज्य बहुत पिछड़े हुए हैं और ऐसा इस अजीबोगारीब ढाँचे के कारण होता है। अगर प्राप्त राशि का 75 से 80 प्रतिशत हिस्सा उनके ढाँचागत खर्चों में चला जाता है तो बची हुई बीस प्रतिशत की राशि से वो किस तरह का विकास कर पायेंगे? अगर इस समस्या का त्वरित निराकरण नहीं हुआ तो हमें आने वाले समय में गंभीर सामाजिक और आर्थिक उथलपुथल का सामना करना पड़ेगा। मैं रामअवधेश सिंह जी की बात से सहमत हूँ कि झारखण्ड और अन्य ऐसे आन्दोलन जनता की इन्ही अपूर्ण आकांक्षाओं का परिणाम हैं। इससे पहले कि बहुत देर हो जाए, मैं सरकार से इस विषय में त्वरित कदम उठाने की मांग करता हूँ।

घोटाले में फंसा बिचौलिया और प्रधानमन्त्री का बेटा

24 मार्च 1993 को संसद में प्रधानमन्त्री के बेटे की कंपनी को ₹2 करोड़ का उधार दिए जाने पर हो रही चर्चा में बोलते हुए मोरारका इस मामले में अखबारों की सुर्खियों के बजाय सरकार के द्वारा जारी किये गए बयान पर ध्यान देने की बात कर रहे हैं।

सिक्योरिटी घोटालों की जांच–पड़ताल के लिए गठित जानकीरमण समिति ने अपनी चौथी रिपोर्ट पेश कर दी है। इसमें 'इंडियन एक्सप्रेस' में छपे उन सभी आरोपों की पुष्टि की गई है जिसका श्रीमती मार्गरेट अल्वा ने बड़े जोर–शोर से खंडन किया था। अब यह 'इंडियन एक्सप्रेस का मुद्दा नहीं रह गया है। इस समिति द्वारा इस बात की भी पुष्टि की गई है कि प्रधानमन्त्री के पुत्र को ₹2 करोड़ का ऋण दिया गया था।

दांव पर है प्रधानमन्त्री की साखः

उन्हें प्रेस पर भरोसा नहीं है। अब वो कहेंगे कि हमें जानकीरमण समिति पर विश्वास नहीं है। हमें इस देश में किसी न किसी पर तो भरोसा करना ही होगा। रिजर्व बैंक के डिप्टी गवर्नर ने इस बात का खुलासा किया है कि ये ऋण एक घोटाले में फंसे हुए बिचौलिए के द्वारा प्रधानमंत्री के पुत्र की कंपनी को दिया गया था। अब वो ये कहने की कोशिश कर रहे हैं कि यह ऋण एक पब्लिक लिमिटेड कंपनी के नाम पर दिया गया था। अतः यह किसी भी निदेशक के नाम से जारी ही नहीं किया

जा सकता है। यह कंपनी कानून का सीधा उल्लंघन है। अगर किसी कंपनी को कोई ऋण दिया जाता है, तो यह उसकी बेहतरी के लिए दिया जाता है। यह किसी निदेशक के लाभ के लिए नहीं दिया जाता। अब वो यह बता रहे हैं कि इस ऋण से प्रधानमंत्री के पुत्र के अलावा किसी अन्य निदेशक को लाभ मिलने वाला था।

यह एक बेहद गंभीर मसला है। प्रधानमंत्री की साख खतरे में है। सरकार को इस मुद्दे पर स्पष्टीकरण देना चाहिए। मैं किसी के प्रति भी कोई व्यक्तिगत आरोप नहीं लगा रहा हूँ। सच्चाई यह है कि इस मसले में सभी तथ्यों की फोटोकॉपी के साथ अखबारों में एक विस्तृत रिपोर्ट छप चुकी है? इस मामले में सरकार का रुख काफी निराशाजनक रहा है। वह हमें 'इंडियन एक्सप्रेस' की खबर को नजरंदाज करने को कह रही है।

अखबार किसी भी जनतंत्र के मजबूत स्तम्भ होते हैं। इस सदन में सदस्यों को किसी भी अखबार को उद्धृत करने का अधिकार प्राप्त है। सवाल सिर्फ 'इंडियन एक्सप्रेस' से नहीं जुड़ा हुआ है। इस मामले में सरकार को आधिकारिक स्पष्टीकरण जारी करना चाहिए।

मुद्दा किसी ऋण अथवा आर्थिक सहायता से नहीं जुड़ा हुआ है। असली मुद्दा ये है कि क्या घोटाले के आरोपी किसी बिचौलिए और प्रधानमंत्री के पुत्र के बीच पैसे का कोई लेनदेन हुआ था? प्रधानमंत्री के पुत्र भ्रष्टाचार में संलिप्त पाए गए हैं। जयललिता ने इस मुद्दे पर अपना समर्थन वापस ले लिया है। उनके सौ सांसदों ने शरद पवार के मंत्रिमंडल से हटाये जाने पर विरोध प्रदर्शन किया है। सरकार दरक रही है।